Der verlorene Sohn

„Der verlorene Sohn" ist der erste Band der Reihe
„Der Fluch des dritten Tages"

mehr vom Autor unter:
www.youtube.com/user/SD4785

Steffen Döpke

Der verlorene Sohn

Der Fluch des dritten Tages
1. Buch

Erscheinungsjahr: 2017

BoD – Books on Demand

Bibliografische Information der Deutschen Nationalbibliothek:
Die Deutsche Nationalbibliothek verzeichnet diese Publikation
in der Deutschen Nationalbibliografie, detaillierte
bibliografische Informationen sind im Internet über
http://dnb.dnb.de abrufbar

© 2017 Steffen Döpke

Herstellung und Verlag:
BoD – Books on Demand, Norderstedt

ISBN: 9783743192461

Inhaltsverzeichnis

Teil 1 – Böses Erwachen
Kapitel 1 bis 7
Seite 7

Teil 2 – Das Leben geht weiter
Kapitel 8 bis 14
Seite 70

Teil 3 – Ein neues Zuhause?
Kapitel 15 bis 24
Seite 134

Teil 4 – Enttäuschung und Hoffnung
Kapitel 25 bis 30
Seite 219

Teil 1 – Böses Erwachen

1.

Ich heiße Peter.
Das ist aber auch fast alles, was ich euch von mir erzählen kann. Ich bin ja froh, dass ich wenigstens noch meinen Namen weiß. Nur meinen Vornamen, wohlgemerkt. Alles andere habe ich vergessen. Meinen Nachnamen genauso wie die Namen meiner Eltern. Aber nicht nur ihre Namen, sondern auch ihr Aussehen, ihr Alter, ihre Berufe und auch sonst fast alles. Das Einzige, was ich noch von ihnen weiß, ist, dass mich meine Mutter liebhat und mein Vater stolz auf mich ist. Denn das haben sie mir ja immer wieder in meinem Traum gesagt, jenem Traum, den ich in der Nacht vor dem schrecklichen Tag, an dem ich alles andere vergaß, geträumt hatte.
Könnt ihr euch vorstellen, wie das ist, an einem Tag, der eigentlich ein sehr schöner Tag werden könnte, weil die Sonne scheint und der Himmel blau ist, aufzuwachen und nicht zu wissen, wer und wo man ist?
Könnt ihr das wirklich?
Schwer zu sagen, wenn man es selber nicht erlebt hat. Ich jedenfalls brauche es mir nicht vorzustellen, denn ich habe es erlebt. Und wenn man es genau nimmt, durchlebe ich es noch immer, denn seit dem Tag, an dem ich alles vergaß, ist nichts mehr so geworden, wie es einmal war. Ich brauche mich also lediglich an den Morgen zurückzuerinnern, an dem es begann, als ich plötzlich von dem lauten Muhen einer Kuh aus dem Traum aufgeschreckt wurde und voller Erstaunen die Augen aufriss.
Seltsam. Ich konnte mich gar nicht daran erinnern, dass in der Nähe unseres Hauses jemals Kühe geweidet hätten. Aber als ich mich etwas genauer umsah, merkte ich sofort, woran das

lag. Denn der Ort, an dem ich mich befand, konnte unmöglich mein Zuhause sein. Oder habt ihr jemals von einem Kind gehört, das mutterseelenallein in einem Pappkarton haust, der gerade einmal so breit ist, dass man sich dort gekrümmt hinlegen kann?
Ich nicht, jedenfalls nicht in diesem Land. Wo aber war dann mein Zuhause? Und weshalb war ich an diesem Morgen nicht dort?
Eine Weile blieb ich völlig verdattert liegen und dachte darüber nach. Versuchte krampfhaft, mich zu erinnern. An irgendetwas. An die Farbe unseres Waschbeckens, die Nasenspitze meiner Mutter, an die Tapeten unseres Wohnzimmers oder den Geschmack des letzten Abendessens. Aber alles schien vergebens zu sein. Egal, wie sehr ich mich auch anstrengte, ich konnte keine Erinnerung hervorbringen. Die einzige, die mir geblieben war, waren die Worte meiner Eltern: „Ich habe dich so lieb" und „Ich bin so stolz auf dich."
Und wenn ich daran dachte, kam auch diese Wärme wieder.
Eine Wärme, die weniger an die Sonne oder an ein heißes Bad, sondern vielmehr an eine zärtliche Umarmung erinnerte. Ich versuchte, die Wärme festzuhalten, so lange es nur ging. Ich glaubte fest, dass mir dabei auch langsam die Gesichter wieder einfallen würden. Die Gesichter von den Leuten, die mich wärmten und mich liebhatten und stolz auf mich waren.
Aber die Wärme verschwand und stattdessen spürte ich den kühlen Luftzug, der durch die Ritzen an den Oberkanten des Pappkartons zu mir hereindrang. Verzweifelt gab ich auf.
Ich muss wissen, wo ich bin, war mein nächster Gedanke. Vielleicht hat man sich mit mir ja nur einen kleinen Scherz erlaubt, mich mitten in der Nacht aus meinem Bett getragen und in einem Pappkarton auf der nächsten Kuhweide abgesetzt. Mit Händen und Füßen stieß ich gegen die Wände, die nur sehr lose ineinander geschachtelt waren.

Und schon stand ich im Freien. Es war ziemlich kühl draußen, denn es war noch früh am Morgen. Doch die Tautropfen auf den Grashalmen glitzerten so wunderbar im aufgehenden Sonnenlicht, dass ich sofort wusste, dass dies ein schöner und sonniger Tag werden würde.
Doch dann fing ich an zu zittern. Ziemlich heftig sogar. Aber nicht etwa wegen dem Wetter, sondern wegen dem dumpfen „Muh!", welches mir erneut entgegenschallte. Ich hatte mich also nicht getäuscht. Meine bescheidene Behausung befand sich auf einer Weide, die von mehreren Dutzend Kühen bevölkert wurde, welche nun in gemächlichem Gang auf mich zugetrottet kamen, um mich mit ihren großen, neugierigen Augen anzustarren. Anscheinend waren sie es nicht gewöhnt, dass am frühen Morgen Kinder auf ihrer Weide erwachten. Und ich war es genauso wenig gewöhnt, in einer Herde von Kühen zu stehen und hatte auch keine besondere Lust darauf, sie näher kennenzulernen. Was für ein Glück, dass sie fast alle von derselben Seite her angelaufen kamen und mich somit noch nicht umzingelt hatten.
Ohne darüber nachzudenken, ob diese schwarz-weißen Tiere nun Freund oder Feind waren, rannte ich los! Rannte so schnell mich meine zitternden Beine trugen. Taumelte, als ich über einen Maulwurfshügel stolperte, kam aber schnell wieder auf die Beine. Und dann machte ich endlich den letzten großen Satz und klammerte mich an einem bemoosten und glitschigen Holzzaun fest.
Da erst wagte ich es, zurückzusehen und stellte fest, dass die Kühe mir nicht in einem Affentempo hinterhergejagt waren. Nach ein paar Schritten waren sie stehen geblieben und nun guckte mir die gesamte Herde mit verwunderten Augen hinterher. Vielleicht waren sie beleidigt und fanden es unhöflich von mir, dass ich mich so panisch aus dem Staub gemacht hatte, wo sie mir doch nur in aller Freundlichkeit einen Guten Morgen

wünschen wollten. Ich aber atmete erleichtert auf und hob das erste Bein über den Zaun. Welch ein Glück, dass es nur Kühe sind, dachte ich und wollte gerade das zweite Bein nachziehen. Bei Stieren hätte das Ganze vielleicht ganz anders…
Plötzlich spürte ich auf meinem Rücken solch einen eisigen Schauer, dass ich beinahe wieder hintenüber und zurück auf die Weide geplumpst wäre. Denn wie ich so über die Kühe und die Stiere nachgedacht hatte, war mir doch tatsächlich aufgefallen, dass ich nicht einmal mehr wusste, ob ich selbst ein Junge oder ein Mädchen war.
Ja, Herrgott nochmal, ist das denn die Möglichkeit? Kann es wirklich sein, dass man so wenig von sich selber weiß, nicht einmal, ob man ein Junge oder ein Mädchen ist?
Zitternd und völlig mit den Nerven am Ende rutschte ich dann doch noch auf die andere Seite des Zauns hinab.
Nun ja, die Sache mit Junge oder Mädchen kann man mit einem einfachen Handgriff ziemlich schnell feststellen. Und außerdem fiel mir ein, dass ich ja Peter hieß. Und ein Mädchen kann wohl schlecht Peter heißen. Wie würde sich das anhören?
Aber was war mit all den anderen Dingen? Mit den Haaren. Waren sie hell oder dunkel? Oder den Augen. Waren sie grün, blau oder braun? Waren die Wangen rot oder blass, waren die Zähne gesund oder faul? War ich ein hübsches oder ein hässliches Kind?
Ich versuchte, mich zu erinnern, aber es wollte mir einfach nicht gelingen. Könnt ihr euch vorstellen, wie das ist? Wie es ist, wirklich rein gar nichts über sich selbst zu wissen? Nicht sein Alter, nicht seine Schuhgröße, nicht den Nachnamen, ja, nicht einmal das eigene Gesicht zu kennen?
Auf der anderen Seite des Zauns lag ein Feldweg und an der anderen Seite dieses Weges stand ein alter Grenzstein, auf dem ich mich niederließ. Ich musste erst einmal tief durchatmen und

den ersten Schock überwinden. Danach überlegte ich, was ich als nächstes unternehmen sollte.
Ich muss wissen, wo mein Zuhause liegt, dachte ich. Aber dazu muss ich erst einmal wissen, wer ich bin und wie ich aussehe. Doch allein kann ich das wohl kaum herausfinden. Deshalb muss ich die nächste Siedlung finden und einen anderen Menschen um Hilfe bitten. Wenn ich Glück habe, dann befinde ich mich ganz in der Nähe meines Elternhauses und treffe vielleicht sogar einen alten Bekannten, der mich erkennt und mir den Weg nach Hause zeigen wird.
Ich sah den Feldweg entlang, doch ich konnte mich nicht daran erinnern, jemals in dieser Gegend gewesen zu sein. Aber was hieß das schon? Feldwege gibt es auf dem Land viele. Und sie sehen ja auch alle sehr ähnlich aus. Da muss man sich nicht an jeden einzelnen erinnern. Aber wenn ich diesen Weg entlanggehe und zu einem Bauernhof oder in ein Dorf komme, dann wird mir schon wieder einfallen, wo ich bin, hoffte ich.
Bevor ich mich aber auf den Weg machte, musste ich mich erst einmal ein wenig selbst beschauen. Ich trug braune Wanderstiefel aus Leder. Das passt ja schon mal, falls ich einen langen Marsch machen muss, dachte ich und mir wurde sofort etwas heiterer zumute, obwohl ich eigentlich hoffte, dass der Weg zum nächsten Haus – hoffentlich meinem Haus – nicht zu weit sein würde.
Dann trug ich noch eine braune Hose, die ein wenig alt und ausgewaschen aussah. Ich durchsuchte die Hosentaschen und hoffte, einen Zettel, ein Foto oder sonst irgendetwas zu finden, was mir sagen konnte, wer ich war. Aber die Taschen waren vollkommen leer.
Über der Hose trug ich eine graue Strickjacke und darunter ein gestreiftes Hemd. Nun wusste ich also genau, was ich anhatte. Nur mein Gesicht, das wichtigste von allen, kannte ich immer noch nicht. Ich knöpfte mein Hemd auf und fuhr mir über den

Bauch. Ich merkte, dass ich ziemlich mager war, denn ich konnte die Rippen gut ertasten. Sofort hörte ich, wie mein Magen protestierte. Ja, es war wirklich an der Zeit für ein kleines Frühstück. Zu dumm, dass ich keinen Rucksack mit Proviant dabei hatte. Tja, dann musste ich wohl wie ein Landstreicher von Tür zu Tür ziehen und mir etwas erbetteln. Also auf, auf! Ich hatte keine Zeit zu verlieren und marschierte los. Die Kühe auf der Wiese folgten mir ein kurzes Stück, doch schon bald kamen sie an den Zaun, der ihrer Weide ein Ende setzte, und es blieb ihnen nichts anderes übrig, als stehen zu bleiben und mir sehnsüchtig hinterherzuschauen. Von da an war ich allein auf weiter Flur.

Die Sonne stieg höher am Himmel hinauf und schien zusehends wärmer auf mich hinunter. Die bunten Blumen auf den Wiesen öffneten ihre Blüten und überall um mich herum sah ich Vögel, die auf den Zweigen der Bäume saßen oder geschäftig umherflogen und dabei ihre fröhlichen Lieder zwitscherten. Es kam mir ein wenig so vor, als sängen sie diese nur für mich und mein Herz machte vor Freude einen kleinen Hüpfer. Sicher war es ein schrecklicher Tag gewesen. Ohne Erinnerungen aufzuwachen, in einem Pappkarton, mitten auf einer Kuhweide, ist ein Schreck, den man nicht alle Tage erlebt. Aber jetzt, wo ich sah, wie die Natur um mich herum erwachte und alles so warm, grün und herrlich war, da konnte ich doch nicht länger traurig sein. Ich spürte, dass alles gut werden würde – ach nein, ich wusste es. Voller Vergnügen hüpfte ich den Weg entlang und sah mal nach links, mal nach rechts.

Ich sah Wiesen mit Gräsern und blühenden Blumen. Und ich wusste, dass es Wiesen waren. Diese Wiesen allerdings kannte ich nicht. Ich versuchte, mich an irgendwelche anderen Wiesen zu erinnern, aber mir fielen keine ein.

Dann kam ich durch ein kleines, schattiges Wäldchen, mit vielen Tannen, aber auch mit Laubbäumen. Sie waren noch ziem-

lich kahl und hatten erst ganz winzige, kleine Blätter. Aber in wenigen Tagen würden sie einen richtig schönen dichten, grünen Mantel bekommen. Das wusste ich.
Aber woher eigentlich? Ich kannte diese Bäume nicht. Und ich konnte mich auch an keine anderen erinnern und doch wusste ich, dass es sie gab, dass sie Bäume hießen und dass sie im Winter kahl waren, aber im Frühling neue Blätter bekamen.
Ich blieb stehen. Das war doch wirklich höchst verwunderlich! Alles um mich herum war mir so bekannt, aber gleichzeitig auch wieder so fremd. Hier im Schatten der Bäume ließ meine Fröhlichkeit wieder ein wenig nach. Langsam trottete ich den Weg voran und überlegte, was dies alles zu bedeuten hatte, warum ich alle Dinge beim Namen nennen konnte, obwohl ich mich an nichts dergleichen aus meinem früheren Leben erinnern konnte.
Aber ich sah bald ein, dass es keinen Zweck hatte, darüber nachzudenken. Wenn ich eine Antwort auf meine Fragen haben wollte, musste ich eben Menschen finden und zwar möglichst schnell!
Also fing ich wieder an zu laufen. Doch diesmal nicht aus Heiterkeit, diesmal hatte ich es wirklich eilig. Ich hoffte, unterwegs einen Teich, einen Bach oder wenigstens eine Wasserpfütze zu finden, in der ich mein Gesicht spiegeln konnte. Denn ich musste doch wissen, wie ich aussah, bevor ich vor den ersten Menschen trat. Aber ich hatte Pech. In den letzten Tagen schien es nicht besonders oft geregnet zu haben.
Und so hetzte ich weiter voran, hörte mit meinen Ohren die dumpfen Schritte meiner Stiefel auf dem Waldboden, schaute mit den Augen den Weg entlang, der sich vor mir in die Länge zog, sog mit meiner Nase den Geruch des Waldes in mich hinein und keuchte aus dem Mund, weil mir von dem vielen Gerenne langsam schwindelig wurde. Ja, meine Sinne, die funk-

tionierten wirklich wunderbar. Hoffentlich sah das Gesicht, zu dem sie gehörten, genauso gut aus.

Ich erreichte den Waldrand und vor mir breitete sich eine leicht hügelige Wiesenlandschaft aus. Links und rechts vom Weg wuchsen Obstbäume, die noch vor wenigen Tagen in voller Blütenpracht gestanden haben mussten.

Und dann sah ich auch endlich das, wonach ich so lange gesucht hatte – einen Menschen!

Sofort waren all mein Kummer und all meine Sorgen wieder verschwunden. Hurra, ich war nicht der einzige verbliebene Mensch auf der Erde! Es gab auch noch andere, Erwachsene, die man um Hilfe bitten konnte. Und nur wenige hundert Meter von mir entfernt war so ein Erwachsener. Es war ein Mann, der auf einem Stein saß, ein Butterbrot aß und sich zufrieden die Landschaft um ihn herum ansah. Hinter ihm war eine Weide mit vielen weißen und einigen schwarzen Schafen und vor seinen Füßen lagen zwei schwarze Hunde, denen er ab und zu ein Stückchen Brot zuwarf, welches sie gierig aufschnappten.

Das wird wohl ein Schäfer sein, dachte ich und ging näher an ihn heran. Der Mann musste ungefähr vierzig Jahre alt sein, er trug grüne Kleidung, hatte braune Gummistiefel, ein gerötetes Gesicht und braunes, zerzaustes Haar. Hübsch sah er nicht gerade aus, fand ich. Aber das machte ja nichts. Wenn er mir nur sagen konnte, wo ich war und mir vielleicht ein wenig von seinem Brot abgab.

Zügig ging ich auf ihn zu und blieb dann abrupt stehen. Denn bevor er mich sah, entdeckten mich bereits seine beiden Hunde. Wild sprangen sie auf und kläfften mich mit fletschenden Zähnen an. Welch ein Glück, dass sie an einem Zaunpfahl angebunden waren. Die beiden wollten mich doch nicht etwa zerfleischen?

Vom lärmenden Gebell der Hunde aufgeschreckt, sah sich auch der Mann zu mir herum und sein zufriedenes Gesicht verzog sich sofort zu einer finster dreinblickenden Grimasse.
„Äh, hallo…", stammelte ich ein wenig schüchtern, denn mit so einer Begrüßung hatte ich nun wirklich nicht gerechnet.
„Was machst du denn hier?" fragte der Mann mit rauer und nicht gerade freundlicher Stimme. „Müssen kleine Kinder wie du nicht zu dieser Uhrzeit in der Schule sein?"
„Guten Morgen", grüßte ich noch einmal, denn mir fiel ein, dass manche Erwachsene es nicht so gern mögen, wenn man sie einfach nur mit Hallo begrüßt. Aber der Mann sah kein bisschen freundlicher aus.
„Willst du hier vorbei?" fragte er mürrisch. „Na, dann los! Ich halte die Hunde zurück."
Er fasste beiden Hunden an den Halsbändern und obwohl er eigentlich recht kräftig aussah, kostete es ihn einige Mühe die beiden Kläffer zurückzuhalten.
„Na, was ist denn nun?" brüllte er mir wütend zu. „Jetzt setz deinen Arsch in Bewegung und verschwinde! Siehst du nicht, dass du die Hunde total verrückt machst?"
„Oh, entschuldigen Sie bitte", antwortete ich, ohne dabei einen Schritt vorwärts zu gehen. „Das wollte ich nicht. Aber bitte, lieber Herr, können Sie mir vielleicht sagen, wo ich hier bin? Ich habe mich im Wald verlaufen und nun suche ich den Weg nach Hause."
Der Mann zog seine Hände zurück und die Hunde sprangen so hastig auf mich zu, dass sie sich beinahe mit ihren Halsbändern erwürgt hätten. Erschrocken wich ich einen Schritt zurück. Der Mann sah sich zunächst seine gequetschten Finger an, dann warf er einen wütenden Blick auf mich.
„Das weiß ich doch nicht, wie du nach Hause kommst!" keifte er mich an. „Ich kenn dich ja noch nicht mal. Und außerdem haben Kinder am frühen Morgen sowieso nichts im Wald zu

suchen. Also sieh zu, dass du in die Schule kommst, damit du was lernst und mir später mal meine Rente bezahlen kannst!"
Ich war sehr enttäuscht darüber, dass mir der Mann überhaupt nicht helfen wollte.
Aber eigentlich ist es ja nicht so schlimm, tröstete ich mich. Es gibt ja noch mehrere, viel nettere Menschen auf der Welt, die ich fragen kann. Ungeduldig trat ich von einem Bein aufs andere, denn ich traute mich nicht, den Mann zu fragen, ob er die Hunde ein zweites Mal zurückhalten könne. Aber den ganzen Weg zurückgehen, wollte ich auch nicht.
Der Mann erkannte meine Gedanken und stand mit einem lauten Fluchen auf, als ob ich ihn um etwas Besonderes gebeten hätte. Dann band er seine Hunde los, öffnete das Gattertor zur Wiese und schubste sie genervt hinein. Sofort vergaßen die Hunde mich und machten sich voller Eifer daran, die Schafe zusammenzutreiben.
„Na, mach schon!" brüllte der Mann mich an. „Nun verschwinde endlich vor meinen Augen, du hässliches Blag!"
Ich erschrak. Hässliches Blag hatte er mich genannt. Oh, hoffentlich war ihm das in seinem Ärger nur so rausgerutscht. Ich wollte alles sein, aber bloß nicht hässlich. Doch ich hatte keine Zeit, genauer darüber nachdenken, denn der Mann sah mich mit funkensprühenden Augen an, dass ich dachte, dass es wirklich das Beste sei, so schnell wie möglich abzuziehen und ihn nicht länger zu reizen.
Trotzdem blieb ich noch einmal stehen. Das war, als ich das große Stullenpaket erblickte, das er neben sich auf dem Stein liegen hatte. Mit leuchtenden Augen sah ich es an. Mir lief das Wasser im Mund zusammen.
„Was habe ich gesagt?" fragte der Mann, als ich stehen blieb.
„Ich… ich habe wirklich einen Mordshunger", antwortete ich. „Wenn Sie mir vielleicht ein klitzekleines Brot geben, dann werde ich auch ganz schnell…"

„Meine Hunde haben auch einen Mordshunger!" erwiderte der Mann mit einer Stimme, die sich anhörte, als würde sie hohe, Angst einflößende Wellen schlagen. „Und wenn du jetzt nicht endlich zusiehst, dass du wegkommst, dann kenne ich ein kleines, unverschämtes Kind, das sie heute zum Mittagessen fressen werden! Luca, Bronco, bei Fuß!"
Er stieß einen spitzen Pfiff aus und sofort vergaßen die Hunde die Schafe und kamen hechelnd auf den Zaun losgestürmt.
Und da rannte ich los! Ich rannte so schnell, dass die Steinchen unter meinen Stiefeln knirschten und das Herz in meiner Brust zu explodieren drohte. Und erst, als ich das Gefühl hatte, dass ich jeden Moment vor lauter Gehetze meine Lunge ausspucken könnte, blieb ich stehen. Ich sah mich um und rechnete damit, dass jeden Moment zwei dunkle, knurrende Schatten auf mich losprangen, mich zu Boden rangen und mir das Gesicht zerfleischten. Aber der Weg hinter mir war leer und sah so idyllisch aus wie eh und je. Der Mann hatte die Hunde also doch nicht auf mich losgelassen. Er hatte mir nur einen ordentlichen Schreck einjagen wollen.
So ein fieser Typ, dachte ich, nachdem ich mich einigermaßen erholt hatte. Wieso musste er nur so unfreundlich werden, wo ich ihm doch nur ganz nett eine Frage gestellt habe? Na ja, es gibt halt solche doofen Menschen. Da sollte man sich nicht so viel draus machen. Beim nächsten Mal habe ich gewiss mehr Glück.
Nun machte der Weg vor mir eine kleine Biegung. Dahinter ging es einige Meter in ein kleines Tal hinab und rechts vom Weg sah ich das rote Dach eines großen Bauernhofs. Sofort besserte sich meine Laune. Was für ein wunderbarer Hof in einer so wunderbaren Landschaft!
Wenn das nicht zufälligerweise das Haus von diesem unfreundlichen Schäfer ist, dann werde ich dort sicherlich nur nette Leute treffen, dachte ich und machte mich freudig auf den Weg.

2.

Der Bauernhof bestand aus zwei Häusern. Einmal war da ein Stall, der aus rotem Backstein gebaut war. Er sah bereits ein wenig alt und gammelig aus und auf dem Dach fehlte die eine oder andere Ziegel. Aber das Wohnhaus gegenüber! Das war so schön, dass ich dort am liebsten sofort eingezogen wäre. Das Fachwerk sah aus wie frisch renoviert, glänzte weiß wie Schnee und vor allen Fenstern waren Kästen angebracht, in denen die schönsten Blumen blühten. Aber das Allerschönste von allem war, dass aus dem Schornstein frischer Dampf aufstieg und die Haustür weit geöffnet war. Ich blickte mich auf dem Hof um, aber ich sah und hörte keinen anderen Menschen.
Und da breitete sich in mir irgendwie das Gefühl aus, als würde man im Inneren des Hauses bereits auf mich warten. Vielleicht kochte gerade jemand einen Tee für mich und die Haustür hatte man so weit aufgelassen, damit ich sofort hineintreten konnte und nicht erst zu klingeln brauchte. Ja, vielleicht ist dies ja tatsächlich mein Elternhaus, phantasierte ich weiter. Und die Frau, die da drinnen den Tee für mich kocht, ist meine Mutter die nur darauf wartet, dass ihr Junge endlich aus dem Wald zurückkommt. Und meinem Bruder, der sich diesen dummen Scherz erlaubt hatte, mich mitten in der Nacht in einem Pappkarton auf der Kuhweide auszusetzen, hatte sie bereits ordentlich die Leviten gelesen. Als Strafe musste er den ganzen Nachmittag lang Holz hacken und würde obendrein auch noch zwei Wochen Hausarrest aufgebrummt bekommen.
Ich trat an den Eingang heran und musste sofort ernüchtert feststellen, dass man die Tür keineswegs für mich aufgelassen hatte. Der wahre Grund war vielmehr, dass man frisch gewischt hatte und der Boden auf diese Weise besser trocknen konnte. Die Diele, die so groß war, wie bei manch anderen die gesamte Wohnung, war zwar bereits weitgehend getrocknet, aber ein

gefüllter Wassereimer und ein Wischmopp, der an der Wand lehnte, erinnerten noch an das vorangegangene Scheuererlebnis.
Ich sah auf das Namensschild an der Klingel: Brockmann. Der Name sagte mir überhaupt nichts und sofort spürte ich, dass dies ganz sicher nicht mein Zuhause war. Ich wusste zwar nicht, wie mein Nachname lautete, aber ich war davon überzeugt, dass ich ihn wiedererkennen würde, sobald ich ihn las oder hörte. Genauso, wie ich meine Eltern wiedererkennen würde, wenn ich sie nur endlich bald zu Gesicht bekam.
„Hallo", rief ich schüchtern in die Diele hinein, aber niemand antwortete mir. Nur ein leises Echo, das durch die große Diele hallte. Ich überlegte, ob ich klingeln sollte, aber ich entschied mich dagegen. Warum wusste ich selber nicht. Und so trat ich, ohne vorher um Erlaubnis zu fragen, in ein fremdes Haus hinein. Die Riesendiele mit ihren ockerfarbenen, sauber glänzenden Bodenfliesen erzeugte in mir eine solche Ehrfurcht, dass ich mich kaum traute, mich zu bewegen. Und dennoch tippelte ich langsam und leise auf die erste Tür zu. Dahinter verbarg sich eine graue Betontreppe, die in einen dunklen, feuchten und muffigen Keller, mit Spinnenweben in den Ecken, führte.
Da wollte ich auf keinen Fall hin. Außer vielleicht auf dem Rückweg. Falls das Haus tatsächlich leer sein sollte, konnte ich da hinuntergehen und mir ein paar Essensvorräte stibitzen. Ich ging weiter zur nächsten Tür und war mir nicht ganz sicher, ob ich einfach öffnen oder erst anklopfen sollte. Eine Weile stand ich da, horchte und sah durchs Schlüsselloch. Als ich aber nichts Verdächtiges bemerkte, drückte ich langsam die Klinke nieder und öffnete. Dahinter befand sich so etwas wie ein Gästezimmer. Ein kleines, einfaches Bett, das aussah, als wäre es frisch gemacht, weil es schon seit Urzeiten nicht mehr benutzt wurde, ein kleiner Tisch, ein Stuhl, ein Kleiderschrank, das war

alles. Außerdem war es kühl und roch nach gar nichts. Dort brauchte ich mich nicht länger umzusehen, denn ich wusste sofort, dass ich in diesem Raum nicht das finden würde, was ich suchte. Also schloss ich die Tür so leise ich nur konnte und schlich auf die andere Seite der Diele hinüber, wo es ebenfalls eine Tür gab. Doch hinter dieser befand sich nur ein dunkler Raum mit einer stöhnenden Heizung und einigen Öltanks.
Enttäuscht schloss ich die Tür wieder und wusste nicht, ob ich noch weiter in das Haus eindringen oder ob ich lieber verschwinden sollte, solange ich noch die Zeit dazu hatte. Ich blickte immer wieder zwischen der offenen Haustür und dem Ende der Diele hin und her, wobei mich das Gefühl beschlich, dass ich mit jedem Schritt weiter in das Maul eines Löwen kriechen würde, der nur sehnsüchtig darauf wartete, mich endlich hinunterschlingen zu können. Aber noch war es nicht soweit, noch war die Haustür geöffnet...
Da hörte ich plötzlich eine Stimme und schrak zusammen, dass ich beinahe geschrien hätte. Aber diese Panik war überhaupt nicht nötig. Es war nämlich nicht etwa das bösartige Gebrüll eines Löwen, sondern nur die warmherzige Stimme einer Frau, die voller Freude am Singen war: „Der Mai ist gekommen, die Bäume schlagen aus."
Dieses Lied kannte ich. Dieses Lied mochte ich und ich wusste genau, dass ich es schon immer gemocht hatte und es mich an irgendetwas erinnerte.
An was?
Keine Ahnung. Vielleicht hatte meine Mutter es ja gesungen, wenn ich mit ihr und unserem Hund einen Frühjahrsspaziergang machte. Ich wusste es nicht. Aber vielleicht würde es mir wieder einfallen, wenn ich die Frau sah, die dieses Lied sang. Und so zog es mich immer weiter ins Haus hinein, bis vor die Tür, es war die vorletzte, aus der die Stimme erklang. Ich klopfte an, aber genau in diesem Moment trällerte die Frau so

laut los, dass sie es einfach überhören musste. Und da ich mich absolut nicht traute, lauter zu klopfen, beschloss ich, die Tür zu öffnen, zuerst langsam, dann mit einem Riesenruck, weil ich sonst den Mut verloren hätte.

Hinter der Tür lag die Küche. Auf dem Küchentisch lagen ein Korb voll Kartoffeln und eine Schale mit rohem Schweinefleisch. Auf dem Herd stand ein großer Topf und am Waschbecken stand eine dicke Frau mit einer blauen Schürze und planschte ordentlich im Becken umher. Dabei fischte sie mit den Fingern hellgrün-weiße Blätter hervor und warf sie in ein weißes Plastiksieb. Vielleicht waren es Kohlblätter, vielleicht aber auch Salat. Jedenfalls ließ sich die Frau nicht bei ihrer Arbeit ablenken und trotzdem schien sie bemerkt zu haben, dass jemand gekommen war.

„Heinz?" rief sie. „Bist du's? Kannst du vielleicht mal bitte so lieb sein und mir aus dem Garten eine Hand voll..."

„Nein!" wehrte ich eilig ab. „Ich bin's. Meine Name ist Pe..."

Die Frau drehte sich rascher um, als ich vermutet hätte. Sie sah mich mit erschrockenen Augen an und dann tat sie solch einen spitzen Schrei aus, dass man meinen könnte, es wäre ein Unglück passiert. Wild schlug sie mit den Armen um sich, wobei sie das Sieb traf, dass die Kohlblätter auf den Küchenboden herunterrieselten. Doch das kümmerte sie gar nicht. Sie fasste sich mit den Händen an ihr gerötetes Gesicht und schrie noch lauter. Es klang so schrecklich, dass ich mir nicht mehr sicher war, ob man mit einem einzigen Schrei einen Menschen töten konnte.

„'Tschuldigung, dass ich einfach so reingeplatzt bin", sagte ich, als sie eine Pause machte. „Ich wollte nur fragen, ob Sie mir vielleicht..."

„Heinz! Heinz!" schrie die Frau. „Ein Einbrecher! Er will mich überfallen, in der Küche, am frühen Morgen. Komm schnell!"

Die Frau musste ja reineweg übergeschnappt sein. Sie war doch eine erwachsene und zudem ziemlich stämmige Frau und ich bloß ein Junge, ein ziemlich magerer noch dazu. Warum brüllte sie nur so? Sah ich denn so furchtbar gefährlich aus?
Ich versuchte, die fremde Frau zu beruhigen, aber es wollte mir nicht gelingen. Sie wurde immer nur noch panischer und griff schließlich nach einer Porzellantasse, die auf der Spüle stand, und warf sie nach mir. Welch ein Glück, dass ihre Arme so sehr zitterten, dass sie nicht richtig zielen konnte. Die Tasse zersplitterte auf dem Küchenboden, direkt vor meinen Füßen. Ich sah die kräftigen Arme der Frau an und wusste, dass es böse ausgehen konnte, wenn sie mir tatsächlich mit voller Wucht eine Tasse an die Stirn schmetterte. Ich sah ein, dass es keinen Sinn hatte, weiter mit ihr zu diskutieren und wollte mich auf und davon machen. Wenn ich schnell laufe, dachte ich, dann schaffe ich es vielleicht noch, rechtzeitig zu flüchten, bevor dieser Heinz auftaucht und mir den Arsch versohlen kann.
Doch da hatte ich die Frau falsch eingeschätzt.
„Warte!" rief sie, kaum nachdem ich mich umgedreht hatte. Ihre Stimme klang nun überhaupt nicht mehr panisch und ängstlich, sondern entschlossen, klar und so tief wie die eines Mannes.
Ich drehte mich um und erstarrte. Und das war nicht gut. Denn ich hätte wegrennen sollen, so schnell es nur ging, weg von dieser Verrückten und vor allem weg von dem Fleischermesser, das sie in der Hand hielt und mit dem sie genau auf mein Herz zielte. Doch ich konnte nicht! Das Einzige, was ich wusste, war, dass es kein Blut geben würde, wenn sie zustach. Denn das war in meinen Adern längst gefroren.
„Ja, jetzt hast du wohl Angst!" sagte die Frau. Ihre Stimme schwankte, aber nicht vor Furcht, sondern vor Erregung. Ich hielt mich am Türrahmen fest und schon machte die Frau zwei große Schritte auf mich zu, packte mir mit einem harten Griff

ins Genick und schob mir das Messer vor die Nase, dass mir der Atem verging.

„Ja, das hast du dir wohl so gedacht! Erst in ein fremdes Haus einbrechen, eine arme, anständige Bauersfrau zu erschrecken und sich danach einfach so aus dem Staub machen. Aber nicht mit mir, mein Freund!"

Oh, wie fies und bösartig ihre Stimme klang. Ich konnte kaum glauben, dass genau diese Stimme noch vor einer Minute so schön gesungen hatte. Dafür aber konnte ich mir lebhaft vorstellen, dass mich diese Frau abstechen würde, ohne auch nur das kleinste bisschen Gnade mit mir zu haben.

Aber warum nur?

Ich war doch nur ein kleiner Junge, der nichts Schlimmeres getan hatte, als in ein fremdes Haus einzudringen, ohne vorher zu klingeln. Sicher, das war nicht gerade anständig, aber doch kein Grund, einen mit solch einem Messer zu bedrohen. Und wenn die Leute einfach so ihre Haustür aufließen, waren sie doch auch irgendwie selber schuld.

Aber die Frau war offenbar anderer Meinung. Dass sie nicht sofort zustach, lag wohl viel mehr daran, dass sie mich vorher noch ein bisschen quälen wollte. Und so riss sie mich zurück in die Küche, stellte mich dort an die Wand, ohrfeigte mich mit ihrer freien Hand und schimpfte und brüllte auf mich ein, als wäre ich ein Schwerverbrecher.

Mama, Papa, dachte ich nur noch. Wo seid ihr? Warum habt ihr mich verlassen? Merkt ihr denn nicht, dass euer Sohn in Gefahr ist? Was geschieht hier nur mit mir?

Aber meine Eltern konnten mir nicht helfen. Sie waren weit, weit weg. Und ich war allein in einer fremden Küche, bei diesem Drachen, dieser Furie, die mich umbringen wollte, obwohl ich noch nicht einmal etwas gestohlen hatte.

Am Ende aber bekam ich doch Hilfe. Allerdings von einer ganz anderen Seite und eigentlich wollte diese Person auch gar nicht mir helfen, sondern der Frau, die mich bedrohte.
„Frieda?" hörte ich die Stimme eines Mannes. „Frieda? Was ist los mit dir? Du hast eben um Hilfe geschrien."
Die Frau lockerte ihren Griff und drehte sich herum.
„Oh Heinz, komm schnell!"
Die brutale Wut, mit der sie mich gerade noch angeschrien hatte, wich völlig aus ihrer Stimme und stattdessen kehrte die panische Verzweiflung zurück. Als ob ich es wäre, der sie mit dem Messer bedrohte und nicht umgekehrt.
„Hier ist ein Einbrecher in der Küche!" schrie sie weiter. „Ein ganz gemeiner! Komm schnell! Allein werde ich nicht mit ihm fertig!"
„Ich komme!" rief der Mann und verschwand vom Fenster.
Da wollte die Frau ein weiteres Mal auf mich losgehen. Aber ich hatte die Gelegenheit genutzt und mir schnell einen Kochlöffel geschnappt, mit dem ich ihr, so stark ich konnte, unters Kinn stieß. Die Frau schrie, dass die Wände zitterten. Dann ließ sie vor lauter Schreck das Messer fallen, stolperte über das Sieb, das noch immer auf dem Boden lag und kippte hintenüber. Keine Sekunde wollte ich mehr dort verschwenden. Mit einem Satz war ich aus der Küche gesprungen, warf die Tür ins Schloss und wollte schon wegrennen. Als ich aber hörte, wie in der Küche der Schlüssel zu Boden fiel, machte ich noch einmal auf, griff nach ihm und sah zu, dass ich die alte Hexe in ihrer eigenen Küche einsperrte. Ich war gerade schnell genug, dass ich nicht von dem Messer getroffen wurde, das sie nach mir warf. Ich hörte nur noch, wie es sich mit einem lauten Ruck in das Holz der Küchentür bohrte.
Nur noch weg von hier! dachte ich. Doch gerade, als ich auf die Haustür losrennen wollte, sah ich, wie der Mann hineingestürmt kam. Auch das noch! Wo sollte ich nur hin?

Der Mann war nicht besonders groß und auch viel dürrer gebaut als seine Frau. Und doch war es ein erwachsener Mann und ich bloß ein Kind. Er sah mich hasserfüllt an und ohne ein Wort zu sagen, kam er mit großen Schritten auf mich zu.
Mir blieb nichts anderes übrig, als durch die breite Tür zu flüchten, die am Ende der Diele lag. Dahinter befand sich ein großer Flur, der im Gegensatz zur Diele mit einem scheußlichen, roten Teppich ausgelegt war. Wenn man eine große Familienfeier veranstalten wollte, dann hatte man hier genügend Platz, um die langen Tische aufzustellen. Jetzt aber war der Raum fast leer. Ohne zu überlegen, rannte ich auf die Tür, die mir gegenüberlag, zu, riss sie auf und warf mich hinein. Im Raum war es ziemlich dunkel. Aber ich hatte keine Zeit, um das Licht anzumachen. Ich tastete an der Tür herum und hatte Glück. Der Schlüssel steckte auf der Innenseite im Schlüsselloch. Mit zitternden Fingern drehte ich ihn um. Und danach konnte Heinz so lange an der Klinke rütteln, wie er wollte. Die Tür bekam er nicht auf. Er warf sich auch ein paar Mal dagegen, aber das Einzige, was er erreichte, war, dass er sich wunde Schultern holte. Er fluchte laut auf, doch seine Flüche wurden bald vom hysterischen Geschrei seiner Frau übertönt.
„Der Verbrecher hat mich zu Boden geschlagen!" klagte sie.
„Hast du ihn gefangen?"
„Der Mistkerl hat sich im Badezimmer eingeschlossen", antwortete der Mann. „Aber er wird nicht entkommen, dafür sorge ich."
Ich hörte ein lautes Rattern. Offenbar versuchte der Mann eine kleine Kommode, eines der wenigen Möbelstücke im Flur, heranzuschieben.
Voller Panik suchte ich den Lichtschalter und knipste an. Und tatsächlich, ich stand genau in dem Zimmer, in das ich die ganze Zeit hineingewollt hatte, im Badezimmer. Doch ich vergaß vollkommen, was ich hier eigentlich tun wollte, denn ich wur-

de gerade in diesem Zimmer eingesperrt und es gab nur ein winziges Fenster, das so weit oben lag, dass ich nicht heranreichte. Ich suchte nach einem Gegenstand, auf den ich hinaufklettern konnte. Doch die Schränke waren in der Wand verankert und einen Hocker gab es nicht. Die einzige Möglichkeit, die ich hatte, war, vom Waschbecken aus zu...
Und in dem Moment blickte ich zum ersten Mal in mein eigenes Spiegelbild. Ein eigenartiges Gefühl beschlich mich, wie ich mich so ansah. In mir breitete sich eine Ruhe aus, als wäre die Gefahr, in der ich schwebte, wie weggeblasen.
Zuerst traute ich mich kaum, mir direkt in die Augen zu schauen, weil ich Angst hatte, ich würde tatsächlich so hässlich sein, wie es der Schäfer gesagt hatte. Aber letztlich siegte die Neugier doch. Ich gab mir einen Ruck und sah mein gesamtes Gesicht klar und deutlich vor mir.
Was war es für eine Erleichterung, als ich merkte, dass der Schäfer gelogen hatte. Sicherlich war ich nicht das hübscheste Kind der Welt. Mein Gesicht wirkte blass und mager. Ich hatte schmale Wangen und eine kleine, spitze Nase. Man sah mir an, dass ich nicht gerade ein Kraftbrocken war, aber dafür hatte ich schönes, glattes, dunkles Haar, das oben mittellang und im Nacken etwas kürzer war. Meine Augen waren dunkelbraun, fast schwarz, mit dichten Augenbrauen darüber. Das sah ein wenig geheimnisvoll aus, fand ich, als hätte ich etwas dahinter zu verbergen. Aber es passte zu mir, denn ich spürte, dass ich kein sonderlich offenes Kind war. Kein ewig strahlender Sonnenschein, der stets dazu bereit war, die gesamte Verwandtschaft zu erheitern und der Liebling in der Schule war, sondern eher jemand, der sich gerne mal zurückzog und alleine sein wollte. Mein ganzes Gesicht wirkte verängstigt und eingeschüchtert, aber das war ja kein Wunder in der Situation, in der ich mich befand. Als ich mich aber dazu aufraffte, ein Lächeln aufzusetzen, da fand ich, dass ich wirklich sehr gut aussah.

Meine Lippen waren zwar dünn, aber dafür hatte ich schneeweiße, gesunde Zähne. Außerdem hatte ich weder Segelohren, noch eine krumme Nase, noch sonst irgendwelche Fehler im Gesicht. Was wollte ich also mehr?
Kein Wunder, dass meine Mutter mich liebte und mein Vater stolz auf mich war. Sollten die Anderen doch von mir denken, was sie wollten.
Neben dem Spiegel war ein Wandschrank, auf dem ein Zollstock lag. Sofort griff ich danach und klappte ihn auseinander, denn ich wollte wissen, wie groß ich war. Sehr groß war ich allerdings nicht, nur ungefähr ein Meter vierzig. Vielleicht auch ein bisschen größer. So genau konnte ich das in all der Aufregung nicht herausfinden, denn nun hörte ich, wie das wütende Fauchen der Frau wieder näherkam. Offenbar hatte ihr Mann sie aus der Küche befreit.
„Im Badezimmer ist er, hast du gesagt?" hörte ich sie schreien. „Na, dann kann ich ihm ja gleich mal 'ne kalte Dusche verpassen. Und dann gnade ihm Gott!"
Ich hörte, wie sie sich daran machten, die Kommode wieder zur Seite zu schieben und hatte keinen Zweifel daran, dass die Frau die Tür aufbrechen würde, so fett, wie sie war. Die Badezimmertür wirkte auch nicht so stabil, wie die Tür der Küche. Erschrocken ließ ich den Zollstock fallen und kletterte in das Waschbecken hinein. Das Becken lag nicht direkt neben dem Fenster und es war bei meiner Größe nicht gerade einfach, von dort aus den Griff zu bedienen und das Fenster nach innen zu öffnen. Vor allem nicht, wenn der Rand des Beckens feucht war und man leicht abrutschen konnte. Am Ende aber schaffte ich es dennoch. Frische Luft drang zu mir hinein und ich klammerte meine Finger um den Fensterrahmen.
Und im nächsten Moment geschahen zwei Dinge. Das erste war, dass die Tür zum Badezimmer zerbrach, als sich die dicke Frieda dagegenstemmte. Das zweite war, dass das Waschbe-

cken unter einem lauten Geschepper zu Boden fiel und dort in tausend kleine Stücke zerbrach, die der entsetzten Frieda entgegenflogen. Ich aber hatte keine Zeit, mich zu erschrecken. Die Freiheit war zum Greifen nah und ich sah zu, dass ich hinauskam, bevor sie mir wieder genommen werden konnte. Meine Füße hatte ich rechtzeitig auf dem Handtuchhalter abgestützt. Da der aber noch weniger stabil zu sein schien als das Waschbecken, hievte ich mich schnell unter einem lauten Gestöhne nach draußen. Heinz versuchte noch, mich an den Stiefeln zu packen, aber ich trat ihm ins Gesicht, dass er schreiend zurücktaumelte. Und endlich hatte ich es geschafft! Mit einem erleichterten Satz sprang ich auf der anderen Seite, im Garten, zu Boden und hörte noch, wie Frieda über das teure Waschbecken jammerte, was mich aber nicht mehr zu interessieren brauchte. Ohne zurückzublicken lief ich davon, über die grüne Wiese, durch die Rhododendrenhecke hindurch und…
Genau in das Fahrrad hinein, das, mit einer jungen Frau auf dem Sattel, den Weg entlanggefahren kam. Ich versuchte noch zurückzuweichen, aber es war bereits zu spät. Die Frau machte mit dem Vorderrad einen großen Schlenker, um einen Zusammenstoß zu vermeiden, doch dabei kam es, wie es kommen musste. Sie verlor das Gleichgewicht und sie kippten zusammen um, das Rad und die Fahrerin.
„Kannst du nicht aufpassen, du ungezogenes Kind?!" brüllte sie mich an, nachdem die wildesten Schmerz- und Schreckensschreie aus ihrer Stimme gewichen waren. Dann befühlte sie ihre Beine, während ich wie versteinert neben ihr stand und keinen Mucks von mir gab. Sie hatte sich nichts gebrochen, aber sie sah, dass sie sich die Hose auf dem Kiesboden des Weges aufgescheuert hatte.
„So ein Mist, die Hose war gerade neu!" schrie sie.
Ich war völlig verdattert und wusste nicht recht, was ich tun sollte. Schließlich streckte ich ihr die Hand entgegen.

„Soll ich Ihnen aufhelfen?" fragte ich.
„Fass mich bloß nicht an!" brüllte die Frau zurück. „Du rücksichtsloses Blag! Aber meine Hose wirst du mir bezahlen müssen. Entweder du oder deine Eltern!"
Da musste ich schmunzeln, obwohl die Sache eigentlich gar nicht zum Lachen war.
„Aha, du findest das also auch noch komisch?" rief die Frau mir biestig zu. „Aber das Lachen wird dir noch vergehen, das sage ich dir!"
Sie konnte ja nicht wissen, was an der Sache so traurigkomisch war. Nämlich, dass ich weder Geld noch Eltern hatte. Und so konnte ich die Hose nicht bezahlen und es gab auch niemanden, der mich zu Hause für meine Tat bestrafen konnte. Langsam löste sich meine Starre und ich bemerkte, dass die Frau vom Einkaufen zurückkam. Im Fahrradkorb hatte sie eine Stofftüte mit lauter Waren gehabt, die nun über den ganzen Weg verteilt lagen.
Und ohne genau zu wissen, was ich tat, ergriff ich die Gelegenheit. Ich schnappte mir die Tüte und griff alle Sachen auf, die ich in meiner Eile erwischen konnte. Einen Becher Joghurt, eine Tüte Brötchen, ein Paket Wurst, eine kleine Flasche mit einer merkwürdigen, dunklen Flüssigkeit, eine Tafel Schokolade und zwei Äpfel. Hastig warf ich die Tasche mit meiner Beute über die Schulter und lief davon, dass es nur so staubte. Schließlich hatte ich nichts mehr zu verlieren, aber zumindest ein kleines Frühstückchen zu gewinnen, wenn es mir nur endlich gelang, mich vor diesen schrecklichen Leuten in Sicherheit zu bringen.
Die Frau war von solch einer dreisten Tat offenbar so entsetzt, dass sie eine Weile nichts tun konnte, als mir sprachlos hinterherzuglotzen. Dann aber begann sie zu brüllen: „Du Dieb! Du hinterhältiger Dieb! Erst wirfst du eine wehrlose Frau zu Bo-

den und dann raubst du sie auch noch aus! Bleib gefälligst stehen, du Schuft!"
Aber vor dieser Frau brauchte ich keine Angst zu haben, auch wenn sie ein Fahrrad hatte, mit dem sie mich verfolgen konnte. Was mir viel mehr Sorgen machte, waren die quietschenden Reifen eines anfahrenden Autos. Und dann hörte ich Heinz' Stimme schreien: „Sabine! Mach den Weg frei! Ich muss einen Einbrecher verfolgen!"
„Fangt ihn!" antwortete Sabine voller Wut. „Der Schuft hat mich auch ausgeraubt. Haltet ihn bloß auf und haut ihm ordentlich eins auf den Hintern!"
Danach war wieder das Quietschen der Reifen zu hören, als das Auto weiterfahren konnte. Ich versuchte, noch ein wenig schneller zu rennen, aber ich wusste, dass ich nicht mehr lange durchhalten würde. Ich war an diesem Tag schon genug gerannt, ohne auch nur einen Happen zu essen. Verzweifelt sah ich mich nach einem Fluchtweg um, aber auf den Wiesen links und rechts von mir weideten Pferde. Ich wusste zwar nicht, ob sie gefährlich waren, aber ich wollte es nicht darauf ankommen lassen. Ich sah mich um. Das Auto war mir schon ziemlich dicht auf den Fersen, mit Heinz auf dem Fahrersitz. Sein Gesicht war so hasserfüllt und er wurde noch um einiges entschlossener, als sich unsere Blicke trafen. Und da trat er noch einmal richtig auf die Pedale. Das Auto heulte auf.
Er wird mich überfahren, dachte ich. Er wird mich ganz sicher überfahren. Ich sah, dass wenige Meter vor mir eine scharfe Kurve kam. Dort würde er bremsen müssen, wenn er nicht vom Weg abkommen und in den Weidezaun oder in einen Baum krachen wollte. Und diese Kurve war meine letzte Chance. Wenn ich die erreichte, bevor Heinz mich erreichte, würde sich vielleicht doch noch eine Möglichkeit ergeben, zu entkommen. Ich sammelte meine letzten Kraftreserven und lief und lief...

Und wäre beinahe überfahren worden!
Allerdings nicht von Heinz. Genau in dem Moment, als ich in die Kurve einbiegen wollte, kam aus der anderen Richtung ein Trecker angerattert. Ich hätte ihn eigentlich viel früher hören müssen, aber vor lauter Panik hatte ich nicht darauf geachtet. Viel hätte nicht gefehlt und ich wäre direkt unter eines seiner gewaltigen Räder geraten. Ein Glück, dass ich es noch schaffte, zur Seite zu springen und mich in das Astwerk eines Baumes zu krallen, der direkt neben dem Weg stand.
„Kannst du nicht aufpassen!" brüllte mich der Fahrer an, aber er vergaß mich schnell, als er sah, was nach mir auf ihn zugerast kam. Nämlich Heinz, der noch versuchte, die Reifen seines andonnernden Wagens zu bremsen. Aber vergebens. Ein Zusammenstoß war nicht mehr aufzuhalten. Der arme Heinz. Er konnte einem wirklich leidtun. Erst das zerbrochene Waschbecken und nun auch noch ein zu Schrott gefahrenes Auto. Aber er konnte noch vom Glück sprechen, dass ihm selbst nichts passiert war. Er öffnete die rechte Tür, die nicht vom Zusammenstoß eingequetscht worden war und sprang heraus.
„Das wirst du mir büßen, du Hundesohn!" schrie er mich an und ich sah zu, dass ich mich zwischen Zaun und Traktor vorbeiquetschte und Leine zog.
„Bleib hier!" rief der Traktorfahrer hinter mir her. „Du bist mein Zeuge."
Aber das interessierte mich natürlich herzlich wenig, wo mir Heinz doch an den Kragen wollte. Der allerdings hatte nicht mit dem Traktorfahrer gerechnet, der ihn grob zurückhielt.
„Hiergeblieben!" hörte ich ihn noch sagen. „Den Burschen werde ich schon noch auftreiben, wenn ich ihn brauche. Aber jetzt zu dir, mein lieber Freund. Bist du eigentlich komplett wahnsinnig geworden, dass du…"

„Halt's Maul!" erwiderte Heinz gereizt. „Lass uns das wann anders regeln. Ich muss den Jungen kriegen. Das ist wichtiger!"
Ich bekam noch mit, wie sich die beiden Männer ein heißes Wortgefecht miteinander lieferten. Einzelne Worte konnte ich nicht mehr verstehen, weil ich schon zu weit weg war, aber ich merkte, dass der Traktorfahrer hartnäckig blieb und Heinz nicht vorbeilassen wollte. Und das war gut für mich, denn sonst hätte er es womöglich doch noch geschafft, mich zu packen und anschließend Hackfleisch aus mir zu machen. So aber gelang es mir, der Gefahr im letzten Moment zu entrinnen. Vor mir tauchten zwei weitere Bauernhöfe auf, dahinter eine Kreuzung. Ich bog nach links ab und kam auf eine kleine Straße, die direkt in einen Wald hineinführte. Ich spitzte die Ohren und hörte, wie die beiden Männer noch immer miteinander stritten. Dann aber wurde es ruhiger. Offenbar hatte Heinz endlich nachgegeben und eingesehen, dass er für den Unfall verantwortlich war.
Triumphierend lief ich in den Wald hinein und hoffte inständig, dass ich in meinem Leben niemals wieder etwas von Heinz und seiner fetten Frau hören oder sehen würde. Ich kam von der Straße ab und lief kreuz und quer zwischen den Bäumen hindurch, wobei ich mich immer wieder umsah. Doch ich konnte niemals einen Verfolger erblicken. Schließlich trugen mich meine Füße zu einem anderen kleinen Waldweg. Ein paar Meter weiter lag ein riesiger Holzstoß. Und da ich mir ziemlich sicher war, dass Heinz mir nicht mehr auf den Fersen war, beschloss ich, stehenzubleiben, mich hinter den dicken Stämmen zu verstecken und mich eine Weile auszuruhen.

3.

Nachdem ich einen Happen gegessen und einen Schluck getrunken hatte, fühlte ich mich gleich etwas besser. Mit der Limonade tat ich mich am Anfang allerdings etwas schwer, denn sie war pechschwarz. Sie erinnerte mich vom Aussehen her eher an Kaffee, aber das konnte nicht sein, denn niemand würde Kaffee in eine Flasche füllen. Außerdem sprudelte es in ihr, wie ich es von echter Limonade her kannte. Dabei konnte ich mich noch nicht einmal daran erinnern, wann ich das letzte Mal Limonade getrunken hatte, aber ich war mir ganz sicher, dass diese gelb, orangefarben oder durchsichtig gewesen war, auf keinen Fall aber schwarz. Vorsichtig nippte ich an der Flasche und war erstaunt darüber, dass es doch ziemlich gut schmeckte, wenn auch irgendwie ungewöhnlich und ziemlich süß. Danach aß ich ein Brötchen. Butter hatte ich leider keine und auch kein Brotmesser, um es teilen zu können. So riss ich es einfach in der Mitte durch, legte auf jede Hälfte eine Scheibe Wurst und schlang es herunter. Oh, wie sich mein Magen bei mir bedankte, als er an diesem Tag zum ersten Mal etwas zu tun bekam. Anschließend verspeiste ich noch einen Apfel und brach mir ein Stück von der Schokolade ab. Am liebsten hätte ich gleich die gesamte Tafel verschlungen, denn ich liebte Schokolade über alles. Aber ich musste vernünftig bleiben. Ich konnte ja nicht wissen, wann ich das nächste Mal etwas zu essen bekam. Als ich fertig war, klopfte ich von meiner Hose die Krümel ab und zog meinen linken Ärmel hoch, um dabei festzustellen, dass ich keine Armbanduhr besaß.

Na ja, aber das machte ja nichts. Egal wie spät es war, es war an der Zeit, sich wieder auf den Weg zu machen, um endlich in dieser weiten, weiten Welt einen einzigen vernünftigen Menschen zu treffen.

Mein Weg führte einige weitere hundert Meter durch den Wald, dann mündete er wieder in einer Wiesenlandschaft. Doch direkt vor mir, nur einen kleinen Abhang hinunter, wurde das herrliche Grasgrün von einem roten Klecks durchbrochen. Und dieser rote Klecks waren die Dächer eines Dorfes. Vergnügt sprang ich voran, in der Hoffnung, endlich einen Menschen zu finden, der mir helfen konnte. Das Dorf schien zwar nicht besonders groß zu sein, aber trotzdem musste es dort doch wenigstens einen netten und hilfsbereiten geben.

Als ich den Abhang zur Hälfte hinunter war, sah ich, dass mir eine Frau entgegenkam. Neben ihr tollte ein kleines Mädchen umher. Beide sahen unheimlich nett aus und ich konnte es kaum erwarten, sie anzusprechen.

Doch bevor es dazu kam, geschah etwas Seltsames. Ich war gerade noch zwanzig Meter von ihnen entfernt, als die Frau mich erblickte. Und sofort legte sich auf ihr freundlich lächelndes Gesicht ein düsterer Schatten. Es war wirklich unheimlich, zu sehen, dass sich die Stimmung eines Menschen so schnell wandeln konnte. Und das Unheimlichste war, dass es dafür überhaupt keinen Grund zu geben schien. Ich sah mich um und vermutete schon, in das knallrote Gesicht von Heinz zu blicken, der inzwischen vor lauter Zorn zu einem Zombie mutiert war. Und wenn es tatsächlich so gewesen wäre, hätte es mich auch nicht gewundert, wenn der Frau bei einem solchen Anblick die gute Laune vergangen wäre. Das Problem war aber, dass hinter mir niemand war. Ich war allein gekommen und war allein der Grund dafür, dass der Frau so urplötzlich der Tag verdorben war. Jetzt packte sie mit einem festen Griff nach der Hand des Mädchens, das fröhlich auf dem Boden kniete und mit Steinen spielte.

„Komm, Vanessa, wir gehen!" sagte sie mit fester Stimme, wobei ihr Blick mehrmals beunruhigt zwischen mir und ihrer Tochter wechselte.

„Aber warum denn?" fragte Vanessa. „Wir sind doch gerade erst…"
„Vanessa!" Sie sprach mit einer Stimme die absolut keinen Widerspruch duldete. Das Mädchen sah auf.
Und kaum, dass es mich erblickt hatte, war sein gesamter Widerwille gebrochen. Hastig stand es auf und kuschelte sich an seine Mutter an, als hätte es einen Geist gesehen. Die Mutter legte die Hand um ihren Hals. Dann kehrten sie mir den Rücken zu und verschwanden mit einem hastigen Schritt. Ab und zu warf die Mutter den Kopf nach hinten und sah mich besorgt an. Und jedes Mal war ihre Erleichterung deutlich zu erkennen, als sie sah, dass ich ihnen nicht gefolgt war.
Ich aber spürte in diesem Moment, wie mein Herz langsam zu einem Klumpen Beton erstarrte. Warum taten sie das? Warum wichen sie mir aus? Warum wollten sie nichts mit mir zu tun haben? Was war nur so anders mit mir, seitdem ich an diesem Morgen aufgewacht war? Zuerst war da der Schäfer gewesen, der die Hunde auf mich hetzen wollte, dann Frieda, die mich geschlagen und mit einem Fleischermesser bedroht hatte und dann schließlich ihr Mann Heinz. Na gut, dass der es auf mich abgesehen hatte, konnte ich ja noch verstehen. Er dachte, ich hätte seine Frau überfallen. Da war es kein Wunder, dass er ausgerastet war. Aber was war mit dieser Mutter und ihrem Kind? Wieso drehten sie sich um, sobald sie mich nur gesehen hatten?
Was hatte ich ihnen denn getan?
Während ich den beiden hinterherstarrte, kamen in meinem Kopf die wildesten Phantasien auf. War ich vielleicht tot? War ich ein Geist, vor dem sich alle Menschen fürchteten? Oder hatte mich vielleicht ein Vampir gebissen, sodass ich kein Mensch mehr war, sondern einer von ihnen? Ich fing an zu zittern, als ich daran dachte. Wie konnte so etwas sein, wo ich mir im Spiegel doch so normal vorgekommen war? Hatte sich

der etwa auch gegen mich verschworen oder logen mich meine eigenen Augen an, weil ich die Wahrheit einfach nicht verkraften konnte?
Sobald die Frau und ihr Kind in einem Haus verschwunden waren, beruhigte ich mich jedoch schnell wieder. Ich aß ein Stückchen Schokolade, dachte nach und fand bald heraus, dass es für alles eine gute Erklärung gab. Der Schäfer war von Natur aus ein unfreundlicher Mensch. Ein typischer Eigenbrötler, der nur für seine Tiere lebt und mit keinem Menschen etwas zu tun haben will. Genauso wie die Bauersfrau von Natur aus ziemlich hysterisch war und deswegen völlig ausflippte, als sie ein fremdes Kind in ihrem eigenen Haus entdeckt hatte. Hätte ich geklingelt wie ein anständiger Mensch, so hätte sie mir sicherlich freundlich zugelächelt und mir ihre Hilfe angeboten.
Aber was war mit der Frau und ihrem Kind? Ich grübelte eine Weile und schon bald fand ich auch dafür eine gute Erklärung. Na klar. Ich war auf dem Lande, wo sich die Menschen gut untereinander kannten und noch nicht sehr weit vom Bauernhof entfernt. Vielleicht hatte sich in der Zwischenzeit herumgesprochen, was ich angerichtet hatte. Einbruch, Diebstahl, Vandalismus. Und deswegen hatte die Frau eben Angst vor mir.
Wenn meine Erklärung aber wirklich stimmte, dann hieß das für mich auch, dass ich unmöglich in dieses Dorf gehen konnte. Vielleicht war die Frau gerade dabei, die Polizei zu rufen. Und dann würden sie mich abholen und in ein Zuchthaus sperren. Also kam ich zu dem Schluss, dass ich so schnell wie möglich von hier weg musste, in eine andere Gegend, wo es für mich sicherer war. Ich hatte schließlich keinen Menschen umgebracht oder ein anderes Schwerverbrechen begangen. Ein paar Gemeinden weiter würde die Polizei deswegen kaum nach mir suchen. Am besten ist es, dachte ich, wenn ich in eine größere Stadt gehe, wo man sich unter den Menschen verstecken kann

und nicht weiter auffällt. Und dort finde ich sicherlich auch endlich jemanden, der mir helfen kann!
Somit drehte ich mich um und lief zurück, den Hügel hinauf. Ich fragte mich, ob ich in meinem früheren Leben schon jemals an einem Morgen so viel gerannt war, denn ich stellte fest, dass ich für mein Alter eine ziemlich gute Ausdauer hatte.

Nach vielen weiteren Kilometern durch Wald, Feld und Wiese kam ich endlich an eine breite Hauptstraße. Das ist gut, dachte ich, denn große Straßen führen fast immer auch zu großen Orten. Wie gut, dass es neben der Straße einen kleineren Weg für Fußgänger und Radfahrer gab, denn die Autos donnerten so schnell an mir vorbei, dass einem Angst und Bange werden konnte. Und überhaupt. Diese Autos sahen irgendwie seltsam aus. Ich wusste nicht, wie ein Auto sonst hätte aussehen sollen, aber ich hatte das Gefühl, dass sie nicht so aussahen wie immer. Es war wirklich merkwürdig mit diesen Gefühlen, die an diesem Tag ständig in mir herumgeisterten, ohne mir eine richtige Antwort auf meine Fragen geben zu können. Immer wieder spürte ich, dass irgendetwas nicht mehr so war wie in der Zeit, bevor ich in diesem Karton aufgewacht war. Aber ich konnte einfach nicht wirklich begreifen, was. Denn immer, sobald ich genauer darüber nachdachte, versagte meine Erinnerung. Eine Weile stand ich da und sah nach rechts und links, immer den vorbeisausenden Autos hinterher und vergaß dabei völlig, dass ich mich eigentlich beeilen wollte, in die Stadt zu kommen. Doch dann geschah etwas, was mich wieder wachrüttelte. Da kam ein kleines, rundliches, braunes Auto in gemütlichem Tempo angefahren und sofort war für mich die Welt wieder in Ordnung. Denn es erinnerte mich an mein Zuhause, auch wenn ich dieses gar nicht kannte.

So muss ein richtiges Auto aussehen, dachte ich und sah dem Wagen sehnsüchtig hinterher, bis er als klitzekleiner Punkt hinter einem Hügel verschwunden war.
Schade, dass es weg ist, dachte ich. Ich hätte meinen Finger rausstrecken sollen. Sie hätten mich bestimmt mitgenommen, denn mit so einem Auto fahren ganz sicher nur nette Leute.
Aber wenigstens hatte ich nun gemerkt, dass mir die Welt um mich herum doch noch nicht ganz fremd geworden war und konnte beruhigt weitergehen, genau in die Richtung, in die es gefahren war. Vielleicht treffe ich es ja noch einmal wieder, hoffte ich.
Während ich ging, überlegte ich mir, warum mich ausgerechnet dieses Auto so sehr begeistert hatte, wo es im Gegensatz zu den anderen so klein und schäbig aussah. Hatten meine Eltern vielleicht ein solches Auto gehabt?
Ich wusste es nicht. Dafür aber fiel mir der Name dieser Automarke ein: VW Käfer. Und dann kam mir plötzlich noch der Menschenname Ludwig in den Sinn. Was der aber mit einem solchen Auto zu tun hatte, konnte ich mir beim besten Willen nicht erklären. Vielleicht der Name eines Chauffeurs oder so, war meine Vermutung. Aber dann wollte ich nicht weiter darüber nachdenken, denn ich kam an eine Tafel, die die Wegstrecke zum nächsten Ort anzeigte.

4.

Und ich hatte tatsächlich geglaubt, dass es für mich in der Stadt besser laufen würde. Oh, wie dumm war ich nur gewesen!
Hunderte von Menschen waren in der Stadt um mich herum und dennoch fühlte ich mich einsamer denn je. Nicht einer sah so aus, als ob er mir gerne helfen wollte. Denn alles, was man

hier von mir wollte, war offenbar, dass ich so schnell wie möglich wieder verschwand.
Es hatte schon am Stadtrand angefangen. Am allerersten Haus, einem schönes Haus aus rotem Backstein, mit einem wunderbaren Garten ringsherum. Dann war da noch ein grauer Hof gewesen, der nicht ganz so schön war. Aber dafür stand auf diesem Hof ein älterer, grauhaariger Mann, der sein Auto wusch. Der Mann hatte mir den Rücken zugekehrt, aber ich war so froh, dass ich den weiten Weg von fünf Kilometern endlich geschafft hatte, dass ich ihm ein fröhliches „Guten Tag!" hinüberrief. Ich hatte wohl gehofft, dass der alte Mann sich freuen würde, denn alte Menschen sind ja meistens froh darüber, wenn Kinder und Jugendliche freundlich zu ihnen sind. Aber da schien dieser alte Griesgram ganz offensichtlich von einer anderen Sorte zu sein. Zumindest dachte ich das in dem Moment, als er zusammenschreckte und herumfuhr, wobei er mit seiner Uhr über den dunkelgrauen Lack seines Autos kratzte, sodass man von dem Geräusch sogar in der prallen Sonne eine Gänsehaut bekam, und mir entgegenbrüllte: „Du elendes Rotzblag! Musst du einen so erschrecken?"
„Das tut mir leid", antwortete ich. „Ich wollte Ihnen doch nur eine Freude machen."
„Freude machen, Freude machen", brummte der Alte. „Ich hatte Freude genug an diesem Tag, bis zu dem Moment, an dem du vorbeigekommen bist!"
Dann wandte er seinen Blick wieder auf sein Auto. Ich zuckte nur mit den Achseln und wollte schon weitergehen, als er mich plötzlich mit einem lauten „Halt!" zurückrief.
„Was ist?" fragte ich.
„Komm mal her!" Die Stimme des Manns klang herrisch. Er lockte mich mit dem Zeigefinger heran. Vorsichtig trat ich näher.

„Was hast du dazu zu sagen?" fragte er und zeigte mit demselben Finger auf die Motorhaube. Oh weia! Da hatte er aber eine ordentliche Schramme gemacht. Ängstlich duckte ich mich zusammen. Wollte er jetzt etwa mich dafür verantwortlich machen? Das konnte er nicht! Ich hatte bloß freundlich sein wollen. Es war doch seine eigene Schuld, wenn er so schreckhaft war und sofort um sich schlug, nur weil ein Junge vorbeigelaufen kam und ihm einen „Guten Tag" wünschte.

Aber der Mann war offenbar anderer Meinung.

„Aha, anscheinend hast du überhaupt nichts dazu zu sagen. Na, dann werde ich es jetzt eben tun!"

Hattet ihr jemals das Gefühl gehabt, dass mitten an einem sonnigen, wolkenlosen Tag ganz plötzlich, ohne jede Vorwarnung, ein Gewitter auf euch niedergeht?

Nicht?

Ich auch nicht. Jedenfalls nicht bis zu dem Moment, als mich der Alte am Kragen packte, an meiner Jacke riss, mich hin und her schüttelte, mich gegen die Hauswand warf und mir immer wieder ins Gesicht brüllte, wie viel das Auto gekostet hatte, dass er die Polizei rufen wollte und dass ich all das bezahlen müsste.

Am Ende aber schäumte sein Zorn so hoch, dass er nichts anderes mehr tun konnte, als dazustehen und zu zittern, wie es bei älteren Herrschaften öfters passiert, wenn sie sich zu sehr aufregen. Ich aber ergriff sofort die Gelegenheit und rannte weg, so schnell ich nur konnte.

Doch zu einem wirklich guten Gewitter gehören dreierlei Dinge. Der Blitz, den ich spürte, als er mich angepackt hatte. Danach war der Donner gekommen, als er mir mit voller Lautstärke ins Ohr brüllte. Und schließlich erreichte mich zu guter Letzt auch noch der Regenschauer. Das war, als der Mann mir den Eimer mit dem Wischwasser hinterherschüttete.

Pfui Teufel, war das ekelhaft! Wie ein begossener Pudel lief ich davon. Was für ein Glück, dass ich in der Sonne schnell trocknete.
Aber was sollte das nur für ein Leben werden? Immer auf der Flucht vor irgendwelchen Leuten, die mir an den Kragen wollten. Ich durchschritt die Straßen der Stadt und merkte, dass absolut nichts besser wurde. Nein, ganz im Gegenteil. Diese Straßen, auf denen ich mich Stück für Stück in das Stadtzentrum mit der Einkaufsstraße und dem hohen Kirchturm vorkämpfte, waren mit Abstand die schlimmsten, die ich an diesem Tag erleben sollte. Denn bisher hatte ich immer noch die Hoffnung gehabt, dass ich nur zum falschen Zeitpunkt die falschen Menschen getroffen hatte. Aber nun spürte ich ganz deutlich, dass das Problem ganz woanders lag.
Frieda und Heinz, die Frau und ihre Tochter Vanessa, der Schäfer und der alte Mann mit dem Auto, sie alle waren kein bisschen böser, griesgrämiger, hysterischer, ängstlicher oder unfreundlicher als alle anderen Menschen auch.
Die einzige Person in dieser Welt, die völlig anders zu sein schien, das war ich!
Ich erlebte Menschen, die vor lauter Freude über das schöne Wetter laut vor sich hin sangen, während sie in ihren Gärten arbeiteten oder einfach nur faul in der Sonne lagen. Doch sobald sie mich vorbeigehen sahen, verstummten sie, als wäre eine dunkle Wolke aufgezogen. Einmal kam ich an einer Bushaltestelle vorbei, wo ein dünner junger Mann saß und auf den Bus wartete. Ich setzte mich zu ihm. Nur um mich auszuruhen, denn für eine Busfahrt fehlte mir das Geld. Doch der Mann stand sogleich auf und lief eiligst davon. Den Bus schien er völlig vergessen zu haben, genauso wie den Rucksack, den er auf der Bank zurückließ. Ich rief ihm hinterher und als er nicht antwortete, stand ich auf und lief. Erst als ich direkt hinter ihm

war, drehte er sich um und sagte mit eiskalter Stimme: „Verschwinde! Lass mich in Ruhe!"
Da kehrte ich zurück und behielt den Rucksack für mich. Da waren lauter Bücher drin, die mich nicht interessierten, denn offenbar war den Mann ein Student. Ich wollte sie zuerst in den Mülleimer werfen, ließ sie dann aber auf der Bank der Haltestelle liegen. Vielleicht kam er ja noch einmal wieder, um sie zurückzuholen. In den Rucksack aber packte ich meine Vorräte hinein. Das war viel praktischer, als ständig diese Stofftüte in der Hand zu halten.
Wenn mir auf dem Gehweg ältere Menschen begegneten, dann drehten sie sich öfters um oder wechselten die Straßenseite. Einmal wäre eine ältere Dame dabei fast von einem Auto überfahren worden.
„Was fällt Ihnen eigentlich ein, einfach so, ohne zu gucken, über die Straße zu rennen?" brüllte der Fahrer des Autos wütend. „Haben Sie denn keine Augen im Kopf?"
Doch die Frau brauchte nur mit ihrem ängstlich zitternden Gesicht zu mir herüberzunicken und der Fahrer verstand sofort. Nur ich, ich verstand gar nichts.
„Was fällt dir ein, eine alte Frau so zu erschrecken?" keifte er nun mich an.
„Ich habe doch gar nichts gemacht", versuchte ich mich zu verteidigen. Aber es nützte nichts. Die Leute hatten einen solchen Hass auf mich, dass es ihnen völlig egal war, was ich ihnen erzählte. Ich war grundsätzlich immer schuld, nur weil es mich gab.
Ich war mir sicher, der Mann wäre aus dem Auto gestiegen und hätte mir links und rechts eins auf die Ohren gegeben. Doch zum Glück kam hinter ihm ein anderes Auto angefahren. Und da es sich um eine Einbahnstraße handelte, die so schmal war, dass man nicht überholen konnte, blieb ihm nichts anderes übrig, als weiterzufahren. Ich blieb eine Weile stehen, damit die

Frau in Ruhe und ohne ein weiteres Unglück die Straße überqueren konnte. Dann machte ich mich aus dem Staub, so schnell es nur ging. Nicht, dass der Mann noch einmal zurückkam und mir doch noch eine Tracht Prügel erteilte.

Ihr hättet einmal sehen sollen, wie es aussah, als ich durch die Fußgängerzone lief. So etwas könnt ihr euch einfach nicht vorstellen!
Es war bereits am Nachmittag und viele Menschen waren unterwegs, um einzukaufen, ins Eiscafé zu gehen oder einfach nur ein wenig zu bummeln. Die Straßen der Innenstadt aber waren schmal, denn es handelte sich um ein altes Städtchen mit alten Fachwerkhäusern und engen Kopfsteinpflastergassen. Ich hingegen brauchte mir keine besondere Mühe zu geben, mich durch die Menschenmassen hindurch zu drängeln. Denn sobald die Menschen, die in meiner Nähe waren, mich bemerkten, wichen sie ganz von allein zur Seite, ohne dass ich sie berührte, ohne dass ich auch nur ein Wort gesagt hätte. Und so bildete sich in der Mitte der Straße eine Gasse, durch die ich mit zügigem Schritt hindurchmarschieren konnte, während sich die anderen Menschen an die Hauswände drängten und mich mit großen Augen anstarrten, teilweise ängstlich, teilweise verstört. Und es schien kein einziges Gesicht zu geben, welches nicht auf mich gerichtet war. In manchen Augen blitzte der Hass so hell auf, dass ich zügig einen Schritt schneller ging, denn ich war mir absolut sicher, dass niemand kommen und mir zu Hilfe eilen würde, wenn mich jemand trat oder auf mich einschlug.
Ich kam mir vor wie ein tyrannischer König, der sich seinen Weg durch die Massen der Untertanen bahnte, welche ihn zugleich hassten und fürchteten. Der einzige Unterschied war, dass ein echter König bei solch einer Parade stets von einem Heer von Soldaten umgeben war, welches ihn vor der wütenden Masse beschützte. Doch so etwas hatte ich nicht und das

machte mir arge Sorgen, denn ich wusste, dass die Angst, die die Menschen vor mir hatten, mich im Notfall nicht lange beschützen würde. Das hatte ich bei der Bauersfrau Frieda bereits zu deutlich erlebt. An meiner Stirn lief der Schweiß herunter – meine ganze Kleidung wurde feucht – und meine Füße taten weh, von dem vielen Hin- und Hergerenne. Am liebsten hätte ich mich einfach auf einer Bank niedergelassen und für ein paar Minuten die Augen zugemacht. Aber das durfte ich nicht. Um mich herum schimpfte man über mich, man spuckte mich an oder warf mir Taschentücher an den Kopf. Ab und zu geschah es auch mal, dass ein besonders mutiger Jugendlicher mir entgegensprang und mich anrempelte. Und genau deswegen durfte ich nicht stehen bleiben. Ich musste weitergehen, damit ich die Menschen, die mir das antaten, hinter mir ließ und diese mich vergessen konnten. Niemals durfte es zu einer ernsthaften Auseinandersetzung kommen, denn ich konnte davon ausgehen, dass ich eine solche möglicherweise nicht überleben würde.
Ich wusste nicht, wohin ich gehen sollte. Nur raus. Raus aus diesem Menschenstrom, bevor er mich in den Abgrund riss!
Links von mir entdeckte ich einen kleinen Platz, an dem nur wenige Menschen waren. In seiner Mitte befand sich ein Wasserbecken mit Springbrunnen. Ein paar Kinder, die etwas jünger aussahen als ich, tobten herum und bespritzten sich gegenseitig mit Wasser. Mir fiel auf, dass ich bisher ausschließlich mit Erwachsenen gesprochen hatte. Mit Kindern dagegen noch gar nicht. Und in mir keimte die Hoffnung auf, dass ich mit ihnen vielleicht besser klarkommen würde. Da war zwar die kleine Vanessa gewesen, die sich ängstlich an ihre Mutter angekuschelt hatte und dann auch ein paar Kinder in der Stadt, die mich entgeistert und mit offenen Mündern anschauten.
Aber vielleicht färbt ja nur die Hysterie der Erwachsenen auf sie ab, war meine Hoffnung. Wenn ich mit ihnen alleine bin

und in aller Ruhe mit ihnen rede, dann verstehen sie mich vielleicht. Schließlich sind sie Kinder, genau wie ich.
Ich zwang mich dazu, ein Lächeln aufzusetzen und ging auf die Gruppe zu, die so sehr in ihre Rangelei vertieft war, dass sie mich überhaupt nicht bemerkte. Das ist doch schon mal ein gutes Zeichen, dachte ich. Denn in der Fußgängerzone hatte ich oftmals das Gefühl gehabt, dass die Menschen meine Nähe spürten wie Tiere, die eine Gefahr wittern. Fast alle Menschen, die vor mir weggingen, drehten sich zu mir um, ohne dass ich sie berührt oder einen Mucks gesagt hatte. Sicher, meine Wanderstiefel waren auch nicht gerade leise, wenn sie auf der Straße aufschlugen, aber bei dem Lärm, der in der Innenstadt herrschte, war das wirklich gar nichts.
Diese Kinder bemerkten mich jedenfalls nicht. Ein Mädchen rempelte mich sogar beinahe an, als sie an mir vorbeiwuselte, ohne Absicht, ohne mich zu sehen. Da beschloss ich, dass es vielleicht das Beste wäre, einfach bei ihrem Spiel mitzumachen. Wahrscheinlich würden sie es gar nicht bemerken, dass sie plötzlich einer mehr waren. Dann würden wir wild miteinander toben und am Ende, wenn sie mich das erste Mal wirklich ansahen, würden wir Freunde werden, ohne auch nur ein Wort miteinander gesprochen zu haben.
So einfach dachte ich mir das, als ich mit der Hand in das steinerne Becken fuhr und einen ordentlichen Spritzer in die Luft jagte, welcher über der gesamten Kinderschar herniederging.
Es dauerte nicht lange, da herrschte Stille. Geschrei und Gelächter erstarben und auch das Wasser beruhigte sich nach und nach, wenn die Kinder nicht mehr so wild herumplanschten. Denn die einzige Bewegung, die sie jetzt noch machten, war, dass sie sich zu mir umdrehten. Und ihre Gesichter, ja ihre ganzen Körper erstarrten, als wäre plötzlich der Winter zurückgekehrt.

„Hey", sagte ich. „Kann ich vielleicht ein bisschen mitspielen?"
Doch ich bekam keine Antwort. Dafür hörte ich, wie eine andere Horde von Kindern hinter mir angerannt kam.
„Huhu, wir kommen mit dem Eis!" riefen sie voller Freude.
Ein Eis, ja, das kann ich auch ganz gut gebrauchen, dachte ich und drehte mich um. Doch daraus wurde nichts. Als die vier Kinder, von denen ein jeder in jeder Hand eine Eistüte hielt, mein Gesicht sahen, erstarrten sie sofort. Nur ihre Hände, die wurden locker und so kam es, dass die acht Tüten, eine nach der anderen, herabrutschten, auf den Boden fielen und zerbrachen.
„So ein Mist!" sagte ich. „Das wollte ich nicht. Habe ich euch erschreckt?"
Doch die Kinder antworteten noch immer nicht. Sie sprachen auch nicht untereinander. Das einzige, was sie taten, war, dass sie mich in einem sicheren Abstand von mehreren Metern umkreisten. Ich fühlte mich unsicher. Wollten sie mich bedrohen oder nur beobachten?
Also versuchte ich erneut, mit ihnen ins Gespräch zu kommen. Ich fragte nach ihren Namen, ihrer Familie, der Schule, ihren Haustieren, aber es war, als hätte ich ihre Zungen verzaubert. Sie sagten kein Wort und ihre Gesichter verharrten so starr, dass man nicht viel darin lesen konnte.
Vielleicht sollte ich sie ein wenig aufheitern, dachte ich schließlich und kramte in meinem Kopf nach einem wirklich originellen Witz umher. Aber ich schien wohl nicht so der Spaßvogel zu sein, denn das was ich ihnen erzählte, war so langweilig und flach, dass ich es ihnen nicht verübeln konnte, dass sie nicht darüber lachten. Schließlich sah ich nur noch eine Lösung: So albern wie nur irgend möglich zu sein. So etwas mögen kleine Kinder für gewöhnlich.

Aber auch das wollte mir nicht gelingen. Wahrscheinlich wirkte ich wie ein Hampelmann ohne Arme und Beine, wie ich da von einem Fuß auf den anderen hüpfte und immerfort „Kikeriki, Kikeriki!" schrie, während ich mit dem rechten Arm durch die Luft wedelte und mir mit der linken Hand an meine Nase packte.

Keines der Kinder schien es amüsant zu finden. Einen kleinen Lacher gab es erst, als ich über einen Stein stolperte und drauf und dran war, mich auf die Schnauze zu legen. Doch der verstummte bald, als ich auf zwei Mädchen stürzte und diese beinahe mitgerissen hätte. Sie erwachten jedoch rechtzeitig aus ihrer Starre und wichen zurück. Und so fiel ich völlig allein zu Boden und schürfte mir meine Knien und Ellenbogen auf. In die Kinder aber kehrte das Leben zurück. Sie beobachteten mich nicht länger, sie machten sich auch nicht über mich lustig, alles, was sie taten, war, dass sie schreiend auseinandersprangen und wie ein Haufen aufgeschreckter Hühner in einer Seitengasse verschwanden.

Ich richtete mich auf und zog die Ärmel hoch. Ich hatte Glück, dass ich mich nicht sonderlich verletzt hatte. Nur am linken Ellenbogen war eine kleine Wunde, die zwar rot schimmerte, aus der aber kein Blut strömte. Etwas beunruhigt sah ich zu der Straße hinüber. Sollten die Leute, die dort entlanggingen, etwas von den Schreien mitbekommen haben, dann kümmerten sie sich jedenfalls nicht darum. Erleichtert atmete ich auf. Ich hatte schon erwartet, dass eine Horde junger Männer auf mich zugestürmt käme und eine regelrechte Hetzjagd auf mich veranstalten würde, weil ich – das böse verabscheuenswerte Monstrum – eine Gruppe von wehrlosen Kinder angegriffen hatte. Ein paar Leute sahen mal beiläufig hinüber, aber sie beachteten mich nicht weiter. Vielleicht wirkte das dunkle Etwas, das offenbar in mir schlummerte, ja nur aus der Nähe. Vielleicht sahen sie mich aus einer größeren Entfernung nicht einmal.

Und etwas Gutes hatte das Ganze auch. Jetzt hatte ich wenigstens den Brunnen für mich allein. Ich setzte mich auf eine steinerne Bank, die direkt neben dem Becken stand und zog mir meine Stiefel aus. Mein Gott, was qualmte mir da für eine stinkende Dampfwolke entgegen!
Haha, jetzt kann ich mir gleich ein Käsebrötchen machen, ohne dass ich Käse gekauft oder gestohlen habe, scherzte ich in Gedanken, als ich mir auch noch meine Socken auszog und daran roch. Aber so ekelig war ich dann doch nicht. Also krempelte ich mir die Hosen hoch und ließ die Füße ins kalte Wasser gleiten. Oh, wie gut das tat, nach der langen Marschiererei!
Währenddessen machte ich mir ein Wurstbrötchen zurecht und betrachtete im Rucksack meine schwindenden Vorräte. Bald werde ich nicht mehr viel zu essen haben, dachte ich bekümmert. Nur noch ein Joghurt, ein Apfel und ein einziges Brötchen lagen da. Am Ende musste ich vielleicht doch meine Socken oder etwas noch ekeligeres essen.
Aber was plagte ich mich da mit solchen Sorgen? Ich wollte mich lieber entspannen, jetzt, wo ich die Gelegenheit dazu hatte.

5.

Ich weiß nicht, wie lange ich dort gesessen und in die Wasserfontänen geglotzt habe. Ich habe nämlich geglaubt, dass ich in den Tropfen, die in der Sonne schimmerten, irgendwelche Geheimnisse entdecken könnte. Vielleicht etwas über meine Vergangenheit oder meine Eltern, vielleicht auch in die Zukunft blicken. Völliger Quatsch eigentlich.
Aber wenn man irgendwo in der Wildnis aufwachen kann und nicht mehr weiß, wer man ist und wenn alle Leute, die einem

über den Weg laufen, einen ohne irgendeinen Grund hassen, wieso sollte dann nicht auch ein solches Wunder möglich sein? Ich erwachte erst wieder aus meiner Starre, als ich Kindergeschrei hörte, aber dieses Geschrei war keines der Freude und auch keines der Angst, sondern schlicht und ergreifend Kriegsgeschrei. Als ich mich umsah, bemerkte ich, dass es dunkler geworden war. Der Himmel war nun wolkenverhangen und es hatte sich deutlich abgekühlt.
Und dann sah ich, wie sie kamen. Es waren dieselben Kinder wie zuvor, ich erkannte jedes einzelne Gesicht wieder. Aber sie hatten noch Verstärkung mitgebracht. Drei bullige Typen, Jugendliche im Alter von vielleicht 15 oder 16 Jahren. Sofort sprang ich auf und machte mich auf alles gefasst, schulterte den Rucksack und griff nach meinen Stiefeln.
„Da ist er!" rief ein Mädchen und griff einem der Burschen an die Hand. „Der ist es, der uns verprügeln wollte!"
„Ich sehe ihn", antwortete der Junge, der womöglich ihr Bruder war, mit rauer Stimme. „Was für ein widerliches Wesen! Aber wartet's nur ab. Der kriegt eine Abreibung, die sich gewaschen hat!"
„Au ja", riefen die Kinder begeistert im Chor. „Schmeißt ihn ins Wasserbecken!"
„Darauf könnt ihr euch verlassen!" sagte der Junge, dann rief er zu mir rüber: „He du. Hast du meine Schwester geschlagen?"
Verdammt, was sollte ich jetzt bloß wieder tun? Ich hatte ja noch nicht einmal meine Schuhe an. Verzweifelt sah ich mich um. Da standen zwei Männer mit ihren Hunden an einem Baum, die sich eine ganze Weile lang ruhig unterhalten hatten. Als sie aber sahen, was los war, blickten sie zu uns herüber und lachten mich schadenfroh aus.
„Kannst du nicht sprechen?" fuhr mich der zweite von den Jungs an.

„Ich habe sie aus Versehen angerempelt", sagte ich, in der absurden Hoffnung, sie damit zu besänftigen. „Es tut mir leid."
Doch die Jungs krempelten ihre Ärmel hoch und spuckten verächtlich aus, um mir zu zeigen, dass es mit der Abreibung losgehen konnte.
Ich wusste, dass ich keine Zeit mehr zu verlieren hatte. Mit einem Schuh auf jeder Hand lief ich los.
„Er läuft weg. Hinterher!" schrien die Kinder.
„Bleib stehen!" brüllten die Jungen.
„Macht ihn fertig!" rief der eine Mann.
„Sollen wir noch unsere Hunde auf ihn hetzen?" der andere.
Wozu die ganze Mühe? fragte ich mich. Dass die Leute mich hassten, damit hatte ich mich bereits abgefunden. Aber wozu brauchten sie acht Kinder, drei Jugendliche und zwei Hunde, um mich fertigzumachen? Ich war doch nur ein Kind.
Oder war an mir vielleicht doch noch etwas, das ich bisher nicht entdeckt hatte? Konnte ich Feuer speien, Gift spritzen oder anderen Menschen mit meinen Augen Löcher in den Bauch bohren?
Sollte ich noch einmal die Gelegenheit dazu haben, dann werde ich meinen ganzen Körper in aller Ruhe nach solchen Merkwürdigkeiten absuchen, beschloss ich. Nun aber brauchte ich erst einmal all meine Kraft, um dieser wilden Meute zu entkommen. Ich lief nicht in die Fußgängerzone zurück sondern durch enge, leere Gassen, in denen es keine Geschäfte, sondern nur alte Wohnhäuser und ein paar kleine Hinterhöfe gab. Ich schaute mich nach einem Versteck um, aber ich fand keines, das man wirklich ein Versteck hätte nennen können. Und es hätte auch keinen Zweck gehabt, dort unterzutauchen, denn die Verfolgerbande war mir so dicht auf den Fersen, dass sie mich gesehen hätten.
Wieso strenge ich mich eigentlich noch an? fragte ich mich. Eigentlich kann ich doch auch aufgeben. Selbst wenn diese Ban-

de mich nicht kriegen sollte, dann wird es doch ein anderer tun. Irgendwann wird einem Menschen, dem ich begegne, der Kragen reißen und mich umbringen.
Wieder kam die Rettung von jemandem, der gar nicht vorgehabt hatte, mich zu retten. Diesmal war es sogar eine ganze Gruppe. Eine Gruppe älterer Menschen, alle adrett in Anzug oder Kleid gekleidet, kam aus einer Seitenstraße hervor. Vielleicht machten sie eine Stadtführung oder sie waren auf dem Weg in ein Restaurant oder in eine Kneipe. Als ich aber angestürmt kam, wichen sie sofort zur Seite und machten die Gasse, durch die ich schnell hindurchschlüpfen konnte.
Meine Verfolger hatten dagegen weniger Glück. Vermutlich versuchten sie, gleich zu zweit oder zu dritt hindurchzustürmen oder die Menschen waren in der Zwischenzeit wieder zusammengerückt. Jedenfalls ging es nicht gut. Man hörte, wie einige stolperten. Aufgeregte Schreie und grobe Flüche folgten. Ich konnte durch diesen glücklichen Zwischenfall jedoch wieder einen Vorsprung erringen. Abgehängt hatte ich sie aber noch lange nicht. Ich lief über eine Brücke, die über einen Wassergraben führte und verließ die Altstadt. Zunächst kam ich in einen kleinen Park und – oh Schreck! – da lag eine zerbrochene Bierflasche auf dem Weg und ich hatte keine Schuhe an. Aber mit einem ordentlichen Satz war ich auch darüber hinweg, ohne mir die Füße aufzuschneiden. Als ich durch den Park hindurch war, erreichte ich eine mittelbreite Straße, die durch eine Wohngegend führte. Ein Postbote kam mir auf seinem Fahrrad entgegen. Er konnte einer Karambolage mit mir gerade so noch ausweichen, dafür wurde er von meinen Verfolgern gnadenlos überrannt. Doch auch dies hielt sie nicht zurück. Im Gegenteil, sie kamen näher. Als ich mich kurz umschaute, sah ich aber, dass es nur noch die Jugendlichen waren, die mich verfolgten. Die Kinder waren längst zurück geblieben. Aber das machte es kaum besser. Ich wettete, dass auch nur einer von ihnen genüg-

te, um mich so grün und blau zu schlagen, dass ich ein ganzes Jahr brauchte, um mich davon zu erholen – falls ich es überhaupt überlebte, wohlgemerkt.

Erst am Ende der Straße winkte mir noch einmal etwas Hoffnung entgegen. Das waren nämlich die Schranken eines Bahnübergangs, die gerade in diesem Moment zu Boden fielen.

Vielleicht schaffe ich es ja durchzukommen, bevor der Zug kommt, hoffte ich. Und wenn es die anderen nicht schaffen, dann bin ich vielleicht gerettet. Oh bitte, bitte, bitte, lieber Gott, mach, dass es so kommt!

Doch etwa dreißig Meter zuvor wurde ich grob zurückgerissen. Zum Glück aber hatte der Verfolger mich nur am Rucksack gepackt. Ich sah zu, dass ich meine Arme aus den Trägern befreite und stolperte nach vorn. Da verlor der Junge das Gleichgewicht und fiel mitsamt des Rucksacks zu Boden.

„Dreckstück!" fluchte er.

„Weit kann er ja nicht mehr kommen", hörte ich einen der anderen sagen. „An den Bahnschienen packen wir ihn!"

„Und dann schmeißt ihn vor den Zug!" brüllte wieder der, der mich gepackt hatte.

Aber da kannte er mich schlecht. Von so einer lächerlichen Schranke ließ *ich* mich doch nicht aufhalten!

Vor der Schranke standen zwei Autos und eine Gruppe von Spaziergängern, die sich ungeduldig nach links und rechts umschauten.

„Na endlich, da kommt der Zug ja", hörte ich einen Mann sagen, der direkt an der Schranke lehnte.

„Platz da, jetzt komme ich!" schrie ich und die Fußgänger sprangen panisch beiseite.

„Kind, das kannst du doch nicht tun!" hörte ich eine Frau schreien, als ich über die Schranke kletterte. Offenbar war sie ein wenig schwer von Begriff, denn sie hatte noch nicht bemerkt, dass ich ein böses, gefährliches Ungeheuer war, um das

es sowie nicht schadete. Eine andere sagte hingegen nur: „Lass ihn doch, wenn er sich umbringen will. Ich glaube fast, für ihn ist es das Beste, was er nur tun kann."
Als ich über das Hindernis hinweg war, war der Zug nur noch wenige Meter von mir entfernt. Mit einem lauten Gepolter kam das rote Ungeheuer auf mich zu. Ein Glück, dass mich dessen Anblick nicht lähmte. Mit einem großen Schritt lief ich auf das rettende Ufer zu. Ich wollte versuchen, mit einem Riesensatz über die nächste Schranke zu springen, doch hätte ich besser darauf achten sollen, wo ich hintrat. So aber geriet ich mit einem Zeh in eine Schienenrille, dass ich das Gleichgewicht verlor und mit dem Fuß umknickte. Mit dem Kinn voran stürzte ich zu Boden. Und als ich unten angekommen war und den Kopf umwandte, war die Lokomotive nur noch einen kleinen Hauch von meinem Fuß, der noch immer auf der Schiene lag, entfernt. Erst im allerletzten Moment erkannte ich die Gefahr, zog meine Füße zurück und verhinderte somit, dass sie von den schweren Rädern eines Zuges zu Menschenbrei zerquetscht wurden. Ich hatte noch gar nicht so recht begriffen, dass ich gerettet war, dass meine Füße noch da waren und dass ich mit ihnen weiterfliehen konnte, als vor meinen Augen auch schon ein Schwarm glühender Funken aufwirbelte. Unter einem ohrenbetäubenden Gequietsche verlangsamte sich der Zug. Offenbar nahm man wegen mir eine Notbremsung vor.
Ich versuchte, mich schwankend aufzurichten, aber die Wucht, die der Zug auf mich ausübte, ließ mich erschrocken zurückweichen. Dann aber stand ich wieder kerzengerade da, als wäre nichts gewesen. Ich muss hier weg! dachte ich nur. Ich wusste nicht, ob der Lokomotivführer ein freundlicher oder ein jähzorniger Mensch war. Ich wusste nur, dass dies für mich überhaupt keine Rolle spielen würde.

Wenn der mich jetzt erwischt, dann hätte ich mich ebenso gut gleich überfahren lassen können, war der einzige Gedanke, der durch meinen Kopf ging.
Welch ein Glück, dass auf der anderen Seite der Schienen zwar drei Autos, aber keine Fußgänger standen. Ich kletterte über die Schranke und ging direkt auf das erste Auto zu. Dort schnappte ich mir meinen linken Stiefel, der mir während des Sturzes von der Hand gerutscht war und nun auf der Motorhaube lag. Der Mann hinter der Windschutzscheibe war so verwirrt und entsetzt, dass er überhaupt keine Zeit fand, sich über mich zu ärgern und mich anzuschreien. Einen winzigen Augenblick verplemperte ich noch damit, mit meinem wiedergewonnenen Stiefel in der Hand einen höflichen Knicks zu machen. Dann war ich schon wieder auf und davon. Die Autofahrer gaben ein wütendes Hupkonzert, als sie sahen, wie ich flüchtete, während sie selbst für keine Ahnung wie lange vor der Schranke stehen bleiben mussten.
Aber das war mir egal. Nachdem ich drei Straßenbiegungen hinter mir gelassen hatte, ohne dass ein Verfolger aufgetaucht war, wagte ich es dann endlich, wieder in meine Stiefel zu schlüpfen. Was wird wohl als nächstes passieren? fragte ich mich, als ich weiterlief.
Nein, ich wollte es lieber gar nicht wissen!

6.

„Oh, bitte, geben Sie mir doch etwas zu essen", bettelte ich die Verkäuferin an.
Ich sah über die Ladentheke hinweg. Es war fast alles leer gekauft, denn es war am Abend und die Bäckerei sollte in fünf Minuten geschlossen werden. Als ich gekommen war, war die

Verkäuferin sogar schon dabei gewesen, mit einem Handfeger die Krümel aus den Regalen zu fegen. Doch ein paar einsame Brötchen, zwei Stück Kuchen und das ein oder andere Brot waren noch da. Die Verkäuferin sah eigentlich sehr freundlich aus, wie eine lustige Oma, die immer Späße macht und den Enkelkindern abends Geschichten vorliest. Sonst hätte ich mich auch niemals hinein getraut. Über eine halbe Stunde lang hatte ich sie durch das Schaufenster beobachtet, wie sie die Kunden freundlich anlächelte und mit ihnen scherzte. Doch ich hatte es nicht gewagt, einzutreten, solange noch andere Kunden im Laden waren. Erst jetzt, fünf Minuten vor Ladenschluss, als alles leer war, nutzte ich die letzte Gelegenheit.
„Verschwinde, du garstiges Kind!" fuhr sie mich an. Mein Gott, was hatte sie für eine raue Stimme! Das hätte ich ihr niemals zugetraut.
„Bitte, bitte", flehte ich weiter. „Ich habe nichts zu essen, aber sie haben doch noch Brötchen da. Geben Sie mir doch bitte wenigstens eins."
„Die kosten dreißig Cent", erwiderte die Verkäuferin.
„Ich habe aber kein Geld", antwortete ich, ohne mich darüber zu wundern, was für einen komischen Namen das Geld hatte. „Ich habe überhaupt gar nichts. Helfen Sie mir doch bitte. Sie haben doch bestimmt noch ein angebranntes Brot auf Lager. Das schmeißen Sie doch sowieso weg. Da können Sie es doch genauso gut mir geben!"
„Du willst mich wohl beleidigen!" Die Frau wurde richtig böse. „Wir haben die beste Bäckerei in der Stadt. Bei uns gibt es keine angebrannten Sachen. Und wenn du was anderes willst, musst du zahlen!"
„Aber ich habe Huuuunger!"
„Wir sind kein Wohlfahrtsverein!" schnauzte mich die Frau an. „Wenn du was essen willst, dann musst du zu deinen Eltern gehen!"

„Ich habe keine Eltern. Ich bin allein, völlig allein."
Und zum ersten Mal an diesem Tag spürte ich, wie eine feuchte Träne über meine Wangen rollte. Ich blinzelte mit den Augen, wischte sie aber nicht zur Seite. Die Frau sollte ruhig sehen, wie dreckig es mir ging. Doch nicht einmal das konnte sie rühren. Im Gegenteil. Ihr Blick wurde noch kälter.
„Das wundert mich nicht, dass du keine Eltern mehr hast", sagte sie. „Wer will denn schon ein Kind wie dich haben? Ich jedenfalls nicht! Und wenn nun ein anderes Kind gekommen wäre und mich gefragt hätte, hätte ich ihm vielleicht auch was gegeben. Aber dir nicht! Du bekommst von mir nicht einmal den allerletzten Krümel!"
„Aber warum nicht?!!"
Ich hatte alle Scheu verloren und brüllte, dass es durch den ganzen Laden hallte und sogar die Leute auf der Straße stehen blieben und sich erschrocken umschauten. Ein Hund fing wütend an zu kläffen.
„Was ist denn mit mir so verdammt anders als bei anderen Kindern? Na los, sagen Sie es schon! Sagen Sie's mir! Bin ich etwa kein echter Mensch?"
Mit geballter Faust schlug ich auf die Theke nieder, dass es nur so wackelte. Und die Tränen rollten herab wie bei einem Platzregen. Doch ich schämte mich nicht. Und ich hatte auch keine Angst mehr. Ich wollte nur endlich wissen, was mit mir los war.
Die Frau sah mich an und rieb sich verdutzt die Augen. Mit so einer Frage hatte sie kaum gerechnet. Anscheinend war es für sie selbstverständlich, dass ich etwas Böses und Abartiges war. Das hatte sie schon gemerkt, als ich durch die Ladentür gekommen war. Niemals hätte sie darüber nachgedacht, warum. Genauso wenig, wie man darüber nachdenkt, warum die Banane krumm ist oder warum Engel gut sind und Teufel böse. Es war

einfach so. Für sie und die anderen Menschen jedenfalls, für mich aber nicht.
Für einen kurzen Moment glaubte ich, ich hätte in ihr tatsächlich etwas bewegt, wie sie staunend und mit offenem Mund vor mir stand und nichts mehr sagen konnte, nur noch stottern. Aber bald hatte sie sich wieder voll unter Kontrolle.
„Es ist Ladenschluss!" sagte sie nach einem kurzen Blick auf die Uhr. „Raus jetzt, ich muss saubermachen!"
Sie kam hinter der Theke hervor. Mit dem Fuß schob sie einen Eimer Wasser voran und in der Hand hielt sie einen Wischer. Doch so leicht ließ ich mich nicht abwimmeln. Ich hatte Hunger. Das einzige bisschen zu essen, das ich gehabt hatte, hatte man mir genommen, als ich den Rucksack fallen ließ.
Und so kroch ich die Glastheke hinauf und nachdem ich mich gewunden hatte wie ein Aal, schaffte ich es tatsächlich, mit der Hand so weit nach unten zu greifen, dass ich mir ein Stück Apfelkuchen nehmen konnte. Ein Glück, dass das Glas stabil genug war und nicht einstürzte. Währenddessen schlug die Verkäuferin voller Wut mit dem Wischer auf mich ein.
„Ich hätte dich nie reinlassen dürfen!" schrie sie. „Du Miststück! Scher dich zum Teufel! ich will dich hier nie wieder sehen, nie wieder!"
Als ich wieder mit den Füßen auf dem Boden stand, sah ich, dass ihr Gesicht feucht von Tränen war. Sie schien wirklich wahnsinnige Angst vor mir zu haben, sodass sie es nicht mehr wagte, weiter auf mich einzuschlagen.
„Hast du jetzt endlich, was du willst?" fragte sie mich. „Dann geh doch bitte. Geh endlich! Nimm den Kuchen und verschwinde! Lass mich in Ruhe! Mach bloß, dass ich dich nicht mehr sehen muss!"
Ihre Zähne klapperten so laut, als wollten sie ein Konzert geben. Da tat sie mir plötzlich leid.

„Vielen Dank", sagte ich und verbeugte mich höflich. „Das ist sehr freundlich von Ihnen. Ich werde Sie auch gewiss nie wieder belästigen, Versprochen."
Als ich hinausging, drehte ich mich noch ein letztes Mal um, weil ich mich verabschieden und bedanken wollte, als die Frau hinter mir aufheulte wie bei einem Wolfskonzert.
„Bleib stehen!" schrie sie.
Ich schaute sie an und konnte gar nicht so schnell zurückweichen, wie ein Schauer ekelhaftes Wischwasser auf mich niederregnete. Der Mann mit dem zerkratzten Auto hatte mich zur Mittagszeit nur mit dem Wasser gestreift. Diesmal hingegen wurde ich richtig nass, von oben bis unten. Schaum bedeckte meine Klamotten und der Kuchen in meiner Hand wurde weich und war ebenfalls mit Schaum bedeckt, als wäre es Schlagsahne. Man konnte ihn nicht mehr essen.
„Ja, das hast du dir wohl gedacht, dass du so einfach so davonkommst", sagte die Frau mit einem triumphierend Grinsen. „Aber nicht mit mir!"
Da schlug sie mir den Kuchen mit ihrem Wischer aus der Hand, dass er zu Boden fiel und endgültig zu Matsche wurde.
„So und jetzt machst du den ganzen Schweinkram gefälligst sauber! Na mach schon!"
Doch ich dachte nicht daran. Ich musste doch nach draußen und mich trockenlaufen. Mit voller Wucht ließ ich die Tür zum Geschäft ins Schloss krachen.

Ich war immer noch nass, als es bereits dämmrig wurde, hatte nichts zu essen und keinen Platz, an dem ich schlafen konnte.
Oh, was soll ich bloß tun? dachte ich. Ich werde mir in der Nacht gewiss einen Schnupfen holen. Und niemand wird da sein, der mich in ein warmes Bett legt, mir einen heißen Zitronentee kocht und mir sagt, dass alles wieder gut werden wird.

Einsam und allein werde ich in einer Ecke der Stadt hocken und vor mich hin röcheln, bis mich irgendwann der Tod holt.
Ich fragte mich, wie sie mich wohl behandelten, wenn sie meine Leiche fanden. War ich, wenn ich tot war, wieder ein ganz gewöhnliches Kind, über das man trauern und das einem leidtun konnte, weil es diese Welt so früh verlassen musste?
Oder war ich dann immer noch der gleiche Haufen Abschaum, bei dem man froh sein musste, dass er endlich gegangen war? Dem man keine einzige Träne nachweinen würde, dem man nicht einmal eine anständige Beerdigung gönnte. Vielleicht werden sie mich einfach irgendwo im Wald verscharren oder mich verbrennen und die Asche im Wind verstreuen. Vielleicht würden sie mich gar den Tieren zum Fraß vorwerfen, damit ich für immer vom Erdboden ausgetilgt wurde und nicht das letzte kleine bisschen von mir übrig blieb.
Aber womöglich war das gar nicht mal so schlimm. Wieso sollte man für einen Menschen einen Grabstein zur Erinnerung bauen, wenn der noch nicht einmal selbst gewusst hatte, wer er eigentlich war? Und wo war ich überhaupt? Das merkwürdige Geld, das die Bäckersfrau von mir verlangt hatte, kannte ich nicht. War ich denn gar nicht mehr in Deutschland, wo man mit Mark und Pfennig bezahlte? Hatte man mich von einem fremden Kontinent hierhin verfrachtet und die Leute sahen mir das an? Aber wir sprachen doch dieselbe Sprache und trotz einiger Merkwürdigkeiten kamen mir die Landschaft und die Häuser so vertraut vor.
Ich kam auf andere Gedanken, als ich eine Polizeistation vor mir sah. Eine seltsame Erregung machte sich in meinem Körper breit. Eine Mischung aus Hoffnung und erneuter Angst.
Was passiert wohl, wenn ich dort hineingehe? fragte ich mich.
Ich hatte an diesem Tag wirklich eine Menge angestellt und vielleicht war die Polizei längst über mich informiert. Ich wür-

de sicher großen Ärger bekommen, wenn sie erfuhren, wer ich war. Aber auf der anderen Seite…
Vielleicht können sie mir ja dabei helfen, herauszufinden, wer ich bin, hoffte ich, und würden mich vielleicht sogar zu meinen Eltern zurückbringen. Ach, das wäre zu schön, um wahr zu sein. Wenn dieser ganze Spuk nur endlich ein Ende hätte.
Aber ich durfte niemals vergessen, dass ich ein Aussätziger war. Wie würden die Polizisten auf mich reagieren? Eigentlich müssen sie jedem Menschen helfen, der um ihre Hilfe bittet, auch wenn sie ihn nicht ausstehen können. Das ist ihre Aufgabe.
Aber konnte ich mich darauf verlassen?
Egal! Was hatte ich schon zu verlieren?
Langsam ging ich auf die Eingangstür zu und wurde dabei von Schritt zu Schritt schneller, denn ich wusste, dass ich den Mut verlieren würde, sobald ich einmal zwischendurch anhielt. Als ich aber die kleine Treppe zum Eingang hinauflief, senkte ich den Kopf, als schämte ich mich für mich selbst. Und so sah ich nicht, wie gerade die Tür aufging und ein Mann herauskam.
Beinahe wäre ich zurückgefallen und die Treppe heruntergestürzt, als wir zusammenstießen, hätte er mich nicht im letzten Moment aufgefangen und festgehalten.
„Oh, hoppla", sagte er. „Habe ich dir wehgetan?"
Doch sobald ich in sein Gesicht aufschaute und unsere Blicke sich trafen, verschwand all seine Reue und er schubste mich zurück die Treppe hinunter, dass ich mich mit dem Po auf den Boden setzte.
„Hast du keine Augen im Kopf?" schrie er mich an. „Was fällt dir ein, mich einfach umzurennen?"
Dann aber kümmerte er sich nicht weiter um mich und lief eilig zu seinem Auto. Er hatte eine dunkle Jacke an, doch darunter trug er ein Uniformhemd. Er war ein Polizist.

„Hey!" rief ich ihm zu, als er dabei war, sein Auto aufzuschließen. „Ich brauche Ihre Hilfe. Ich habe mich verlaufen und ich weiß nicht, wo mein Zuhause ist. Sie müssen mir helfen, meine Eltern zu finden."
„Junge, ich habe Feierabend. Such deine gottverdammten Eltern alleine!"
Und dann knallte die Tür ins Schloss und er fuhr im Affenzahn davon.
„Auch Polizisten müssen sich an die Verkehrsregeln halten", murmelte ich. „Besonders wenn sie Feierabend haben."
Ich sah noch einmal durch die Glastür in das Polizeirevier hinein. Sollte ich da wirklich reingehen? In mir krümmte sich alles, doch als die ersten kleinen Regentropfen auf mich runternieselten, gab ich mir einen Ruck, denn ich hatte keinen trockenen Platz zum Übernachten.
Im Gebäude war es fast leer. Nur eine aufgeregte Frau stand vor einer Glasscheibe und schlenkerte hibbelig mit der Handtasche hin und her. Als sie mich eintreten sah, warf sie mir einen missbilligenden Blick zu, sagte aber nichts, schleuderte die Handtasche dafür aber umso aufgeregter um sich herum. Ich blieb in der Nähe der Tür stehen und krümelte mich in eine Ecke. Ich wollte nicht, dass man mich sah, bevor ich nicht wusste, mit wem ich es hier zu tun hatte. Und wenn die Polizisten hier nicht nett waren, dann wollte ich die Möglichkeit haben, so schnell wie möglich wieder hinauszurennen.
Nach etwa zwei Minuten erschien hinter der Scheibe ein dicker Mann mit braunem Haar und Schnurrbart.
„Das hat ja lange gedauert. Ich hab schon gedacht, Sie kommen überhaupt nicht wieder zurück", sagte die Frau und atmete so heftig auf, dass sie sich verschluckte und eine Weile husten musste.
„Machen Sie mich ja nicht noch wütend!" erwiderte der Polizist genervt. „Dass ich mich am Abend überhaupt noch mit so

einem Firlefanz beschäftigen muss… Und das alles nur, weil Sie zu dusselig zum…"

„Nein, nein", beruhigte ihn die Frau. „So war das nicht gemeint. Ich, ich habe mich nur gefürchtet, weil Sie weg waren und ich dachte, der Verbrecher würde kommen und…"

„Aber in einer Polizeistation müssen Sie sich doch nicht fürchten, meine Dame", antwortete der Mann und lachte besänftigt auf. „Oder glauben Sie, irgendein Gauner kommt hier freiwillig zur Tür herein?"

Die Frau aber zeigte nur in meine Richtung. „Dieses, dieses … *Kind.*" Sie sprach das Wort so dermaßen verächtlich aus, dass auch der letzte Dussel gemerkt hätte, dass sie mich für etwas ganz anderes hielt. Dann fing sie an zu schluchzen und holte aus der Tasche ein Tuch hervor.

„Jaja, heul doch, alte Hexe!" rief ich, so gemein, wie ich nur konnte, und kam aus meiner Ecke hervor. Es hatte ja doch keinen Sinn mehr, mich zu verstecken. „Ich kenne Sie zwar nicht, Sie blöde Kuh und habe Sie auch noch nie zuvor gesehen, aber das ist ja egal. Schließlich bin ich gekommen, um sie aufzufressen!"

„Verhaften Sie dieses Kind!" jammerte die Frau und schmiegte sich so nah an die Glasscheibe, wie es gerade möglich war. „Seit einer halben Stunde sitzt er schon da und lauert mir auf. Sie können sich gar nicht vorstellen, was für eine Angst ich ausstehen musste."

„Nicht einmal die Uhr können Sie lesen, Sie alte Schachtel!" erwiderte ich. „Aber seien Sie ganz beruhigt. Ich gehe ja schon. Ich frage mich sowieso schon die ganze Zeit, was ich hier überhaupt will. Aber gleich sind Sie wieder allein und dann können Sie und ihr fetter Bulle tun und lassen, was sie wollen!"

Der Polizist kam durch eine Tür hinter seinem Glaskasten hervorgesprungen, als ich schon halb zum Eingang hinaus war. Wie gut für mich, dass er so fett war, dass er kaum laufen konnte. Und dann war da ja noch die Frau die sich mit einem erleichterten Schrei um seinen Hals warf. Da konnte er nicht anders und musste den Gentleman spielen und sie behüten. Eine weitere Verfolgungsjagd blieb mir also erspart, wenn der Polizist es sich auch nicht nehmen ließ, mir ein paar böse Wörter nachzubrüllen. Aber ich hörte bei so was gar nicht mehr hin. Irgendwie wiederholten sich die Beschimpfungen, die man mir an den Kopf warf, ja doch immer, sodass es bald nicht mehr kränkend sondern nur noch langweilig auf mich wirkte.

7.
Kaum an der frischen Luft, verflog auch all mein Übermut wieder. Meine Kleider waren noch nicht vom Wischwasser getrocknet, da wurden sie vom immer stärker werdenden Regen noch zusätzlich durchnässt. Ich fing an zu laufen, obwohl ich das Laufen langsam einfach nur satt hatte. Aber was sollte ich sonst tun? Es war die einzige Möglichkeit, sich einigermaßen warmzuhalten.
Ich wollte die Stadt verlassen und zurück in den Wald laufen, um dort unter einer dichten Tanne oder in einer Hütte zu übernachten. Ich hatte eingesehen, dass es keinen Zweck mehr hatte, auf Hilfe zu hoffen. Wenn ich irgendeine Überlebenschance hatte, dann nur, wenn ich mich möglichst von anderen Menschen fernhielt. Wo ich das Essen hernehmen sollte, wusste ich nicht. Aber da werde ich mir auch noch was einfallen lassen, dachte ich. Zur Not muss ich halt mit Löwenzahnblättern und Regenwürmern auskommen. Das hört sich zwar ekelig an, aber wenn es die einzige Möglichkeit ist, zu überleben, dann muss ich da eben durch.

Am Stadtrand kam ich schließlich zu einem recht breiten Fluss. Wo es einen Fluss gibt, da gibt es auch eine Brücke, dachte ich. Und wenn die Brücke lang genug ist, dann ist am Ufer vielleicht noch ein wenig Platz, um sich darunter zu legen.
Und ich behielt Recht. Die nächste Brücke war nicht einmal dreihundert Meter entfernt. Es war allerdings eine Autobahnbrücke und ich wusste sofort, dass die Nacht darunter nicht besonders ruhig werden würde, so wie die Autos darüber hinwegdonnerten. Aber egal. Hauptsache, ich saß im Trockenen.
Als ich unter die Brücke trat, bemerkte ich jedoch bald, dass ich nicht der Erste war. Dort saß ein Pärchen von Stadtstreichern, Arm in Arm an die Wand gelehnt und in eine durchlöcherte Decke gehüllt. Vor sich hatten sie eine Schnapsflasche stehen, aus der sie alle paar Minuten abwechselnd einen Schluck tranken. Dann zündeten sie sich eine Zigarette an und teilten sich diese ebenfalls. Ich beobachtete sie eine ganze Wiele. Sie waren so furchtbar hässlich mit ihren langen, filzigen Haaren und ihren faltigen, mageren Gesichtern. Und dennoch fühlte ich mich sofort zu ihnen hingezogen. Sie waren nicht wie der normalen Menschen, denen ich in der Stadt begegnet war. Es waren Außenseiter wie ich. Ich war mir fast sicher, dass sie mich akzeptieren würden.
„Habt ihr hier unten vielleicht noch etwas Platz für mich?" fragte ich die beiden, als ich mich endlich getraut hatte, mich ihnen zu nähern. Ich schüttelte mein Haar, das vom Regen völlig durchtränkt war. Die beiden, die eine Weile vor sich hingedöst hatten, rissen die Augen auf und gafften mich an. Die Frau stieß einen Schrei aus und klammerte sich noch ein wenig fester an ihren Partner.
„Entschuldigung, wenn ich euch …äh Sie", ich war völlig verwirrt, weil ich nicht wusste, wie man solche Menschen ansprach, „wenn ich Sie störe. Aber hier ist doch genug Platz, oder?"

Der Mann wollte aufstehen, aber weil er betrunken war und die Frau sich so sehr an ihn klammerte, torkelte er und fiel wieder hin. Ich beugte mich zu ihm runter.
„Alles in Ordnung?"
„W-wir... ha-haben nichts getan!" platzte es aus dem Mann heraus, der Mühe hatte, wenigstens einigermaßen verständlich zu sprechen. „W-wirklich nichts! Wir wollen hier nur in Ruhe schlafen!"
„Aber das will ich doch auch", erwiderte ich. „Und ich habe auch niemandem etwas getan, jedenfalls nicht mit Absicht."
„W-wir haben nichts getan!" rief der Mann noch einmal. „Was wollen Sie von uns? Was w-wollen, w-was w-w-w..."
Er konnte nicht mehr vernünftig sprechen. Nur der Sabber lief ihm am Kinn herunter.
In Ordnung, in Ordnung, dachte ich nur. Ich hatte verstanden. Nicht einmal der letzte struppige Penner wollte mit mir etwas zu tun haben. Dann wollte ich sie auch nicht länger belästigen. Aber dass ich mich unter der Brücke schlafen legte, davon konnten sie mich nicht abhalten. Rücksichtsvoll, wie ich war, nahm ich allerdings ein paar Meter Abstand. Ich versuchte, es mir auf dem steinigen Boden so gemütlich wie nur möglich zu machen, was ziemlich schwierig war, wo ich nicht einmal eine Decke besaß.
Bevor ich aber einschlief, wollte ich noch eine Weile an der Wand sitzen bleiben und auf den Fluss hinausschauen. Sachte und ohne besondere Eile strömte das Wasser dahin.
Vielleicht sollte ich es genauso machen wie der Fluss und mich einfach treiben lassen, dachte ich mir. Der weiß schließlich auch nicht, wohin er strömt und kommt trotzdem an sein Ziel. Wieso sollte es bei mir nicht auch funktionieren? Wenn ich aufhöre, mich anderen Menschen anvertrauen zu wollen, vielleicht kommen sie dann von sich aus auf mich zu. Wenn ich aufhöre, nach meinen Eltern zu suchen, vielleicht finde ich sie

dann ganz von allein. Man muss die Dinge einfach nehmen, wie sie kommen und sich nicht immer nach dem Sinn fragen, dachte ich.
Das hörte sich hart an, aber womöglich war es die einzige Lösung.
Ich drehte mich erst wieder zur Seite, als ich merkte, wie sich die Blicke der Stadtstreicher tiefer und tiefer in meinen Hals bohrten, sodass mir langsam das Atmen schwerfiel.
„Was ist denn nur los?" fragte ich, aber die Gesichter der beiden regten sich nicht. Als hätte mein Anblick sie zu Stein erstarren lassen.
„Wollt ihr nicht doch zu mir kommen?" fragte ich weiter. „Zusammen haben wir es bestimmt viel wärmer und gemütlicher."
Wieder keine Reaktion. Und dann begriff ich. Sie dachten wohl, dass ich nur für eine kurze Rast hierhergekommen war und warteten darauf, dass ich wieder verschwand.
Aber da hatten sie falsch gedacht. Ich legte mir dir Steine so zurecht, dass ich es einigermaßen bequem hatte und dann legte ich mich mit ausgestreckten Beinen neben die Wand, damit sie sahen, dass ich vorhatte, die ganze Nacht zu bleiben.
Ich schloss die Augen und wartete ab. Einige Sekunden später hörte ich ein aufgeregtes Rascheln, spürte wie sie sich vom Boden erhoben. Was sie wohl tun? dachte ich. Kommen sie, um mich zu erschlagen?
Aber dafür waren sie eindeutig nicht mutig genug. Als ich die Augenlieder auseinanderzog, sah ich nur noch ihr langes Haar, ihre Rücken und ihre flitzenden Beine, die sie allmählich von mir wegtrugen. Eine Sekunde später waren sie um die Ecke gebogen und verschwanden aus meinem Blickfeld.
Da fing ich an zu weinen, weinte so jämmerlich, dass ich es selbst nicht ertragen konnte und mir die Ohren zuhalten musste. Denn je mehr ich mir beim Weinen zuhörte, desto trauriger wurde ich und dann musste ich noch mehr weinen. Dabei war

ich doch unter die Brücke gekommen, um endlich im Trockenen zu sitzen.
Aber ich konnte einfach nicht mehr, konnte nichts mehr machen, als zu schluchzen und zu weinen, weil alles so hoffnungslos war. Dieser Abend war viel, viel schlimmer als der Morgen. Das war zwar ein ziemlicher Schock gewesen, in der Wildnis aufzuwachen und sich an nichts mehr zu erinnern. Aber da hatte es wenigstens noch Hoffnung gegeben. Hoffnung, dass alles nur ein dummer Scherz war. Hoffnung, dass sich für alles eine einfache und simple Erklärung finden würde.
Aber jetzt, in dieser schrecklichen Stunde, als sich die Welt um mich herum schwarz einfärbte, hatte ich Gewissheit. Gewissheit, dass ich allein war. Allein in einer Welt voll böser Menschen, die mich hassten, dass sie entweder vor mir wegliefen oder mir an den Kragen wollten. Und nirgendwo ein Ausweg in Sicht, nirgendwo auch nur der kleinste Hoffnungsschimmer.
Schließlich aber hatte mich die Kälte der Nacht so sehr in ihrer Macht, dass mir selbst das Weinen zu schwer fiel. Es war, als wäre alles Wasser in mir gefroren, sodass es einfach nicht mehr aus meinen Augen herausströmen konnte.
Ich versuchte zu schlafen, aber meine Zähne klapperten so sehr, dass ich ganz wahnsinnig davon wurde. Ich versuchte, damit aufzuhören, aber es wollte mir nicht gelingen. Wenigstens schaffte ich es, dass sie im Takt und einigermaßen gleichmäßig klapperten, fast wie mein Herzschlag. Und da wirkte es plötzlich beruhigend.
Uns so fand ich am Ende doch noch meine Ruhe…

Ich hatte mich geirrt. Einen Ausweg gab es für mich doch noch. Und das waren die Nacht und der Schlaf.
Sobald ich meine Ruhe gefunden hatte und eingenickt war, wurde ich bereits durch eine Tür in eine andere Welt gezogen. Ein regelrechtes Tor war es, das so weit offen stand, dass ich

anfangs fast glaubte, von einer ganzen Festgesellschaft erwartet zu werden. Und doch ging ich ganz allein hindurch, in eine geheimnisvolle Traumwelt, in der es so etwas wie Kälte nicht gab. Nur dichter Nebel quoll mir entgegen, und obwohl kein Sonnenstrahl ihn durchdringen konnte, war es dort genauso warm, dass es gerade angenehm war. Und noch viel schöner war, dass es dort keine Menschen gab, die einen ankeiften, einen verfolgten und einem Dinge hinterherwarfen. Hier gab es nur meine Eltern, die so sanft und liebevoll mit mir sprachen.
„Peter, mein lieber Peter. Komm zu mir. Ich habe dich so lieb. Ich will dich in meine Arme nehmen und dich an mich drücken, damit du weißt, dass ich bei dir bin und du niemals alleine bist, wohin auch immer du gehst."
Das war meine Mutter.
„Peter, mein Sohn. Was du heute durchgemacht hast, das hätte sicherlich nicht jedes Kind ertragen. Ein anderes wäre längst wahnsinnig geworden und durchgedreht. Aber du, du bist so tapfer gewesen, hast niemals aufgegeben, sondern immer weiter gekämpft. Ich bin so stolz auf dich, mein Sohn. Und wer weiß, was geschieht, wenn du weiterhin so tapfer bist. Vielleicht sehen wir uns ja eines Tages wieder."
Das war mein Vater.
„Ja, Papa, ja, ich will dich ja auch so gerne wiedersehen. Aber nicht erst irgendwann, ich will dich jetzt gleich sehen und Mama auch."
Oh, wie ich mich danach sehnte, ihre Gesichter zu sehen. Auch wenn's nur für eine einzige Sekunde wäre. Denn dann wüsste ich wenigstens, wie sie aussahen und würde sie erkennen, wenn sie mir in der echten Welt über den Weg liefen. Aber das war nicht möglich. Ich war umhüllt von einem grau-weißen Nebel, als hätten sich Hunderte von Geistern versammelt und sich ineinander verwoben. Und zwei von diesen Geistern muss-

ten meine Eltern sein. Aber es war einfach nicht möglich aus diesem Nebel einzige Gesichter auszumachen.

Teil 2 – Das Leben geht weiter

8.

In den nächsten Tagen ging es mir nur noch darum zu überleben, mich irgendwie durchzuschlagen, damit ich es bis zum jeweils nächsten Abend überstand.
Ich verließ die Stadt am Morgen danach mit dem Zug. Ich hatte zwar kein Geld, um mir eine Fahrkarte zu kaufen, doch als ich mich am Bahnhof hinter ein Mädchen stellte, das gerade dabei war, am Fahrkartenautomaten ein Ticket zu ziehen, erschrak es so sehr, dass sie das Ticket fallen ließ und schreiend davonlief. Ein Glück, dass keine anderen Menschen in der Nähe waren, die ihr zu Hilfe eilen konnten. Ich hob das Papier schnell auf und dachte zuerst, dass es nur irgendein Müll sei, denn Fahrkarten kauft man normalerweise bei einer Person, die hinter einem Schalter sitzt. Einen Schalter hatte ich hier zwar auch gefunden, aber dort war keine Menschenseele gewesen. Überhaupt sah der Bahnhof im Gegensatz zu der schönen, kleinen Stadt so aus, als würde man ihn schon seit Jahren nicht mehr benutzen. (Aber irgendwie passte das ja zu der gespenstischen Welt mit ihren bösartigen Bewohnern, in der ich mich befand.) Umso merkwürdiger war es, dass hier dennoch Reisende herumliefen und Züge anhielten. Und eine wirklich gute Überraschung war es deshalb für mich, dass der kleine Papierfetzen aus der komischen Maschine tatsächlich eine Fahrkarte war.
Interessiert las ich nach, wohin die Reise gehen sollte, aber der Name der Stadt sagte mir gar nichts und so ließ ich mich einfach überraschen. Der Zug war fast völlig leer, als ich einstieg, doch bei jedem Bahnhof kamen neue Menschen hinzu und nur selten stiegen welche aus. Bald waren alle Sitzplätze gefüllt,

nur neben mich wollte sich niemand setzen. Und auch die Plätze vor und hinter mir und sogar diejenigen, die neben mir auf der anderen Seite des Gangs lagen, blieben leer. Lieber wollten die Menschen stehen, als sich neben mich zu gesellen. Unruhig rutschte ich auf meinem Sitz herum. Die Menschen sahen mich so missbilligend an, dass es mich fast schon wunderte, dass noch niemand gekommen war, um mich zu vertreiben. Bisher standen die Leute nur im Eingangsbereich der Türen. Was aber, wenn sich auch noch der Mittelgang füllte? Wenn ich dann aussteigen wollte, musste ich mich ja an ihnen vorbeidrängeln. Wie würden sie darauf reagieren? Würden sie mich vorbei lassen, mir den Weg versperren oder würden sie mir gar etwas antun?

In mir machte sich solch eine panische Platzangst breit, dass ich es nicht mehr aushielt. Beim nächsten Bahnhof sprang ich auf und sah zu, dass ich rauskam. Ach, was war es schön, wieder die frische Luft um sich herum zu spüren und nicht mehr ständig die gleichen idiotischen Menschen in meiner Nähe ertragen zu müssen.

Die Stadt, in die ich nun kam, war nicht so schön, wie die, aus der ich gekommen war. In der Fußgängerzone gab es anstelle von alten Fachwerkhäusern nur hässliche Plattenbauten und neumodische Glaspaläste. Trotzdem stimmte mich dieser Anblick beinahe fröhlich, denn in meinem Kopf machte sich der absurde Gedanke breit, die Menschen in einer Stadt wären umso freundlicher, je hässlicher die Stadt ist. Schließlich muss es gerecht zugehen in der Welt und es ist wahrhaftig ungerecht, wenn eine Stadt sowohl aus hässlichen Häusern, als auch aus hässlichen Menschen besteht.

Aber auch diesmal irrte ich mich völlig. Die Menschen in dieser Stadt unterschieden sich durch nichts von denjenigen aus der anderen. Sobald ich durch die Straßen kam, wichen sie zur Seite. Stellte ich mich an ein Schaufenster, dann verschwanden

alle anderen Zuschauer, die gerade noch sehr interessiert geguckt und ausgesehen hatten, als wollten sie gar nicht wieder weggehen. Das hingegen war für mich eher praktisch. Da hatte ich halt mehr Platz für mich allein und wurde nicht gestört.
In die Schaufenster und Geschäfte zu sehen, war herrlich und grausam zugleich. Herrlich war es, all die vielen Waren und Produkte bestaunen und anhimmeln zu können. Doch es war so grausam, dass ich mir nichts, aber auch wirklich rein gar nichts kaufen konnte, weil ich keinen müden Pfennig dabei hatte, und es auch keine Möglichkeit gab, mir Geld zu verdienen. Besonders an den Bäckereien und Fleischgeschäften war es schlimm. Da meldete sich mein Magen zu Wort, als säße tief in mir drin ein gieriger, hungriger Löwe. Schließlich hatte ich an diesem Tag am Morgen und auch am Abend zuvor nichts gegessen.
In der Mitte der Fußgängerzone saß ein komischer Mann auf einem kleinen Schemel. Er sah nicht ganz so heruntergekommen aus wie die Stadtstreicher, die ich unter der Brücke getroffen hatte, aber ein bisschen verwahrlost wirkte er schon. Doch er schien zufrieden mit sich und dem Leben zu sein. Er klimperte auf einer Gitarre herum und sang, manchmal leise, dann wieder lauter, vor sich hin. Er konnte nicht besonders gut singen, fand ich, aber es blieben tatsächlich einige Leute stehen und warfen ihm Geld in die Mütze, die er vor sich hingelegt hatte.
Das kann ich auch, dachte ich. Ich habe zwar keine Gitarre, aber man muss ja nicht immer Musik dazu haben, wenn man singt.
Und so setzte auch ich mich auf eine Bank am Straßenrand, stellte einen Plastikbecher, den ich in einer Mülltonne gefunden hatte, auf und sang „Der Mai ist gekommen", genau wie die Bauersfrau in der Küche, denn ein anderes Lied fiel mir nicht ein. Eigentlich ist dies ja ein sehr fröhliches Lied, aber wenn ich es sang, hörte es sich so traurig an, dass man sich

wünschte, der Mai möge so schnell wie möglich vergehen und die Bäume sollen all ihre Blätter wieder fallen lassen. Und trotzdem fand ich, dass es irgendwie schön klang. Nicht fröhlich, dafür aber geheimnisvoll und tief bewegend. Ich fand auch, dass ich eine sehr schöne Stimme hatte und auf jeden Fall besser singen konnte als der Mann mit der Gitarre, wenn ich auch ein wenig leise war.

Vielleicht, so dachte ich, kann ich ja durch meinen Gesang die Menschen dazu bringen, mir zuzuhören. Vielleicht merken sie dann endlich, dass auch ich nur ein ganz normaler Mensch bin und sie erkennen, wie schlecht es mir gehen muss, wenn ich als kleiner Junge in der Stadt für Geld singe.

Aber da lag ich vollkommen falsch. Es dauerte nicht lange, da hatte sich ein Halbkreis um mich herum gebildet. Aber niemand dachte auch nur daran, mir Geld zu geben. Im Gegenteil, sie stießen mit den Füßen gegen den Plastikbecher, dass er mir direkt ins Gesicht flog. Ich verstummte und sah eingeschüchtert zu ihnen hinauf.

„Braver Junge", sagte ein jüngerer Mann. „Und wenn du es noch einmal wagst, mit deinem Gejaule anzufangen, dann kriegst du so eins aufs Maul, dass du nur noch schreien kannst! Hast du verstanden?"

Er sah mich herausfordernd an. Gefügig nickte ich und es dauerte nicht lange, bis sich der Kreis um mich herum auflöste. Ein paar von ihnen spuckten im Vorbeigehen auf mich herab und einer gab mir einen leichten Tritt gegen die Wade. Doch so hasserfüllt, wie mich manche ansahen, konnte ich wirklich von Glück sprechen, dass mir niemand ernsthaft etwas antat.

Dies war dann aber auch wirklich das allerletzte Mal, dass ich versuchte, auf ehrliche Art und Weise die Gunst der Menschen zu erringen. Seit diesem Erlebnis war mir eins klar: Wenn ich überleben wollte, dann musste ich genauso gemein zu ihnen sein, wie sie gemein zu mir waren. Ich musste sie schamlos bestehlen und berauben und durfte nicht das geringste bisschen Mitgefühl haben.

Dies war zunächst nicht sehr einfach, denn die Menschen witterten mich, wenn ich in ihre Nähe kam, egal, wie leise und vorsichtig ich mich an sie heranschlich. Spätestens wenn ich einen Meter hinter ihnen war, drehten sie sich um und ich hatte verloren.

Die Fußgängerzone war also kein besonders guter Ort für mich, denn dort waren einfach zu viele Menschen, die mich beobachteten. Und so versuchte ich mein Glück lieber am Stadtrand, in den ruhigen Seitenstraßen, wo nur sehr selten Menschen langliefen. Ich hatte es am meisten auf kleine Kinder oder auf ältere Frauen, die schon am Krückstock gingen, abgesehen. Die waren meist so in Panik, wenn sie mich sahen, dass sie mir alles gaben und alles taten, nur damit ich sie endlich in Ruhe ließ. Ich brauchte mich nur vor ihnen aufstellen, ihnen einigermaßen selbstbewusst ins Gesicht schauen und sie ganz höflich darum bitten, mir doch ihre Einkaufstasche oder ihr Portemonnaie zu überlassen und sie taten es, ohne dass ich ihnen eine Waffe unters Kinn hielt, ohne dass ich ihnen Prügel androhen musste. Meistens musste ich sie noch nicht einmal anschreien.

Gefährlich wurde es nur, wenn *sie* mit dem Schreien anfingen und ich daraufhin merkte, dass die Gegend um mich herum nicht ganz so einsam war, wie ich es mir gedacht hatte. Dann gab es nur noch eine Lösung: die Beine in die Hand nehmen und nichts wie weg! Aber wie durch ein Wunder endete es immer gut für mich. Auch wenn ich noch so sehr vom Unglück verfolgt wurde, in solchen Fällen hielt mein Schutzengel immer zu mir. Mit der Zeit lernte ich auch, wie man seine Verfolger am besten austrickst, und auch meine Schnelligkeit und Ausdauer verbesserte sich von Mal zu Mal.

An Männer und an jüngere Frauen traute ich mich beim Stehlen jedoch nicht heran. Bei denen war der Hass oft größer als die Furcht. Die wurden ja schon zornig, wenn ich sie nur ansprach. Was sie mit mir anstellen würden, wenn ich es wirklich wagte, sie zu bedrohen oder etwas von ihnen zu verlangen, wollte ich mir gar nicht ausdenken.

Anfangs schämte ich mich noch für das, was ich tat. Vor allem, weil es ja meist die schwächeren Menschen traf. Aber nach zwei oder drei Tagen schämte ich mich nur noch dafür, dass ich mich nicht mehr schämte. War der Rest der Menschheit nicht selber schuld, wenn er mich so schändlich behandelte? Gab ich der Welt nicht nur das zurück, was ich selbst jeden Tag einstecken musste?

Am liebsten war es mir, wenn ich beim Stehlen Einkaufstüten bekam. Geld hatte ich nicht so gerne. Es war nützlich, wenn man es in die Süßigkeiten- oder Getränkeautomaten am Bahnhof oder in der Innenstadt werfen konnte, aber in Geschäfte und Supermärkte ging ich nicht gerne. Oftmals ließ man mich ohnehin nicht hinein und jagte mich bereits am Eingang davon. Wenn ich aber dennoch hineinkam, weil ich dringend etwas besorgen musste, wurde ich stets von den Angestellten beobachtet und einmal wurde ich von einem Mitarbeiter in einen Büroraum geschleppt, wo man meine Taschen durchsuchte, ob ich auch ja nichts heimlich eingesteckt hatte. Das einzige Gute am Einkaufen war, dass ich an der Kasse meist als erster drankam, egal, wie lang die Schlange war. Denn sobald ich mich hinten anstellte, wechselten die meisten Menschen zur Nachbarkasse hinüber oder machten mir eilig Platz. Nur selten wagten es einige, meistens junge Menschen, mich blöd anzumachen und meine Waren vom Fließband zu werfen. Aber ich entwickelte bald ein Gespür dafür, welche Menschen mir gefährlich werden konnten und hielt mich dann eben zurück.

Das ungemütlichste Gefühl im Supermarkt hatte ich aber immer, wenn ich vor der Kassiererin stand. Sie schauten sich das Geld so genau an, dass ich wirklich glaubte, sie könnten mit bloßem Auge feststellen, dass es geklaut war. Was war ich immer froh, wenn ich diese unangenehme Sache hinter mir hatte und wieder draußen an der frischen Luft war! Jedes Mal schwor ich mir aufs Neue, nie wieder einen Schritt in einen solchen Laden zu setzen.
Nachdem ich etwas gestohlen hatte, sah ich zu, dass ich den Ort, an dem es geschah, so schnell wie möglich verließ. Ich floh, wenn es ging, aufs Land hinaus, wo es nicht so viele Menschen gab und ich meine Ruhe hatte.
Und so zog ich kreuz und quer durch die Welt und war der einsamste Landstreicher, den man sich nur vorstellen konnte. Einsam nur am Tag, wohlgemerkt. In den Nächten fühlte ich mich so unendlich geborgen, dass ich mir irgendwann wünschte, es möge für immer und ewig Nacht bleiben. Ich verfluchte die Sonne, die jeden Morgen ein wenig früher erwachte und mir alles verdarb. Ja, ich überstand die Tage mit all ihren Strapazen und Unannehmlichkeiten nur, damit ich am Abend wieder einschlafen konnte. Mal in einer Waldhütte, mal in einer verlassen Ruine, mal auf einer Bank oder doch wieder unter der guten, alten Straßen- oder Eisenbahnbrücke. Der Traum, den ich dabei hatte, war jedes Mal der gleiche. In meinen Träumen war ich nicht mehr der verhasste und ausgestoßene Herumtreiber. In meinen Träumen hatte man mich noch immer lieb und war noch immer stolz auf mich, auch wenn ich in der Zwischenzeit zu einem Dieb geworden war.
Doch sobald ich aus dem Schlaf erwachte, war ich die Enttäuschung groß. Nicht nur, weil ein neuer Tag mit neuen Gefahren bevorstand. Was mich am meisten bekümmerte, war, dass ich noch immer nicht wusste, wer meine Eltern waren und was mit ihnen geschehen war. Es war ja schön und gut, dass sie mich

liebten und stolz auf mich waren und mir des Nachts gut zuredeten, aber auf die Dauer war mir das einfach ein bisschen zu wenig. Jeden Abend, bevor ich einschlief, hoffte ich, es wäre die Zeit gekommen, etwas Neues von ihnen zu erfahren, aber immer wieder war die Hoffnung vergebens. Und am nächsten Tag zog ich weiter durch die Welt und wusste immer noch nicht, wer ich war und wohin ich eigentlich gehen sollte.

9.

Ich habe nicht genau mitgezählt, wie viele Tage ich so lebte. Vielleicht waren es zwei Wochen gewesen, vielleicht aber auch schon drei. Es musste jedoch schon eine ganze Weile sein, denn meine Kleidung war schmutzig, zerrissen, und mein Haar triefte nur so vor Fett, obwohl ich mich sogar ein paarmal am Bach gewaschen hatte. Aber mir fehlte die Seife und weil das Wasser noch recht kalt war, wurde es nur eine wenig gründliche Katzenwäsche, die kaum etwas bewirkte, denn von Nässe und Kälte war ich seit meiner ersten Nacht im Freien traumatisiert.
Wenn es nun also geschah, dass sich die Menschen im Bus oder in der Bahn nicht neben mich setzen wollten, so lag das nicht mehr nur daran, dass ich ihnen unheimlich war, sondern auch daran, dass ich nicht besonders gut roch. Ich mochte es sowieso nicht gerne, mit öffentlichen Verkehrsmitteln zu fahren. In so einem abgeschlossenen Raum fühlte ich mich immer unwohl, denn man kann nicht einfach weglaufen, wenn Gefahr droht. Genauso leid aber war ich es, zu Fuß zu gehen, denn meine Füße waren inzwischen so sehr mit Hornhaut überzogen, dass ich mir vorkam wie eine Echse. Und so entschloss ich mich dazu, mir ein Fahrrad zu besorgen.

Die Gelegenheit dazu bot sich auch alsbald. Als ich eines Tages durch die Dorfstraße eines kleinen Ortes schlenderte, sah ich eine Gruppe von Radfahrern, die mir genau entgegen kam. Es waren eine Frau und ein Mann, der ein kleineres Fahrrad neben sich her schob. Bevor sie bei mir ankamen, hielten sie jedoch an und stiegen eilig von ihren Rädern. Und dann entdeckte ich schließlich auch noch einen Jungen, der ungefähr in meiner Größe war. Ihm gehörte wohl das dritte Fahrrad, aber aus irgendeinem Grund war er auf dem Gepäckträger des Vaters mitgefahren. Die ganze Familie war in heller Aufregung. Der Vater schrie und fluchte, die Mutter jammerte und nahm den Sohn in den Arm, der ohne Unterbrechung brüllte und heulte. Da riss der Vater den Sohn an sich und nahm ihn auf seine starken Arme. Zusammen mit seiner Frau lief er auf das nächste Haus zu, sie klingelten und stürmten ein paar Sekunden später hinein. Die Fahrräder aber ließen sie mit all ihrem Gepäck, achtlos und ohne abzuschließen an die Hausmauer gelehnt zurück.

Ich begriff sofort, dass dies für mich eine einzigartige Chance war und stürmte heran.

„Dr. med. Claudia Meier", las ich auf dem weißen Schild, das an der Hauswand angebracht war. Es handelte sich also um eine Arztpraxis. Dem Jungen war auf der Radtour wahrscheinlich etwas zugestoßen, vielleicht sogar etwas ziemlich ernstes, denn sonst wäre die Familie nicht in solch einer hellen Panik gewesen.

Mich aber hatte das nicht zu interessieren. Ich sah nur, dass dort ein Fahrrad in meiner Größe stand – ein ziemlich modernes sogar, wie mir schien – und dass dies eine astreine Gelegenheit war, mir dies zu stibitzen. Mitleid verspürte ich keins, obwohl sie in einer schwierigen Situation waren, die ich schamlos ausnutzte. Denn ich wusste, dass sie auch kein Mitleid mit mir haben würden, wenn mir etwas Schlimmes passier-

te. Alle Menschen dieser Erde waren meine Feinde und wäre ich der Familie in einer anderen Situation begegnet, dann wären sie es vielleicht gewesen, die mir etwas angetan hätten.
Ich schaute mich noch einmal um und vergewisserte mich, dass mich auch ja niemand sah. Aber das Dorf wirkte wie tot. Keine Autos, keine Spaziergänger, keine Radfahrer, nein, gar nichts. Ich zog das Rad an mich heran, wobei die anderen Räder gleich mitgerissen wurden. Sie fielen auf den Bürgersteig, was einen Riesenlärm machte. Erschrocken zuckte ich zusammen und hatte es umso eiliger, mich aus dem Staub zu machen. Ich schwang mich auf den Sattel und trat mit einer solchen Wucht in die Pedale, dass ich abzischte wie ein Radrennfahrer.
Es war das erste Mal seit dem Tag, an dem ich im Pappkarton aufgewacht war, dass ich auf einem Fahrrad saß. Ich wusste nicht einmal, ob ich überhaupt jemals zuvor mit einem Fahrrad gefahren war. Doch anscheinend schon, stellte ich fest. Ich hielt das Gleichgewicht und fuhr dahin, als hätte ich mein Leben lang nichts anderes getan. Nur mit der Gangschaltung hatte ich so meine Probleme. Die war irgendwie anders und es gab viel mehr Gänge als ich gewöhnt war, aber nachdem ich ein bisschen rumprobiert hatte, bekam ich auch das in den Griff.
Es war herrlich, so frei davonzuradeln. Es war ein heißer Tag im Mai und ich war mächtig ins Schwitzen gekommen, wie ich so auf der Landstraße dahingewandert war. Aber jetzt, wo der Fahrtwind mir durch das Gesicht brauste, wurde es angenehm kühl. Gierig atmete ich die frische Luft ein, bis mir der Spaß ganz plötzlich verdorben wurde.
„Bleib stehen!"
Es war keine besonders große Kunst, zu erraten, wer das war. Die Stimme klang so laut und kräftig, dass ich vor Schreck beinahe das Gleichgewicht verloren hätte und umgekippt wäre. Aber ich konnte mich noch im letzten Moment halten und geriet in meine erste Verfolgungsjagd mit dem Rad. Ich zuckte

kurz herum und musste feststellen, dass ich kaum eine Chance hatte. Der Mann hinter mir, dessen von Zornesfalten übersätes Gesicht knallrot angelaufen war, saß nicht auf dem Sattel. Er stand aufrecht und trat so heftig in die Pedale, dass es nur noch eine Frage der Zeit war, bis er mich eingeholt hatte. Und ich Idiot hatte mich schon für einen Rennfahrer gehalten. Was war ich doch für ein dummer, kleiner Junge!
Ich sah, wie aus der gleichen Richtung ein Auto heranfuhr, welches gerade meinen Verfolger erreichte. Hinter ihm folgten weitere drei. Und weil mir in meiner Not nichts Besseres einfiel, wandte ich den gleichen Trick an, den ich bereits an meinem ersten Tag am Eisenbahnübergang ausprobiert hatte. Ohne groß darüber nachzudenken, was ich tat und wie gefährlich es war, machte ich einen Schlenker zur Seite und preschte geradewegs über die Straße hinweg. Eine halbe Sekunde später und ein paar Zentimeter weniger und ich wäre unter die Räder geraten. Aber ich schaffte es, mich auf die andere Seite der Straße zu retten. Die Totenstille des Dorfes wurde augenblicklich von einem ohrenbetäubenden Lärm aus quietschenden Bremsen und lautem Gehupe durchbrochen. Dann folgte ein lauter Knall, als das dritte Auto dem Zweitem ins Heck krachte. Dazwischen die wütenden und entsetzten Schreie der Autofahrer und die meines Verfolgers.
Mir aber war es egal. Für mich war die Hauptsache, dass ich mein eigenes Leben gerettet hatte und der Mann mir nicht weiter auf den Fersen war. Ich steuerte in eine schmalere Seitenstraße ein und sah mich um, ob eines der Autos mich verfolgte. Aber nichts. Sie hatten angehalten und die Fahrer waren aus ihren Wagen gesprungen, um sich den Schaden anzusehen, den ich angerichtet hatte. Ein Mann schimpfte mir mit erhobener Faust hinterher und ich trat noch einen Schritt schneller zu, weil ich ebendiese nicht auf meinem Körper spüren wollte.

Doch das letzte bisschen Glück, das ich noch übrig gehabt hatte, war aufgebraucht. Als ich mich das nächste Mal umsah, sah ich das Auto, welches mich um ein Haar überfahren hätte und auf dessen Beifahrersitz nun der Familienvater saß, der aus dem Fenster schrie und brüllte wie eine Bestie. Aus der anderen Richtung heulten mir scheußliche Sirenen in mein Ohr. Wahrscheinlich die Polizei. Oder vielleicht der Krankenwagen?
Jetzt bekam ich es ernsthaft mit der Angst zu tun. Hatte ich vielleicht gerade einen Menschen umgebracht? Ich hatte zu kurz hingeschaut, um zu sehen, wie schwer der Unfall gewesen war und ob es vielleicht Verletzte oder sogar Tote gegeben hatte.
Ich sah mich verzweifelt nach einer Abzweigung um, in die ich hätte einbiegen können, aber die Straße verlief stur geradeaus und nur wenige Meter weiter mündete sie wieder auf der Hauptstraße. Als ich an der Kreuzung ankam, sah ich bereits, wie das weiß-grüne Polizeiauto herangeschossen kam. Und direkt hinter mir hatte mich das Auto meiner Verfolger eingeholt. Mit einem Ruck ging die Beifahrertür auf und der Familienvater schoss heraus, um dem Streifenwagen ein Zeichen zu geben. Und als dieser ebenfalls anhielt, wusste ich, dass ich verloren hatte. Wo sollte ich denn noch hinfahren? Mit einem Fahrrad würde ich nicht weit kommen, nicht, wenn ich von zwei oder noch mehr Autos verfolgt wurde. Außerdem konnte ich einfach nicht mehr. Mir war schwindelig und ich röchelte nach Luft. Ich stieg vom Fahrrad ab, welches ich auf den Bürgersteig knallen ließ, spuckte auf die Straße und wartete darauf, dass der Blitz einschlug. Ich war fertig, erledigt. Hatte aufgegeben. Am liebsten hätte ich geheult, aber es kamen keine Tränen hervor. Vielleicht hatte ich an diesem Tag bereits zu viel geschwitzt. Ich fühlte mich ausgetrocknet und ausgelaugt.

10.
„Willst du uns nun endlich deinen Namen sagen?"
„Ich heiße Peter. Wie oft soll ich euch das denn noch sagen?"
Ich schrie und heulte dabei ganze Bäche von Tränen aus.
Ja, jetzt endlich konnte ich weinen. Ich heulte vor lauter Wut über diese irrsinnig sturen Polizisten, die einfach nicht verstehen wollten, was ich meinte, egal wie oft ich ihnen meine Geschichte auch erklärte. Und immer wieder stellten sie mir die gleichen Fragen. Ich hatte es sowas von satt! Und da war ich mit den Polizisten ausnahmsweise einer Meinung.
„Verfluchte Scheiße noch mal! Glaubst du vielleicht, du hast hier eine Horde von Idioten um dich herum?" brüllte der Polizist und haute mit der Faust so stark auf den Tisch, dass der Kaffee aus den Tassen überschwappte.
„Deinen Nachnamen! Deine gottverdammten Nachnamen will ich wissen!"
Der Mann hatte sich die ganze Zeit über sehr beherrscht. Ihm hatte ich es auch zu verdanken, dass ich überhaupt noch am Leben war. Der Familienvater und der andere Mann, die mich im Auto verfolgt hatten, hätten mich sicherlich noch an Ort und Stelle um einen Kopf kürzer gemacht. Und sein Kollege, der den Streifenwagen gefahren hatte, hätte daneben gestanden und zugeschaut. Vielleicht hätte er sogar noch gelacht und die beiden angefeuert. Aber der Mann, der mich jetzt verhörte, hatte eingegriffen und mich gerettet. Aber nicht, weil er mich besonders lieb hatte, das brauchte ich gar nicht erst zu denken. Er hasste mich genauso, wie mich alle anderen Menschen hassten. Aber er war ein sorgfältiger Mensch, der seinen Beruf und die Dienstvorschriften sehr genau nahm. Und diese Vorschriften besagen nun mal, dass ein Polizist keinen unbewaffneten Zivilisten töten oder misshandeln darf, auch wenn er ein noch so schlimmer Verbrecher ist, das hatte ich in der Zwischenzeit

erleichtert mitbekommen. Außer aus Notwehr natürlich, aber ich hatte mich ja nicht gewehrt. Was für einen Sinn hätte das auch gehabt, bei mehreren ausgewachsenen Männern? Und so hatte er mich gepackt, mir Handschellen angelegt, meine Taschen durchsucht und mir all mein Diebesgut abgenommen. Im Auto hatte ich zusammen mit ihm auf der Rückbank gesessen, wo er bereits mit dem Verhör anfing. Auf der Wache stellte er mich demonstrativ unter die Dusche, weil er meinen Geruch so unerträglich fand. Und nun saßen wir also in seinem Büro, zwischen Aktenregalen und Schreibtischen, auf denen seltsame Fernsehbildschirme standen, auf denen die ganze Zeit über die gleiche langweilige Sendung, die eher wie ein Testbild wirkte, lief, und das Verhör wurde fortgesetzt. Weit gekommen waren wir dabei allerdings noch nicht.

„Ich weiß meinen Nachnamen nicht!" Ich schrie so laut, dass es durch die gesamte Polizeistation hallte. Sofort hörte man aus den Nachbarbüros ein genervtes Geklopfe und ein wütendes „Ruhe jetzt!" An der Tür erschien ein weiterer Polizist, der sagte: „Nun stopf diesem alten Drecksblag doch endlich mal das Maul, Thomas! Wer soll denn bei diesem Höllengekreische noch vernünftig arbeiten?"

Mit einem Satz sprang mein Gegenüber auf und kratzte sich vor lauter Ungeduld am ganzen Körper. Dann beugte er sich zu mir rüber, packte mich mit einem festen Griff an den Unterarmen, die übrigens immer noch durch Handschellen aneinandergefesselt waren, und sah mich mit festem Blick an. Ich versuchte, genauso fest zurückzublicken, aber es gelang mir nicht. Sein Blick schüchterte mich so ein, dass ich mich nur noch auf meinem Stuhl zusammenkrümeln konnte, in der Hoffnung, mich so klein machen zu können, dass er mich einfach übersah. Aber das ging natürlich nicht, weil er mich ja noch an den Armen festhielt.

Er war ein kräftiger, hochgewachsener Mann mit blonden, kurzen Haaren. Sein Gesicht konnte man am besten als brutalschön beschreiben. Seine Haut war glatt und faltenfrei, mit einer gesunden Gesichtsfarbe, die nicht zu blass, aber auch nicht zu braun war. Alles an ihm war gerade und symmetrisch. Der liebe Gott hatte wirklich nicht den klitzekleinsten Fehler eingebaut. Dafür wirkte er kalt und unmenschlich. Wie eine Maschine, die alles akkurat und nach Plan ausführte. Er konnte sicherlich Menschen töten und Kinder fressen, wenn man es ihm befahl, ohne dabei auch nur mit der Wimper zu zucken. Wenn das Gesetz aber befahl, dass er sich zu beherrschen hatte, dann beherrschte er sich eben. Nur ich schien ihn völlig aus dem Konzept zu bringen.
„Sei froh, dass du hier in Deutschland bist!" brüllte er mir mich an. „Sei froh, dass in diesem Land Ganoven wie du so gut beschützt werden! Wären wir hier in China oder Afrika, dann würde ich einfach…"
Er drehte sich mitsamt seines Bürostuhls um. Auf dem Tisch hinter ihm stand noch benutztes Frühstücksgeschirr. Er griff nach einem Brotmesser. Und als er sich zurückdrehte, strich er mir damit so nah am Hals vorbei, dass ich die Zähne ganz deutlich zu spüren bekam. Sie streiften meine Haut nur leicht und richteten keine Schaden an, denn es war nur eine bedrohliche Geste gewesen. Aber für einen Moment hatte ich tatsächlich geglaubt, er wolle mir den Hals aufschlitzen.
Ich bibberte am ganzen Leib, fing an zu husten und glaubte, mich jeden Moment übergeben zu müssen. Aber ich beruhigte mich wieder.
„Und. Willst du mir jetzt vielleicht deinen Familiennamen sagen?" Die ersten Wörter klangen noch zuckersüß, doch bis zum Ende des Satzes verdunkelte sich seine Stimme zunehmend. Er sah mich herausfordernd an.

Was sollte ich bloß tun? Sollte ich mir vielleicht einen Namen ausdenken? Und ihm dann auch noch einen falschen Geburtsort und ein falsches Geburtsdatum nennen? Damit konnte ich mich vielleicht fürs Erste aus der Affäre ziehen. Aber ich wusste, dass sie meine Angaben überprüfen würden. Und was dann?
Die Tür öffnete sich ein weiteres Mal. Und herein kamen sein Kollege aus dem Streifenwagen und eine junge, hübsche Kollegin mit einem braunen Pferdeschwanz.
„Und. Weitergekommen?" fragte der Mann.
„Ich werde noch verrückt!" kam es von Thomas zurück. „Das ist wirklich das störrischste und bockigste Blag, das ich jemals erlebt habe. Und es glaubt tatsächlich, es könnte die gesamte Station zum Narren halten!"
„Wirklich ein ekelerregendes Wesen!" stimmte der Kollege zu und die Frau nickte ebenfalls. Er sah mich mit böse funkelnden Augen an.
„Na, macht dir das Spaß? Da so zusammengekrümelt wie ein Haufen Dreck rumzusitzen und blöd aus der Wäsche zu glotzen, dass es allen Leuten zum Halse raushängt?"
„Genau. Mach du weiter, Helmut", sagte Thomas und klopfte ihm ermutigend auf die Schulter. „Ich brauche erst einmal eine Pause. Wenn ich dieses Kind noch länger sehe, bekomme ich Augenkrebs."
Helmut sah zunächst nicht sonderlich begeistert aus. Aber er kam seiner Pflicht nach und setzte sich mir gegenüber auf den Stuhl.
„Boah, der stinkt ja immer noch!" war das erste, was er sagte und hielt sich die Nase zu. „Ich dachte, ihr hättet den geduscht."
„Haben wir auch", antwortete Thomas. „Aber seine Klamotten haben wir nicht gewaschen. Und neue haben wir für ihn keine auf Lager."

Dann verschwand er aus dem Raum. Die Frau setzte sich vor einen Bildschirm und tippte auf einem Buchstabenbrett, das davorlag, herum, während Helmut mit dem Verhör begann.

„Name?" fragte er. Noch klang seine Stimme ziemlich ruhig.

„Peter", antwortete ich. „Weiter weiß ich nicht."

„Name?" Diesmal brodelte seine Stimme bereits. Es hätte mich nicht gewundert, hätte er beim nächsten Mal Feuer gespuckt.

„Ich weiß wirklich nicht weiter", antwortete ich. „Ich habe alles vergessen. Wenn Sie ihn wirklich wissen wollen, dann müssen sie mir halt helfen, meine…"

Der Mann spuckte kein Feuer. Dafür aber gab es eine solche Ohrfeige, dass ich fast vom Stuhl gefallen wäre.

Die Frau sah kurz erschrocken auf, tat dann aber so, als ob sie nichts gesehen hätte. Oh, wie das gezwirbelt hatte! Ich bekam ein solches Ohrensausen, dass ich beinahe taub geworden wäre. Ich beeilte mich, meine Hand davor zu halten, um den Schmerz zu lindern.

„Wenn du jetzt nicht endlich mitspielst, dann kommt auch noch das andere Ohr dran!" hörte ich ihn mitleidlos sagen. Für mich aber klang es so fern wie aus einer anderen Welt.

„Übertreib's bitte nicht!" griff nun die Frau ein. „Sonst haust du ihn noch völlig vom Hocker."

„Willst du dieses elende Miststück auch noch verteidigen?" Der Mann schäumte beinahe über vor Wut.

„Auf keinen Fall", antwortete die Frau. „Von mir aus hätte er noch tausend oder sogar eine Millionen Ohrfeigen verdient. Aber du weißt, dass es leider Vorschriften und Regeln gibt. Und du bist ein so guter Kollege. Ich will nicht, dass du wegen so einem elenden Kind vom Dienst suspendiert wirst. Das ist es gar nicht wert."

„Also schön. Dann machen wir eben bei dem Geburtsdatum weiter. Also, mein Freund, wann hast du Geburtstag?"

„Das weiß ich nicht so genau. Vielleicht…"

„Jedes noch so dumme Blag weiß doch wohl seinen Geburtstag!" brauste der Mann auf und um ein Haar hätte es eine neue Ohrfeige gegeben. Jedoch beherrschte er sich noch in letzter Sekunde. „Na ja, aber bei dir ist das ja kein Wunder", fuhr er in ruhigerem Ton fort. „Wahrscheinlich kriegst du niemals Geschenke. Von mir würdest du jedenfalls keine bekommen. Höchstens ein paar Ohrfeigen und 'nen Tritt in den Arsch! Aber wenn du schon nicht weißt, wann du geboren bist, dann sag mir wenigsten dein Alter! Das wirst doch wohl noch wissen, oder etwa nicht?"
„Ich schätze mal neun oder zehn Jahre", sprach die Frau dazwischen. „Vielleicht aber auch schon elf. Er ist zwar noch etwas klein, aber er hat ein ziemlich reifes Gesicht. Aber so genau kann ich das nicht schätzen. Ich hab schließlich keine eigenen Kinder und wenn ich ihn sehe, dann weiß ich auch, warum."
„Na ja, auf jeden Fall ist er noch nicht so alt, dass wir ihn einsperren könnten", brummte der Mann. „Leider!"
„Vielleicht sollten wir seine Eltern anrufen", schlug die Frau vor. „Kann ja sein, dass er gesprächiger wird, wenn jemand dabei ist, den er kennt."
„Was für eine originelle Idee!" antwortete Helmut mit einem ironischen Lachen. „Meinst du vielleicht, darauf sind wir nicht gekommen? Aber diese Ausgeburt des Teufels will uns ja einfach nicht die Telefonnummer sagen. Er sagt uns ja noch nicht einmal, wer seine Eltern sind."
„Und ich habe Ihnen schon hundertmal gesagt, dass ich das nicht weiß!" gab ich zurück. Ich war so wütend, dass ich mich um Kopf und Kragen redete. „Wenn ihr aber unbedingt wissen wollt, wer meine Eltern sind, dann müsst ihr mir eben helfen, sie zu suchen. Aber dazu seid ihr ja zu faul, ihr Scheiß-Bullen!"

Und am Ende bekam mein anderes Ohr dann doch noch eine Ohrfeige. Schließlich musste es gerecht zugehen. Und irgendwie fand ich es fast angenehmer, auf beiden Seiten Ohrensausen zu haben als nur auf einer. Da fühlte sich der Schmerz wenigstens nicht so einseitig an.

„Helfen, die Eltern zu finden!" schimpfte der Polizist, während er im Büro herumtobte und dabei immer wieder Tritte ans Mobiliar austeilte. „Als ob wir nichts Besseres zu tun hätten. Da draußen rennen Einbrecher rum, Brandstifter, Betrüger, Mörder! Und wir sollen all unsere kostbare Zeit auf so eine kleine, nutzlose, hässliche Fratze verschwenden, die von Zuhause weggerannt ist, einen Riesenscheiß verzapft hat, dass sie sich nicht mehr traut, nach Hause zu gehen, und nun auch noch glaubt, eine ganze Polizeiwache auf Trab halten zu können! Ich fasse es nicht!"

Versehentlich fuhr er mit seinem Arm über den Tisch und eine halbgefüllte Kaffeetasse und dann noch ein Haufen Schreibmaterial fielen zu Boden.

„Schweinerei!" schimpfte die Frau, sah dabei aber mich an und nicht etwa ihren netten Kollegen.

„Ich glaube, es ist genug für heute", entschied sie anschließend. „Sonst zertrümmert dieses nichtsnutzige Blag am Ende noch unser gesamtes Büro. Machen wir morgen weiter."

„Aber wir können ihn doch nicht einsperren!" erwiderte Helmut. „Und nach Hause bringen können wir ihn auch nicht. Er sagt uns ja nicht, wo er wohnt!"

„Ich werde beim Jugendamt anrufen", entschloss die Frau. „Die sollen eine Sozialarbeiterin vorbeischicken, die ihn dann in ein Kinderheim bringt."

Ein Kinderheim! Auch das noch. Ich hoffte nur, dass ich – als besonders schwererziehbarer Fall – ein Einzelzimmer bekam. Ansonsten würde es Mord und Totschlag geben. So viel war sicher.

11.
Die Sozialarbeiterin hatte eine glockenhelle Stimme, die fast schon wieder zu freundlich klang. Aber das wird sich hoffentlich ändern, sobald sie mich sieht, dachte ich. Ich war mir fast sicher, dass ich endgültig wahnsinnig werden würde, wenn ich diese Stimme eine zu lange Zeit ertragen musste. Denn so eine aufgesetzte, übertriebene Freundlichkeit ist manchmal schlimmer als alles Gebrüll, Getobe und Geschimpfe dieser Welt zusammen. Vielleicht lag das aber auch daran, dass das Ohrensausen der Ohrfeigen allmählich nachließ. Das Gebrüll der Polizisten hatte sich zum Schluss nämlich beinahe so angehört, als dränge es aus einer fremden Welt zu mir hinein, als ob es mich gar nichts anginge. Die Stimme der Frau hingegen hörte ich ganz deutlich sprechen: „Na, wo ist denn der kleine Racker, den ich abholen soll?"
Sie stand noch im Türrahmen und die Polizistin zeigte wortlos mit ihrem nackten Finger auf mich, wie ich da so zusammengekauert auf meinem viel zu großen Stuhl saß und mir nur noch eins wünschte:
Freiheit!
Diese Mauern und Menschen um mich herum machten mich verrückt.
Sofort verschwand ihr weißes Zahnpastalächeln hinter ihren roten Lippen. Dafür aber wurde ihr Gesicht umso blasser. Nicht einmal das halbe Pfund Schminke, das sie aufgetragen hatte, konnte das noch verhindern.
„Muss das wirklich sein?" fragte sie. Ihre Stimme klang nun dünn und schwach. Kraftlos legte sie ihren Arm auf die Schulter der Polizistin.
„Aber selbstverständlich", antwortete diese. „Es ist doch Ihr Job mit Kindern umzugehen. Wer, wenn nicht Sie, könnte diese Arbeit übernehmen?"

„Mit solch einem Kind habe ich aber noch nie in meinem Leben etwas zu tun gehabt", erwiderte sie. „Und dies ist auch wirklich das erste Mal in meinem Leben, dass ich mich frage, ob ich den richtigen Beruf gewählt habe."
Während sie redete, schüttelte sie immer wieder mit dem Kopf und schielte zu mir herüber. Doch ich war immer noch der Alte, hatte mich in der Zwischenzeit nicht geändert. Und das Entsetzen wurde umso größer, je mehr sie begriff, dass ich tatsächlich, so schrecklich, wie ich war, dasaß und nicht einfach nur ein Hirngespinst oder eine flüchtige Einbildung war.
„Ich kann Sie sehr gut verstehen", sagte die Polizistin, die mich grob an der Hand packte, um mich vom Stuhl runterzureißen.
„Aber Sie müssen ihn ja nur fahren. Und der Weg zum Heim ist nicht besonders weit. Danach wird sich das Personal vor Ort um ihn kümmern."
Sie angelte einen Schlüssel aus ihrer Hosentasche und schloss mir die Handschellen auf. Erleichtert knetete ich meine Handgelenke durch. Die alten Dinger hatten tiefe, rote Abdrücke hinterlassen.
„Bitte nicht!" kreischte die Sozialarbeiterin in heller Panik. „Lassen Sie ihm wenigstens die Handschellen an! Wie soll ich mich sonst sicher fühlen, wenn er bei mir im Auto sitzt?"
„Das geht nicht. Wir dürfen unser Material nicht an Dritte wietergeben."
„Dann fahren Sie am besten gleich selber mit. Aber lassen Sie mich nicht mit diesem…, mit diesem *Scheusal* allein!"
„Ich würde Sie wirklich gerne begleiten", sagte die Polizistin und in ihrem eigentlich freundlichen Gesicht lag echtes Bedauern. „Aber man braucht mich hier auf der Wache. Und mit einem Kind werden sie schon fertigwerden, da wäre ein Begleitschutz völlig ungerechtfertigt. Aber warten Sie. Ich begleite Sie zum Auto."

Sie packte mich fest am rechten Arm und auf dem Gang kam noch ein Polizist hinzu, der den linken Arm noch ein wenig fester packte, womit er mir das Blut abschnürte und beinahe die Knochen brach. Dann gingen wir zu viert auf den Hof, wo uns die Nachmittagssonne in heller Pracht entgegenstrahlte.

„Schau mich nicht so an, du, du, du…"
Sie suchte verzweifelt nach Worten, aber offenbar war ihr Repertoire an Schimpfwörtern nicht allzu groß.
Vielleicht sollte ich ihr ein wenig auf die Sprünge helfen, dachte ich, denn dieses ewige, leidvolle „Dududu" war auf die Dauer unerträglich. Wie eine Kassette, die einen Sprung hat.
„Arschloch, Dreckstück, Monstrum, Ungeheuer, Zombie", schlug ich vor. „Suchen Sie sich das passende Wort aus, setzen Sie es an der richtigen Stelle ein und seien Sie danach am besten still. Ich bin müde und Sie gehen mir auf die Nerven."
Ich fragte mich manchmal, von wem ich diese Schlagfertigkeit und die Abgebrühtheit, mit dem ich mich über mein eigenes Schicksal lustig machte, wohl geerbt hatte. Gähnend verdrehte ich die Augen und sah nach rechts auf den Bürgersteig, wo zwei Mädchen mit einem braunen Dackel vorbeigingen.
Wieso habe ich mir eigentlich keinen Hund zugelegt? fragte ich mich. Aber nicht so einen kleinen, lieber einen richtig großen, gefährlichen. Einen Wachhund, der nur auf mich hört und der alle Menschen zerfleischt, die es wagen, sich mir zu nähern.
Tiere verhielten sich mir gegenüber auch ganz normal. Es gab zwar einige Tiere, die mich nicht mochten, wie zum Beispiel die Hunde des Schäfers, aber es war mir in den letzten Wochen auch oft genug vorgekommen, dass ein Hund auf mich zu lief, an mir hochsprang, mit dem Schwanz wedelte und gestreichelt werden wollte. Oh, wie gerne hätte ich so manch einen davon behalten, aber sofort wurden sie von Herrchen oder Frauchen

wütend zurückgezogen. Schade, dass mir noch kein ausgesetzter Streuner über den Weg gelaufen war. Dann hätten sich zwei Ausgestoßene, die keiner mehr haben wollte, zusammentun können. Oh, wie sehr sehnte ich mich nach einem Kameraden, einem treuen Begleiter, der mir die Stirn leckte, wenn ich Kummer hatte und nicht weiter wusste.

Ich erwachte aus meinen Gedanken, als mein Kopf nach vorn geschlagen wurde. Ich hatte von Anfang an gemerkt, dass die Frau nicht besonders gut Auto fahren konnte, aber mit der Zeit war es immer holperiger geworden. Und das war auch kein Wunder. Die Frau konzentrierte sich nämlich kaum auf die Strecke, sondern drehte sich immer wieder zu mir um.

„Ausgerechnet *Sie* beschweren sich darüber, dass *ich* Sie angeblich anstarre", sagte ich. „Dabei tun Sie doch selber die ganze Zeit nichts anderes."

„Sei still, du garstiges Kind, du! Sonst bist du schuld, wenn ich gleich einen Unfall baue!"

„Wenn Sie nicht endlich mal auf die Straße gucken, dann bauen Sie garantiert einen Unfall!" erwiderte ich. „Welch ein Glück für Sie, dass die Polizistin nicht mitgekommen ist. Die hätte Ihnen bestimmt schon ein Dutzend Strafzettel gegeben, so wie Sie fahren."

Dieser Satz reichte aus, um meine Fahrerin auf 180 zu bringen.

„Ah!" kreischte sie und haute mit voller Wucht auf das Lenkrad. Das Auto machte einen Schlenker zur Seite und wäre beinahe in einen entgegenkommenden Wagen gekracht, wenn der Fahrer nicht noch rechtzeitig auf den Bürgersteig ausgewichen wäre. Da trat meine Chauffeurin auf die Bremse und ließ das Auto an den Straßenrand rollen.

„Siehst du?" rief sie und zuckte mit dem Kopf, dass ihr die Haare übers ganze Gesicht wuselten. „Beinahe hättest du einen Unfall gebaut, du hässliches Blag!"

„Ich? Wer sitzt denn hier am Steuer?"

„Ich kann so einfach nicht fahren!" klagte sie und die erste Träne kroch aus ihrem rechten Auge hervor. Mein Gott, was war die empfindlich. „Ich kann mich nicht auf den Verkehr konzentrieren, wenn so ein schreckliches Untier wie du neben mir sitzt und mich ständig anglotzt und beobachtet und dann auch noch so unverschämte Kommentare gibt. Das geht einfach nicht. Es geht nicht!"
Verzweifelt stützte sie den Kopf über das Lenkrad. Schade, da konnte ich gar nicht sehen, wie die Tränen ihre schöne Gesichtsbemalung zerstörten. Ich überlegte, ob ich nicht einfach die Tür öffnen, aussteigen und wegrennen sollte. Die Gelegenheit war günstig und es würde uns beiden nützen. Ich hätte meine Freiheit wieder und die Frau wäre mich endlich los. So wie die drauf war, konnte ich mir sogar vorstellen, dass sie mich freiwillig gehen ließ, wenn ich sie darum bat.
Aber da hatte ich sie unterschätzt. Kaum hatte sie den Klick gehört, mit dem ich meinen Gurt löste, da packte sie mich auch schon am Arm und hielt mich zurück.
„Wag es bloß nicht!" warnte sie mich. „Es ist schon schlimm genug, dass ich dich durch die Gegend kutschieren muss, aber wenn du mir jetzt davonläufst, krieg ich auch noch Ärger mit meinem Arbeitgeber."
„Na und", sagte ich achselzuckend. „So schlimm wie ich kann der doch gar nicht sein. Und man sollte sich immer für das kleinere Übel entscheiden."
Die Frau lachte kurz auf. Dann rastete sie mir meinen Gurt wieder ein, schniefte noch einmal in ihr Taschentuch und einen Moment später brummte der Motor erneut auf.
„Es geht ja nicht einmal nur um mich", sprach sie weiter, als wir wieder in Fahrt gekommen waren. „Man muss ja auch mal an die armen Leute denken, die hier wohnen. Was ich denen damit antue, ein solches Scheusal ausgerechnet in ihrer Gegend vor die Tür zu setzen."

Angewidert schüttelte sie sich und das Lenkrad gleich mit, dass wir um ein Haar den nächsten Laternenpfahl gerammt hätten.
„Ich frage mich sowieso, warum sie dich überhaupt in ein Kinderheim bringen lassen. Sowas wie du gehört hinter Schloss und Riegel und zwar für immer! Und vor allem sollst du endlich damit aufhören, mich so anzustarren!"
Die Frau wieherte schlimmer als das wütendste Pferd.
„Ach, haben Sie vielleicht ein zweites unsichtbares Ich, das gerade über den Bürgersteig geht?" fragte ich, ohne mich nach ihr umzudrehen. „Dann tut es mir wirklich leid. Aber wo soll ich denn bitteschön sonst hingucken, wenn ihre durchsichtigen Doppelgänger überall um mich herumschwirren?"
„Mach dich nicht auch noch über mich lustig!" erwiderte die Frau und tat tief gekränkt. „Ich habe ganz gewiss kein zweites Ich. Aber du hast bestimmt eins. Bei dir sitzt doch der Teufel drin! Du bist doch gar kein richtiger Mensch! Du hast dich nur als ein Junge getarnt, damit du unauffällig in der Welt herumspazieren und deine gemeinen Pläne aushecken kannst. Aber mich legst du damit nicht rein, *mich* nicht! Ich weiß genau, dass irgendwo hinter deiner unschuldigen Visage eine Teufelsfratze steckt. Und während du so tust, als ob du aus dem Fenster schaust, da starrst du mich die ganze Zeit an und belauerst mich. Und irgendwann, wenn ich einen Fehler mache, dann kommt dein wahres Gesicht hervorgesprungen. Und dann gehst du mir an die Kehle und bringst mich um. Gib es doch endlich zu! Ich habe dich nämlich durchschaut."
Oha, die arme Frau war ja völlig durch den Wind! Die armen Kinder, mit denen sie sich tagtäglich abgab, konnten einem wirklich leidtun. Aber vielleicht war sie ja auch so verrückt, *weil* sie mit Kindern zusammenarbeitete und die Kinder ihr ständig irgendeinen Quatsch erzählten.
„Die armen Kinder, mit denen du im Kinderheim zusammenkommst, können einem leidtun", fuhr sie fort und da drehte ich

mich tatsächlich zu ihr um und starrte ihr erschrocken ins Gesicht. Die Frau wurde mir immer unheimlicher. Das war doch fast der gleiche Satz, den ich gerade eine Sekunde zuvor gedacht hatte. Konnte sie etwa meine Gedanken lesen? War ich am Ende etwa nicht der Einzige im Auto, der nicht ganz normal war? Und dass ich sie die ganze Zeit angestarrt haben soll, war vielleicht nur Taktik. Sie hatte mich ablenken wollen, damit sie besser mein Gehirn durchstöbern konnte. Langsam bereitete es mir wirklich Unbehagen, mit dieser Frau noch länger im Auto zu bleiben.

„Ja, da kannst du gucken, was?" sagte sie und schnitt mir eine richtige Grimasse. „Aber eins sage ich dir, mein Freund! Ich kenne einige Kinder in dem Heim sehr gut und wenn du es einmal wagst, einem von ihnen etwas anzutun, dann komme ich persönlich vorbei und zieh dir dein hässliches Gesicht über..."

„Vooorsicht!" brüllte ich.

Die Frau hatte, während sie mit mir redete, so hektisch mit den Armen gestikuliert, dass sie dabei das Lenkrad vernachlässigt hatte und das Auto immer weiter auf den Gehweg gerollt war. Hätte sie nicht so einen aufmerksamen Beifahrer wie mich dabei gehabt – der alte Mann wäre tot gewesen!

So aber war er mit ein paar Beulen und Schrammen und mit einem gewaltigen Schreck davongekommen. Nach einer quietschenden Vollbremsung ging die Tür auf und die Sozialarbeiterin sprang heraus.

„Haben Sie sich verletzt?" rief sie und kniete vor dem Mann nieder, der mit dem Rücken zu Boden lag. Er sah bereits ziemlich verwirrt aus, als ob er nicht mehr genau mitbekam, was um ihn herum geschah. Vielleicht lag es aber auch nur am Schock.

„Naja, naja...", stammelte er und tastete den Weg nach dem Hut ab, den er verloren hatte. Die Frau griff danach und setzte ihn dem Alten wieder auf sein zerzaustes, weißes Haar. Da sah der Mann schon etwas zufriedener aus. Mit der rechten Hand

umklammerte er seinen Stock, während er sich mit der linken am Zaun hinauftastete. Dann versuchte er, sich aufzurichten.
„Auauautsch!" jammerte er und fiel wieder auf den Asphalt zurück.
„Warte, ich helfe Ihnen auf", sagte meine Begleiterin und griff ihm unter den Rücken.
„Na, das ist ja nochmal gutgegangen", meinte der Mann, als er wieder auf beiden Beinen stand. Er wirkte aber noch viel krümmer als zuvor. Zitternd umklammerte er seinen Stock und versuchte, ein paar Schritte zu gehen.
„Ich glaube, Sie können mich jetzt loslassen", sagte er schließlich. „Ich komme schon allein zurecht."
„Oh, es tut mir so leid", jammerte die Frau. „Wie kann ich mich nur bei Ihnen entschuldigen?"
„Am besten, indem Sie mir versprechen, das nächste Mal etwas vorsichtiger zu fahren. Das ist ja lebensgefährlich, was Sie hier machen. Vielleicht sollten Sie auch noch mal zur Fahrschule gehen. Und wenn das alles nichts hilft: Einfach das Auto stehen lassen!"
Es hörte sich irgendwie lustig an, wie er so sprach. Denn um wirklich zu schimpfen, war er viel zu schwach.
„Was ist hier los?" fragte plötzlich eine andere männliche Stimme.
Na super! Da hatte ich gerade eine günstige Gelegenheit gefunden, um aus dem Auto zu steigen und zu entwischen, da kam urplötzlich ein Kerl mit einer Gartenschere aus einer Einfahrt herausgesprungen und stellte sich mir in den Weg.
„Ein Unfall", erklärte meine Begleiterin. „Vielleicht sollten Sie den Krankenwagen rufen. Es könnte ihm etwas passiert sein."
„Haben *Sie* meinen Vater angefahren?"
Die Stimme des Mannes hörte sich bedrohlich an und ich genoss es, wie sich auf dem Gesicht der Frau ein Hauch von Angst ausbreitete. Doch was tat diese blöde, hinterhältige Kuh

dann? Sie zeigte einfach mit dem Finger auf mich und rief: „Der da! Er ist schuld. Er hat mir ins Steuer gegriffen! Er wollte nicht, dass ich ihn ins Kinderheim bringe und nun versucht er, sich klammheimlich aus dem Staub zu machen."
Mit einem lauten Gescheppere fiel die Gartenschere auf den Gehweg hinab und ehe ich so richtig begriff, was los war, hielt der Mann auch schon mich stattdessen in der Hand. Mit dem linken Arm hielt er meinen Oberkörper so fest umklammert, dass es sinnlos war, dagegen anzukämpfen, und mit der rechten Hand schlug er mir so brutal auf den Hintern, dass ich halb wahnsinnig wurde vor Schmerz. Ihm aber schien es Spaß zu machen. Er lachte vergnügt und wollte gar nicht wieder aufhören. Hilfesuchend sah ich zu meiner Begleiterin herüber, die sich doch um mich kümmern und auf mich aufpassen sollte. Aber auf ihr Einschreiten konnte ich lange warten. Eine eiskalte Begeisterung hatte sich auf ihrem Gesicht verbreitet. Ihr war es vollkommen recht, was mit mir passierte. Und dem alten Mann ebenfalls.
„So muss das sein!" murmelte er kaum hörbar. „Das sind noch richtige Erziehungsmethoden. Wenn man den Kindern nicht richtig zeigt, wo es langgeht, werden sie alle zu Verbrechern."
Meine Begleiterin stimmte ihm zu. „Ich finde auch, dass die Kinder heutzutage viel zu lasch erzogen werden. Und ich weiß das, denn ich bin im Sozialbereich tätig. So manch ein Rotzblag kann man damit sicherlich wieder auf den rechten Weg bringen. Aber ich glaube, bei dem da ist alles hoffnungslos. Wenn man den so viel verprügelt, wie er es verdient hat, dann wäre er tot."
„Sie Lügnerin!" schrie ich und spuckte nach ihr. „Es ist eine Lüge. Es ist eine ganz gemeine, fiese Lüge. Ich habe Ihnen nicht ins Steuer gegriffen! Das sagen Sie nur, um sich rauszureden, weil Sie selbst nicht auf den Verkehr geachtet haben!"

Aber das Gesicht der Frau blieb völlig ungerührt. Und natürlich glaubte mir auch niemand der Anderen.

12.

Es kam mir beinahe wie ein Wunder vor, als wir das Kinderheim ohne einen weiteren Zwischenfall erreichten. Ich war heilfroh, dass ich endlich aussteigen konnte, denn es ist wahrhaftig kein Vergnügen zu sitzen, wenn man Minuten vorher so tüchtig den Hintern versohlt bekommen hat.

„Endlich ist es geschafft!" seufzte die Frau und schloss die Autotür ab. Sie wirkte ziemlich erschöpft, aber jetzt klang in ihrer Stimme eine deutliche Erleichterung mit. „Das war wirklich der schlimmste Arbeitstag in meinem Leben und ich hoffe, dass mir so etwas so schnell nicht noch mal passieren wird. Und vor allem hoffe ich, dass…", sie sah mich an – verächtlich und hoffnungsvoll zugleich. „Und vor allem hoffe ich, dass ich dich nie wieder sehen muss. Nie, nie wieder. Hörst du? Nie, nie, nie, nie, nie…"

„Es ist gut", unterbrach ich sie und rettete sie damit möglicherweise vor einem Nervenzusammenbruch oder dem Erstickungstod. „Sehen wir uns lieber an, was das für eine Bude ist, die ihr für mich ausgesucht habt."

Ich war bei weitem nicht so selbstsicher, wie ich mich anhörte. Tief in mir zitterte es vor furchtsamer Erregung. Was würde mich hier erwarten mit so vielen Kindern auf so engem Raum? Nach drei Wochen der absoluten Freiheit fühlte ich mich auch gar nicht mehr dazu in der Lage, ein halbwegs zivilisiertes Leben zu führen. Aber da musste ich jetzt leider durch. Ich biss die Zähne zusammen.

„Auf jeden Fall ist es viel zu gut für dich", antwortete die Frau und strich zärtlich über das braune Holzschild, auf dem mit bunter Schrift geschrieben stand:
Kinderheim – Zum lustigen Hampelmann
„Aber was rege ich mich eigentlich auf. Sehen wir lieber zu, dass wir es hinter uns bringen!"
Das Heim sah gar nicht mal so übel aus, wie ich es mir vorgestellt hatte. Und doch war es ein Heim. Ein Ort, an dem man eingesperrt wurde. Ein Ort, an dem man sich an feste Regeln halten musste. Es lag am Stadtrand und dahinter erstreckten sich Wiesen und Wälder, die mir in kräftigstem Grün entgegenleuchteten. Ich spürte, wie mein Herz anfing zu bluten, als ich das sah. Der Wald – oh, wie ich mich nach ihm sehnte. Er war einer der wenigen Freunde, die ich in dieser Welt hatte. Wie ich es liebte, auf seinen einsamen Pfaden dahinzuwandern, wenn weit und breit kein Mensch in meiner Nähe war.
Aber ich durfte nicht zu ihm. Ich musste durch diese Pforte hindurch. Ach, wie ich das hasste!
Langsam trottete ich neben meiner Begleiterin her und sah mich um. Ein gepflasterter Pfad führte zu dem gelben Haus hinauf. Links von mir war ein abgezäunter Garten, mit Obstbäumen, Gemüsebeeten und einem Gewächshaus. Rechts gab es eine Wiese mit einem Fußballfeld und einem Spielplatz. Er war leer und doch hörte ich von irgendwoher Kinderlärm.
Und plötzlich kam hinter dem Haus eine ganze Horde von Kindern herbeigeschossen. Einige waren so alt wie ich, die meisten jünger.
„Sylvia, Sylvia!" jubelte ein kleines Mädchen, ließ ihren Ball fallen und rannte auf die Sozialarbeiterin zu.
„Katrin!" Sylvia streckte ihre Arme aus, damit sie hineinspringen konnte. Aber das Mädchen blieb stehen.
„Wer ist das?" fragte sie und zeigte auf mich.

„Euer...", sie seufzte, „euer neuer Mitbewohner." Es hörte sich wie eine Entschuldigung an.
Unter den Kindern breitete sich Unruhe aus.
„Der da?", „Den wollen wir aber nicht bei uns haben!" und „Der ist böse!" waren einige Sätze, die ich aus ihren Gesprächen heraushörte. Das kleine Kinder eine so grausame Stimme haben konnten!
„Es tut mir leid", sagte meine Begleiterin. „Ich habe das auch nicht gewollt. Ich wünschte, ich könnte es ändern."
Einige Kinder blieben wie versteinert stehen und lutschten gedankenverloren an ihren Daumen, als sie merkten, dass es ernst war und sich nichts daran ändern ließ. Andere liefen schnell davon und versteckten sich hinter Büschen oder in einem Holzhaus. Nur eine kleine Gruppe von gleichaltrigen Jungen wagte es, stehen zu bleiben und mich angriffslustig anzuschauen. Zwei von ihnen hatten Stöcker in der Hand, mit denen sie mir drohten, aber niemand wagte es, mich wirklich anzugreifen. Denn sobald ich genauso böse zurückschaute, bekamen sie es mit der Angst zu tun und sprangen schnell einen Meter zurück.
Die Haustür öffnete sich, kurz bevor wir angekommen waren und auf der Terrasse vor dem Haus erschien eine ältere Frau, die mir auf Anhieb unsympathisch war. Sie hatte eine ergraute Kurzhaarfrisur und ihr Gesicht war, obwohl es alt und faltig war, grell geschminkt. Fast noch schlimmer als bei meiner Begleiterin. Sie war klein, was aber noch lange nicht bedeutete, dass sie deswegen schüchtern war. Mir kam sie vor wie ein richtig kleiner, giftiger Hausdrachen.
Die Frauen begrüßten sich: „Hallo Sylvia" und „Hallo Ute."
„Und, wo ist er jetzt, unser Neuling?"
Ach herrje. Was hatte die Heimleiterin für eine krächzende Raucherstimme. Scheußlich! Und die musste ich jetzt jeden Tag ertragen?

Sylvia musste ein Stück zur Seite gehen, damit mich die Leiterin sehen konnte. Ich hatte mich hinter dem Rücken meiner Begleiterin versteckt, ohne es überhaupt zu merken, so sehr hatte mich der Anblick der Heimleiterin eingeschüchtert.
Als sie mir in die Augen schaute, hatte ich das Gefühl, der Teufel hätte nach meiner Seele gegriffen. Aber es war nur für einen kurzen Augenblick, dann wandte sie sich wieder Sylvia zu.
„Nein!" sagte sie, laut und bestimmt.
„Wie nein?" fragte Sylvia. „Was soll das heißen, Ute?"
„Der kommt nicht in mein Haus! Jeder andere, und wir haben ja schon so manch einen Problemfall, aber nicht der!"
Eine Weile herrschte Schweigen. Die Leiterin schien nicht besonders gesprächig zu sein.
„Aber sie haben mir bei der Polizei gesagt, ich soll ihn hierher bringen", erwiderte Sylvia, gekränkt und empört zugleich. „Da können Sie doch nicht kommen und…"
„Der nicht!" sagte die Frau noch einmal. „In meinem Haus herrschen Zucht und Ordnung. Und das soll auch so bleiben! Einen unverbesserlichen Querulanten kann ich nicht gebrauchen."
„Und was soll ich dann mit ihm tun?"
„Ist das mein Problem? Gib ihn in einem anderen Heim ab! Oder quartier ihn bei dir zu Hause ein. Aber lass mich bloß mit dem zufrieden!"
„Aber das ist doch, das ist doch…" Sylvia wusste gar nicht, was sie auf eine solche Abfuhr sagen sollte. Aber Ute kümmerte sich nicht im geringsten um ihre Sorgen. Kerzengerade stand sie da und schaute nach den Kindern.
„Hey, Marius!" krächzte sie. „Wenn ich noch einmal sehe, wie du den Teddybär in den Dreck wirfst, dann hast du die nächsten vier Wochen jeden Tag Küchendienst!"
Sylvia war den Tränen nahe. Da hatte sie sich so gefreut, mich endlich los zu sein. Und dann das! Sie tat mir beinahe leid. Ob-

wohl sie mich so angeekelt ansah, als wäre es meine Schuld, und mir dann auch noch vor die Füße spuckte.

„Wäre die Sache dann geklärt?" fragte Ute ungeduldig. „Ich habe nicht ewig Zeit. Im Büro wartet noch ein Haufen Arbeit auf mich."

„Jetzt...", wollte Sylvia anfangen, aber ich fiel ihr ins Wort. „Moment mal!" sagte ich. „Ich habe nicht die geringste Lust, in dieses Heim zu gehen. Können Sie mich nicht einfach laufen lassen?"

„Klärt das unter euch!" meinte die Heimleiterin nur. „Ich habe mit der Sache nichts mehr zu tun."

Ohne ein weiteres Wort zu sagen, drehte sie sich um und verschwand im Haus. Donnerwetter, was konnte die alte Frau die Türen knallen!

„Und was ist jetzt?" Ich sah Sylvia fragend an.

„Nein, nein. Das geht nicht!" sagte Sylvia kopfschüttelnd. „Das kann ich nicht machen. Schließlich trage ich ein Stück Verantwortung für dich."

„Ich komme schon allein zurecht", antwortete ich. „Das habe ich die letzten Wochen geschafft, dann wird es auch weiterhin gehen. Und wenn nicht, lieber verrecke ich, als mit dieser Gifthexe und all diesen Kindern unter einem Dach zu wohnen!"

„Pffft...", machte die Frau. „Glaub ja nicht, dass ich mir um dich Sorgen mache! Ich denke an mich selbst. Bei der Polizei haben Sie mir erzählt, dass sie dich in den nächsten Tagen nochmal auf die Wache holen und verhören wollen. Und wenn du dann nicht mehr da bist? Wie stehe ich denn dann da?"

„Sagen Sie einfach, ich hätte das Steuer herumgerissen und wäre abgehauen", schlug ich vor. „Oder denken Sie sich was anderes aus. Um Lügen sind Sie ja nicht gerade verlegen. Zur Not hätten Sie sogar den Mann, den sie angefahren haben und seinen Sohn als Zeugen."

„Aber so jemand wie du darf nicht frei rumrennen!" zischte sie trotzig. „Ich bin Sozialarbeiterin. Ich muss an das Wohl der Menschen denken. Dich freizulassen, das kann ich der Welt da draußen einfach nicht antun!"
Am liebsten hätte ich ihr ins Gesicht gespuckt, doch ich riss mich zusammen.
„Vielleicht sollten Sie zunächst mal an sich selbst denken", erwiderte ich schließlich so verständnisvoll wie möglich. „Wieso tun Sie *sich* das an? Fahren Sie doch einfach nach Hause, legen Sie sich aufs Sofa und vergessen das Ganze hier. Na, wie wär's?"
Ich sah, wie es hinter der Stirn der Frau arbeitete.
„Also gut", meinte sie schließlich zerknirscht. „Aber eins musst du mir versprechen." Mit hartem Griff umfasste sie meine Schultern und sah mich an. Ich war ganz Ohr.
„Verschwinde aus dieser Gegend, so schnell du nur kannst! Hau ab und lass dich nie wieder hier blicken! Nie wieder! Wage es ja nicht, auch nur in die Nähe dieser Stadt zu kommen!"
„Versprochen."
Ohne kostbare Zeit für ein unnötiges Abschiedswort zu verschwenden, rannte ich davon. Erleichtert atmete ich auf, als ich endlich über die Gartenpforte gesprungen war. Und ich spürte, dass es Sylvia und all den Kindern, die dort wohnten, genauso ging.

Hinterm Haus blieb ich noch einmal kurz stehen. Ich hörte, dass Sylvia noch nicht abgefahren war. Sie saß im Garten hinterm Haus und unterhielt sich mit einem Mädchen. Ich glaube, es war Katrin. Jetzt, wo ich weg war, hatte sie wieder ihre schmeichelnde, helle Stimme und lachte und scherzte.
„Die blöde Heimleiterin, die Ute", sagte das Mädchen plötzlich. „Die hat mir übrigens gestern eine Backpfeife verpasst,

nur weil ich beim Abendbrot einen Teller fallen gelassen hab. Sie ist so gemein. Ich hasse sie. Wir alle hassen sie!"
„Waaaas?" rief Sylvia. Ihre Stimme überschlug sich vor Empörung. „Das kann sie doch nicht machen! Ein kleines Kind zu schlagen. Na warte. Das werde ich beim Jugendamt melden. Die kann was erleben!"
Jaja, dachte ich nur. Waren Sie es nicht selber gewesen, die sich gerade eben noch darüber beschwert hatte, dass man mit Kindern heutzutage viel zu lasch umging? So ein kleiner Arschvoll schadet doch auch niemanden. Im Gegenteil. Er ist schließlich dazu da, um einen jungen Menschen auf die richtige Bahn zu bringen, nicht wahr, Fräulein Sozialarbeiterin?
Aber wenn es um mich ging, galten ja bekanntlich andere Regeln. Voller Verachtung sah ich das Haus, das so strahlend gelb leuchtete, als wäre es das Paradies auf Erden, ein letztes Mal an.
„Hol euch der Teufel!" schrie ich. „Hol euch doch alle der Teufel! Ich brauche euch nicht. Ich brauche kein Kinderheim! Und euch alte Sozialtanten brauche ich erst recht nicht! Habt ihr verstanden? Ich brauche euch nicht! Fahrt zur Hölle, ich brauche euch nicht! Auf Nimmerwiedersehen."

13.

Der Wald hinter dem Kinderheim war groß und fast menschenleer. Die ersten paar hundert Meter kamen mir manchmal noch der ein oder andere Spaziergänger entgegen, der es dann meist vorzog, vom Weg abzukommen und sich irgendwo zwischen den Bäumen durchzuwurschteln, anstatt mir über den Weg zu laufen. Einmal sah ich vor mir drei ältere Damen, die sich so angestrengt unterhielten, dass sie kaum vorankamen. Was

konnten sie aber rennen, als sie mich sahen! Allerdings in die andere Richtung. Und ihre Unterhaltungen verstummten auch. Stattdessen fingen sie an, um die Wette zu schreien, dass es durch den ganzen Wald hallte.
Mir aber war es egal. So etwas konnte mich schon lange nicht mehr schockieren. Wenn es nun ein Jäger mit Schrotflinte gewesen wäre…, aber drei Damen? Pah! Ich machte mich sogar ein bisschen über sie lustig und wollte ihnen was Gemeines hinterherschreien, aber mir fiel nichts ein.
Und so entfernte ich mich langsam von der Stadt und drang immer tiefer in den Wald ein. Ein ziemlich langweiliger Wald übrigens. Der Boden war flach, ohne nennenswerte Erhebungen. Und in einem Wald ohne Hügel gibt es meist auch keine Türme, Burgen oder andere Sehenswürdigkeiten, wo es die Spaziergänger hinzieht. Anstelle von gepflegten, einladenden Wanderwegen, die sich, vorbei an gemütlichen Bänken, Rastplätzen und Schutzhütten, durch den Wald schlängelten, gab es hier nur gerade, unendlich lange Wirtschaftswege, die von den schweren Traktorreifen völlig zerfurcht waren.
Es war ein so trauriger und trostloser Anblick. Links und rechts von mir gab es keinen einzigen Laubbaum mehr. Nur noch Fichten und Tannen, dessen Stämme untenrum kahl und krank aussahen. Und dabei liebte ich es so sehr, wenn der Abendwind durch die Baumkronen fuhr und mir der Wald ein Gutenachtlied sang. Aber hier gab es nur ein paar Vögel, die durch die Tannenwipfel flogen und ihre schwermütigen Abendlieder sangen. Und als ich dann sah, wie rechts von mir die Sonne unterging und der Himmel zwischen den Tannen so rot aufleuchtete, dass es aussah, als wäre gerade ein verheerender Waldbrand ausgebrochen, da kam es mir vor, als sängen sie ein Totenlied. Aber wofür? Für den Tag, der gerade endete und niemals wiederkehren würde? Oder gar für die ganze Welt, die in dieser

Nacht untergehen sollte, mit Allem, was auf ihr lebte und sich von ihr nährte?

„Nein", flüsterte ich leise zu mir. „Dieses Abschiedslied singen sie nur für mich. Jetzt, wo man mich endgültig und für alle Zeit aus der Gesellschaft der Menschen verstoßen hat."

Ich spürte, wie die Kraft langsam aus meinen Beinen wich und verlangsamte meinen Schritt. Ich sah mir den Weg vor mir genauer an.

„Jeder Weg führt einen an irgendein Ziel", murmelte ich. Aber noch während ich es aussprach, spürte ich, dass es mit diesem Weg nicht so sein würde. Dieser Weg würde mich niemals an irgendein Ziel führen! Jedenfalls an keins, an dem Menschen wohnten. Er würde mich immer weiter in den Wald ziehen, weg von den Menschen, hinein in die totale Einsamkeit. Aber was sollte dann mit mir geschehen? Ohne Menschen konnte ich doch nicht leben. Von wem sollte ich denn dann mein Essen rauben? Würde ich elendig verhungern oder würde ich mich langsam, aber sicher in ein Wesen des Waldes verwandeln? Vielleicht in so einen richtigen Waldschrat mit Haaren an den Füßen, dem aus der Kopfhaut aber nur grüne Blätterranken sprießen. Würde ich der Heer der Füchse, Hirsche und Wildschweine werden und würde jeder Mensch, der es wagte, in mein Reich vorzudringen, meine blutige Rache zu spüren bekommen?

Meine Knie zitterten so sehr, dass ich einknickte und spürte, wie sie auf dem Erdboden aufschlugen. Jetzt ist es soweit, dachte ich nur noch und sah noch einmal nach oben. Es schien alles perfekt zu sein. Der Himmel, der aussah wie das Feuer eines riesigen Hexenkessels. Die Tannenwipfel, die im leichten Wind umherwankten und im magischen, roten Licht zu mir heruntersahen. Und dann auch noch die Vögel, die über meinem Kopf kreisten und die Lieder für das Ritual sangen.

Gleich, dachte ich. Gleich wird es beginnen. Die Bäume werden ihren Zauber auf mich hinabschütteln und aus dem Erdboden werden Wurzeln emporwachsen, die mich überwuchern, meinen Körper umschlingen und mich dann sachte in den Waldboden hineinziehen. Und was dann mit mir geschieht, das ist einzig und allein der magischen Kraft des Waldes überlassen. In dem Moment wich die letzte Kraft aus meinen Gliedern, alles um mich herum begann zu schwanken und sich zu drehen und ein paar Sekunden später spürte ich gar nichts mehr.

Ich hätte fast nicht bemerkt, dass ich aus dem Schlaf gerissen wurde, denn alles um mich herum sah noch immer so aus wie in meinen Träumen. Nebel, der so dicht war, dass er alles umhüllte, dass man – wenn man aufstand – kaum noch den Boden unter seinen Füßen erkennen konnte. Aber ich hatte keine Angst. Ein anderer Mensch wäre sich in diesem weißen, gespenstischen Dunst vielleicht vorgekommen wie eine Fliege, die in einem Spinnennetz klebt. Aber ich verband mit dem Nebel etwas anderes.
„Mama, Papa!" rief ich. „Wo seid ihr?"
Gerade noch hatten sie mit mir gesprochen. Gerade noch hatte ich ihre Wärme gespürt. Aber nun waren ihre Stimmen verstummt und ich spürte, wie mir eine feuchte Kälte unter die Kleidung gefahren war. Was war nur los? War dies die Welt der Toten und war ich vielleicht gerade dabei, selber in diese einzuziehen?
Ich ging einen Schritt und noch einen und… hätte mir beinahe den Kopf gestoßen. Ich schloss meine Augen.
Dort steht der Richter! dachte ich. Oder der Teufel oder G-Gott. Jedenfalls irgendwer, der darüber bestimmt, was mit mir geschehen soll.

Als ich die Augen wieder öffnete, sah ich aber nichts weiter als den gewöhnlichen kahlen Stamm einer Tanne.
Das kann nicht wahr sein, dachte ich, als mir klar wurde, dass ich noch immer in demselben Wald war, in dem ich am Tag zuvor zusammengebrochen war. Nichts hatte sich verändert, ich nicht und der Wald um mich herum auch nicht. Bis auf den Nebel, der aber nichts weiter als ein gewöhnlicher Morgennebel war, der irgendwann im Laufe des Tages wieder verschwinden würde.
Und dabei hatte ich mir so erhofft, dass sich endlich etwas ändern würde. Egal, ob nun zum Guten oder zum Schlechten. Ich wusste nur, dass ich nicht mehr so weiterleben wollte wie bisher. Dieses Leben, in dem man weder wusste, wer man war, noch, ob man die nächsten zehn Minuten überleben würde, machte mich krank. Ich wollte nicht dahin zurück! Ich wollte endlich Klarheit haben. Klarheit darüber, was mit mir los war.
Aber das Schicksal hatte anders entschieden. Man hatte niemals etwas Besonderes mit mir vorgehabt. Man hatte mich nicht in diesen einsamen Wald gelockt, um hier über meine weitere Zukunft zu entscheiden. Nein, all das hatte ich mir nur eigebildet. Ich war ganz von selbst hierhergekommen. Und wenn ich an diesem Tag ein paar Kilometer weiterging, dann würde ich auf der anderen Seite des Waldes herauskommen und alles würde weitergehen wie bisher.
„Nein!" schrie ich. Ich stampfte auf und schlug mit geballten Fäusten auf den Tannenstamm ein, der überhaupt nichts dafür konnte. „Nein, nein, nein!"
Ich wollte toben, mich ausschreien, gegen dieses widerwärtige Schicksal ankämpfen, aber in dieser gespenstischen Umgebung kam mir alles sinnlos vor. Alles, was ich dann noch hervorbrachte, waren ein paar Tränen. Ich klammerte mich an dem Baumstamm fest, den ich gerade noch so böse misshandelt

hatte, damit ich nicht wieder zu Boden sackte. Oh, was war das Leben, die ganze Welt nur…
Ich horchte auf. Was war das plötzlich?
Ich spitzte die Ohren und hörte eine Stimme, die aber so leise und geheimnisvoll klang, dass ich mir nicht ganz sicher war, ob ich sie wirklich hörte oder ob es nicht wieder nur eine Einbildung war.
„Mama?" rief ich. „Mama. Bist du hier irgendwo?"
Die Stimme wurde ein wenig lauter, als wollte sie mir antworten. Ich schöpfte neue Hoffnung, machte mich von der Tanne los und ging in die Richtung, aus der die geheimnisvolle Stimme erklang. Doch ich merkte bald, dass dies unmöglich meine Mutter sein konnte. Die hatte nämlich eine helle und freundliche Stimme. Es war zwar nicht so, dass diese Stimme unfreundlich wirkte, aber sie klang etwas dunkler und sehr geheimnisvoll. Nachdem ich mich einige Meter durch den Nebel hindurchgekämpft hatte, merkte ich auch, dass dieser Weg keineswegs unendlich geradeaus weiter verlief.
Nach etwa zweihundert Schritten wurde er von einem schmaleren, aber gepflegten Pfad gekreuzt. Ich bog nach links ab, denn von dort erklang die Stimme, die inzwischen ein klein wenig lauter geworden war. Der Weg führte leicht bergauf. Anfangs noch durch Tannenwald, wo die Bäume recht weit auseinander standen. Doch je weiter ich ging, desto dichter wurde es um mich herum. Von dem Weg blieb kaum noch etwas übrig, weil er in das reinste Dickicht hineinführte. Doch ich kämpfte mich wacker hindurch, brach Äste, die mir im Weg standen, zur Seite und aus Vergeltung wurde mir von Brombeerranken das Gesicht zerkratzt. Zweimal wäre ich beinahe gestolpert.
Aber schließlich hatte ich es geschafft. Und schon kamen mir Zweifel auf, ob es überhaupt richtig war, dieser unbekannten

Stimme zu folgen. Was war, wenn sie mir nun gar nichts Gutes wollte? Was war, wenn sie mich direkt in eine Falle führte?
Egal! Was hatte ich schon zu verlieren?
Und doch lief mir ein kalter Schauer über den Rücken, als ich die Landschaft vor meiner Nasenspitze erblickte. Kann man sich etwas Unheimlicheres vorstellen als einen dunklen Waldsee, der völlig von weißen Schemen eingehüllt ist, dass man nicht einmal das gegenüberliegende Ufer sehen kann?
Aber genau von diesem Ufer kamen diese seltsamen Laute. Ich horchte genauer hin, aber ich konnte keine einzelnen Worte verstehen. Es war nur ein einfacher Singsang, der noch nicht einmal eine richtige Melodie ergab. Dennoch klang er verlockend. Gefährlich verlockend.
Ich wusste nicht, was ich tun sollte. Sollte ich der Unbekannten folgen? Ich wusste ja gar nicht genau, wo sie war und wie groß dieser See war. Was war, wenn sie nicht am anderen Ufer, sondern genau über dem Mittelpunkt des Sees schwebte oder vielleicht sogar in ihm drin saß und sie mich nur in das Wasser lockte, um mich zu ertränken?
Vorsichtig kniete ich mich nieder. Mit der Hand schöpfte ich etwas Wasser, denn ich hatte seit über einem halben Tag nichts getrunken und spürte nun, wie ausgetrocknet meine Kehle war. Das Wasser sah ganz normal aus und schmeckte auch wie gewöhnliches Waldwasser. Es schien nichts Besonderes mit diesem See zu sein. Ich schöpfte noch ein paarmal, dann wollte ich mich langsam wieder aufrichten... Und schreckte so schnell in die Höhe, dass man meinen könnte, ich hätte einen Geist gesehen...
Aber da war tatsächlich einer! Auf der Oberfläche des Seeufers blickte mir das Spiegelbild einer Frau entgegen, die im Haar lauter weiße Rosen eingeflochten hatte.
Panisch schaute ich mich um. Nach rechts und links, nach oben und nach hinten. Aber da war niemand anders außer mir und

den Büschen und Bäumen, die aus den weißen Schleiern herausragten. Aber wie konnte das möglich sein? Oder war dieses Gesicht etwa gar kein Spiegelbild, sondern der Kopf einer Toten, welche im See ertrunken war?
Ich zwang mich, noch einmal hinzuschauen. Nein, das war unmöglich. Schon deshalb, weil eine Tote niemals sprechen konnte.
„Gut dass du gekommen bist", sagte sie zu mir.
Wäre ich vor Überraschung nicht vollkommen erstarrt gewesen, hätte ich sicherlich sofort das Weite gesucht.
„Hab keine Angst", sagte die Stimme weiter. „Ich bin deine Freundin."
Entsetzt starrte ich das Spiegelbild, das viel deutlicher als ein gewöhnliches Wasserspiegelbild wirkte, an. Sie hatte nicht nur zu mir gesprochen. Ich hatte tatsächlich gesehen, wie sie ihre Lippen bewegt und mir mit einem Auge zugezwinkert hatte. Sie lächelte mich an.
„W-wer b-bist du?" stammelte ich schließlich hervor. „U-und vor allem... w-wo bist du? Warum kann ich dein Spiegelbild sehen, aber nicht dich selbst?"
Wieder sah ich mich verzweifelt um und wieder erkannte ich keine andere Person. Dafür bemerkte ich, dass sich der Nebel langsam lichtete.
„Du musst geradeaus schauen", sprach die Stimme zu mir, so nett, wie schon lange niemand mehr zu mir gesprochen hatte. Sie wirkte so beruhigend, dass ich es ihr glatt glaubte. Und tatsächlich! Als ich genauer hinschaute, sah ich, dass mir von irgendwoher inmitten der dichten Nebelschwaden ein Licht entgegenstrahlte, welches rasch heller wurde. Kam mir da etwa ein Boot entgegen?
„Was du von mir auf dem Wasser gesehen hast, war kein echtes Spiegelbild", fuhr die Stimme fort. „Es war ein Zauber. Ich kann das Bild meines Gesichts überall hinzaubern, wenn ich

mit einer Person sprechen will, die mich selbst nicht sehen kann."

Ich blickte kurz nach unten und merkte, dass das Gesicht wieder verschwunden war. Dafür aber lichtete sich der Nebel vor meinen Augen immer weiter. Die gespenstischen Schemen wichen nach links und rechts, sodass sich in der Mitte des Sees ein durchsichtiger Kanal bildete. Und am Ende dieses Kanals, gar nicht mal so weit von mir entfernt, lichtete sich auch das gegenüberliegende Ufer. Und an eben diesem Ufer stand eine Frau, die mir mit ihrem freundlichen Gesicht entgegenlächelte. In der linken Hand hielt sie einen Stab, an dessen Spitze eine leuchtende Kugel befestigt war. Ich erkannte sofort, dass es die gleiche Frau war, die ich gerade noch auf der Oberfläche des Sees gesehen hatte. Völlig verdutzt stand ich da und sah sie mit offenem Mund an.

Was war das nur für eine Frau? Sie hatte etwas von einem Zauber gesagt. War sie etwa eine Zauberin? Gab es so etwas wirklich? Und was wollte sie von mir, wo doch sonst kein Mensch etwas mit mir zu tun haben wollte?

Sofort kam in mir ein Verdacht auf. Hatte diese Frau mich etwa verzaubert? Hatte sie einen Fluch über mich gelegt, dass ich von allen anderen Menschen ausgestoßen und verachtet wurde? Und jetzt stand sie einfach da und lächelte mich unschuldig an. In meinen Hosentaschen ballte ich die Fäuste. Wenn das wirklich so war, dann, dann...

„Komm ruhig zu mir", sagte die Frau und lockte mich mit ihrem Stab heran. Ohne darüber nachzudenken, machte ich einen Schritt nach vorn. Und noch einen. Bald schon drang feuchtes, kaltes Wasser in meine Stiefel.

„Halt!" rief mir die Frau zu und ich blieb stehen. „Du sollst doch nicht durchs Wasser gehen. Wenn ich noch die Kraft besäße, könnte ich deine Füße verzaubern, dass du wie Jesus

übers Wasser gehen könntest. Aber leider habe ich fast all meine Zauberkraft eingebüßt."
Eine Weile herrschte Schweigen. Ich war so verwirrt, dass ich es nicht mal fertig brachte, den See wieder zu verlassen. Wenn mir die Zauberin nicht den Rat gegeben hätte, um den See herum zu gehen, ich hätte bestimmt noch ein paar Stunden dort gestanden und sie angestarrt. Ich hatte nun keinen Zweifel mehr daran, dass sie wirklich über magische Kräfte verfügte. Und genau diese Kräfte brachten mich dazu, sie unentwegt anzustarren und niemals den Blick von ihr zu wenden. Auch während ich den See umrundete, musste ich mich immer wieder zu ihr umschauen.
„Gut, dass du gekommen bist", sagte sie. „Lange hätte ich nicht mehr standgehalten, denn meine Zeit auf dieser Erde nähert sich dem Ende zu. Das einzige, was ich noch tun muss, ist, meinen letzten Zauber loszuwerden, damit ich diese Welt und mein bisheriges Dasein endgültig hinter mir lassen kann."
Ich stand etwa fünf Meter von ihr entfernt. Näher traute ich mich nicht heran. Die Frau trug ein prächtiges, weißes Kleid, um das sich lauter weiße Rosen herum rankten. Ihr Gesicht war früher sicher einmal sehr schön gewesen und es hatte immer noch sehr kräftige, selbstbewusste, aber auch sehr freundliche und gütige Züge. Aber man sah ihr an, dass sie bereits sehr alt sein musste. Oder vielleicht sollte ich lieber sagen, körperlich vergreist, denn ich hatte keine Ahnung, ob man das Alter einer Zauberin überhaupt mit dem eines normalen Menschen vergleichen kann.
Wie ich sie so betrachtete, hatte ich manchmal das Gefühl, dass ihre Haut in nur wenigen Sekunden um viele Jahre alterte. Doch dann biss sie die Zähne zusammen und sofort sah sie genauso aus wie zuvor.
Ich wollte etwas zu ihr sagen, aber mir blieb das Wort im Halse stecken, so benommen machte mich ihr Anblick.

„Komm ruhig näher", sprach sie. „Du musst ein wirklich armes Kind sein. Mir wurde davon berichtet, was du durchleiden musstest, aber ich spüre es auch so. Es ist..."
Weiter kam sie nicht. Ihr Gesicht verzerrte sich schmerzerfüllt und sofort fasste sie mit der rechten Hand an ihr Knie.
„Oh, es ist soweit, es ist soweit", jammerte sie dabei. „Mir bleibt nicht mehr viel Zeit."
Einen Meter hinter ihr lag ein breiter, umgefallener Baumstamm, auf den sie sich nun setzte, denn offenbar konnte sie nicht mehr richtig stehen. Und nachdem sie sich beruhigt hatte, bemerkte ich sofort, dass sie um mindestens zehn Jahre gealtert war. Sie schien kaum noch Kraft zu haben, um den Zauber, der sie verjüngte, aufrechtzuhalten.
„Wir müssen es kurz machen", sagte sie schließlich. Sie versuchte, normal zu sprechen, aber man sah und hörte deutlich, wie sehr sie das anstrengte. Der geheimnisvolle, zauberhafte Ton war fast völlig verflogen.
„Wissen Sie, was mit mir los ist?"
Endlich traute ich mich, zu sprechen.
„Ja", antwortete die Zauberin und nickte nachdrücklich. „Aber ich habe nicht die Zeit, um es dir zu erklären. Ich hoffe, dass mir wenigstens noch die Zeit für den Zauber bleibt, denn sonst..."
„Was für ein Zauber?" fragte ich. In mir brach Hoffnung und Panik zugleich aus. Was hatte man mit mir vor? Konnte mir die Frau helfen oder würde alles noch viel schlimmer werden?
„Dir ist Furchtbares widerfahren", sprach die Frau. „Nach einer schrecklichen Ungerechtigkeit bist du nach langer Nacht erwacht. Doch deinen Eltern wurde ihr Leid nicht gemindert, stattdessen ist ihnen... ist die Ungerechtigkeit gegen euch alle nur größer geworden. Denn auch dich selbst hat man, hat man..."

„Woher wissen Sie das?" platzte ich dazwischen. „Kennen Sie meine Eltern? Wissen Sie, wo ich sie finden kann? Und von welcher Ungerechtigkeit sprechen Sie eigentlich, die mir widerfahren ist? Ich meine, außer dem, was ich eh schon jeden Tag durchmache. Nun sagen Sie schon!"
Meine Stimme hatte viel wütender geklungen, als ich beabsichtigte. Aber ich war eben sehr aufgeregt und es gefiel mir nicht, dass mich die Frau verzaubern wollte, ohne mir vorher Rede und Antwort zu stehen.
„Hör mir gut zu, mein Junge." Die Stimme der Frau wurde immer dünner. „Ich bin die Zauberin der weißen Rose und habe viele Jahrhunderte auf der Erde verbracht. Keine Geschichts-, nicht einmal Märchenbücher künden von mir, und doch habe ich vielen Menschen mit meiner Magie geholfen und die Welt damit ein Stück weit zum Guten verändert. Meine Kräfte aber waren stets begrenzt und nun habe ich nur… nur noch einen einzigen, einen a-allerletzten Zauber, der…" Die Frau hustete zwischendurch. „Diesen Zauber… Ich habe es nie gewagt, ihn auszusprechen, weil ich mir nicht sicher war, ob es wirklich ein guter oder nicht doch eher ein schlechter Zauber sei. Doch… doch wenn ich ihn nicht loswerde, bevor ich gehe, werde ich niemals meine Ruhe finden. Ich bin nicht allmächtig, bin nur eine Dienerin, die nach dem Tode Höllenqualen ausstehen muss, wenn sie ihren Auftrag nicht zu Ende führt. So will es das magische Gesetz, so spricht zu mir die Stimme des großen Geistes der Welt, der mich hierhergeführt hat, weil ich hier jemanden finden würde, der den Zauber mehr braucht als jeder andere. Und so stehen wir hier voreinander, du und ich."
Die Zauberin atmete tief durch und versuchte wieder, ihr Gesicht zu verjüngen, aber es gelang ihr immer weniger. Aber ich konnte mir gut vorstellen, dass sie tatsächlich einen höheren Rat befolgte, denn ihre Erklärungen waren ihr ohne große

Schwierigkeiten über die Lippen gekommen. Als ob es der große Geist der Welt selbst war, der durch sie sprach.

„U-und w-was ist das für e-ein Z-Zauber?" stotterte ich. Ich war völlig verunsichert. Die Frau hatte gesagt, sie wisse nicht, ob der Zauber gut oder schlecht sei. Wollte sie mir wirklich helfen oder doch nur sich selbst?

„Du bist ein einsamer Junge", antwortete sie. „Du hast keine Eltern mehr und niemand will dich haben. Aber dieser Zauber, den ich dir geben kann, hat zur Folge, dass du nur an einer Tür zu klingeln oder zu klopfen brauchst und schon wirst du von den Bewohnern des Hauses aufgenommen und wie ein Familienmitglied behandelt. Nur darfst du die Bewohner vorher nicht gekannt und niemals zuvor gesehen haben."

„Aber das ist doch toll!"

Am liebsten hätte ich losgejubelt, aber ich brachte es noch nicht fertig, so merkwürdig, wie hier alles war.

„Das ist alles, was ich mir wünsche", fuhr ich fort. „Endlich wieder jemanden zu haben, der sich um mich kümmert und der nett zu mir ist. Auch wenn es nicht meine richtigen Eltern sind."

„Aber die Sache hat eine dunkle Seite", sagte die Frau und sah aus, als schäme sie sich, es mir zu erzählen. Vielleicht hatte sie aber auch Angst davor, dass ich ablehnen würde und ihr dann die Höllenqualen bevorstünden, von denen sie gesprochen hatte. Ich wusste es nicht und meine Verunsicherung kehrte zurück.

„Es ist nämlich so, dass..."

Aber weiter kam sie nicht. Sie bekam einen solchen Hustenanfall, dass sie beinahe vom Baumstamm gefallen wäre. Ich dachte schon, es wäre endgültig aus und vorbei mit ihr, aber sie riss sich ein letztes Mal zusammen.

„Willst du den Zauber annehmen?" keuchte sie hervor. „Sag ja oder nein!"

„Ja", sagte ich nach einem kurzen Zögern. Sollte die Sache doch so viele Haken haben, wie sie wollte. Schlimmer als jetzt konnte es nicht mehr werden.
„Also gut", sagte die Frau erleichtert und richtete sich langsam auf. Aber oh, was war sie wackelig auf ihren alten Beinen! Ich trat an sie heran und griff ihr unter die Arme, denn sonst wäre sie sicherlich kraftlos zusammengebrochen. Die Frau bedankte sich bei mir. Dann hielt sie mir den leuchtenden Stab über den Kopf und drückte mir eine weiße Rose in die Hand.
„Halte Sie fest in deiner Hand", sagte sie. „Denn in der weißen Rose liegt all meine Zauberkraft."
Sie hustete ein weiteres Mal und ich musste ihr erneut unter die Arme greifen, damit sie nicht umfiel. Dann raffte sie ihre letzte Lebenskraft zusammen und sagte ihren Zauberspruch auf:

Wartest du vor einer fremden Tür
Und man öffnet dir
So wird man dich erkennen
Man wird dich bei deinem Namen nennen
Man wird dich als einen der Ihren sehen,
Doch...

Gerade in diesem Moment bekam sie einen solchen Hustenanfall, dass ich sie mit meinen schwachen Armen nicht mehr halten konnte. Sie brach zusammen und fiel zu Boden. Beinahe hätte sie mich mitgerissen.
„Neeein!" schrie ich, denn ich glaubte, sie war gestorben, bevor sie ihren Spruch zu Ende bringen konnte. Am liebsten wäre ich davongerannt, denn in all der Zeit, an die ich mich zurückerinnern konnte, war es das erste Mal, dass jemand direkt vor meiner Nase starb. Und dann auch noch der einzige Mensch, der mich freundlich behandelt und mich nicht davongejagt hatte. Das konnte ich nicht ertragen.

„Still!" hörte ich sie da von unten wispern. „Komm runter zu mir! Wir müssen den Zauber zu Ende bringen!"
Ich fuhr zusammen, als hätte eine Tote zu mir gesprochen. Dann aber kehrte ich zu ihr zurück und kniete mich vor ihr nieder. Sie lebte noch, aber oh, wie sah ihr Gesicht bloß aus! Von alter Pracht und Schönheit war wirklich nichts mehr übrig geblieben. Ihre dunklen Haare waren ergraut, ihre strahlenden Augen wirkten matt und auf ihrem Gesicht waren mehr Falten, als man zählen konnte. Sogar die Rosen an ihrem Kleid und in ihren Haaren waren welk geworden.
„Doch", begann sie und holte tief Luft. Ich griff nach ihrer Hand, obwohl sie sich mager, kalt und schrumpelig anfühlte. Es war ekelig, aber ich musste ihr im Angesicht des Todes beistehen.
„Doch", versuchte sie es ein drittes Mal, aber was sie danach hervorbrachte, konnte ich beim besten Willen nicht verstehen. Der erste Teil des Satzes wurde von einem lauten Röcheln und Keuchen begleitet, weshalb man keine einzelnen Worte heraushören konnte, und die letzten Worte waren so leise, dass ich mir nicht sicher war, ob sie tatsächlich etwas gesagt oder doch nur ihre Lippen bewegt hatte. Und trotzdem war ich mir vollkommen sicher, dass sie den Zauber zu Ende gebracht hatte, denn ich sah, wie der Stab, den sie mir mit letzter Mühe an die Stirn gehalten hatte, hell aufblitzte und wie mich daraufhin eine magische Wärme erfasste, die sogar die Wärme meiner Eltern im Traum an Glückseligkeit übertraf.
Ach, was war das für ein wunderbares Gefühl! Dieses Kribbeln, dieses pulsierende Glück! Kein Glied an meinem abgemagerten Körper gab es, das nicht von ihm durchströmt wurde. Ich sprang auf, jubelte und hopste herum, weil ich mich das erste Mal seit langer Zeit wieder richtig frei, fröhlich und sorglos fühlte. Vor lauter Übermut wäre ich fast in den See gesprungen.

Aber dann musste ich an die Zauberin denken. Ich verstummte und sah mich nach ihr um. Reglos lag sie da, aber auf ihrem alten, hässlichen Gesicht lag ein Lächeln, das mir zeigte, dass sie glücklich gestorben war und ganz sicher keine Höllenqualen erleiden musste. Dennoch schämte ich mich ein wenig, dass ich sie beinahe vergessen hatte.

Und dann geschah etwas Seltsames. Ich wollte gerade darüber nachdenken, wer die Frau beerdigen würde und ob ich sie einfach im Wald liegen lassen sollte, da sah ich, wie der Erdboden unter ihr aufbrach und dornige Gewächse emporwuchsen, die ihren Körper langsam umschlungen. Ich wollte schreien, denn ich glaubte, ein böses Ungeheuer würde sich an ihrer Leiche vergreifen. Doch dann merkte ich, dass sie gerade beerdigt wurde, allerdings auf ihre eigene Art und Weise, auf die Weise der Zauberin der weißen Rose. Die Dornen fuhren ihr über das Gesicht und lauter Hautschuppen lösten sich ab. Auch ihr Kleid löste sich langsam auf und lauter kleine, silbern glitzernde Funken stiegen in die Luft empor. Die Funken schwebten einige Meter weit, bevor sie zu Boden gingen. Und überall dort, wo sie auftrafen, schossen in Windeseile weitere Dornengewächse hervor. Es dauerte nicht lange und das Ufer des Sees war in ein Feld voller weißer Rosen verwandelt. Einige von ihnen kletterten sogar an den Bäumen hoch und ihre Blüten waren größer, prächtiger und weißer als alle anderen Rosen, die ich bisher gesehen hatte.

„Dies ist also das Erbe", murmelte ich. „Das Erbe der Zauberin der weißen Rose."

Und ich wusste, dass ich von nun an immer an sie denken würde, sobald ich irgendwo auf dieser Welt eine weiße Rose sah. Eine kurze Weile hielt ich andächtig inne, dann sah ich zu, dass ich davonkam. Die Rosen begannen bereits, an meinen Beinen heraufzuklettern und ich wollte auf keinen Fall, dass ihre Dornen mich zerkratzten.

14.
Als ich im nächsten größeren Ort angekommen war, war es beinahe Mittagszeit. Ich war ausnahmsweise ein weites Stück mit dem Zug gefahren, denn ich hatte der Sozialarbeiterin ein Versprechen gegeben, welches ich halten wollte. Ich wollte sowieso möglichst weit von dieser Stadt weg, damit ich den Polizisten von dort nicht nochmal über den Weg zu laufen brauchte. Die kleine Stadt, in die mich der Zug brachte, gefiel mir aber nicht. Sie war grau und hässlich und so zog ich es vor, zu Fuß einen Ort weiter zu ziehen, aufs Land hinaus.
Wie ich nun durch die Straßen schlenderte, fiel mir bald auf, dass mich die Menschen nicht mehr ganz so abfällig behandelten. Es kam zwar immer noch vor, dass mich Menschen, die mir auf dem Bürgersteig entgegen kamen, böse anschauten. Einmal puffte mir ein älterer Junge in die Seite und ein anderes Mal warf ein Autofahrer eine Blechbüchse nach mir. Aber es passierte mir nur einmal, dass eine ältere Frau sich umdrehte und vor Panik davonlief, als sie mich kommen sah.
Der Zauber scheint ja schon mal eine Wirkung zu haben, dachte ich zufrieden. Aber wirklich freundlich behandelten mich die Leute immer noch nicht. Ich hoffte, dass es sich ändern würde, sobald ich an einer Haustür klingelte und die Menschen mich dort aufnahmen.
Am liebsten wäre ich gleich ins dritte Haus gegangen, das ich in diesem Ort zu sehen bekam. Es war ein schönes, weißes Haus, das einen großen Garten mit einem Gartenteich, einem kleinen Spielplatz, vielen Kletterbäumen und einer wunderbaren Terrasse hatte. Im Garten und auf dem Spielplatz tollten lauter Kinder jeden Alters umher. Einige waren noch ganz klein und zwei waren deutlich älter als ich. Auf der Terrasse dagegen saß eine größere Gesellschaft von Erwachsenen und alten Menschen. Ein Mann war gerade dabei, den Grill fürs Mittagessen

anzuzünden. Und alle anderen saßen um einen Tisch herum, unterhielten sich und lachten viel.

Ich staunte, als ich die vielen Leute sah. Denn nach all den Wochen der Einsamkeit wünschte ich mir nichts mehr als eine richtig große Familie mit Eltern, Großeltern und vielen Geschwistern, die wie Pech und Schwefel zusammenhalten.

Sicher gehören nicht alle Leute dort zur Familie, dachte ich. Wahrscheinlich feiern sie ein Fest und haben Gäste eingeladen. Und doch wollte ich nichts lieber tun, als bei ihnen zu klingeln und mitfeiern, mit den Kindern durch den Garten toben und danach leckeres Fleisch vom Grill essen.

Aber wie sollte ich das anstellen? Musste ich wirklich klingeln, um zu ihnen dazuzugehören oder reichte es, wenn ich einfach über den Gartenzaun kletterte und mich dazugesellte. Schließlich saßen sie alle im Garten und würden es vielleicht nicht hören, wenn ich klingelte.

Doch dann fiel mir plötzlich etwas ein. Was hatte die Zauberin noch gleich gesagt? Ich durfte die Menschen, bei denen ich klingelte, nicht kennen und niemals zuvor gesehen haben.

Zu ärgerlich, dachte ich. Dann weiß man ja niemals richtig, wo man eigentlich hinkommt. Was soll ich nur machen, wenn ich zu einer alten, kranken Großmutter komme, die nur noch im Bett liegt und nichts mehr machen kann? Dann muss ich mich am Ende vielleicht noch um sie kümmern, obwohl ich doch jemanden brauche, der sich um mich kümmert.

Eine Weile schaute ich noch sehnsüchtig in den Garten hinein, dann ging ich weiter und sah mir jedes folgende Haus ganz genau an.

Worauf soll ich bloß achten? dachte ich. Ob das Haus besonders schön und gepflegt aussieht? Dann brauche ich in das nächste gar nicht zu gehen. Da blättert der Putz runter und der Garten ist übersät mit Schrott und alten Autoteilen.

Ich ging weiter und hörte meinen Magen knurren. Ich hatte schon seit einem Tag nichts mehr gegessen. Eine richtige warme Mahlzeit hatte ich schon seit über drei Tagen nicht mehr gehabt. Und so dachte ich, dass es wohl das Beste sei, wenn ich mich vor die Küchenfenster stellte und schnupperte, wo es am besten roch. Denn wo es etwas Gutes zum Essen gibt, da werde ich es ganz sicher aushalten, war meine Meinung.
Nur leider war das nicht gut möglich. Dort wo ich etwas riechen konnte – und es roch nach einem wirklich leckeren Braten – wollte ich nicht wohnen, weil es Mehrfamilienhäuser waren. Ich aber wollte eine Familie haben, die in einem eigenen Haus wohnte, das wir uns mit niemand anderem teilen mussten. Aber die standen alle zu weit von der Straße weg, als dass man ans Küchenfenster kommen konnte.
Schließlich kam ich zu einem Haus, wo der Duft nach gebratenem Hühnchen bis auf die Straße hinauswehte. Oh, was war das für ein Genuss! Mir lief das Wasser im Mund zusammen, denn ich liebe Hühnerfleisch über alles. Ich sah mir das Haus kurz an und fand, dass es ziemlich prächtig aussah. Außerdem stand in der offenen Garage ein Auto, welches einen sehr teuren Eindruck machte. Die Leute, die in diesem Haus wohnten, mussten viel Geld haben. Und das gefiel mir gut. Endlich dieses armselige Landstreicherleben hinter mir zu lassen und in eine reiche Familie einzutauchen, wo man mir jeden Wunsch von den Lippen ablas. Ich beschloss sofort, meinen Wohnsitz dorthin zu verlegen, riss die Gartenpforte auf und stürmte über den Weg auf die Haustür hinzu. Aber wie es der dumme Zufall so wollte, gerade in dem Moment öffnete sich die Haustür und ein Mann kam hinaus. So ein Pech! Oder vielleicht doch eher Glück?
Der Mann sah nämlich nicht besonders freundlich aus. Er war klein und dick, trug einen schwarzen Anzug und hatte ein

blasses, mürrisches Gesicht. Und als er mich auf ihn zustürmen sah, stimmte ihn das natürlich kein bisschen freundlicher.
Sofort blieb ich stehen. Gerade noch im rechten Moment, denn um ein Haar wäre ich mit ihm zusammengestoßen.
„Oh, Verzeihung...", stammelte ich und kam mir ziemlich blöde vor. Was sollte ich ihm jetzt bloß sagen?
„Was willst du hier auf meinem Grundstück?" fragte der Mann. „Willst du irgendeine Werbung in den Briefkasten stecken oder hast du einen Klingelstreich vor?"
„Äh, na-nein...", stotterte ich, dass mir ganz heiß dabei wurde. „Es ist nur, es ist nur..."
Der Mann guckte mich fragend an. Er sah immer noch kein bisschen netter aus, aber auch nicht so, als wolle er mir geradewegs den Hals umdrehen.
„Na, was nun?" fragte er.
Ja, was eigentlich? Hätte ich etwa sagen sollen: Mein lieber Herr, beinahe hätten Sie einen neuen Sohn bekommen und ich einen neuen Vater. Aber dieses Glück ist uns beiden nun leider erspart geblieben, weil Sie so dumm waren und fünf Sekunden zu früh aus dem Haus gekommen sind. Wie schade aber auch. Ich hätte so gerne von Ihren Hühnchen gekostet. Wenn sie genauso gut schmecken, wie sie riechen, dann müssen sie vorzüglich sein.
Nein, das war wirklich zu dumm. Und ich wagte es auch gar nicht, als ich sah, wie sich seine großen, dunklen Augenbrauen böse zusammenzogen. Also zog ich es vor, lieber überhaupt nichts zu sagen und mich nach einem kurzen, verlegenen Grinsen umzudrehen und davonzulaufen.
„Genau. Verschwinde, du blödes Blag!" schrie mir der Mann hinterher. „Und lass dich hier nie wieder blicken! Hörst du?"
Nach all den Erfahrungen, die ich in den letzten Wochen gesammelt hatte, rechnete ich damit, dass er nun in voller Teufelswut hinter mir herrennen würde, um mich zu bestrafen und

zu verprügeln. Also lief ich so schnell ich nur konnte, und im Schnelllaufen war ich ja bereits geübt.

Aber ich hatte mich verschätzt. Als ich mich nach zwanzig Metern das erste Mal umblickte, sah ich, wie er ganz gemütlich in die Garage taperte. Er wird sein Auto nehmen und mir hinterherjagen, dachte ich und lief schnell weiter.

Aber wieder hatte ich Unrecht. Der Mann fuhr zwar tatsächlich das teure Auto aus der Garage, aber er fuhr in die andere Richtung. Ich atmete auf und war sehr froh darüber, dass er mich nicht verfolgte und dass mir die Menschen nun viel weniger hasserfüllt zu begegnen schienen. Aber ich fühlte mich immer noch schlecht, weil ich nichts im Magen hatte und es tat mir leid, dass ich das Hühnchen nicht bekommen konnte. Aber natürlich war es auch irgendwie gut, dass ich an dieser Haustür nicht geklingelt hatte. Den Mann wollte ich garantiert nicht zum Vater haben. Er hatte von Grund auf unsympathisch und langweilig ausgesehen. Ich ging weiter und kam an einem kleinen Supermarkt vorbei, wo ich mir aber nichts kaufen konnte, weil ich das letzte Geld, das die Polizisten trotz ihrer Gründlichkeit übersehen hatten, für das Zugticket ausgegeben hatte. Also musste ich mir schnell ein anderes Haus aussuchen. Aber das fiel mir ziemlich schwer und es tat mir leid, dass die Zauberin so schnell gestorben war und mir nicht mehr alles über diesen Zauber hatte erklären können. Mich interessierte nämlich sehr, was passierte, wenn ich von meiner neuen Familie einfach davonrannte. Würde sie dann nach mir suchen oder würde sie mich wieder vergessen? Und was war, wenn sie mich vergaßen? Konnte ich den Zauber dann an einem anderen Haus wiederholen?

Oh, wie gern hätte ich es gewusst. Das hätte mir die Entscheidung viel leichter gemacht. Aber ich musste mich mit meiner Unwissenheit abfinden. Und so trottete ich, obwohl der Hunger immer stärker wurde und meine Beine richtig zu zittern anfin-

gen, weiter durch den Ort und sah mir jedes Haus ganz genau an. Bei vielen hatte ich schon das Grundstück betreten, bei einigen sogar den Klingelknopf berührt, als ich im allerletzten Moment meine Meinung änderte und hilflos davontrottete.
Ich kann ja später noch mal wiederkommen, redete ich mir dann ein. Aber erst mal will ich den Ort genauer erkunden, ob ich nicht noch ein viel schöneres Haus finde. Dann kann ich mich immer noch entscheiden.
Ich stellte bald fest, dass der Ort keine Stadt, sondern nur ein größeres Dorf war. Es dauerte nicht lange, da war ich am anderen Ende angekommen.
Soll ich wieder umkehren oder soll ich in den nächsten Ort gehen? überlegte ich hilflos und wusste einfach nicht, was ich tun sollte. Gedankenverloren taperte ich in eine schmale Seitenstraße hinein, die genau am Ortsrand lag und nur hundert Meter weiter in einen Feldweg überging. Während ich überlegte, blickte ich die ganze Zeit über auf die Straße und wünschte mir nichts sehnlicher, als, dass die Zauberin der weißen Rose erschiene und mir einen Rat gab.
Plötzlich hörte ich Lärm. Ich sah auf und hörte, wie jemand von oben etwas herunterschrie. Dann klappte ein Fenster zu.
Obwohl ich nicht genau verstand, was man mir gesagt hatte, witterte ich Ärger und wollte schon umkehren. Aber dann fiel mein Blick auf das nächste Haus. In dem kleinen Vorgarten stand ein kleines, blaues Fahrrad. Derjenige, dem es gehörte, konnte noch nicht älter als sieben oder acht Jahre alt sein. Ich ging näher heran und dann sah ich auch noch große Wasserpistolen, die einsam und allein im Gras herumlagen, als wären ihre Besitzer in der großen Schlacht gestorben und von den Aasgeiern gefressen worden. Ich betrachtete das Haus genauer und bemerkte, dass einige Fenster im ersten Stock mit bunten Aufklebern geschmückt worden waren.

Hier wohnen also Leute mit Kindern, dachte ich. Vielleicht haben sie sogar eins in meinem Alter. Auch sonst gefiel mir das Haus sehr gut. Es war weiß gestrichen und von der Größe her genau richtig, nicht zu groß und protzig, aber auch nicht zu klein und mickrig. Auf der linken Seite des Hauses, im zweiten Stock, gab es eine wunderbare Dachterrasse und aus dem Hintergarten lockten mich einige Kletterbäume an, die so hoch waren, dass ihre Spitzen weit über das Dach hinausreichten. Doch, hier kann man bestimmt gut leben, dachte ich.

Was mich allerdings endgültig zu meinem Entschluss brachte, war, dass an der Vorderwand lauter Kletterrosen emporwuchsen. Denn nach der Begegnung mit der Zauberin mochte ich Rosen sehr gern, auch wenn ich mir zuvor nie allzu viel aus Blumen irgendeiner Art gemacht hatte. Diese hier waren zwar nicht weiß, sondern gelb, aber das machte mir nichts aus. Ich schritt auf die Haustür zu und bevor ich es mir noch anders überlegen konnte, hatte ich meinen Finger auch schon tief in den Klingelknopf gebohrt.

War niemand zu Hause? Doch es war jemand da. Ich hörte aus dem Haus ein Klappern und Stimmen, konnte aber nichts Wirkliches verstehen. Aber wieso dauerte das bloß so lange?

Schließlich vernahm ich Schritte, die auf die Haustür zukamen. Da rutschte mir das Herz in die Hose, nein, nicht nur in die Hose, in die Schuhe hinunter! Was sollte ich tun, wenn mich die Zauberin betrogen hatte? Wenn alles, was sie mir versprochen hatte, gar nicht stimmte?

Am liebsten wäre ich davongerannt, aber dann hörte ich eine Stimme vom Haus nebenan. Es war dieselbe Stimme, die gerade noch aus dem Fenster zu mir heruntergeschrien hatte.

Ich sah mich um und erkannte vor der Haustür des Nachbarhauses eine Frau. O weia! Dass sie klein und dick war und ein hässliches und pickeliges Gesicht hatte, dafür konnte sie ja

nichts. Aber warum hatte sie sich nur die Haare so scheußlich rot färben müssen?
„Was willst du da drüben, du abscheulicher Junge?" giftete sie mich an. „Wenn du was verkaufen willst, dann lass es lieber gleich sein. Die sind so geizig, dass dir die Spucke wegbleibt!"
Ich guckte sie verwirrt an. Was wollte die Frau nur von mir?
„Und wenn du dich mit den Kindern treffen willst", fuhr sie fort, „dann hütet euch davor, Krach zu machen oder irgendwas in meinen Garten zu werfen! Sonst komm ich rüber und zieh dir die Hammelohren lang! Das Beste wäre allerdings, wenn..."
Ruckartig drehte ich mich um, als sich die Tür vor meiner Nase öffnete. Ich hörte gar nicht mehr hin, was die Nachbarin sagte, sondern schaute nur noch auf den Pullover der Person, die vor mir stand. Denn in ihr Gesicht zu schauen, das wagte ich nicht. Ich wunderte mich sowieso darüber, dass ich nicht auf Anhieb erstarrte oder in Ohnmacht fiel.
„Der Bengel streunt hier schon 'ne ganze Weile durch die Straße", rief die Nachbarin herüber. „Ich wollte schon..."
Doch dann hörte ich nur noch ein lautes, überraschtes, aber überaus glückliches: „Peeter!" Es war eine weibliche und noch halbwegs kindliche Stimme.
Und bevor ich so recht begriff, was überhaupt los war, wurde ich auch schon von zwei energischen Armen umschlungen, die mich ganz fest an ihren Körper drückten. Ich spürte, wie ihre Nase meine Stirn berührte und wie ihr langes Haar über meinem Kopf herabfiel, und wusste in all der Schnelle absolut nicht, ob ich mich darüber nun freuen sollte oder nicht. Es war für mich ein sonderbares und völlig neues Gefühl, einem Menschen, der nicht bloß in meinen Träumen auftauchte, sondern aus echtem Fleisch und Blut bestand, so nahe zu kommen. Und dann noch einem, den ich nicht einmal kannte. Aber offenbar kannte sie mich, denn sie wusste ja meinen Namen. Der Zauber

hatte also gewirkt. „Sie werden dich erkennen, sie werden dich bei deinem Namen nennen", hatte die Zauberin gesagt.
Was aber wusste sie außer meinem Namen sonst noch von mir? Für wen hielt sie mich? Obwohl ich in den letzten Wochen so wenig Zärtlichkeit bekommen hatte, fand ich es etwas beunruhigend, in den Armen eines Menschen zu liegen, der mich auf Anhieb erkannt hatte, über den ich allerdings nicht das Mindeste wusste. Also befreite ich mich aus ihrer Umarmung und sah ihr das erste Mal ins Gesicht. Es war das Gesicht eines strahlenden und fröhlichen Mädchens von etwa elf oder zwölf Jahren. Es war gerötet und ein wenig pausbäckig und auf dem Kopf hatte es langes, braunes Haar. Sie war sicher nicht das hübscheste Mädchen der Welt und hatte den einen oder anderen Pickel im Gesicht, aber sie war auch alles andere als hässlich.
„Was starrst du mich denn so merkwürdig an?" fragte sie mich. „Freust du dich denn gar nicht, deine Schwester wiederzusehen?"
Ich wurde ganz stumm. War dieses Mädchen tatsächlich meine Schwester? Ich konnte es nicht fassen!
„Äh doch...", beeilte ich mich, nach ein paar Sekunden zu sagen. „Es ist nur, es ist nur..."
Verdammt! Da stand meine Schwester vor mir, die mich offensichtlich seit meiner Geburt her kannte und ich wusste noch nicht mal ihren Vornamen.
Doch da drehte sich das Mädchen um und ging einen Schritt in den Hausflur hinein. „Mama, Mama!" schrie sie. „Komm doch mal her und guck, wer zu uns gekommen ist!"
„Gleich", hörte ich eine Frauenstimme antworten. „Ich muss nur gerade sehen, dass ich die Schnitzel fertig brate."
Da war das Mädchen wieder bei mir, riss mich an sich und hüpfte mit mir ein paar Mal auf und ab, dass ihre Haare nur so durch die Luft wuselten. Mir wurde ganz mulmig zumute.

Mein leerer Magen, der gute Duft des Essens, eine neue Familie, die ich überhaupt nicht kannte und dann auch noch dieses Herumgehüpfe! Viel hätte nicht gefehlt und ich hätte mich übergeben, obwohl ich nichts im Magen hatte.
„Lass mich runter!" bat ich sie beinahe panisch. Das Mädchen stellte mich ab und sah mich verwundert an.
„Was ist los mit dir?" fragte sie. „Du bist so dünn geworden, dass ich dich kaum wiedererkannt habe. Und das ist ja eigentlich auch gut so. Aber warum bist du so komisch? Haben sie dich im Lager schlecht behandelt oder bist du einfach zu ausgehungert?"
Aha. Sie wusste also nichts davon, dass ich die letzten Wochen kreuz und quer durchs Land gezogen war. Sie dachte anscheinend, ich käme aus irgendeinem Ferienlager zurück. Wahrscheinlich gehörte es zum Zauber dazu, dass er mir eine völlig neue Persönlichkeit gab. Zu dumm nur, dass ich nichts davon wusste. Aber ich werde es in den nächsten Stunden schon in Erfahrung bringen, beruhigte ich mich.
„Äh, ich glaube, ich bin ein bisschen durch den Wind", antwortete ich, nachdem ich eine Weile angestrengt nachgedacht hatte. „Ich habe heute noch gar nichts gegessen. Und dann die anstrengende Heimreise. Puuuh! Ich glaube, ich weiß nicht mal mehr so richtig, wo oben und unten ist."
Das war alles, was ich zu meiner Verteidigung zu sagen hatte. Hilflos grinste ich sie an. Aber sie schien mir zu glauben.
„Dann komm aber mal rinn in die gute Stube", sagte sie lächelnd. „Bevor du uns noch vor der Haustür zusammenklappst. Aber gleich gibt es ja Mittag. Wo ist eigentlich dein Koffer? Dann kann ich den schon mal für dich reintragen."
„Ähä", machte ich verlegen. Ja, wo war eigentlich mein Koffer? Alles, was ich außer meiner Kleidung noch besaß, war eine weiße Stofftasche, die allerdings völlig leer war.

„Nein!" sagte sie und sah mich vorwurfsvoll an. „Sag jetzt bloß nicht, dass du…" Sie verstummte und holte tief Luft, als sie auf meinem Gesicht las, dass offenbar genau das, was sie vermutete, eingetroffen war.
„Du Dussel!" schimpfte sie kopfschüttelnd. „Hast du ihn vergessen oder wurde er geklaut? Und wie bist du überhaupt hierhergekommen? Mit dem Bus oder mit dem Zug? Du solltest doch eigentlich erst nächste Woche kommen!"
Es war die ätzende Nachbarin, die mich aus der Verlegenheit rettete. „Na, bei euch ist ja mal wieder richtig was los!" sagte sie in eher mürrischem Ton. „Tach erstmal."
„Ah, G-guten Tag", sagte das Mädchen höflich, aber nicht gerade freundlich, als sie die Nachbarin erkannte.
„Was ist'n das für'n seltsamer Bursche?" fragte die rothaarige Frau und zeigte mit dem Finger auf mich. „Der ist mir schon die ganze Zeit so komisch aufgefallen! Will der was von euch? Kennt ihr den etwa?"
Das Mädchen sah die Frau ungläubig an.
„Wollen Sie mich jetzt veräppeln?" fragte sie nach einer ganzen Weile.
„Seh ich so aus?" kam es von der Nachbarin giftig zurück.
„Na ja. Er hat sich ziemlich verändert in den letzten beiden Wochen", gab das Mädchen zu. „Er ist viel, viel schlanker geworden. Aber trotzdem erkennt man doch immer noch, dass es mein Bruder ist!"
Die Frau sah eine Weile völlig erstarrt aus. Man sah deutlich, dass sie ihre Fragen ernstgemeint hatte und mich tatsächlich nicht erkannte. Also wirkte der Zauber nur bei den Menschen, bei denen ich geklingelt hatte und nicht bei deren Nachbarn. Vielleicht noch nicht mal bei Freunden oder Bekannten.
Oha, dachte ich. Hoffentlich kommt da nicht noch eine Menge Ärger auf mich zu.

„Dass du zwei Brüder hast, weiß ich auch", erwiderte die Nachbarin schließlich. „Der kleine heißt Nils und der große Dicke, den ihr vor ein paar Wochen zur Kur geschickt habt, heißt Anton. Den hab ich aber ganz anders in Erinnerung."
„So ein Quatsch!" antwortete das Mädchen. „Mein großer Bruder heißt Peter. Und der steht genau vor mir."
Völlig verwirrt kratzte sich die Nachbarin die Stirn.
„Ach ja, stimmt", brachte sie schließlich hervor. „Ich bin in letzter Zeit ein wenig vergesslich, glaube ich. Aber verändert hat er sich wirklich. Das muss man schon sagen."
„Dass Sie vergesslich sind, haben wir schon gemerkt. Wie wär's eigentlich, wenn Sie uns mal den Mixer zurückbringen würden, den Sie sich letzte Woche geliehen haben? Mama sagt, demnächst nimmt sie Gebühren für alles, was wir Ihnen ständig ausleihen und nie zurückbekommen."
„Geizige Bande!" schrie die Nachbarin erbost. „Ja, ihr kriegt euren blöden Mixer schon zurück. Aber eins sag ich euch. Passt bloß auf deinen dummen Bruder auf, jetzt, wo er wieder da ist! Nicht, dass der noch mal bei mir den Ball in den Garten wirft und meine schönen Blumen kaputtknickt!"
Dann drehte sie sich um und ging.
„Die ist ja immer noch genauso drauf wie früher", sagte ich mit einem vorsichtigen Lächeln.
„Allerdings! Hoffentlich zieht die irgendwann mal wieder weg. Die kann in der ganzen Straße nämlich keiner leiden."
„Und warum leiht Mama ihr immer noch ihre ganzen Geräte aus?"
„Weil deine Mama manchmal einfach ein wenig zu gutmütig ist", hörte ich eine Frauenstimme sagen.
Und eine Sekunde später erschien sie: Die Frau, die behauptete, meine Mutter zu sein. Sie trug eine blaue Schürze, die nach Bratfett roch und hatte kürzere, hellbraune Haare. Sie war ziemlich groß und hatte ein lustiges, nettes Gesicht. Doch so-

bald sie mich sah, konnte sie nicht mehr lachen. Sie konnte nur noch den Mund aufsperren und staunen. Dabei ließ sie den Kochlöffel fallen, den sie in der rechten Hand gehalten hatte.
Und ich guckte sicherlich genauso dämlich zurück. Dies war also meine Mutter! Den ersten Eindruck, den sie machte, war außerordentlich gut. Aber würde das auch die nächste Zeit so bleiben? Würde ich mich in die Familie einfinden? Hilflos stand ich da und traute mich nicht, mich zu bewegen oder etwas zu sagen. Es war meine *Schwester*, die das Eis brach.
„Ihr seid ja komisch", sagte sie, während sie grinsend von einem zum anderen sah. „Was guckt ihr euch so blöde an? Nun freut euch doch mal, dass ihr euch endlich wiederseht!"
„Ich bin ganz ü-überascht", stotterte die Frau. „D-das hätte ich nun wirklich nicht erwartet. Donnerwetter!"
Da gab ich mir einen Ruck. Ich warf mich dieser völlig fremden Frau an den Hals und rief: „Mama! Ich bin so froh, dass ich endlich wieder zu Hause bin!"
Ich hatte befürchtet, dass sie mich wegstoßen würde. Dass sie rufen würde: Du bist nicht mein Sohn! Verschwinde aus meinem Haus!
Aber das genaue Gegenteil war der Fall. Sie drückte mich so fest an sich, dass mir beinahe die Knochen gebrochen wären.
„Mein großer Junge", sagte sie. „Endlich habe ich dich wieder, endlich! Das war eine wirklich langweilige Zeit, ohne dich. Willkommen zu Hause!"
„He!" protestierte das Mädchen etwas neidisch. „Ich und Nils waren doch auch noch da."
Es war ein unheimlich tolles Gefühl, dass ich nach all den vielen Wochen der Einsamkeit endlich ein Zuhause gefunden hatte. Und jemanden, der mich liebte. Aber totdrücken lassen wollte ich mich auch nicht.
„Nun lass mal los!" stöhnte ich. „Ich kriege ja überhaupt keine Luft mehr."

„Oh, entschuldige", antwortete die Frau verlegen. „Aber als ich dich das letzte Mal gesehen habe, warst du noch ein ganz anderes Kaliber. An den neuen Peter muss ich mich erst gewöhnen."

Teil 3 – Ein neues Zuhause?

15.

Drei Wochen hatte ich nun hinter mir. Und obwohl ich mich an mein früheres Leben nicht erinnern konnte, wusste ich genau, dass es die härteste Zeit meines Lebens gewesen war. Drei Wochen, in denen es für mich wenig Freude, keine Liebe und Geborgenheit, dafür aber umso mehr Hass, Angst, Hunger, Einsamkeit, Erschöpfung, Hoffnungs- und Trostlosigkeit gegeben hatte. Und das sollte auf einmal alles vorbei sein?
Ich konnte es noch gar nicht richtig glauben. Aber ich hatte auch kaum Zeit, um darüber nachzudenken, denn gleich nach meiner Ankunft führte mich meine neue Mutter in die Küche und tischte mir und meiner Schwester ordentlich zu Essen auf. Es gab panierte Schnitzel, Gemüse und Kartoffeln und ich hatte genug damit zu tun, meinen leeren Magen zu füllen. Am Anfang tat ich mir noch eine recht bescheidene Portion auf, aber als ich merkte, wie gut es schmeckte, verlor ich jede Schüchternheit und langte ordentlich nach. Ich kam mir vor, als wäre ich im Schlaraffenland gelandet. Ich hatte nur noch Augen für das Essen und vergaß die beiden anderen Personen, die mit mir am Tisch saßen, völlig. Ich schreckte erst wieder auf, als mir meine Schwester im Vorbeigehen in den Hals kniff.
„Da, ein Glas Limonade für dich", sagte sie und stellte ein großes Glas vor mir ab. Ich schreckte hoch und verschluckte mich, dass ich eine ganze Weile lang husten musste. Viel hätte nicht gefehlt und ich hätte das schöne Glas gleich wieder umgekippt. Zum Glück zog meine Mutter es rechtzeitig zurück.
„Mein lieber Scholli!" staunte sie. „Das muss ja ein wirklich hartes Lager gewesen sein, in das wir dich geschickt haben.

Die haben dir wohl so selten zu Essen gegeben, dass du sämtliche Tischmanieren verlernt hast, du kleines Ferkelchen."
Ich sah mich auf dem Tisch um und bemerkte, dass die Tischoberfläche um meinen Teller herum über und über mit Fett bespritzt war. Außerdem war auch die eine oder andere Erbse von meinem Teller gekullert. Schuldbewusst sah ich zu ihnen herüber.
„Kaum bist du zu Hause, fängst du wieder an zu fressen wie ein Scheunendrescher!" sagte meine Schwester grinsend. „Und in zwei, drei Wochen bist du wieder genauso dick wie früher und alles war umsonst."
Ich wusste nicht, was ich dazu sagen sollte, weil ich mir einfach nicht vorstellen konnte, jemals dick gewesen zu sein. Im Gegenteil. Ich war so mager wie ein Klappergestell und alles, was ich wollte, war, endlich etwas Richtiges zu essen. Und dann verdarb mir diese blöde Kuh den Appetit!
Aber meine Mutter kam mir zu Hilfe.
„Ach, jetzt lass doch mal sein!" sagte sie. „Wo er doch so abgespeckt hat, hat er sich auch mal ein richtig gutes Essen verdient." Dann sah sie mich ernsthaft an. „Aber du musst mir versprechen, dass du in Zukunft mehr auf deine Gesundheit achtest, hörst du?"
Ich nickte. Was hätte ich auch sonst tun sollen?
„Bestimmt", fügte ich noch hinzu. „Es ist ja auch nicht toll, so dick zu sein. Ich kann mir überhaupt nicht mehr vorstellen, wie ich früher mal ausgesehen habe."
„Na, dann guck es dir doch an!" erwiderte meine Mutter. „Hinter dir an der Wand hängt noch unser altes Familienfoto."
Ich drehte mich um und... tatsächlich! Das war ja nicht zu fassen! Da hing tatsächlich ein Foto an der Wand mit meiner Mutter, meiner Schwester, meinem Vater, meinem Bruder und... und... und mir!

Ich musste aufstehen, um mir das genauer anzusehen. Der Junge auf dem Foto, der hatte tatsächlich fast das gleiche Gesicht wie ich, nur dass es rotwangiger und aufgeblasener aussah. Aber der Bauch. Holla! Der war ja fast so dick wie der von Vattern und Muttern zusammen! Ich war völlig überwältigt. Diese Person war ich und zugleich auch wieder nicht.
„Jaja, schau's dir gut an!" hörte ich meine Mutter im Hintergrund sagen. „Und nimm's dir für die Zukunft zu Herzen!"
Das brauche ich sicher nicht, dachte ich nur, denn ich wusste genau, dass ich niemals in meinem Leben zuvor so ausgesehen hatte und auch niemals so aussehen würde. Es passte einfach nicht zu mir, so dick zu sein, auch wenn ich nicht wusste, warum. Nur eins wusste ich genau: Dieses Foto war ebenfalls verzaubert.
Neben dem Foto gab es noch eine Pinnwand, an der alles Mögliche hing. Ich überflog einige Zettel, um mehr über meine neue Familie zu erfahren und fand eine Liste, auf der alle Geburtstage aufgeschrieben waren. Aber ich interessierte mich nur für die Namen, die vor den Daten standen: Iris, die Mutter, Jochen, der Vater, Nadja, die Tochter. Und von den beiden Söhnen kannte ich die Namen ja bereits: Peter und Nils.
Welch ein Glück! Jetzt konnte ich sie endlich mit ihren richtigen Namen ansprechen.
„Du, Nadja", probierte ich es sofort aus. „Wo sind eigentlich Papa und Nils hin? Kommen die heute gar nicht zum Mittag?"
„Die sind am Vormittag ins Schwimmbad gefahren, um den Freischwimmer zu machen. Natürlich nur Nils, Papa hat ihn ja längst!" Sie lachte drauflos.
Ich wusste nicht, was der Freischwimmer war und wollte auch nicht länger darüber nachgrübeln. Ich setzte mich wieder hin und aß weiter, diesmal etwas zivilisierter. Währenddessen unterhielt ich mich mit Iris und Nadja und versuchte, ihnen möglichst viele Informationen über die Familie und mein Leben zu

entlocken. Aber es war alles andere als einfach, denn sie durften ja nicht erfahren, dass ich von absolut überhaupt nichts wusste. Es dauerte nicht lange, da runzelten sie skeptisch die Stirn.

„Was haben sie im Lager bloß mit dir gemacht?" fragte Iris. „Du kannst doch in zwei Wochen nicht so viel vergessen haben!"

„N-Nein, das nicht", antwortete ich und beeilte mich, mir eine schnelle Erklärung auszudenken. „Aber ich bin heute Morgen gestolpert und auf den Hinterkopf gefallen. Und seitdem bin ich ein bisschen wirr im Kopf."

„Na, hoffentlich ist es nichts Schlimmes!" sagte sie erschrocken. „Sollen wir zum Arzt fahren?"

„Quatsch!" wehrte ich sofort ab. „Der Arzt im, äh, im Lager hat mich schon untersucht und… und gemeint, es wäre alles in Ordnung. Wenn ich mich zu Hause ein bisschen ausruhe, dann wird das schon wieder."

Die Gesichter von Iris und Nadja wirkten kein bisschen beruhigter, aber schließlich nickten sie.

„Und jetzt will ich dir mal was sagen!" rief Nadja plötzlich. „Wenn du mit dem Essen fertig bist, dann gehst du erstmal unter die Dusche und ziehst dir neue Klamotten an! Du riechst ja unerträglich."

Sie rümpfte demonstrativ die Nase und Iris nickte ihr zustimmend zu. „So sehr ich mich auch über dich freue, aber das musste jetzt einfach mal gesagt werden! Und übrigens, was hast du eigentlich für seltsame Sachen an? So etwas trägt man doch heute nicht mehr! So liefen wir damals rum, vor über dreißig Jahren."

„Richtige Streberklamotten!" fügte Nadja hinzu, der es offenbar Spaß machte, mich zu necken.

„Die… die haben sie mir im Lager gegeben!" sagte ich schnell. „Weil ich so schnell dünn geworden bin. Da konnte ich ja mei-

ne alten Sachen nicht mehr tragen. Die hatten da halt nur solche."
Wie gut ich doch lügen konnte. Dabei wusste ich noch nicht mal genau, was das für ein Lager war, wovon wir andauernd sprachen. Nur dass es für übergewichtige Kinder war, die dort Sport treiben und sich gesund ernähren sollten.
„Apropos", sagte Iris. „Was ist denn mit deinen alten Anziehsachen jetzt? Was hast du mit deinem Koffer gemacht?"
„Den haben sie mir ge-gestohlen. Am Bahnhof. Ich bin nur mal eben zum Automaten gegangen, um mir was zu trinken zu kaufen. Und wupps, war er weg! Es tut mir leid."
Ich zuckte schuldbewusst mit den Achseln.
„Hast du schon die Polizei gerufen?"
„Ich… ich hab den Bahnhofleuten Bescheid gesagt. Und die haben es der Polizei gemeldet. Die haben dann den ganzen Bahnhof abgesucht, aber sie haben weder den Dieb, noch den Koffer gefunden."
Ich kam ins Schwitzen. Erstens, weil es so anstrengend war, zu lügen, ohne dabei rot zu werden oder zu stottern. Und dann, weil ich mich vor einer möglichen Strafe fürchtete.
„Ach ja, ach ja", seufzte Iris und streckte ihre Arme in die Höhe. „Diese Kinder. Nichts als Ärger hat man mit ihnen. Manchmal fragt man sich wirklich, wozu man sich überhaupt welche anschafft."
Ich verzog das Gesicht und traute mich kaum noch, weiter zu essen. Ich schämte mich innerlich. Schließlich hatte ich diese fremde Frau niemals gefragt, ob sie mich haben wollte. Und nun brachte ich ihr nichts als Sorgen.
„Hey, jetzt guck doch nicht so missmutig!" heiterte Nadja mich auf. „Das ist doch nicht deine Schuld. Das kann jedem passieren. Was hast du bloß? Du bist doch sonst nicht so empfindlich."
„Hm", machte ich nur.

„Hey, das war doch nicht ernstgemeint, Großer!" sagte Iris. Sie brachte ihren Teller zur Spüle und klopfte mir ermutigend auf die Schulter. „Wir müssen ja ohnehin neue Sachen für dich kaufen. Wenn du mit dem Essen fertig bist, dann legst du dich 'ne Weile hin und dann gehen wir in die Stadt und kaufen ein. Abgemacht?"
Ich nickte.
„Aber er kann sich doch gar nicht hinlegen!" rief Nadja plötzlich. „Sein Zimmer ist doch noch nicht fertig renoviert."
„Ach, richtig", sagte Iris und fasste sich an die Stirn. „Daran habe ich überhaupt nicht gedacht. Warum hast du uns eigentlich nicht angerufen und Bescheid gesagt, dass du kommst?"
Was für eine gute Frage.
„Ich... ich wollte euch überraschen!" antwortete ich schließlich und guckte schüchtern drein, denn ich war mir nicht mehr so sicher, ob mir das tatsächlich gelungen war.
„Und warum eine Woche zu früh? Und warum mit dem Zug und nicht mit dem Reisebus? Wie bist du eigentlich vom Bahnhof hierhergekommen?"
Wieso musste sie mir nur so viele idiotische Fragen stellen, wo ich doch von nichts eine Ahnung hatte?
„Weil ich so schnell abgenommen habe, haben sie mich früher gehen lassen", erklärte ich. „Und deshalb bin ich auch mit dem Zug gekommen, weil's anders nicht ging. Und... und vom Bahnhof her bin ich gelaufen."
„Aber das sind doch über zehn Kilometer!" keuchte Iris entsetzt. „Vor einem Monat wärst du freiwillig noch nicht mal einen Kilometer gegangen."
„Ich habe mich eben geändert", beharrte ich.
Wenn die nur wüsste, wie weit ich die letzten Wochen gelaufen war! Außerdem fand ich, dass sie mächtig übertrieb. Der Weg vom Bahnhof hierher war höchstens fünf Kilometer lang gewesen, wenn überhaupt. Aber vielleicht meinte sie ja einen ande-

ren. Der Bahnhof, an dem ich ausgestiegen war, war ein kleiner Provinzbahnhof gewesen, an dem nur sehr wenige Züge hielten.
„Du kannst so lange übrigens in meinem Zimmer schlafen", schlug Nadja freundlich vor. „Ich habe doch das alte Sofa von Tante Mareike bekommen. Das kann man doch zu einem Bett ausklappen."
„Danke", sagte ich.
„Bist du dann fertig, damit ich abräumen kann?" fragte Iris.
Ich hätte sicherlich noch den einen oder anderen Happen vertragen können, aber ich wollte nicht unverschämt werden. Und so nickte ich.
„Na, viel ist ja sowieso nicht mehr übrig", stellte sie fest. „Wenn Jochen und Nils auch noch was wollen, dann müssen sie sich, glaube ich, selber was kochen. Man merkt wirklich, dass wir wieder zu fünft sind."
Ich blieb unschlüssig sitzen und kam mir etwas bedrückt vor. Es war aber auch schwierig, in ein völlig fremdes Haus mit völlig fremden Personen zu kommen und dann genau wissen zu müssen, was für Gewohnheiten und Eigenheiten diese Menschen, die nun meine engsten Verwandten sein sollten, hatten.
Und bevor ich etwas falsch machte, machte ich lieber gar nichts, fummelte mit meiner Gabel herum und starrte die Wand an. Jetzt, wo ich so gut gegessen hatte, sehnte ich mich irgendwie nach draußen, nach der frischen Luft und der Freiheit. Und ich schämte mich dafür, dass ich so undankbar war.
Schließlich hatte Nadja mein Geglotze satt.
„Was ist nun?" fragte sie. „Willst du dich hinlegen? Wollen wir was unternehmen oder willst du hier noch ein paar Ewigkeiten herumsitzen?"
Ich schreckte auf. Dann nickte ich.
„Also willst du hier weiter rumsitzen", sagte sie. „Na gut. Aber nicht mit mir. Ich gehe jetzt raus."

„Na-Nein", sagte ich schnell. „Ich will mich lieber eine Weile hinlegen. Kannst du mir zeigen, wo dein Zimmer ist?"
Nadja sah mich an, als hätte sie einen Irren vor sich. Dann fing sie an zu lachen.
„Du warst noch nicht einmal drei Wochen von hier weg und weißt schon nicht mehr, wo mein Zimmer ist? Also so langsam glaube ich, die haben in diesem Lager wirklich etwas mit dir angestellt!"
Mist! dachte ich, biss mir ärgerlich auf die Zunge und fragte mich, wann der Moment kommen würde, an dem ich mich ernsthaft verplapperte.
„D-doch", sagte ich schnell. „Natürlich weiß ich das. Ich, ich bin halt nur ein bisschen durch den Wind."
„Das merkt man", sagte Nadja lachend und streckte mir die Hand zu. „Aber warte. Ich führe dich schon hin. Du zitterst ja wie Espenlaub. Nicht, dass du unterwegs noch von der Treppe fällst!"
Und dann nahm sie mich bei der Hand, zog mich in den Flur und führte mich die Treppe hinauf. Dabei grinste sie mich immer wieder frech von der Seite an und machte neckische Kommentare. Sie meinte es sicherlich nicht böse mit mir – sie war ja eigentlich nett – aber in diesen Momenten hätte ich sie am liebsten dafür geohrfeigt.

16.

Viel Ruhe bekam ich an diesem Nachmittag allerdings nicht. Bevor ich mich bei Nadja auf das Sofa legen durfte, schickte sie mich unter die Dusche, weil ich so sehr miefte und sie nicht wollte, dass der Geruch auf die Polster überging. In der Zwischenzeit suchte sie ein paar saubere Anziehsachen für mich

raus. Meine alten Sachen – die ich in meinem Leben nie zuvor gesehen hatte – passten mir natürlich längst nicht mehr. Ich nahm eine dieser alten Unterhosen und stellte fest, dass ich mit zwei Beinen hindurchpasste, ohne dass der Stoff riss. Nadja musste lachen, als sie das sah. Dann holte sie eine alte Hose her und jeder versuchte, seine beiden Beine durch ein einziges Hosenbein hindurchzuzwängen. Aber so breit waren die Beine dann doch nicht. Wir verhedderten uns darin und stolperten, dass sich Nadja beinahe an der Waschbeckenkante die Stirn aufgeschlagen hätte. Dann aber, als wir beide zusammen auf dem Boden lagen, brachen wir in ein schallendes Gelächter aus.
„Ich bin ja so froh, dass ich nicht mehr dick bin!" rief ich und die Freude klang wirklich echt.
„Obwohl ich ja finde, dass du schon wieder ein bisschen zu dünn bist", meinte Nadja. „Man kann ja richtig die Rippen unter der Haut sehen."
Sofort hielt ich mir schamhaft die Arme vor den Bauch. Denn Nadja hatte Recht. Es war zwar gut, nicht so ein Fettbolzen zu sein wie dieser Junge auf dem Foto, der ich vor einigen Wochen angeblich gewesen sein sollte, aber wenn man so richtig dürr ist, ist es auch nicht das Richtige. Man kommt sich dabei so nackt und schutzlos vor.
Schließlich kramte Nadja in ihrem eigenen Kleiderschrank herum. Sie war zwar größer als ich, aber sie fand ein paar Sachen von früher, die mir passten. Am Anfang weigerte ich mich, die Sachen anzuziehen, weil es ja Mädchensachen waren. Aber Nadja meinte, ich solle mich nicht so anstellen. Sie habe extra die am wenigsten mädchenhaften Sachen rausgesucht. Die blaue Jeanshose war ja auch in Ordnung für mich. Aber das orangefarbene T-Shirt? Na ja. Immer noch besser als rosa oder pink.

Als wir danach zurück in ihr Zimmer gingen, wollte sie mich aber immer noch nicht in Ruhe lassen. Sie setzte sich auf einen Stuhl und stellte mir alle möglichen Fragen. Wie es im Lager gewesen war. Wie ich mich mit den anderen Kindern verstanden hatte. Wie die Betreuer so drauf gewesen waren. Wie das Essen gewesen war. Und, und, und...
Nach einer Weile brummte mir nur noch der Kopf und ich wünschte mir, dass irgendjemand kommen und Nadja auf den Mond schießen würde. Sicher, sie war ja nur neugierig und wollte nett mit mir plaudern. Schließlich konnte sie nicht wissen, dass ich mir dabei wie bei einem Verhör vorkam. Und dennoch hörte ich irgendwann auf zu zählen, wie oft ich sie in Gedanken verfluchte. Ich hatte mir so sehr erhofft, ein paar Minuten Ruhe zu bekommen, um mir eine passende Geschichte über dieses Lager auszudenken. Nun aber musste ich alles spontan erfinden und dabei aufpassen, mich in keinen einzigen Widerspruch zu verwickeln. Was allerdings nicht lange gut ging.
„Timo?" fragte Nadja. „Wieso hat denn Timo in der Nacht immer mit der Taschenlampe herumgeleuchtet? Der war doch gar nicht auf deinem Zimmer. Auf deinem Zimmer waren doch Alexander, Lukas und Udo."
Bisher hatte ich auf der Kante des Sofas gesessen. Aber nun ließ ich mich einfach hintenüberfallen.
„Ist das ein wunderbares Sofa", sagte ich, um die Frage nicht beantworten zu müssen. „Und so weich. Die Betten in dem Lager waren immer so hart und ausgelegen."
„Alles klar", meinte Nadja und stand auf. „Ich lass dich jetzt in Ruhe. Aber heute Abend musst du mir alles ganz genau erzählen. Versprochen?"
„Versprochen!" sagte ich und atmete erleichtert auf, als endlich die Zimmertür hinter ihr ins Schloss fiel. Ja, es war wirklich ein herrliches Sofa. Wenn man drei Wochen lang jede Nacht

entweder unter einer Brücke oder auf einer harten Holzbank übernachtet hat, dann merkt man erst so richtig, was es heißt, ein gemütliches, weiches Sofa oder Bett zu besitzen. Und als ich mich hinlegte, spürte ich auch, wie erschöpft ich eigentlich war und was für eine Müdigkeit sich in meinen Gliedern breitgemacht hatte. Am liebsten wäre ich gar nicht wieder aufgestanden, denn es war, als hätten sich unsichtbare Ketten um meinen Körper gespannt, die mich für den Rest meines Lebens an dieses schöne, weiche Polster binden würden.
Aber ich gab mir einen Ruck und kam wieder auf die Beine. Ich öffnete die Zimmertür und vergewisserte mich, dass Nadja tatsächlich verschwunden war. Es war so. Ich hörte, wie sie unten in der Küche stand und sich mit Iris unterhielt. Also huschte ich wieder ins Zimmer, griff nach dem Türschlüssel und schloss mich ein. Ich schämte mich ein bisschen für das, was ich vorhatte, aber es musste einfach sein. Schließlich musste ich erfahren, mit wem ich es hier zu tun hatte.
Und so ging ich schnurstracks auf den Schrank zu und riss die oberste Schublade auf. Darin war aber nichts als lauter Ramsch zu finden und ich schob sie wieder zurück. Doch als ich gerade dabei war, die zweite zu öffnen, spürte ich, wie mir ein unsichtbarer Geist in den Nacken zwickte. Erschrocken drehte ich mich um. Ich fühlte mich beobachtet. Aber da war niemand. Vorsichtshalber ging ich doch noch einmal auf den Flur hinaus. Nadjas Stimme war verklungen, nur noch das Klappern von Tellern drang zu mir herauf. Ich ging auf die andere Seite des Flurs hinüber und sah durch ein Fenster, dass Nadja tatsächlich in den Garten gegangen war. Erleichtert atmete ich auf. Auf meinem Rückweg klopfte ich noch an allen anderen Türen an, bis ich mir endgültig sicher war, dass ich allein war.
Die zweite Schublade war schon viel interessanter. Denn dort fand ich genau das, wonach ich suchte: zwei Fotoalben und ein Tagebuch, das aber leider verschlossen war.

Also schaute ich mir zunächst die Fotoalben an. Und das war wirklich unheimlich! Ich musste aufpassen, dass ich beim Umblättern nicht die Seiten zerriss oder zerknickte, weil mir so sehr die Hände zitterten.
Da war er also wieder: *Mein Doppelgänger, mein pausbäckiger, vollgefressener Zwillingsbruder, mein zweites Ich.*
Ich sah dem Jungen ins Gesicht, der ich vor über drei Wochen noch selbst gewesen sein soll. Mal fuhr ich, eingepackt in dicker Winterkleidung, mit einem Schlitten einen steilen Berg hinunter, mal sonnte ich mich mit meiner fetten Wampe an irgendeinem Mittelmeerstrand. Auf dem einen Bild sah man mich zusammen mit Nadja und Nils im Garten spielen, auf dem anderen Bild saß ich mit meinen Großeltern gemütlich beim Abendbrot.
Das war es also! Mein zweites Leben, das mir die Zauberin der weißen Rose an diesem Morgen geschenkt hatte. Das Leben, von dem Iris und Nadja wussten und über das sie mit mir ganz selbstverständlich sprachen, an das ich mich selbst aber absolut nicht erinnern konnte. Und plötzlich fiel mir etwas ein. Was hatte die Zauberin, bevor sie mir den Zauber geschenkt hatte, noch gleich gesagt?
Dass dies ein Zauber sei, der mir ein neues Zuhause geben und man mich dort wie ein echtes Familienmitglied behandeln würde. Aber sie hatte auch gesagt, dass der Zauber eine dunkle Seite habe, die sie mir aber so kurz vor ihrem Tod nicht mehr erklären konnte. Während ich mit dem Zug gefahren war, hatte ich die ganze Zeit darüber nachgedacht, was sie damit wohl gemeint haben könnte. Ich vermutete, dass es etwas mit dem letzten Satz des Zauberspruchs, der mit „Doch" anfing, zu tun hatte. Zu dumm, dass ich ihn nicht mehr richtig verstanden hatte. Dann hätte ich jetzt vielleicht Gewissheit gehabt, denn eine Vermutung war mir bereits gekommen. Wahrscheinlich war der Fehler des Zaubers, dass er mir nicht nur ein neues Heim,

sondern auch eine neue Lebensgeschichte gab. Eine Lebensgeschichte, die all meine Verwandten kannten, nur ich selber nicht. Ich starrte den Jungen auf dem Foto, der ich war und zugleich auch wieder nicht, eine Weile an. Vermutlich dachte ich, wenn ich nur lange genug auf seinen Kopf glotzte, könnte ich seine Gedanken lesen.
Aber daraus wurde nichts. So sehr ich mich auch konzentrierte, ich konnte mich an nichts erinnern, an kein einziges Ereignis, das vor jenem merkwürdigen Tag lag, an dem ich im Pappkarton aufgewacht war. Ich würde alles selbst herausfinden müssen und das konnte sehr schwierig werden, so tun zu müssen, als ob ich über alles Bescheid wüsste, obwohl ich keine Ahnung hatte. Enttäuscht seufzte ich auf.
Aber ich durfte nicht den Mut verlieren. Ich hatte ja das Fotoalbum, das mir dabei helfen konnte. Ich hatte Glück, dass Nadja so fleißig gewesen war und alle Fotos ausführlich beschriftet hatte. So erfuhr ich die Namen meiner Großeltern, meiner Tanten und meiner Onkel. So konnte ich sie also direkt ansprechen und brauchte nicht nach ihren Namen zu fragen, wenn sie uns einmal besuchen kamen. Ich hatte auch zwei Cousins, die Lukas und Max hießen. Lukas mochte ungefähr in meinem Alter sein. Max war höchstens fünf Jahre alt. Sie sahen ziemlich nett aus und ich freute mich darauf, sie kennenzulernen. Dann las ich mir die Texte durch, die Nadja über unsere Reisen und Ausflüge geschrieben hatte. Wenn sie mich einmal danach fragen sollte, hatte ich sogleich die passenden Antworten parat. Es waren auch ein paar lustige Anekdoten dabei, über die ich herzlich lachte. Allerdings war ich etwas in Sorge darüber, ob ich mir auch wirklich alles merken konnte. Ich sah mich auf Nadjas Schreibtisch um und schnappte mir einen Bleistift und ein paar leere Zettel. Dann machte ich mir Notizen, damit ich nicht vergaß, ob die Frau, deren ausgerissenen Hund wir wiederge-

funden hatten, auf dem Campingplatz in Italien oder auf dem in Frankreich gewesen war.

So ging ich Seite für Seite durch, notierte mir alles, was ich für wichtig hielt und fühlte mich danach gleich etwas wohler in meiner Haut. Nun hatte ich etwas, worauf ich Nadja oder die Anderen ansprechen konnte. Und wenn wir dann erst einmal ins Gespräch gekommen waren, konnte ich sie unauffällig alle möglichen Fragen stellen und somit immer mehr über mein früheres Leben erfahren.

Über mein früheres Leben. Ich lachte leise auf. Jetzt tat ich schon so, als wären all diese Sachen tatsächlich passiert. Und dabei waren sie doch bloß durch den Zauber der…

Plötzlich hielt ich erschrocken inne. Ein merkwürdiger Gedanke war mir gekommen. Konnte das wirklich alles sein? Die Zauberin hatte mir ein neues Heim und eine neue Familie versprochen. Aber sie hatte nichts davon gesagt, dass sie die ganze Vergangenheit manipulieren würde. Gehörte es zu dem Zauber dazu, dass in einem fremden Haus alte Fotos von mir auftauchten, die niemals jemand geknipst haben konnte, weil ich zu der Zeit ja noch gar nicht bei der Familie gewesen war? War es möglich, dass durch diesen einen Zauber die gesamten Erinnerungen der Familienmitglieder verändert worden waren?

Das kam mir ein bisschen zu merkwürdig vor. Auch, dass sie glaubten, ich wäre zwei bis drei Wochen zur Kur gewesen. Zwei bis drei Wochen! Das war doch ungefähr die gleiche Zeit, die ich orientierungslos durch Deutschland geirrt war.

Was war also, wenn dies überhaupt keine fremde Familie war?

Was war, wenn ich einfach nur nach Hause zurückgekehrt war?

„Nach Hause zurück…"

Ich ließ das Fotoalbum und meine Notizzettel fallen. Ich musste nachdenken. Aber dafür war ich viel zu aufgeregt. Alles in meinem Kopf schien sich zu drehen. Schließlich schaffte ich es doch, einen klaren Gedanken zu fassen.

Wenn diese Geschichte also wirklich stimmt, dachte ich, dann muss ich den Grund dafür finden, warum ich mich nicht an früher erinnern kann und warum mir alle Menschen so feindselig begegnet sind.

War ich vielleicht verflucht worden? War mir auf der Reise zu dem Lager vielleicht eine andere Zauberin begegnet, die mir diesen Fluch auferlegt hatte? Das konnte doch gut möglich sein, jetzt, wo ich wusste, dass es so etwas wie Zauberinnen gibt.

Aber warum eigentlich eine andere? Konnte es nicht auch dieselbe gewesen sein? Die Zauberin der weißen Rose... Vielleicht war sie ja gar nicht so gütig, wie sie vor mir getan hatte. Vielleicht war sie eine richtig böse Hexe, die... Aber dann hatte sie das schlechte Gewissen gepackt und...

Da kam mir ein neuer Gedanke auf, der die Geschichte wiederum völlig umkrempelte. Ich erinnerte mich an die Stimme meiner Mutter, die ich aus meinen Träumen kannte und verglich diese mit der Stimme von Iris.

Nein! Das waren nicht dieselben Stimmen, ganz und gar nicht! Iris hatte zwar auch eine nette Stimme, aber die meiner Mutter hatte viel sanfter und weicher geklungen.

Aber war es eigentlich wirklich die Stimme meiner Mutter gewesen? Was war, wenn diese auch nur zu dem Fluch gehörte, den man mir aufgelegt hatte? Es war ja auch zu seltsam, dass ich wirklich jede Nacht das gleiche träumte...

Nein! Nein! Nein! Das konnte nicht sein! Das durfte nicht sein! Ich liebte diese Stimme so sehr! Wie ein Engel hatte sie geklungen. Es musste meine Mutter gewesen sein! Es musste einfach! Es durfte nicht anders sein!

Vor lauter Aufregung wurde mir ganz warm. Um ein Haar wäre ich so ausgerastet, dass ich die Seiten von Nadjas Fotoalbum zerfetzt hätte. Nur in letzter Sekunde riss ich mich zusammen.

Worüber rege ich mich eigentlich auf? fragte ich mich. Ich weiß doch sowieso nichts.
Oder war es gerade das, was mich so erregte?
Ich atmete tief durch. Dann nahm ich mir das zweite Album vor. Darin waren viele ältere Fotos zu sehen. Auch welche von meiner Einschulung. Auch das noch, dachte ich. Die Schule! An die hatte ich bisher noch gar nicht gedacht. Musste ich dort etwa auch wieder hingehen? Und würden mich meine Mitschüler und meine Lehrer wiedererkennen? Und wenn ja, wie würden sie mich wohl behandeln? Genauso nett wie Nadja und Iris oder so gemein und garstig wie der Rest der Welt?
Ich wollte nicht mehr darüber nachdenken. Sollte es doch kommen, wie es wollte. Jetzt wollte ich mich nur noch ausruhen. Ich legte die Alben zurück in die Schublade und haute mich gähnend aufs Sofa.

17.

Ich war noch gar nicht richtig eingeschlafen, da wurde ich auch schon durch ein lautes Rütteln an der Türklinke geweckt.
„Ja?" sagte ich und rieb mir die verschlafenen Augen.
„Was soll denn das?" hörte ich eine leicht erboste Mädchenstimme rufen. „Hast du dich etwa eingeschlossen?"
Ich richtete mich auf. Was wollte dieses Mädchen von mir? Und überhaupt. Wo war ich hier eigentlich?
Ich sah mich im Zimmer um. Ach ja, richtig, ich hatte ja ein neues Heim. Und dieses wildgewordene Mädel da draußen vor der Tür war meine Schwester. Behauptete sie zumindest.
Ein höchst merkwürdiges Kinderzimmer übrigens. Es war in so grellen Farben eingerichtet und überall standen neumodische elektronische Geräte herum. Es war auch höchst merkwürdig,

dass Nadja ein eigenes und dann auch noch ein so großes Zimmer hatte, obwohl es noch zwei weitere Kinder im Haus gab. Ich konnte mich zwar nicht daran erinnern, jemals ein anderes Kinderzimmer gesehen zu haben, aber dennoch wusste ich, dass sie zu meiner Zeit irgendwie anders ausgesehen hatten. Zu meiner Zeit…
Ja, welches ist eigentlich meine Zeit? fragte ich mich.
Es war in den letzten drei Wochen schließlich nicht das erste Mal, dass ich das Gefühl hatte, aus einer anderen Zeit zu kommen. Die Autos, die Mode, die Technik. Alles war so anders, als ich es gewohnt war. Als hätte ich das ein oder andere Jahr verschlafen.
„Nun mach doch endlich auf!" Langsam wurde Nadja richtig zickig. „Das ist schließlich immer noch mein Zimmer! Hörst du?"
„Jaja", brummte ich. Während ich aufstand, sah ich mich nochmals um, ob auch keine Spuren von meiner Schnüffelaktion zurück geblieben waren. Ich fand die Notizzettel, die auf dem Schreibtisch lagen und steckte sie mir schnell in die Hosentasche.
Als ich die Tür geöffnet hatte, blickte ich in Nadjas strahlendes Gesicht. Von ihrer schlechten Laune war nichts mehr übrig.
„Was ist?" fragte ich. „Willst du dein Zimmer zurück? Tut mir leid, dass ich mich eingeschlossen habe. Aber ich wollte bloß meine Ruhe haben."
„Schlafen kannst du heute Nacht doch immer noch", sagte sie bloß. „Aber soll ich dir mal was sagen? Papa und Nils sind vom Schwimmbad zurück! Und er hat den Freischwimmer bestanden."
Tatsächlich. Von unten waren Stimmen zu hören. Eine Männer- und eine Kinderstimme. Und dann noch Iris, die ihrem kleinen Sohn voller Stolz gratulierte.
„Wie schön", murmelte ich.

„Genau. Und deswegen sollst du ja auch aufstehen. Wir wollen nämlich in die Stadt fahren und für dich neue Klamotten einkaufen. Und danach gehen wir zur Feier des Tages alle zusammen ein Eis essen. Na, was sagst du dazu?"
„Super!" antwortete ich wahrheitsgemäß. „So lange, wie ich kein Eis mehr gegessen habe."
Nadja lachte. „Jaja. Wir haben alle noch nicht vergessen, wie du dir das Eis reinlöffeln kannst. Aber ab jetzt gibt es nur noch ab und zu mal einen Becher zum Genießen, sagt Mama. Denn wenn du dir das erstmal wieder angewöhnt hast, dann können wir uns das Geld für die neuen Anziehsachen auch gleich sparen."
Sie haute mir neckisch auf den flachen Bauch. Dann gingen wir hinunter.

„Haben sie dir irgendwo 'nen Stöpsel rausgezogen?" war das erste, was Nils sagte, als er mich sah.
„Also Nils!" sagte Iris. „Jetzt werd nicht gleich wieder frech! Früher hast du immer gesagt, dass er einen Fußball verschluckt hat und jetzt..."
„Einen Wasserball", berichtigte Nils sie. „Ein Wasserball ist nämlich viel dicker. Und außerdem hat der auch einen Stöpsel, den man rausziehen kann. Und dann wird aus ihm nur noch eine kleine, schrumpelige Plastikpelle."
Ich sah mir meinen Bruder genauer an. Er hatte so manche Ähnlichkeiten mit mir. Er war ein bisschen zu klein geraten und hatte dunkles Haar. Dafür aber hatte er ein lustiges, pfiffiges Gesicht. Im Gegensatz zu mir, wo ich doch immer ein wenig ernst und traurig aussah.
Aber vielleicht ändert sich das ja jetzt, wo ich in eine glückliche Familie geraten bin, hoffte ich.
„Was guckst du mich so blöde an?" fragte er da. „Wir sehen uns doch nicht zum ersten Mal!"

„Du guckst doch auch nicht besser!" konterte ich.
„Na, das ist ja auch was ganz anderes. Du siehst völlig anders aus als früher."
Da bekam ich einen rüden Stoß in den Nacken, dass ich fast gegen den Küchentisch gestolpert wäre.
„Ja, sicher, hat er sich verändert!" hörte ich eine kräftige Männerstimme hinter mir sagen. „Und deswegen solltest du lieber mal deine Zunge zügeln, kleiner Mann. Denn wenn du ihm jetzt frech kommst, kannst du ihm nicht mehr so einfach davonrennen wie früher."
Ich schaute mich um.
„Na, dann hätten wir die Familie ja komplett", sagte ich.
„Genau!" antwortete der Mann, der mein Vater sein sollte. Er war für einen erwachsenen Mann ziemlich klein. Wahrscheinlich nicht einmal so groß wie Iris. Aber das schien bei den Jungs in dieser Familie so üblich zu sein. Dafür aber sah er recht kräftig und sportlich aus. Im Gegensatz zum Rest der Familie hatte er hingegen helles Haar und im Gesicht einen Stoppelbart.
„Aber wie ich sehe, ist die Familie dennoch etwas kleiner geworden", fuhr er fort.
Verwirrt sah ich ihn an. Was sollte das heißen? Fehlte etwa noch jemand?
Da piekte er mir mit seinen dicken Fingern in den Bauch.
„Hiiii", schrie ich und sprang zurück.
„Haha, man merkt es. Die Familie ist wirklich kleiner geworden. Früher wärst du nicht so schnell zurückgesprungen. Da war dein Bauch nämlich so dick, dass er für zwei Leute gereicht hätte!"
Da fingen alle anderen an zu lachen. Ich aber spürte, wie mein Gesicht rot anlief. Es ging mir so auf die Nerven, dass sich alle über meinen dicken Bauch lustig machten, den ich aber niemals in meinem Leben gehabt hatte! Wütend schlug ich auf

den Tisch, dass den Anderen glatt das Lachen im Hals steckenblieb.

„Könnt ihr jetzt endlich mal damit aufhören?" brüllte ich, dass die Schranktüren wackelten. „Ich finde das nicht witzig. Langsam nervt es!"

„Na, das ist jetzt der Preis dafür!" erwiderte mein Vater unbeeindruckt. „Anstatt einer dicken, aber immer vergnügten Kugel, haben wir jetzt einen miesepetrigen Grummel-Griesgram im Haus. Scheint wohl zu stimmen, dass man von einer Diät nur schlechte Laune bekommt. Ein Glück, dass ich sowas nicht nötig hab."

Dann aber kam er auf mich zu, lächelte mich an und legte mir den Arm über die Schulter. „Nein, jetzt mal im Ernst", sagte er. „Ich bin wirklich stolz, dass du das geschafft hast. Auch wenn du fast schon wieder zu dünn bist. Aber vielleicht sollten wir in den Sommerferien mal eine kleine Kanutour machen, damit du richtige Muckis bekommst."

„Au ja", rief Nils. „Dann will ich aber auch mitkommen."

„Nee, in unser Kanu passen aber nur zwei Leute rein. Aber du kannst ja nebenher schwimmen. Wenn du da genauso flott bist wie heute, dann müsstest du das locker schaffen."

„200 Meter bin ich geschwommen", sagte Nils und sein Gesicht glühte vor Stolz. „Und ich hab nicht mal sechs Minuten gebraucht, obwohl ich viel länger gedurft hätte."

„Vielleicht wirst du ja mal ein großer Meisterschwimmer werden", meinte die Mutter und strich ihm zärtlich über sein strubbeliges Haar. „Aber jetzt lasst uns losfahren. Die Geschäfte haben nicht so lange auf. Und am Samstag ist es in der Stadt sowieso meist voller als an anderen Tagen."

Da hatte sie ein wahres Wort gesprochen. Als ich die vielen Menschen sah, die sich durch die enge Fußgängerzone drängten, bekam ich es richtig mit der Angst zu tun. Würden die

Menschen mich nun freundlicher behandeln, jetzt, wo ich eine Familie hatte? Und wenn nicht? Was würden Iris, Jochen, Nadja und Nils dazu sagen, wenn sie merkten, dass mit mir etwas nicht stimmte?

Am liebsten wäre ich sofort wieder ins Auto eingestiegen und zurück nach Hause gefahren. Aber das konnte ich nicht. Wie hätte ich das den Anderen erklären sollen? Ich musste das jetzt durchstehen.

Ganz am Anfang der Fußgängerzone stand eine Imbissbude, an der ein paar ältere Leute um einen Tisch herum standen und Würstchen aßen. Gegenüber der Bude war eine Bank. Jochen und Iris gingen hinein, um Geld abzuheben, während wir Kinder draußen stehen blieben. Nils lief uns sofort davon, weil er sich ein paar Meter weiter das Schaufenster eines Spielzeuggeschäfts ansehen wollte. Nadja und ich aber setzten uns auf eine Bank und warteten, bis sie zurückkamen. Nadja redete die ganze Zeit über die Ereignisse, die in den letzten Wochen passiert waren, aber ich konnte ihr gar nicht richtig zuhören. Immer wieder musste ich zu den Alten herüberschielen, die mich voller Missbilligung ansahen. Es hatte sich nichts geändert.

„So ein nettes Mädchen und so ein widerwärtiger Junge!" hörte ich eine alte Frau sagen und ein Mann knüllte seinen Pappteller zusammen und warf ihn mir an den Kopf. Nadja bemerkte davon allerdings nichts. Sie guckte nur auf den Boden, wo sie mit den Schuhen die Steine auf der Straße hin und her schoss.

Da tippte ich ihr auf die Schulter. „Lass uns hier weggehen!" flüsterte ich.

„Wieso denn? Mama und Papa sind doch noch nicht zurück."

Sie sah auf und als die Alten ihr Gesicht sahen, lächelten sie plötzlich, sodass ich nichts mehr gegen sie sagen konnte. Da stand ich einfach auf und ging ein paar Meter voraus.

Und schon stieß ich mit einem Jugendlichen zusammen, der urplötzlich von rechts aus einem Laden gekommen war.

„Kannst du nicht aufpassen, du dumme Sau?!" schimpfte er und boxte mich nieder. Als ich auf dem Boden lag, gab er mir obendrein noch einen ordentlichen Tritt vors rechte Schienbein und spuckte auf mich herab. Dann aber ging er weiter, ohne sich ein weiteres Mal umzudrehen.

Da fing ich an zu weinen. Nicht wegen der Schmerzen, nein, die konnte ich aushalten. Ich weinte aus Scham. Ich schämte mich so sehr, vor der eigenen Schwester niedergeprügelt zu werden. Und ich wusste, dass es immer wieder passieren würde. Die Zauberin hatte mir eine neue Familie versprochen und dieses Versprechen hatte sie gehalten. Aber sie hatte nichts davon gesagt, dass mich auch die anderen Menschen besser behandeln würden. Und das taten sie auch nicht.

Oh, was sollte das für ein Leben werden, wenn ich mich nur in den eigenen vier Wänden sicher fühlen konnte? Aber ich konnte mich doch nicht immer nur zu Hause verkriechen. Ich musste raus, in die Schule. Und oh, was würden Jochen und Iris dazu sagen, wenn ihr eigener Sohn plötzlich von allen anderen Schülern verachtet wurde? Sie waren doch so nett zu mir. Aber ich wusste, dass ich ihnen in der Zukunft sehr viel Kummer bereiten würde.

Ich hörte, wie die Rentnergruppe in ein schallendes Gelächter ausbrach. Und als ich den Kopf hob, sah ich, dass sich ein richtiger Kreis von Menschen um mich herum gebildet hatte, die mich schäbig grinsend ansahen. Von Mitleid keine Spur.

Ein weiterer Mann kam auf mich zu. Von kaltem Hass besessen schaute er mich an. Er hob sein Bein an, holte aus und...

„Peeeeter!" hörte ich Nadja schreien. Und bevor der Mann auf mich eintreten konnte, war sie an mir heran und stieß ihm in die Seite, dass er erschrocken zurücktaumelte.

„Was ist denn los?" fragte sie. „Was haben sie mit dir gemacht?"

Noch bevor ich antworten konnte, funkelte sie dem Mann böse ins Gesicht. Dieser aber schien sich kein bisschen zu schämen und schaute genauso finster zurück. Alle anderen Menschen waren erstarrt und wagten es nicht mehr, irgendetwas zu sagen. Wahrscheinlich wunderten sie sich, dass ein gewöhnlicher Mensch wie Nadja freiwillig für mich Partei ergriff.
„Was glotzt du mich so idiotisch an?" giftete der Mann meine Schwester an.
„Erklären Sie mir lieber mal, warum Sie mitten in der Stadt auf Kinder eintreten wollen!" antwortete Nadja und ich bewunderte ihren Mut. Der Mann sah wirklich sehr gefährlich aus.
„Das!" sagte der Mann und spuckte voller Verachtung aus. „Das ist doch kein Kind! Das ist ein Haufen Dreck! Warum verteidigst du diese Göre auch noch? Ein Mädchen wie du sollte sich wirklich bessere Freund aussuchen!"
„Er ist mein Bruder!" rief Nadja empört. „Was hat er Ihnen eigentlich getan, dass sie ihn so hassen? Sie kennen ihn doch gar nicht!"
Sie streckte mir die Hand zu und half mir beim Aufstehen.
„Es stimmt doch. Du kennst ihn nicht, oder?" flüsterte sie mir zu. Ich schüttelte den Kopf. Da streichelte sie mir das Gesicht und klopfte mir das T-Shirt sauber.
„Das ist übrigens mein Shirt!" rief sie und sah den Mann an. „Und jetzt ist es dreckig. Da könnten Sie mir eigentlich die Reinigung bezahlen!"
Ich schielte den Mann vorsichtig an und bemerkte sofort, dass sein Gesicht nicht mehr ein bisschen gefährlich aussah. Nur noch verwirrt.
„A-aber, das war ich... doch gar nicht!" stotterte er. „Das war doch ein anderer! Er ist nach da gegangen!" Er zeigte in die Fußgängerzone hinein, aber der Jugendliche war längst verschwunden.

„Und warum wollten Sie meinen Bruder gerade treten?" hakte Nadja nach.
Aber er kam nicht zu einer Antwort, denn jetzt wurden wir auch noch von den Rentnern umringt, die mich gerade noch so verspottet hatten. Doch nun waren sie wie ausgetauscht, lächelten mich schmeichelnd an und strichen mir über mein Haar.
„Oh, du armes Kind", sagte die Frau, die mich ein paar Minuten zuvor noch einen widerwärtigen Jungen genannt hatte. „Hat man dich verprügelt? Was es heutzutage doch für böse Menschen gibt!"
Ich sagte nichts darauf, weil ich zu tief in Gedanken versunken war. Was hatte das nur wieder zu bedeuten? Warum waren sie plötzlich so freundlich zu mir? Ich konnte dafür keine Erklärung finden und im Moment wollte ich das auch gar nicht. Das alles war einfach zu merkwürdig. Also ließ ich die Zärtlichkeiten über mich ergehen, obwohl es irgendwie gruselig war, und bemühte mich, nicht weiter darüber nachzudenken.
„Und Sie sollen mir endlich sagen, warum Sie meinen Bruder treten wollten!" rief Nadja. Was konnte sie zickig werden!
Aber sie hatte ja Recht. Trotzdem bekam ich mit dem Mann beinahe Mitleid. Man sah ihm an, dass er mir niemals mit Absicht etwas hatte antun wollen. Irgendeine geheimnisvolle Kraft hatte ihn dazu getrieben. Genau wie es bei all den anderen Menschen, die mich so abgrundtief hassten, der Fall war. Niemand von ihnen konnte etwas dafür. Sobald ich in ihre Nähe kam, wurden ihre Seelen von einem unerklärbaren Hass getränkt, der ihren Verstand abstellte und gegen den sie nichts ausrichten konnten. So war es auch bei diesem Mann gewesen. Jetzt aber tat es ihm plötzlich leid und er schämte sich dafür.
„Genau. Warum wollten Sie ihn treten?" hörte ich nun auch Nils sagen, der auf uns zu gelaufen kam.
„Ich... Ich glaube, ich muss mich entschuldigen", sagte der Mann und wurde ganz rot im Gesicht. „Ich glaube, ich habe

euren Bruder mit jemand anderem verwechselt. Vor zwei Wochen hat mir mal ein Junge Geld gestohlen und der sah fast genauso aus…"

„Was sagen Sie *mir* das?" zickte Nadja weiter. „Bei ihm müssen Sie sich entschuldigen! Nicht bei mir."

Verlegen sah mich der Mann an. „Es tut mir l-leid", murmelte er leise. „Hast du dir sehr wehgetan?"

„Nicht der Rede wert", antwortete ich, denn ich hatte in den letzten Tagen wirklich Schlimmeres erlebt. „Schwamm drüber."

Der Mann reichte mir die Hand und ich zog die Meine nicht zurück. Dann löste sich die Gruppe, die sich um uns herum gebildet hatte, auf und alle Menschen gingen wieder ihre eigenen Wege. Und als schließlich noch Jochen und Iris von der Bank zurückkamen, konnten auch wir weitergehen, was mir eigentlich nicht wirklich gefiel, denn nach diesem Erlebnis hatte ich noch weniger Lust zum Einkaufen als zuvor.

18.

„Was war denn das für ein komischer Kerl?" fragte Nadja, als wir wieder unterwegs waren. „Und warum hast du ihm einfach so verziehen? Selbst wenn ihm wirklich das Geld gestohlen worden wäre, ist das noch lange kein Grund, einen gleich zu treten."

„Was tuschelt ihr denn da?" fragte Jochen.

„Peter wurde gerade von…"

„Nichts Besonderes!" rief ich sofort dazwischen. „Ich bin nur mit jemandem zusammengestoßen und hingefallen. Nicht weiter schlimm."

„Ach so."

„Was sollte denn das jetzt?" flüsterte Nadja. „Warum…"
„Ich will darüber nicht weiter sprechen!" antwortete ich hastig. „Es war nur ein Missverständnis. Sag Mama und Papa nichts davon!"
„Du bist irgendwie komisch, seitdem du zurück bist."
Und da war sie offenbar nicht die Einzige, die so dachte. Die meisten Menschen, die uns in der Fußgängerzone entgegen kamen, sahen mich missbilligend an, wenn sie auch nicht mehr so deutlich zur Seite wichen, wie es mir vor der Begegnung mit der Zauberin oft geschehen war. Dafür passierte es mir aber häufiger, dass ich von der Seite angerempelt wurde, sodass ich immer wieder aus meinen Gedanken aufgeschreckt wurde. Ich fragte mich, warum die Leute von eben mich erst so abfällig und dann so freundlich behandelt hatten. Bei dem Mann verstand ich das ja noch. Weil Nadja ihm ins Gewissen geredet hatte. Aber warum die Rentner? Warum waren sie auf einmal von sich aus auf mich zugekommen, um mich zu trösten? Ein absolutes Rätsel.
Plötzlich aber ging mir ein Licht auf. Etwas Ähnliches hatte ich an diesem Tag ja schon einmal erlebt. Zur Mittagszeit, als ich an der Haustür geklingelt hatte, da hatte mich die Nachbarin gesehen und angeschnauzt. Doch als Nadja öffnete und mich ihren Bruder nannte, war sie etwas freundlicher geworden. Am Ende hatte sie mich sogar *wieder*erkannt.
Damit musste es also zusammenhängen. Wenn mich die Menschen als Einzelperson sahen, behandelten sie mich genauso abfällig wie immer. Sobald sie aber merkten, dass ich ein Teil der Familie war, wurde ich für sie zu einem ganz normalen Menschen. Wieso war ich darauf eigentlich nicht gleich gekommen? Es war so offensichtlich.
Ich ergriff Nadjas Hand, drücke sie so fest, dass sie erschrocken zusammenfuhr.

„Pscht", machte ich, damit sich Nils und unsere Eltern, die vorausgingen, nicht zu uns umdrehten.
„Was hast du denn?" fragte sie. „Und drück nicht so fest zu! Das tut mir weh."
„Ich höre damit auf, wenn du mir versprichst, meine Hand nicht loszulassen, bis wir im Laden sind."
Sie runzelte verwirrt die Stirn. „Was ist nur mit dir los? Warum willst du mit mir Händchen halten, als ob du noch ein kleines Baby wärst?"
Eine gute Frage eigentlich. Ich hoffte natürlich, dass die missbilligenden Blicke und Rempeleien aufhören würden, wenn ich mit ihr Hand in Hand ging und jeder erkennen konnte, dass wir zusammengehörten. Aber das konnte ich ihr nicht sagen.
„Vielen Dank, dass du mir eben geholfen hast", flüsterte ich mit einem verlegenen Gesicht. „Ich hoffe, ich kann für euch... äh, ich meine, für dich auch mal irgendwas tun."
„Was soll denn dieser Quatsch?" fragte sie. „Du bist mein Bruder. Da ist es doch klar, dass wir zusammenhalten."
Ich nickte. „Ja, natürlich. Du hast Recht."
„Aber manchmal habe ich das Gefühl, du behandelst uns wie völlig fremde Menschen", flüsterte sie weiter. „Was ist nur los? Ist es immer noch, weil du heute Morgen hingefallen bist oder gibt es irgendwas Schlimmes, was du uns verheimlichst? Haben sie dich im Lager geärgert?"
Ich schüttelte schnell den Kopf. „Es ist eben nur ein bisschen schwer, sich wieder neu eingewöhnen zu müssen. Und ich will ja nur, dass du meine Hand hältst, weil ich glaube, dass der Mann, der mich umgeschubst hat, noch irgendwo hier herumläuft. Deswegen."
„Ach so. Aber da ist ja endlich der Laden, in den wir wollen. Da kann ich dich doch wohl loslassen, oder?"
„Natürlich", sagte ich und hielt ihre Finger so lange umschlungen, bis wir durch die gläserne Ladentür hindurch waren.

Es handelte sich bei dem Geschäft um ein kleineres Kaufhaus mit zwei Etagen, wobei die Moden für Kinder und Jugendliche im unteren Stockwerk waren. Jochen ging zunächst nach oben, weil er sich ein neues Hemd besorgen wollte. Iris und wir Kinder blieben jedoch unten und sahen uns in der Kinderabteilung um. Im Laden war es recht voll, aber bei den Kindermoden war nur eine einzige Frau mit ihrer Tochter. Sofort kam eine Verkäuferin auf uns zu.

„Guten Tag", grüßte sie mit einem süßen Lächeln. „Kann ich Ihnen helfen?"

„Über ein bisschen Hilfe kann ich mich wirklich nicht beklagen", sagte Iris und lachte ebenfalls. „Wir brauchen nämlich so viel, dass mir jetzt schon ganz schwindelig davon wird."

„Was genau brauchen Sie denn? Hosen, Pullover, T-..."

„Alles!" antwortete Iris. „Einfach alles! Hosen, Pullover, T-Shirts, Unterhosen, Socken. Und von allem am besten gleich die doppelte oder dreifache Menge."

„Also gut. Für wen soll es denn sein? Für dich?" Sie zeigte auf Nadja. „Für dich?" Sie zeigte auf Nils. „Oder für euch beide?"

Nach mir fragte die Frau nicht, denn sie hatte mich noch nicht gesehen. Genau in dem Moment aber kam ich hinter einem Kleiderständer hervor.

„Für mich!" rief ich.

Sofort kühlte sich das warmherzig lächelnde Gesicht der Frau ab und erstarrte, als wäre urplötzlich der sibirische Winter ausgebrochen.

„Was haben Sie denn?" fragte Iris ganz verwirrt, aber die Frau hatte offenbar keine Zeit für lange Erklärungen.

„Willst du dumme Scherze machen?" keifte sie mich an. „Was glaubst du eigentlich, wer du bist? Verschwinde sofort aus dem Laden, oder..."

„Alles klar!" sagte Iris und ohne ein weiteres Wort zu verlieren, packte sie mich am Oberarm, drehte sich um und ging mit mir mit großen Schritten davon. Nadja folgte uns sofort. Nach Nils musste sie erst rufen, weil der schon irgendwo zwischen den Reihen verschwunden war.

„Aber Moment!" rief die Dame und rannte hinter uns her. „So warten Sie doch! Wo wollen Sie denn hin?"

Iris drehte sich so ruckartig um, dass beide beinahe mit den Köpfen zusammengestoßen wären.

„Wir gehen!" sagte sie. „In einem Laden, wo man meinen Sohn anschreit, kaufe ich jedenfalls nicht ein!"

Da drehte auch ich mich um und die Frau sprang vor lauter Schreck noch einen halben Meter zurück. „Aaaah!" kreischte sie.

„Sie sind ja verrückt!" sagte Iris und wollte mich weiterzerren. Aber ich hielt sie zurück.

„Hey!" rief ich. „Ich glaube, hier liegt ein Missverständnis vor. Sie ist meine Mutter und ich bin ihr Sohn. Und jetzt wollen wir zusammen für mich ein paar neue Sachen kaufen. Ist das denn so schwer zu verstehen?"

Die Frau rieb sich erstaunt die Augen. „Ist das wahr?" fragte sie so erschüttert und ungläubig, als hätte man ihr gerade von einer Landung der Marsmenschen berichtet.

„Ja, stellen Sie sich mal vor, so ist es!" sagte Iris, genauso giftig wie zuvor.

„Oh, dann muss hier wohl tatsächlich ein Missverständnis vorliegen", sagte die Verkäuferin ganz verdattert. „Ich bitte Sie vielmals um Entschuldigung. Aber ich habe geglaubt, dass…"

„Jaja, es gibt hier wohl so'n Dieb, der so aussieht wie ich", rief ich schnell dazwischen. „Mit dem wurde ich schon mal verwechselt. Ist aber nicht so wichtig. Können wir jetzt bitte endlich mit dem Anprobieren anfangen?"

Und so nahm unser Einkauf doch noch ein gutes Ende. Der Verkäuferin war ihr Aussetzer mächtig peinlich, weshalb sie mich, nachdem sie die Wahrheit erfahren hatte, besonders freundlich behandelte. Sie wusste ja nicht, dass ich ihr sämtliche Kunden vergraulte. Ab und zu kam es nämlich vor, dass andere Eltern mit ihren Kindern die Abteilung betraten, die sich jedoch sofort wieder davonmachten, sobald sie mich bemerkten. Aber dafür machte die Frau ja mit uns ein Riesengeschäft und hatte dabei genug zu tun.

Mein Gott, was war es anstrengend so viele neue Anziehsachen zu besorgen! Erstmal mussten wir meine neuen Kleidungsgrößen herausfinden. Dann ging es mit dem Anprobieren los und ich war völlig ratlos. Denn obwohl ich nun drei Wochen unterwegs war und mir dabei viele gleichaltrige Kinder über den Weg gelaufen waren, wusste ich absolut nicht, was man als ungefähr zehnjähriger Junge so zu tragen hatte. Ich wollte ja am liebsten normal und unauffällig aussehen und auf keinen Fall wollte ich ausgelacht werden. Bei den Hosen war es noch ziemlich leicht. Da nahm ich einfach zwei ganz gewöhnliche Jeanshosen, wie sie heutzutage fast jeder zu tragen schien. Bei den Pullis und T-Shirts wurde es dagegen schwieriger. Aber welch ein Glück, dass ich gleich drei so gute Beraterinnen bei mir hatte. Auf Nils' Hilfe konnte ich dagegen nicht vertrauen. Er machte sich nur die ganze Zeit über mich lustig und schleppte mir andauernd irgendwelche hässlichen, pinken Mädchenklamotten an, die ich anziehen sollte. Das tat er so lange, bis Iris die Nase voll hatte und ihn in die Spielecke des Geschäfts vertrieb. Dort sollte er sitzen bleiben, bis wir fertig waren oder bis Jochen kam, um sich um ihn zu kümmern. Die Verkäuferin fand es ungewöhnlich, dass wir so kurz vor Sommeranfang lange Hosen und Pullover kauften, aber wir erzählten ihr von meiner angeblichen Abspeckkur und daraufhin war sie so beeindruckt, dass sie meinte, sie müsse selber mal in dieses Diätlager fahren, weil sie am Bauch so viele hässliche, dicke Speckröllchen hätte, die sie bisher durch keine Diät losgeworden sei.

Als wir den Laden verließen, waren wir um viele Einkaufstüten reicher und um einige Geldscheine ärmer. Aber für fünf leckere Becher Eis reichte es trotzdem noch. Wir gingen in ein Eiscafé, das direkt am Marktplatz lag und ich bestellte Vanille- und Schokoladeneis mit Bananen und Schokostreusel.
Ach, was war es schön, mal wieder so etwas Gutes zu essen! Am schönsten aber war es, beim Essen nicht allein zu sein. Da ich die letzten Wochen mein Essen meist mit der Hand und zwar im Wald oder in irgendwelchen einsamen Winkeln der Stadt verspeist hatte, fiel es mir zwar schwer, mich an alle Tischregeln zu halten, aber da Nils auch nicht so besonders ordentlich aß und andauernd herumalberte, fühlte ich mich in bester Gesellschaft. Nur Iris konnte einem leidtun, gleich zwei so unmanierliche Söhne zu haben. Während wir aßen, erzählte ich meiner neuen Familie lauter erfundene Geschichten aus dem Diätenlager und war überrascht von mir, wie gut ich lügen konnte, ohne mich auch nur einmal in einen Widerspruch zu verwickeln. Und was für lustige Geschichten ich erfand! Manchmal lachten sogar die Menschen an den Nachbartischen mit. Die hatten mich zwar auch nicht gerade freundlich angesehen, als ich mich direkt nebenan gesetzt hatte, und wären beinahe sogar gegangen, aber da ich sofort „Gib mir mal die Karte, Papa!" gesagt und Jochen „Bitte sehr, mein Sohn", geantwortet hatte, haben sie gemerkt, was los war und waren in aller Ruhe sitzen geblieben. Dann zeigte Nils uns noch einmal voller Stolz seinen Freischwimmer-Ausweis und das bronzene Abzeichen, das Iris ihm an die Badehose nähen sollte, und erzählte uns, wie toll er alle Prüfungen gemeistert hatte. Wir gratulierten ihm recht herzlich, doch danach winkte Jochen dem Kellner zu. Er zahlte und wir verließen das Café.

19.

Als wir zwanzig Minuten später zu Hause ankamen, machte Jochen sich sofort daran, mein Zimmer fertig zu renovieren. Ich war sehr neugierig, wie es aussehen würde und bat ihm auch an, bei der Arbeit ein wenig zu helfen. Aber da ließ er sich nicht beirren.

„Es soll eine Überraschung werden", sagte er. „Und viel kannst du mir sowieso nicht mehr helfen, weil das wichtigste ja bereits gemacht ist. Geh lieber mit deinen Geschwistern in den Garten und spiel!"

„Jaja", sagte Nadja. „Immer wenn wir mal helfen wollen, dürfen wir nicht. Und wenn wir nicht helfen wollen, dann sagst du, dass wir zu faul sind!"

„Jetzt werd bloß nicht frech!" antwortete Jochen. „Und seht zu, dass ihr rauskommt! Ihr lenkt mich sonst nur bei der Arbeit ab."

Aber Nils war so klein, dass er einfach zwischen seinen Beinen durchkriechen konnte. „Das sieht ja super aus!" rief er, dass es durchs ganze Haus dröhnte. „Aber die Wände! Die hätten ruhig noch ein bisschen pinker gekonnt!"

„Pink?" rief ich voller Entsetzen. „Die Wände sind pink?"

„Ja klar", antwortete Nils. „So pink wie Nadjas altes Barbie-Studio."

„Ach, jetzt red mal nicht so'n Stuss!" sagte Jochen und während er dabei war, Nils zu packen und rauszuschmeißen, schaffte ich es, kurz meinen Kopf durch die Zimmertür zu schieben und einen flüchtigen Blick hineinzuwerfen. Mit unendlicher Erleichterung stellte ich fest, dass die Wände nicht pink angestrichen waren. Mehr sah ich aber nicht, denn dann kam Jochen an und schob uns allesamt aus dem Zimmer. Mit einem Ruck fiel die Tür ins Schloss und der Schlüssel drehte sich um. Uns blieb also nichts anderes übrig, als in den Garten zu gehen und Ball zu spielen.

Es war wirklich herrlich, zwei Geschwister wie Nadja und Nils zu haben!
An Nils' Albernheiten musste ich mich allerdings erst gewöhnen. Der kleine Kerl nahm wirklich niemals ein Blatt vor den Mund und sagte stets frei heraus, was er gerade von mir dachte. Und wenn ich daraufhin die beleidigte Leberwurst spielte, wurde er immer noch frecher. Manchmal wäre ich am liebsten hinter ihm her gelaufen und hätte ihm den Hintern versohlt. Aber das traute ich mich noch nicht, denn ein bisschen fühlte ich mich noch wie ein Fremder – oder sagen wir besser, wie ein Gast, der ein paar Tage bei Freunden bleiben und dann wieder gehen würde. Aber ich merkte bald, dass er stets nur Scherze machte und mich niemals wirklich ärgern wollte. Über Nadja machte er sich auch andauernd lustig und die nahm sich das längst nicht so zu Herzen. Also hörte ich auf, mich darüber zu ärgern und am Ende hatte ich ihn einfach nur lieb.
Aber auch Nadja konnte man gernhaben. Sie war klug und nett, aber nicht so klug und nett, dass sie wie eine langweilige Streberin wirkte. Man konnte mit ihr sicherlich so manchen Spaß haben. Und wenn sie ungeduldig war oder man sie so richtig ärgerte, konnte sie auch ganz schön ausflippen. Und wenn das passierte, war es besser, davonzulaufen und sich in Sicherheit zu bringen, wenn man nicht gerade sein blaues Wunder erleben wollte. Und genau das passierte jetzt!
Nils hatte wieder einmal den Ball geworfen, als sie gerade nicht hinsah, sodass sie ihn volle Kanne an den Kopf bekam. Oha, armer Nils! Ein wütendes Knurren tönte durch den Garten, aber Nils jauchzte vor Vergnügen auf: „Haha, wenn ich weiterhin so werfe, bekommst du noch 'ne richtige Matschbirne!"

Mehr brauchte er nicht zu sagen. Schon ging sie los, die große Verfolgungsjagd durch den Garten! Nils lief davon, flink und wendig wie ein Wiesel, bis er in den Sandkasten hüpfte. Er schöpfte zwei Förmchen voll mit Sand und schleuderte sie über Nadjas Kopf.

„Pfui Teufel!" schrie sie, putzte sich das Gesicht und schüttelte ihr Haar. „Na warte, jetzt bekommst du aber erst recht eine geklebt!"

Und so ging es weiter. Nils rannte durch den halben Garten, bis er am Holzschuppen war und sich einen langen Stock schnappte. Aber Nadja war bald bei ihm und nahm sich ebenfalls einen. Ein kleiner Fechtkampf begann, der damit endete, dass Nils der Stock aus der Hand geschleudert wurde. Daraufhin macht er ein paar Riesensprünge, bis er am nächsten Baum angekommen war, auf den er eifrig hinaufkletterte. Als er etwa drei Meter in der Höhe war, sah er hinunter und bemerkte, dass Nadja es sich auf dem untersten Ast gemütlich gemacht hatte.

„Traust du dich etwa nicht herauf, du Matschbirne?" fragte er.

Nadja zeigte ihm einen Vogel. „Das hättest du wohl gerne! Aber ich habe keine Lust, mich mit dir auf einem Baum zu prügeln. Dann fällst du ja doch nur runter und fängst an zu weinen. Ich bleibe einfach hier sitzen. Dann kommst du irgendwann schon runter!"

„Niemals!" rief Nils.

Nadja kümmerte sich nicht darum. „Hey, Peter!" schrie sie. „Wirf mir doch mal den Ball zu!"

Und so spielten Nadja und ich weiter. Sie saß auf dem Baum und ich stand, einige Meter entfernt, vor ihr. Ich musste gut zielen, damit sie den Ball fangen konnte, und einmal passierte es mir, dass ich zu hoch warf. Geschickt fing Nils den Ball und schmetterte ihn so heftig nach unten, dass Nadja direkt vom Ast fiel. Nils nutzte die Gelegenheit sofort, sprang ebenfalls zu Boden und rannte schnurstracks auf das Gartenhäuschen zu.

Ich glaubte, er wollte sich einsperren, aber er hatte etwas ganz anderes vor. Er kroch auf der anderen Seite wieder zum Fenster hinaus, umrundete das Häuschen und wollte die Tür von außen abschließen, während Nadja noch drinnen war. Aber da war er nicht schnell genug. Sofort wurde die Tür aufgeschleudert und Nils zur Seite geschubst. Heraus kam Nadja, die seine Hand packte, aber er schaffte es noch einmal, sich loszumachen und rannte auf mich zu.
„Peter!" rief er. „Rette mich, bevor mich die Matschbirne umbringt!"
Er stürzte sich in meine Arme und wenig später lagen wir alle drei auf der Wiese und rangelten uns hin und her. Meine schönen, neuen Klamotten! Gerade erst hatten wir sie gekauft und schon waren sie grün und braun von Gras und Erde.
Aber es hatte Spaß gemacht. Und nachdem Nadja ihrem kleinen Bruder eine kleine Abreibung verpasst hatte, saßen wir alle nur noch da und mussten schallend lachen. So lange, bis uns die Puste ausging und wir nicht mehr lachen, sondern nur noch nach Luft schnappen konnten.
„Was wollen wir jetzt machen?" fragte Nadja.
„Bitte etwas, wobei ihr nicht so viel dreckige Wäsche macht!" sagte Iris, die inzwischen ebenfalls in den Garten gekommen war.

Am Abend war Jochen mit der Renovierung fertig. Aber ich durfte immer noch nicht in mein Zimmer hinein, denn es mussten noch die Möbel aus dem Keller geholt werden. Und dazu hatte er an diesem Tag keine Lust mehr.
„Das machen wir morgen", sagte er. „Es ist zwar Sonntag, aber egal."
Und obwohl ich so neugierig war, hatte ich eigentlich nichts dagegen. Denn jetzt, wo ich endlich eine Familie hatte, wollte ich nicht gerne allein übernachten.

Jochen genehmigte sich nach der Arbeit ein Bier und dann ging die ganze Familie zusammen auf die Dachterrasse, um dort Abendbrot zu essen. Es war zu herrlich, am Abend dort oben zu sitzen, über den Garten zu schauen und Butterbrote und Salat zu essen. Wir guckten auch in die Fenster der komischen Nachbarin hinein. Wir sahen, wie sie einmal hinter einer Gardine erschien und hinausschaute.
„Huhu!" schrien wir Kinder sofort und winkten ihr zu, aber sobald sie uns sah, riss sie die Gardine wieder zu und verschwand.
„Olle Gifthexe!" schimpfte Nadja. „Hättest uns ruhig mal zuwinken können!"
„Die geht mir in den letzten Tagen ständig aus dem Weg", sagte Iris. „Und meinen Mixer hat sie mir auch noch nicht zurückgegeben! Wahrscheinlich hat sie ihn wieder irgendwohin gestellt und findet ihn jetzt nicht wieder. Es ist doch immer das gleiche Theater! Und dabei will ich morgen einen Kuchen backen."
„Selber schuld, wenn du ihr immer wieder was ausleihst", meinte Jochen. „Letztens war ihr Mann bei mir und wollte meine Schubkarre haben. Aber da hab ich gleich nein gesagt. Da hat er zwar blöd geguckt, aber was soll's? Ich muss mit denen nicht befreundet sein, nur weil sie unsere Nachbarn sind."
„Weißt du, was die Frau heute, als ich hier geklingelt habe, zu mir gesagt hat?" fragte ich da. „Sie hat mir gesagt, ihr… äh, ich meine, wir sind so geizig, dass einem die Spucke wegbleibt!"
„Also, das ist doch wohl die Höhe!" schimpfte Iris empört. „Na warte, Magarete! Dir werde ich morgen die Meinung sagen, dann wirst du mal sehen, wie geizig ich bin!"

„Willst du wirklich schon schlafen gehen?" fragte Nadja, als es kurz nach neun war. „Morgen ist doch Sonntag und wir brau-

chen nicht zur Schule. Wollen wir nicht lieber noch ein bisschen rausgehen? Ich bin so gerne draußen in der Dämmerung."
Ich schüttelte nur erschöpft den Kopf. „Nein, lieber nicht. Ich bin nur noch kaputt und will mich ausruhen. Du hast mich heute Nachmittag ja nicht ausschlafen lassen."
„Och, lasst uns lieber noch ein bisschen rausgehen!" rief Nils. „Wir können doch Verstecken spielen. Das macht im Dunkeln sowieso viel mehr Spaß."
„Kleine Kinder müssen um diese Uhrzeit schlafen gehen!" erwiderte Nadja unfreundlich. „Du willst ja sowieso nur irgendeinen Unfug treiben. Ich weiß noch, als wir das letzte Mal Verstecken im Dunkeln gespielt haben und wie du dich da an Yvonne herangeschlichen und ihr mit der Gießkanne Wasser in den Nacken gegossen hast. Da hat sie so laut geschrien, dass es übers ganze Dorf gehallt hat."
„Aber das war doch total lustig!" rief Nils und lachte.
„Sei froh, dass du das nicht bei mir gemacht hast!" erwiderte Nadja und hob drohend den Zeigefinger. „Da hättest du aber eine Abreibung gekriegt, die sich gewaschen hat!"
„Ist ja egal!" sagte ich nur und gähnte lange und ausgiebig. „Ich habe jedenfalls keine Lust dazu. Wenn ich jetzt nicht endlich ins Bett komme, falle ich tot um."

„Ist dir das alte, verbeulte Sofa eigentlich bequem genug?" fragte Nadja, nachdem ich mich umgezogen und hingelegt hatte. „Oder willst du lieber bei mir im Bett schlafen, wenn du so kaputt bist?"
„Warum sollte es denn nicht bequem sein?" fragte ich und kuschelte mich voller Wonne in meine Decke ein, in der Gewissheit, dass dies die bequemste Nacht seit einer gefühlten Ewigkeit werden würde. Aber Nadja schien anderer Meinung zu sein.

„Es macht mir wirklich nichts aus, wenn wir für eine Nacht tauschen", sagte sie. „Oder willst du zu mir ins Bett kommen, wie wir es früher manchmal gemacht haben?" Sie kicherte.
„Nein!" rief ich sofort und es hörte sich an, als hätte sie mir gerade den Hals umdrehen wollen. Dabei fand ich es wirklich schön, wenn auch ziemlich ungewohnt, mit einer anderen Person in einem Raum zu übernachten. Aber gleich ins Bett kommen? Nein, das ging wirklich zu weit!
„Sei doch nicht gleich so panisch!" antwortete sie lachend. „Das war doch nur ein Scherz. Aber gut, wenn du unbedingt willst, dann bleib doch auf der alten Couch liegen!"
„Was soll daran überhaupt so schlimm sein?" fragte ich. „Man merkt, dass du noch nie im Wald oder unter einer Brücke übernachtet hast. Danach würdest du ganz sicher nicht mehr sagen, dass dieses Sofa unbequem ist."
Nadja runzelte die Stirn. „Du etwa?" fragte sie. „Hast du etwa jemals im Wald übernachtet? Davon weiß ich ja gar nichts."
Oha! Beinahe hätte ich mich verraten.
„Na-nein!" sagte ich sofort. „Aber die Betten im Lager waren auch nicht viel besser."
Wie ich mich darauf freute, endlich einzuschlafen! Aber daraus wurde nichts. Denn plötzlich entschied sich Nadja – obwohl es doch noch gar nicht spät war – ebenfalls dafür, zu Bett zu gehen. Allerdings dachte sie kein bisschen daran, auch gleich einzuschlafen. Im Gegenteil! Die ganze Zeit über erzählte sie mir Geschichten von Erlebnissen, die sie in den letzten Wochen erlebt hatte und lachte und alberte herum, dass es absolut unmöglich war, nicht hinzuhören. Ich musste einfach mitlachen.
Vielleicht wäre es doch besser, wenn ich in meinem eigenen Zimmer übernachten könnte, dachte ich da. Hier komme ich ja nie zur Ruhe. Die macht mich mit ihrem Gelächter vollkommen hibbelig.

Aber schließlich fiel ihr nichts mehr ein und sie wurde ruhiger. Endlich, dachte ich. Dann steht dem erholsamsten Schlaf meines Lebens ja nichts mehr im Wege. Und kaum hatte ich das gedacht, da sackte mein Kopf zur Seite und ich schlummerte ein.

20.
Das hatte wirklich gut getan! Als ich am nächsten Morgen erwachte, fühlte ich mich so frisch und ausgeruht wie niemals zuvor. Ein kleines bisschen Erschöpfung spürte ich zwar immer noch, vor allem in den Beinen. Aber das wird schon weggehen, wenn ich erst einmal ein ordentliches Frühstück zu mir genommen habe, dachte ich. Ich richtete mich auf, wobei das alte Sofa unter mir knirschte. Ich streichelte es, als wäre es ein gutes Pferd, das mich sicher und bequem durch gefährliches, unwegsames Gelände getragen hatte.
„Du bist ein liebes Sofa", sagte ich in herzlichem Ton. „Soll doch Nadja über dich denken, was sie will. Mir ist es egal, ob du alt und verbeult bist. Ich finde es einfach nur herrlich, auf dir zu liegen. Und dafür danke ich dir."
Ich sah zu Nadjas Bett herüber. Die Decke war zur Seite gelegt worden und von meiner Schwester war nichts zu sehen. Offenbar war sie schon aufgestanden. Sie schien sich sogar schon angezogen zu haben, denn ihr Nachthemd hatte sie über eine Stuhllehne gelegt. Ich musste wirklich lange geschlafen haben. Das Fenster war zwar noch zugezogen, aber an den Rändern schien die Sonne bereits in voller Helligkeit zu mir hinein. Voller Vergnügen streckte ich meine Arme. Mochte es auch noch so spät sein, ein bisschen wollte ich noch liegen bleiben, so ku-

schelig und gemütlich, wie ich es hatte. Bald aber beschloss ich runterzugehen, zu Jochen, Iris und...
Ach was! Warum sage ich in Gedanken eigentlich immer noch Jochen und Iris? dachte ich. Als wären es fremde Personen. Aber sie sind doch jetzt meine Eltern. *Mama und Papa, so muss ich sie nennen!*
Jedenfalls wollte ich dann hinunter in die Küche gehen und zusammen mit ihnen frühstücken, falls sie noch nicht fertig waren. Aber genau in dem Moment, als ich meinen Fuß auf den Boden setzen wollte, hörte ich ihre Stimmen von unten hinaufdringen. Ich spitzte die Ohren.
„Wie gut, dass Peter noch schläft", hörte ich Jochen, ach nein, Papa sagen. „Vielleicht schaffen wir es ja noch, sein Zimmer einzurichten, bevor er aufgewacht ist." Er fing an zu lachen. „Dann können wir ihn von Nadjas Sofa gleich in sein richtiges Bett umbetten. Was er dann wohl für Augen macht, wenn er aufwacht und sein neues Zimmer sieht? Hilfst du mir beim Anpacken?"
„Ausgerechnet am Sonntag willst du das noch machen", sagte Mama etwas widerwillig. „Dabei ist doch..."
„Nun quatsch nicht lange rum! Wenn wir uns beeilen, dann haben wir es gleich hinter uns. Außerdem willst du doch selbst noch einen Kuchen backen. Danach können wir ja den Rest des Tages die Beine hochlegen."
Tut mir leid, Papa, dachte ich. Ich bin leider schon wach und höre alles, was du sagst. Aber das macht ja nichts. Es macht mir nichts aus, noch ein wenig sitzen zu bleiben und so zu tun, als ob ich schlafe.
Im Gegenteil. Es war einfach nur herrlich, ihre Stimme zu hören. Und noch viel schöner war es, ihnen zuzuhören, wenn sie über mich sprachen. Wenn in den letzten drei Wochen Menschen mit mir oder über mich gesprochen hatten, so hatte das niemals etwas Gutes bedeutet. Meistens hatten sie mit mir ge-

schimpft, mich verflucht oder mich um Gnade gebeten, weil sie glaubten, ich wollte ihnen etwas antun. Aber dies hier war so anders. Dies waren keine Menschen, die mich hassten oder fürchteten. Es waren meine Eltern, die mich liebhatten und alles dafür taten, um mir eine Freude zu machen. Und dafür liebte ich sie genauso, wie sie mich liebten. Ja, ich liebte sie. Und ich liebte ihre Stimmen. Was klangen sie nur wunderbar. Fast genauso schön wie...
Plötzlich zuckte ich vor Schreck zusammen! Alle Freude wich in Sekundenschnelle aus meinem Körper und ich fing an zu zittern, obwohl ich noch immer unter der warmen, gemütlichen Decke lag. Der Tag hatte wirklich schön begonnen, aber nun fühlte ich mich unwohl. Denn auf einmal wurde mir klar, dass sich mehr Dinge geändert hätten, als ich direkt nach dem Aufwachen bemerkt hatte.
Es war nicht nur so, dass ich auf einem kuscheligen Sofa und nicht auf hartem Waldboden aufgewacht war. Da war noch eine andere Sache, die sich geändert hatte...
Die Stimmen meiner Eltern!
Ich hatte sie diese Nacht nicht gehört. Wenn ich es genau nahm, war es seit dem Tag, an dem ich im Pappkarton erwacht war, die erste Nacht, in der ich absolut rein gar nichts geträumt hatte! Das war für mich zutiefst beunruhigend, weil sie mich bisher jede Nacht begleitet hatten.
Ich spürte, wie meine Stirn vor Anspannung feucht wurde. Was hatte das zu bedeuten? War es ein gutes oder ein schlechtes Zeichen?
Doch soviel ich über diese Frage auch nachdachte, ich konnte keine Antwort darauf finden. Denn das Blöde daran war ja, dass ich nicht wusste, ob diese Stimmen wirklich von meinen echten Eltern stammten oder nicht. Wenn es nicht meine echten Eltern waren, so war es sicherlich gut, sie nicht mehr zu hören. Denn jetzt hatte ich eine Familie und brauchte diesen Trost

somit nicht mehr. Was aber, wenn sie es doch waren? Und davon ging ich ja eigentlich aus, so zärtlich und liebevoll, wie sie jede Nacht zu mir gesprochen hatten. Dann hätte ich wissen müssen, ob sie tot waren oder ob sie vielleicht noch irgendwo auf der Erde lebten. Wenn sie aus dem Reich der Toten zu mir sprachen, dann hatten sie dies vielleicht nur getan, um mich zu trösten, weil ich so allein und hilflos in dieser grausamen Welt war. Jetzt aber, wo ich in Sicherheit war und ein neues Zuhause hatte, war dies nicht mehr notwendig und sie ließen mich in Ruhe, damit ich mich in meine neue Familie einleben konnte und keine Sehnsucht mehr nach ihnen verspürte.
Was aber war, wenn sie noch lebten? Wenn sie mich die ganze Zeit über zu sich gerufen hatten, weil sie ihren Sohn zurückhaben wollten? Wenn sie vielleicht sogar meine Hilfe brauchten? Schließlich hatten sie mich bestimmt nicht aus einer Laune heraus im Stich gelassen.
Wenn es so war, dann konnte dies für mich nur eines bedeuten: Als ich in die neue Familie eingetreten war, hatte ich meine echte Familie verraten. Und nun waren sie so enttäuscht von mir, dass sie nichts mehr mit mir zu tun haben wollten.
Bei dem Gedanken daran, zitterte ich so sehr, dass das ganze Sofa wackelte. Nein, das durfte nicht wahr sein! Sie hatten immer so lieb zu mir gesprochen und waren in all der schrecklichen Zeit, die nun hinter mir lag, meine einzige Hoffnung gewesen. Wenn ich sie tatsächlich verraten hätte… mir würde das Herz brechen! Vollen Herzens hoffte ich, dass es nicht so war. Es gab sicherlich eine viel einfachere Erklärung. Vielleicht wollten sie ja nur das Beste für mich. Vielleicht spürten sie, wie gut es mir hier ging und waren so froh darüber, dass es ihnen nichts ausmachte, dass ich eine neue Familie hatte und nicht mehr zu ihnen gehörte.
Ja, genauso muss es sein, redete ich mir ein. Sie wollen sicherlich alles, nur nicht, dass ich auf die Straße zurückkehre. Und

deswegen reden sie nicht länger auf mich ein, damit ich nicht wieder in die Welt hinausziehe, um nach ihnen zu suchen.
Wirklich froh machte mich diese Erklärung aber nicht. Selbst wenn sie stimmte und mir meine Eltern für meinen Verrat keine Vorwürfe machten, fühlte ich mich selbst unendlich schäbig bei der Vorstellung, dass sie noch irgendwo dort draußen lebten, ich sie aber vielleicht niemals zu Gesicht bekommen würde.
Ich wurde aus meinen Gedanken hochgerissen, als ich hörte, wie Jochen draußen auf dem Flur stöhnte und fluchte.
„Warum kannst du nicht aufpassen?" brüllte er, dass es durchs ganze Haus hallte.
„Jetzt reg dich nicht so auf!" keifte Iris zurück. „Es ist ja nichts passiert."
„Beinahe hättest du mich gegen das Regal gepresst!" erwiderte er. „Und wenn dann auch noch die teure Vase runtergefallen wäre, dann..."
„Ist ja gut. Lasst uns lieber zusehen, dass wir dieses elende Bett endlich an Ort und Stelle bringen! Mir wird das nämlich langsam zu schwer."
So hässlich hatte ich die beiden gestern nicht miteinander streiten hören. Und plötzlich fand ich überhaupt nicht mehr, dass sie so besonders schöne Stimmen hatten. Die Stimmen meiner echten Eltern hatten viel netter geklungen. Leise seufzte ich auf.
Aber lange Zeit zum Nachdenken oder gar zum Trübsal blasen bekam ich nicht. Nur wenige Minuten später wurde die Tür mit voller Wucht aufgerissen und Nadja kam hereingestürmt.
„Ach, bist du auch endlich mal aufgewacht?" fragte sie.
Ich nickte und sie ging sofort zum Schrank herüber und kramte in den Schubladen herum.
„Wie schön für dich", redete sie nebenbei weiter. „Sonst hätte ich dich jetzt wohl geweckt... Und übrigens, wieso bist du ei-

gentlich noch im Bett, wenn du schon wach bist? Unten ist noch der Frühstückstisch gedeckt. Aber wenn du nicht bald kommst, räumen wir alles wieder ab."
„Ich komm ja schon", brummte ich. „Aber geh bitte erst aus dem Zimmer, damit ich mich umziehen kann."
Nadja lachte. „Du kannst doch schon jetzt damit anfangen, zumindest mit Pullover und T-Shirt. Ich muss nämlich ganz dringend was suchen."
Ich ging zum Stuhl herüber und schnappte mir meine Oberteile. Dabei trafen sich unsere Blicke und sie hielt mit dem Suchen inne.
„Sag mal, hast du heute irgendwie schlechte Laune?" fragte sie.
„Wieso?"
„Na, guck mal in den Spiegel! Was du für eine Grimasse ziehst! Das ist ja schrecklich! Und dabei ist heute so ein schöner Tag. Weißt du eigentlich, dass Tante Katarina heute kommt?"
„Nö." Ich zuckte mit den Achseln. Der Name sagte mir überhaupt nichts.
„Und sie bringt Lukas und Max mit!" fuhr sie mit freudestrahlendem Gesicht fort. „Wie lange haben wir die schon nicht mehr gesehen. Freust du dich nicht darüber?"
Ach, so war das. Tante Katarina war die Mutter unserer beiden Cousins. Dann war diese Frage damit auch geklärt.
„Klar freu ich mich", antwortete ich. „Das wird bestimmt ein Spaß, wenn wir alle zu fünft spielen."
„Du siehst aber überhaupt nicht danach aus", erwiderte Nadja.
„Ich glaube, ich hab ein bisschen schlecht geschlafen. Außerdem muss ich erst auf Klo."
Und noch ehe sie darauf etwas antworten konnte, war ich auch schon aus dem Zimmer.

21.

Auch nachdem ich mein Geschäft erledigt hatte, gab man mir keine Gelegenheit, schlechte Laune zu haben. Als ich in die Küche kam, war tatsächlich noch alles gedeckt. Frische Brötchen, Wurst, Käse, Eier, Obst, Kakao und Joghurt. Man konnte wirklich nicht sagen, dass meine Eltern beim Frühstück geknausert hätten. Sofort besserte sich meine Laune. Ich setzte mich hin und begann frohen Herzens zu essen. Es machte mir auch nichts aus, dass ich alleine war, denn dann hatte ich mehr Zeit zum Nachdenken.
Aber es hatte nicht sein sollen! Kaum, dass ich das erste Brötchen geschmiert hatte, kam auch schon Nils in die Küche.
„Na endlich!" rief er. „Sieh mal zu, dass du fertig wirst! Mama und ich wollen hier gleich einen Kuchen backen, weil doch heute Max und Lukas kommen. Und Tante Katarina natürlich auch."
„Das weiß ich schon", murmelte ich. „Ist ja richtig was los hier, heute."
„Wir wollen heute grillen!" jubelte Nils. „Das ist erst das zweite Mal in diesem Jahr. Und dabei wird Mama das schon fast alles zu viel, weil sie ja auch noch dein Zimmer einrichten wollen."
„Das haben sie mir eben auch schon gesagt, als ich sie auf dem Flur getroffen habe", sagte ich. „Aber wenn wir alle mithelfen, wird das schon klappen."

Nachdem ich aufgegessen und wir zusammen den Tisch abgeräumt hatten, durfte ich auch endlich wieder nach oben kommen. Nils und Nadja begleiteten mich. Unsere Eltern erwarteten uns am oberen Ende des Treppenhauses mit ganz verheißungsvollen Gesichtern.

„Schade, dass du doch noch aufgewacht bist", meinte Iris. „Wir hätten dich sonst einfach im Schlaf in dein neues Bett gelegt. Jetzt, wo du so leicht wie eine Feder bist, ist das ja auch kein Problem mehr."

Als wir vor meiner Zimmertür standen, bemerkte ich sofort, dass darauf jetzt eine große, hölzerne Tafel angebracht war, auf der mein Name stand und außerdem noch ein Flugzeug abgebildet war. Nils und Nadja hatten solche Tafeln bereits an ihren Türen gehabt, ich aber noch nicht. Papa hatte seine Hand schon auf die Klinke gelegt, aber er öffnete nicht sogleich, sondern starrte mich noch eine Weile geheimnisvoll an. Nils kniff mich in den Arm.

„Das ist fast wie zu Weihnachten, nicht?" fragte er.

„Soll ich wohl öffnen oder lieber nicht?" fragte Papa.

„Doch", antworte ich leicht irritiert. „Warum solltest du denn nicht öffnen? Dann kann ich endlich sehen, was ihr geleistet habt."

„Vielleicht willst du das ja gar nicht sehen!" erwiderte er mit einem verschmitzten Lachen. „Du hättest nicht so früh zurückkommen sollen! Ich hatte gestern Abend gar keine Zeit mehr, um ordentlich zu arbeiten und habe ganz schön gepfuscht."

„Also, Jochen!" rief Mama da. „Jetzt mach es doch nicht so spannend! Wir haben heute noch zu tun."

Und dann endlich öffnete sich die Tür und ich durfte eintreten. In meinem Bauch kribbelte es ein wenig, weil ich überhaupt nicht ahnte, was mich erwartete. Ich wusste ja nicht, wie es vorher ausgesehen hatte und hatte daher keinen Vergleich. Ich musste aufpassen, dass ich nicht über Dinge staunte, die gleich geblieben waren und die Dinge, die sich geändert hatten, übersah. Also immer schön dankbar lächeln, aber vorsichtig und zurückhaltend mit den Worten sein, war meine Devise.

„Na, was sagst du dazu?" fragte Mama, nachdem ich mich eine halbe Minute umgesehen hatte. Ihr Gesicht glühte vor Stolz, genau wie das von Papa.

„Also ich find's super!" rief Nils, der die ganze Zeit begeistert auf und ab gesprungen war. Dann aber wurde er richtig neidisch. „Am liebsten würde ich hier selbst einziehen. Peter kann ja genauso gut mein altes Zimmer haben!"

Die beiden lachten.

„Ein anderes Mal bekommst auch du ein neues Zimmer", sagte Papa. „Aber jetzt ist erst mal Schluss mit der Renoviererei. Wir müssen schließlich erst wieder neues Geld zusammensparen."

Ich konnte Nils nur zustimmen. Es war mir völlig egal, wie es hier früher ausgesehen hatte, jetzt war es einfach nur wunderbar! Hier wollte ich gerne wohnen. Von mir aus für den Rest meines Lebens. Direkt vor mir gab es ein großes Fenster, von wo aus ich in den Garten hinunterschauen konnte. Und links von mir ein großes, kuscheliges Bett mit frisch gewaschenen Bezügen, die so herrlich dufteten, dass ich mich am liebsten sofort wieder hingelegt hätte. Aber es gab ja noch mehr. Eine große, geräumige Schrankwand mit lauter Schubladen und Regalfächern.

Die sei komplett neu, erklärte mir Papa. Früher hätte ich nur einen alten, hässlichen Kleiderschrank und ein kleines Regal gehabt, das völlig überfüllt gewesen sei. Das neue Regal war aber, bis auf eine moderne Musikanlage, völlig leer. „Das kannst du beizeiten einrichten", sagte Mama. „Deine Kartons haben wir im Keller aufbewahrt. Wenn du willst, können wir ein paar Sachen schon heute hinauftragen."

„Die Wände sind frisch gestrichen", erzählte Papa weiter. „Und statt der einen hässlichen Papierlampe, habe ich in jeder Ecke des Zimmers eine Lampe angebracht, deren Strahlrichtung man verstellen kann."

Ich schaute zur Decke, auf die beiden Modellflugzeuge.

„Du interessierst dich ja so fürs Fliegen", sagte Papa.
Ich zuckte nur mit den Achseln. Von dieser Leidenschaft hatte ich bisher wenig bemerkt. Aber gut. Wenn er es sagte. Viel spannender fand ich dagegen den Tisch mit der Autorennbahn. Nils hatte sich schon davor gesetzt und ein wildes Rennen gestartet, bis beide Autos aus der Kurve und quer durchs Zimmer flogen.
„Mach's bloß nicht gleich kaputt, wo wir alles so schön fertig gemacht haben!" rief Iris und ich erfuhr des Weiteren, dass ich die Rennbahn zu Weihnachten bekommen hatte, der Tisch aber neu sei.
Am allermeisten staunte ich aber über den Bildschirm, der auf dem rechten Rand meines großen Schreibtisches stand. Was sollte das heißen? Hatte ich etwa einen eigenen Fernseher auf mein Zimmer bekommen? Nadja merkte, wie ich ihn anstarrte und fasste zog mich am Arm.
„Na?" fragte sie. „Wollen wir gleich mal 'ne Runde zocken?"
Völlig verwirrt starrte ich sie an. „Zocken? Jetzt?"
Sie nickte. „Na klar. Warum denn nicht?"
„Ja, hast du denn ein Kartenspiel da?" fragte ich. Ich wusste noch nicht mal, ob ich überhaupt Karten spielen konnte, aber sie schien etwas völlig anderes zu meinen.
„Doch nicht Kartenzocken", meinte sie lachend. „Ich meine doch, am Computer."
„Komm... Kommpju-was?" fragte ich und fühlte mich alles andere als wohl dabei. Solch ein seltsames Wort hatte ich noch nie in meinem Leben zuvor gehört.
„Am Komm-pjuu-taaaah!" sagte Nadja noch einmal. „Sag mal, bist du schwer von Begriff? Das haben wir doch früher auch immer gemacht. Kennst du noch dieses eine Kampfspiel? Da hast du mich früher immer geschlagen. Aber ich hab in der Zwischenzeit geübt. Ich glaube, jetzt mach ich dich fertig! Na, wollen wir?"

Ohne auf meine Antwort zu warten, drückte sie auf den Knopf eines Metallkastens und schon leuchteten auf dem Bildschirm Farben und Buchstaben auf.
„Ähäm." Ich wusste nicht einmal, wie man solch ein Gerät überhaupt bedient. Auf der Polizeiwache hatte ich diese Dinger bereits gesehen und auch da hatte ich sie für Fernseher gehalten. Das war für mich wieder mal eine ziemlich unangenehme Situation. Wie sollte ich mich jetzt nur wieder rausreden?
„Ich glaube, wir haben für sowas jetzt keine Zeit!" kam mir Mama zu Hilfe. „Wahrscheinlich will Peter erst einmal sein Zimmer neu einrichten!"
„Na gut", erwiderte Nadja. „Aber freu dich nicht zu früh. Um dieses Duell kommst du nicht herum, das schwör ich dir!"
Ich lächelte nur kurz und folgte dann unseren Eltern in den Keller, um die Kartons mit meinen Sachen heraufzuschleppen.

Ich schaffte es an diesem Tag nicht, mein Zimmer komplett einzurichten. Ich war viel zu sehr damit beschäftigt, mir all die Bücher und mein Spielzeug anzugucken, das ja nun mein Eigentum war, und konnte nur darüber staunen, was für Reichtümer ich besaß. Als letztes schleppte mir Jochen den Karton mit den Schulsachen hinauf.
„Na, der ist ja auch am unwichtigsten", murmelte ich leise. Von mir aus hätte er ihn ruhig im Keller stehen und vermodern lassen können. Denn ich wollte jetzt an alles denken, nur nicht an Schule.
Aber ich riss mich zusammen. Schließlich war der folgende Tag ein Montag und an diesem Tag musste ich wieder hin, ob ich nun wollte oder nicht. Es war sicherlich nicht die schlechteste Idee, mal nachzuschauen, was wir in den letzten Monaten alles gemacht hatten. Ich blätterte ein Heft nach dem anderen durch und geriet dabei so ins Staunen, dass ich sie überhaupt nicht wieder weglegen wollte. Wie konnte das nur sein? Was

ich da las, war tatsächlich in meiner Handschrift geschrieben, das merkte ich sofort. Und dennoch konnte ich mich nicht an einen einzigen Satz erinnern. Das wurde ja immer absurder! Was musste das nur für ein raffinierter Zauber sein, dass er mir sogar gefälschte Schulhefte herbeizaubern konnte?
Aber ich musste auch sagen, dass ich ziemlich zufrieden mit dem war, was ich dort las. Was für tolle Geschichten ich erfinden konnte! Ich war ja ein richtiges Genie! Voller Stolz las ich, dass fast all meine Aufsätze mit „gut" oder „sehr gut" benotet worden waren. In Mathematik war ich dagegen nicht die hellste Leuchte. Dort hatte es manchmal gerade noch für eine Vier gereicht. Deshalb legte ich die karierten Hefte schnell beiseite.
Am interessantesten war für mich dagegen das Heft, auf dem „Tagebuch" stand. Dort waren sämtliche Erlebnisse notiert, die ich auf einer Klassenfahrt auf einer Burg erlebt hatte. Das war deshalb so wichtig, weil ich hier auch einiges über meine Mitschüler und meine Lehrerin notiert hatte. Dann wusste ich, wenn ich am nächsten Tag zur Schule ging, sofort, wer meine Freunde waren und neben wem ich sitzen konnte. Erleichtert atmete ich auf. Eine schwere Last war von mir genommen worden, denn vor nichts anderem auf der Welt fürchtete ich mich so sehr wie vor der Schule.

Als ich wieder nach unten ging, um etwas zu trinken, herrschte in der Küche eine so tolle Stimmung, dass ich beschloss, gleich dort zu bleiben. Mama und Nils rührten den Kuchenteig an, während Nadja und ich Gurken, Tomaten und Paprika für einen Salat schnippelten. Die ganze Zeit über erzählten wir uns Geschichten, machten Witze und lachten manchmal so laut, dass wir eine ganze Weile nicht weiterarbeiten konnten.
„Nun hör doch endlich mal auf!" rief Mama, ganz rot im Gesicht, und schnappte nach Luft. Als sie sich wieder halbwegs

beruhigt hatte, bohrte sie Nils den Finger in den Bauch. „Wenn du noch einmal solche Scherze machst! Fast hätte ich vor Lachen in den Kuchenteig gespuckt! Willst du so einen Kuchen etwa noch essen?"
„Wieso?" meinte Nils. „Das wird dann ein richtig schöner Sabberkuchen. Den können wir dann zur Nachbarin rüberbringen. Dann sagen wir: vielen Dank, Magarete, dass Sie uns den Mixer nach ungefähr fünf Jahren wieder zurückgebracht haben. Wollen Sie zum Dank vielleicht ein kleines Stückchen Sabberkuchen abbekommen?"
Und schon ging es wieder los! An diesem Tag kamen wir aus dem Lachen einfach nicht mehr heraus. Ja, es war eine wirklich lustige Familie, in die ich gekommen war.

22.

Tante Katarina war dagegen ein bisschen anders. Sie hatte ein ernsthaftes Gesicht und sah ziemlich streng aus, mit ihren altmodisch geflochtenen Haaren. Sie schien nichts sonderlich spaßig zu sein, aber nett und hilfsbereit war sie trotzdem. Auch ihr ältester Sohn Lukas wirkte zurückhaltend und hielt uns nur sehr schüchtern die Hand hin. Aber nachdem Nils sie ihm so heftig durchgeschüttelt hatte, dass er dabei fast umgefallen wäre, heiterte er sogleich auf. Sein kleiner Bruder Max schien dagegen eine richtige Nervensäge zu sein.
Das merkte ich schon beim Kaffeetrinken, als wir auf der Dachterrasse saßen und den frischgebackenen Streuselkuchen aßen, der noch ganz warm war. Wenn er am Tisch saß, brauchten Nils und ich uns keine Sorgen machen, dass wir uns danebenbenahmen. Niemals konnte er still auf seinem Stuhl sitzen und in Ruhe essen. Ständig zappelte er herum, haute mit der

Gabel auf den Teller und ließ lauter Kuchenkrümel auf die Tischdecke fallen. Uns machte das nicht viel aus, denn er war ja noch so klein. Tante Katarina aber war das ziemlich unangenehm.
„Wenn du dich nicht sofort artig benimmst, bekommst du nichts mehr zu essen!" schimpfte sie und da wurde er etwas ruhiger. Er schlang den letzten Happen Kuchen in sich hinein und lief dann zum Geländer hinüber.
„Er wird doch hoffentlich nicht vom Dach springen", sagte Mama.
„Ich glaub, das Geländer ist noch ein bisschen zu hoch für ihn", meinte Papa. „Aber ich pass schon auf, dass er keinen Blödsinn macht."
Nein, Max hatte tatsächlich nicht vor, hinunterzuspringen. So bekloppt war er dann doch nicht. Stattdessen wühlte er lieber in den Blumenkästen herum, nahm sich kleine Steinchen heraus und schmiss diese voller Vergnügen gegen das Fenster der Nachbarin. Papa kicherte und sagte nichts. Die Frauen hörten es nicht, weil sie sich so angeregt unterhielten. Wir Kinder dagegen wurden ganz still und warteten voller Spannung ab. Und schließlich kam es so, wie es kommen musste. Am Fenster gegenüber erschien ein feuerroter Kopf. Sofort drehten wir uns um, als hätten wir von alldem nichts mitbekommen. Mit einem Rumms ging das Fenster auf.
„Sag mal, Kind, bist du noch ganz bei Trost?" rief die Nachbarin. „Was wirfst du mit Steinen an mein Fenster? Ich sag dir eins, wenn die zerkratzen, dann…"
Sie hob drohend den Finger, doch im selben Moment kamen genau drei kleine Steinchen auf sie zugeflogen. Mit einem Kreischen sprang sie zurück und die Steine flogen durchs Fenster, in ihre Wohnung hinein. Jetzt aber wurde Tante Katarina auf ihn aufmerksam.
„Aber Max, was machst du da?" rief sie und sprang eilig auf.

„Haben Sie eigentlich keine Augen im Kopf?" fragte die Nachbarin, als Katarina Max vom Geländer zurückzog. „Da stellt Ihr eigener Sohn lauter Blödsinn an und Sie denken gar nicht daran…"
„Es tut mir ja leid", fiel ihr Katarina ins Wort. „Das wird schon nicht wieder vorkommen. Ich…"
„Mama sagt, Frauen mit rotgefärbten Haaren haben alle einen an der Klatsche!" brüllte Max plötzlich in solch einer Lautstärke, dass wir uns alle vor Schreck die Ohren zuhalten mussten.
Und eine Sekunde später war die Nachbarin nicht mehr nur rot in den Haaren, sondern auch im Gesicht. Tante Katarina war die Sache nun noch viel unangenehmer.
„Das hättest du nicht sagen dürfen!" redete sie auf Max ein. „Du musst dich bei der Frau dort entschuldigen."
Papa dagegen bekam einen Lachkrampf, dass er sich am heißen Kaffee verschluckte und eine Weile husten musste. Die Nachbarin aber wollte anscheinend keine Entschuldigung hören. Mit einem noch viel lauteren Rumms fiel das Fenster zurück in den Rahmen und schon war sie hinter der Gardine verschwunden.

Danach fand Mama, dass wir ein wenig drinnen spielen sollten, und zwar irgendwo, wo wir keine Nachbarinnen ärgern und beleidigen konnten. Also setzten wir uns um den Wohnzimmertisch und beschlossen, ein Spiel zu spielen. Aber daraus wurde nichts, weil Max nicht richtig mitspielen wollte und alle Karten und Spielfiguren durcheinanderwarf.
„Ich glaube, er muss sich austoben", sagte Lukas. „Vielleicht sollten wir doch in den Garten gehen und Packen spielen."
„Aber hoffentlich tritt er uns nicht alle Blumen kaputt", meinte Nadja skeptisch. „Das kann Mama nämlich auch nicht leiden."
Nein, das tat er nicht. Aber richtig spielen wollte er trotzdem nicht. Wenn er im Spiel gefangen wurde, dachte er gar nicht daran, stehen zu bleiben. Er wurde nur wütend und schrie her-

um, als hätte man ihn geradezu aufgespießt. Dann versuchte er, einen festzuhalten und riss an der Kleidung des Fängers herum, dass man Angst haben musste, er würde sie kaputtreißen.

„Ein wirklich dämliches Blag!" stellte Nadja fest. „Dabei hatte ich ihn viel netter in Erinnerung. Darf ich ihm mal eine zwirbeln, damit er weiß, wie man sich benimmt?"

„Lieber nicht!" meinte Lukas. „Das Beste ist wohl, wenn wir jetzt Verstecken spielen."

Das taten wir dann auch. Max sollte uns suchen und wir verabredeten flüsternd, dass wir, während er zählte, heimlich verschwinden und in die Wiesen hinterm Haus hinaus laufen würden. Aber das ging auch nicht so, wie wir uns das vorstellten. Max wollte nämlich nicht anständig zählen. Statt bis hundert, zählte er nur bis zehn. Dann drehte er sich um, bevor wir aus der Gartenpforte hinaus waren, und lief uns einfach hinterher.

Also musste jemand anders suchen: Nadja.

Und so wurde es dennoch ein lustiges Spiel, auch wenn Nadja mich als erstes fand. Ich kannte mich im Garten ja nicht aus und wusste auf die Schnelle nicht, wo die besten Verstecke waren. Ich stellte mich einfach hinter einen Busch und wurde schon in der ersten Minute gefunden. Von da an begleitete ich Nadja, während sie nach den anderen suchte. Es war ziemlich lustig, weil ich immer behauptete, ihr Tipps zu geben, obwohl ich sie dabei stets auf falsche Fährten lockte. Schließlich aber fand sie auch Lukas, der sich zwischen Sandkasten und Gartenzaun flach auf den Boden gelegt hatte. Danach brauchten wir wirklich eine ordentliche Weile, bis wir auch Nils gefunden hatten. Am Ende halfen sogar Lukas und ich beim Suchen mit, weil es uns einfach zu lange dauerte.

Sein Versteck war aber auch zu gut! Er hatte sich in die blaue Regentonne gestellt und den Deckel oben drübergelegt. Niemand von uns war auf die Idee gekommen, dort zu suchen, weil niemand gewusst hatte, dass zurzeit kein Wasser mehr in

der Tonne war. Erst als Lukas bemerkte, wie sich der Deckel etwas bewegte, errieten wir sein Versteck.
Und so hatte Nadja all ihre verlorengegangenen Jungs wieder zusammen. Außer einen: Max.
„Ach, soll der doch in seinem Versteck vermodern!" meinte sie nur. „Ich habe keine Lust, ihn zu suchen. Lasst uns lieber zu viert was spielen, jetzt, wo wir ihn endlich los sind."
Und so beschlossen wir, in zwei hohe Bäume zu klettern, die sich direkt gegenüberstanden. Lukas und ich in den einen, Nadja und Nils in den anderen. Wir spielten, wir fuhren mit zwei Piratenschiffen über den Ozean. Und irgendwann kam der Zeitpunkt, da die Piratenschiffe aufeinandertrafen und die große Schlacht zur See begann. Oh, wie wir brüllten und johlten! Als wären wir tatsächlich echte Seeräuber gewesen. Und dann umklammerten wir einen dicken Ast und taten, als wäre es eine Kanone, mit der wir auf das feindliche Schiff schossen.
Doch als wir so richtig im besten Spiel waren, wurden wir auf einmal von einem Schrei unterbrochen, der lauter war als wir alle vier zusammen. Sofort verstummten wir und sahen uns auf dem Erdboden um, von wem er wohl stammen könnte.
Und wieder einmal war es die Nachbarin. Wie sollte es auch anders sein?
„Langsam halt ich das nicht mehr aus!" schimpfte sie. „Was ist dieses Wochenende eigentlich los? Seid ihr da drüben jetzt völlig übergeschnappt?"
Danach hörten wir eine zaghafte Jungenstimme, die versuchte, sich zu verteidigen. Aber sie wurde sofort von der bösen Stimme eines Mannes unterbrochen.
„Max!" sagte Lukas. „Wir hätten ihn nicht alleine lassen dürfen. Sicher hat er wieder irgendeinen Unsinn angestellt."
Und er beeilte sich, herabzuklettern, um zu sehen, was los war. Wir anderen schauten uns unschlüssig an. Eigentlich hatten wir keine Lust dazu, wieder auf diese nervige Frau zu treffen. Aber

wir sahen ein, dass wir diesmal mitschuldig waren und kletterten Lukas hinterher.

„Wie schön, dass sich da drüben mal jemand blicken lässt!" wurden wir sofort von der Nachbarin angeschnauzt. Sie und ihr Mann waren an den Gartenzaun gekommen und hielten Max fest in der Hand. Das Sommerkleid der Nachbarin, das vor kurzer Zeit einmal gelb gewesen sein musste, war nun über und über mit schwarzen Kaffeeflecken und Resten weißer Sahnetorte bedeckt. Und auch, wenn wir es hinterher schwer bereuen sollten, bei diesem Anblick konnten wir gar nicht anders, als in ein schallendes Gelächter auszubrechen.

„Das kann doch wohl nicht wahr sein!" brüllte ihr Mann, der nicht sehr nett aussah und auch nicht so sprach. „Aber wartet nur ab! Wenn demnächst die Rechnung für das Kleid bei euch eintrifft und eure Eltern sie bezahlen müssen, dann wird euch das Lachen schon im Halse steckenbleiben!"

Also verkniffen wir uns das Lachen und erfuhren daraufhin Stück für Stück, was in der Zwischenzeit passiert war. Offenbar hatte Max nicht begriffen, dass wir das Versteckspiel nur im eigenen Garten spielten. Ohne zu fragen, war er in den Garten der Nachbarn hinübergeklettert, die auf ihrer Terrasse eine gepolsterte Holzbank hatten. Er hatte gemerkt, dass man die Polster anheben konnte und darunter ein Fach entdeckt. Und genau in diesem Fach hatte sich Max, so klein, wie er noch war, versteckt. Er hatte ja nicht ahnen können, dass die Nachbarin und ihr Mann kurze Zeit später beschlossen, sich genau auf diese Bank zu setzten, um Kaffee zu trinken. Also wurde er dort unten eingeschlossen, bis es ihm zu bunt wurde. Als er versuchte, die Klappe zu öffnen, erschreckte er die Nachbarin dermaßen, dass sie aufsprang und mit dem Bauch auf dem gedeckten Kaffeetisch landete. Und nun sah sie so aus, wie sie eben aussah und wir durften uns die Vorwürfe dafür anhören.

Bis wir es irgendwann leid waren. „Nun, hören Sie aber mal auf!" sagte Nadja. „Das ist doch wohl nicht unsere Schuld, wenn der Max so blöd ist. Und außerdem... Sie haben's nötig, sich zu beschweren, Sie haben letztens wieder..."
Aber sie wurde vom Gebrüll des Mannes unterbrochen, der wie ein durchgeknallter Bulle hervorsprang und unterbrochen „Unverschämtheit!" brüllte. „Ihr habt gefälligst auf den Kleinen aufzupassen, wenn ihr mit ihm spielt. Wo sind eure Eltern?"
Was für ein Glück, dass genau in diesem Moment unsere Eltern und Tante Katarina von einem Spaziergang zurückkamen. Sie redeten beruhigend auf die Nachbarn ein, während wir uns heimlich aus dem Staub machten. Am Ende sahen wir nur noch, wie die Nachbarin und ihr Mann beleidigt in ihrem Haus verschwanden, alle Fenster verschlossen und sich den ganzen Tag nicht mehr blicken ließen. Uns aber störte das nicht und nachdem wir von unseren Eltern ein paar Ermahnungen erhalten hatten, spielten wir einfach weiter, als wäre nichts gewesen. Nur Max durfte nicht mehr mitmachen, worüber aber keiner von uns wirklich traurig war. Er musste mit den Erwachsenen ins Haus gehen, wo Tante Katarina ihm zur Beruhigung eine Geschichte vorlas.

Der Streit mit den Nachbarn konnte uns auch nicht davon abhalten, auf der Dachterrasse zu grillen. Wir warteten alle gespannt darauf, dass sie wieder am Fenster erschien und schimpfte, doch nichts passierte. Als aber die ersten Würstchen fertig waren, hatten wir etwas Besseres zu tun, als uns um die dämliche Nachbarin zu kümmern. Oh, wie köstlich es duftete! Ich erinnerte mich daran, wie oft ich in den letzten Tagen an Gärten vorbeigekommen war, in denen gegrillt wurde. Und wie sehr hatte ich mich jedes Mal danach gesehnt, mich einfach dazusetzen und mitessen zu können. Ich konnte es kaum glauben, dass genau dieser Wunsch nun Wahrheit geworden war. Ich

war fast wieder ein richtiger Mensch geworden und durfte an allen Vergnügungen teilnehmen, wie jeder andere auch. Meine erste Wurst verputzte ich in weniger als einer Minute. Ich war sogar so schnell, dass ich ganz vergaß, mir Senf zu nehmen. Das holte ich bei der zweiten Wurst nach. Natürlich zog ich dabei wieder lauter hämische Blicke auf mich und das typische „Pass auf, dass du nicht wieder so dick wie früher wirst!" durfte auch nicht fehlen. Aber ich kümmerte mich nicht darum und erwiderte bloß: „Na und. Immerhin habe ich in nicht mal drei Wochen mein halbes Gewicht verloren. Und was ich einmal geschafft habe, schaff ich auch ein zweites Mal."
Und schon langte ich wieder zu. Am liebsten hätte ich auch noch eine dritte Wurst gegessen, aber davon hielt Papa mich ab.
„Nun aber mal langsam! Was stopfst du dir die ollen Würste rein, wo wir noch so viele Steaks haben?"
Also hielt ich mich zurück und nahm nur noch etwas Salat und Baguette. Es war aber gut, dass er mich vorgewarnt hatte. Das Steak war wirklich superlecker, aber ich hätte es fast nicht mehr aufessen können. Nur mit viel Wasser schaffte ich es, es herunter zu spülen.
„Jetzt bin ich aber so satt, dass ich mich fast nicht mehr bewegen kann!" sagte ich zufrieden.
„Kommt überhaupt nicht in Frage!" rief Nils. „Ich will jetzt endlich mal Verstecken im Dunkeln spielen. Und heute ist das sowieso viel besser, weil wir zu fünft sind und nicht nur zu dritt."
„Verstecken im Dunkeln?" fragte Jochen. „Wie soll das gehen? Es ist ja noch nicht mal dämmrig."
„Welch ein Glück. Denn bis dahin ist das Essen wieder gesackt, dass Peter doch noch mitspielen kann."
„Auf meine Jungen wirst du dann allerdings verzichten müssen", meinte Tante Katarina. „So lange bleiben wir nämlich

nicht mehr. Ich helfe Iris noch beim Abwasch, dann fahren wir."
Nils zog eine enttäuschte Grimasse. „Och, wieso denn? Warum müsst ihr immer so früh fahren, Katarina?"
„Weil wir eine Fahrt von fast einer Stunde haben. Außerdem ist heute Sonntag und Lukas muss morgen zur Schule. Und Max in den Kindergarten. Er ist sowieso noch viel zu klein, um so lange aufzubleiben."
Tja, damit wurde es wieder nichts mit seinem Versteckspiel. Trotzdem gingen wir noch einmal in den Garten hinunter und tobten uns richtig aus. Bis irgendwann Katarina rief, weil sie nach Hause fahren wollte. Schade. Ich fand sie eigentlich ganz nett. Und es war auch schön, eine etwas ruhigere Person in der Familie zu haben, mit der man sich gut unterhalten konnte. Und ihre Söhne mochte ich genauso, wenn auch Max ein bisschen nervig war. Aber das wird schon vergehen, wenn er etwas älter wird, dachte ich.
Also gaben wir uns zum Abschied ein letztes Mal die Hand. Danach konnten wir nur noch dem grünen Auto hinterherwinken, welches langsam die kurze Sackgasse entlangrollte. Zum Abschied hupte Katarina noch ein einmal, dann bog es nach rechts ab und verschwand hinter den Häusern des Dorfes.

Für uns aber war es noch längst nicht an der Zeit, ins Bett zu gehen. Stattdessen gingen wir ins Wohnzimmer und stellten den Fernseher ein. Dass es so viele Programme gab! Das hätte ich niemals gedacht, aber Nadja stellte immer noch eins weiter. So lange bis schließlich nicht mehr Deutsch, sondern Französisch, Chinesisch oder irgendeine andere Sprache, die ich nicht kannte, gesprochen wurde. Und trotzdem fanden wir nicht das richtige. Am Ende stellten wir wieder aus und gingen in mein Zimmer hinauf, wo wir das Radio meiner Musikanlage so laut aufdrehten, dass es durch das ganze Haus dröhnte.

Ich wusste zwar nicht, wie man mit so einem Gerät umgeht, aber zum Glück war ja Nils dabei, der sich bestens auskannte. Weil die Kartons noch nicht ausgepackt waren, war mein Zimmer noch so leer, dass man herumtoben konnte, ohne viel kaputtzumachen. Wir nahmen nur schnell die Modellflugzeuge von der Decke herunter, dann konnte es losgehen. Wir sprangen und hopsten durch den Raum und schlugen uns dabei mit den großen Federkissen ins Gesicht, bis wir vor Aufregung ganz rote Gesichter bekamen.

Das ging so lange, bis plötzlich Mama in der Tür auftauchte und meinte, wir würden einen solchen Lärm machen, dass man meinen könnte, die Decke würde jeden Moment einstürzen.

„Hast du eigentlich deine Hausaufgaben gemacht, Nils?" fragte sie.

„O weia, nein!" antwortete er.

„Na, dann wird's jetzt aber höchste Eisenbahn!"

Und so waren wir nur noch zu zweit, Nadja und ich.

„Ich glaube, du gehst jetzt lieber auch", sagte ich vorsichtig. „Ich will mich noch ein bisschen auf die Schule vorbereiten."

Nadja drehte das Radio aus. „Das sind doch eh nur noch die paar Wochen", sagte sie. „Danach sind Sommerferien."

„Zum Glück!" antwortete ich. „Ich bin die letzten Wochen nicht richtig zur Schule gegangen. Und ich kann nicht sagen, dass ich sie besonders vermisst habe."

„Aber irgendwann sind auch die Sommerferien vorbei", sprach Nadja weiter. „Und dann geht es so richtig los. Glaubst du, dass du das packst?"

Ich verstand nicht, was sie meinte. Was sollte denn nach den Sommerferien anders sein?

„Wieso denn nicht?" fragte ich schließlich. „Bisher bin ich doch auch ganz gut mitgekommen, oder etwa nicht?"

„Mama hat dich am Gymnasium angemeldet, obwohl die Lehrerin Bedenken hatte. Du bist nicht gut genug im Rechnen, hat sie gesagt. Und, was meinst du dazu?"
Das war es also! Nach diesen Sommerferien war die Grundschulzeit vorbei und ich würde auf eine neue Schule kommen. Ich fand diesen Gedanken allerdings eher erleichternd. Eine neue Schule bedeutete schließlich neue Leute. Andere Kinder und Lehrer, die mich nicht kannten und die ich nicht zu kennen brauchte. Ich konnte mit meinem bisherigen Leben, über das ich immer noch viel zu wenig wusste, abschließen und nochmal ganz von vorn anfangen.
Nadja aber schien sich wirklich Sorgen um mich zu machen. Und so setzten wir uns an den Schreibtisch und gingen meine alten Rechenhefte durch. Wir sahen uns die eine oder andere Aufgabe an und ich löste sie auf einem Blatt Papier. Nadja sagte mir danach, ob die Lösung richtig war, denn sie konnte sehr schnell rechnen und hatte auch immer ein paar Tricks und Tipps parat, wie ich es hätte besser machen können. Sie war wirklich ein tolles Mädchen! Was war ich nur stolz auf sie! Denn ich wusste, dass ich mir niemals Sorgen zu machen brauchte, solange sie meine Schwester war. Sie würde immer für mich da sein und mir helfen, wenn ich in Schwierigkeiten steckte. Und in zwei Monaten würden wir sogar auf dieselbe Schule gehen. Da konnte sie mich sogar beschützen, wenn ich auf dem Schulhof geärgert werden sollte.
„Also, Kleiner!" sagte sie zum Abschluss und klopfte mir noch einmal auf die Schulter. „Das wird schon werden. Aber jetzt gehe ich mal rüber. Ich habe meine Musikhausaufgaben nämlich auch noch nicht gemacht."
Aha. So war das also. Sie hatte die Hausaufgaben auch noch nicht gemacht. Aber ich glaubte, bei ihr brauchte sich deswegen niemand Sorgen zu machen. Sie schien ein so kluges Mäd-

chen zu sein, dass sie alles von selbst lernte und sich nicht großartig dafür anzustrengen brauchte.

23.

Als ich in meinem Bett lag, spürte ich, dass es tatsächlich noch um Meilen bequemer war als das alte Sofa. Und trotzdem konnte ich nicht einschlafen. Schließlich hatte ich mich in der letzten Nacht gut ausgeschlafen und war bei weitem nicht mehr so erschöpft wie am Abend zuvor. Im Gegenteil. Ich war ziemlich aufgeregt. Erstens war ich noch ganz wild von dem vielen Getobe, und zweitens, weil ich mir wegen meinem ersten Schultag Sorgen machte. Das ganze Hin und Her in meinem Kopf machte mich so hibbelig, dass ich nochmals aufstehen musste. Ich ging zuerst ins Badezimmer und holte mir ein Glas Wasser, denn ich hatte einen ganz trockenen Mund. Es war bereits nach elf Uhr und im Haus war alles leer, still und dunkel. Nur das Surren des Kühlschranks war leise von unten zu hören. Ich tastete an der Wand nach dem Lichtschalter, knipste an und sofort war alles wieder in Farbe zu sehen. Es war wirklich ein wunderschönes Haus, von innen genauso wie von außen. Ich hatte noch nicht rausgefunden, wo meine Eltern arbeiteten, aber sie mussten ganz gute Berufe haben, um sich so etwas leisten zu können. Und nun, wo ich ein Teil von ihnen war, durfte auch ich hier wohnen!
Jetzt, als ich wieder allein war, wurde mir erst richtig klar, was für ein Glück ich gehabt hatte!
Als ich über den Flur wandelte, während alle anderen in ihren Zimmern waren und schliefen, fühlte ich mich das erste Mal, seitdem ich hier war, wieder ein bisschen einsam. Und einsam hatte ich mich in der letzten Zeit oft gefühlt. Aber diesmal war

das Gefühl ganz anders. Denn diesmal war es das erste Mal, dass ich wusste, dass ich nicht allein bleiben würde. Und das machte mich so glücklich, dass ich vor lauter Freude am liebsten durchs ganze Haus gegangen wäre und alle Wände meines neuen Heims gestreichelt hätte. Doch mir kam eine bessere Idee. Ich ging die schmale Holztreppe in den zweiten Stock hinauf, schlich durch die kleine Dachkammer hindurch und öffnete die Tür, die auf die Dachterrasse hinausführte.
Kaum hatte ich sie geöffnet, wehte mir ein kalter Luftzug entgegen, dass es mir in meinem dünnen Schlafanzug fror. Es war kalt draußen geworden, aber das konnte mich nicht von meinem Vorhaben abhalten. Auch die Dunkelheit war mittlerweile eingebrochen und trotzdem war es alles andere als finstere Nacht. Der Mond war nun beinahe ein Vollmond und leuchtete so prächtig auf mich herab wie nie zuvor in den letzten drei Wochen. Und dann die vielen hellen Sterne! Wie viele mochten es wohl sein und wie weit waren sie von unserer Erde entfernt? Lange schaute ich zu ihnen hinauf und dankte ihnen aus vollem Herzen. Die letzten Wochen waren sie für mich stets ein Zeichen der Hoffnung gewesen. Und auch jetzt taten sie mir einen großen Gefallen, weil sie das niedliche Dorf, welches vor meinen Augen lag, so hell erleuchteten. Da unser Haus ein bisschen größer war als die meisten anderen und unsere Straße zudem auf einer leichten Anhöhe lag, konnte ich den Ort gut überblicken. In einigen Fenstern brannte noch Licht. Das Gleiche galt auch für die Straßenlaternen. Dafür aber war es völlig still. Kein Lärm von Menschen oder Autos, nur das Zirpen der Grillen um mich herum. Ja, dies war nun also mein Ort, meine Heimat, wo ich die nächsten Jahre, vielleicht sogar den Rest meines Lebens verbringen würde. Oh, wie gut das tat! Zu wissen, dass die Zeit der Wanderschaft endlich vorbei war.
Und dann tat ich etwas, was mir hinterher selbst ein wenig verrückt vorkam. Aber in diesem Moment hatte mich eine Idee ge-

packt, die ich einfach ausführen musste, ich konnte mich nicht dagegen wehren! Ich kletterte die Dachziegeln weiter hinauf, bis ich schließlich auf der Spitze des Daches angekommen war, wo ich mich ängstlich am Schornstein festklammerte. Am liebsten wäre ich dort auch hinaufgeklettert, aber das schien mir doch etwas zu gefährlich zu sein. Aber auch von der Dachspitze aus hatte ich auf das Dorf eine gute Aussicht. Und sollte dort draußen auf den Straßen doch noch jemand unterwegs gewesen sein, dann hätte er schon taub sein müssen, um mein lautes Gebrüll zu überhören.

„Ich habe ein Zuhause!" schrie ich. „Ich habe ein Zuhause. Endlich, endlich, endlich habe ich ein Zuhause!"

Auf den Straßen war niemand mehr, aber überhört wurde ich trotzdem nicht. Das Fenster im Nachbarhaus ging auf und die Nachbarin steckte ihren Kopf hinaus. Aber nicht einmal das wütende Gefauche dieser rothaarigen Hexe konnte mich davon abhalten, es immer wieder und wieder zu brüllen. So lange, bis mir irgendwann die Knie zitterten, sodass ich um ein Haar hinuntergefallen wäre. Schnell kehrte die Vernunft in mich zurück und ich kletterte unter den grimmigen Blicken der Nachbarin, die mir noch das ein oder andere böse Wort hinüberwarf, zurück auf die Terrasse. Mit einem lauten Knall fiel auf der anderen Seite das Fenster zu. Ich hingegen blieb noch eine Weile stehen und schaute in die geheimnisvolle Glut, die auf dem Grill zurückgeblieben war. Im Dunklen sah sie fast so aus wie die glutroten Augen eines bösen Nachtdämons. Dann aber musste ich gähnen und ich entschloss mich, endgültig ins Haus zurückzukehren. Was war ich froh, als ich wieder im Bett lag. Denn jetzt konnte ich endlich einschlafen.

24.

Es war sechs Uhr morgens, als der Wecker klingelte. Mama hatte mir am Tag zuvor gesagt, sie wolle mich um sieben Uhr wecken, aber das hatte ich abgelehnt. Ich wollte diesen Tag in aller Ruhe angehen, damit ich beim Packen meines Schultornisters nichts durcheinanderbrachte. Es wäre mir äußerst unangenehm gewesen, hätte ich einen Mitschüler, den ich eigentlich gar nicht kannte, darum bitten müssen, mich in sein Buch schauen zu lassen oder mir einen Stift zu leihen.
So hatte ich mir das zumindest am Abend zuvor gedacht. Jetzt aber hätte ich nichts dagegen gehabt, noch ein Stündchen länger zu schlafen. Aber das ging nicht, wo der Wecker so ätzend laut durchs Zimmer schrillte. Also kroch ich, noch halb schlafend, aus den Federn, wandelte zum Tisch herüber, haute wütend auf den Knopf und endlich hatte ich wieder Ruhe im Zimmer. Am liebsten wäre ich gleich wieder ins Bett gestiefelt und hätte den gesamten Tag verschlafen. Aber ich riss mich zusammen und schaute stattdessen auf den Stundenplan, der über meinem Bett an der Wand hing.
Oha, das war ja wirklich das volle Programm! Von der ersten bis zur sechsten Stunde durch. Na super! Dabei hätte ich es doch gerade an meinem ersten Schultag lieber etwas langsamer angehen lassen. Aber das musste ich wohl durchstehen, wenn mir auch schon beim Gedanken daran die Knie zitterten. Also zog ich mich leise an, packte voller Sorgfalt meinen Tornister und ging anschließend ins Bad, um mich zu waschen.
Als ich über den Flur zurückkehrte, bemerkte ich, dass die Tür von Nadjas Zimmer nur angelehnt war. Und weil ich nicht wusste, was ich außer Warten am frühen Morgen sonst noch tun sollte, stieß ich sie leicht mit dem großen Zeh an, sodass ich zu ihr hineinschauen konnte.

Sie lag noch im Bett, meine Schwester. Die Decke hatte sie zur Seite gestrampelt, sodass sie halb frei lag und ich ihr weißes Nachthemd sehen konnte. Ihre Arme hatte sie um einen braunen Stoffhund mit schwarzen Flecken geschlungen. Nadja war um einiges größer und älter als ich. Und wenn sie wach war, war sie außerdem sehr selbstbewusst und lebhaft. Jetzt, wo sie schlief, sah sie dagegen richtig niedlich aus, wie sie so die Nasenspitze in den Kopf des Hundes bohrte und ihr einige Strähnen ihres langen, braunen Haars in den offenen Mund hingen.

Wenn ich sie beim Schlafen beobachtete, kam ich mir ein bisschen wie ein großer, erfahrener Junge vor, der seine kleine, unschuldige Schwester beschützen musste. Und so schlich ich mit langsamen, leisen Schritten auf sie zu, kniete mich vor ihrer Bettkante nieder und ohne genau zu wissen, warum ich das eigentlich tat, fuhr ich ihr mit meiner flachen Hand über das Haar. Ich befürchtete, dass sie davon aufwachen würde, aber sie schnurrte nur wie eine zufriedene Katze. Also fuhr ich ihr noch einmal übers Haar und noch einmal. Denn sie war meine Schwester, die netteste und liebste Person, die ich kannte. Ich wollte ihr nahe sein, sie berühren, ihr etwas Gutes tun. Und so streichelte ich sie wieder und wieder.

Erst als ich merkte, dass sie ihren Kopf leicht anhob, hörte ich damit auf. Das zufriedene Schnurren war nun einem nicht mehr ganz so begeisterten Stöhnen gewichen. Nadja drehte sich um. Sie streckte ihre Arme weit aus und gähnte ausgiebig. Dann zog sie die Arme wieder an sich heran, um sich mit den Fingern die Augen reiben zu können. Ich stand auf und ging einen Schritt zurück.

Denn wenn sie mich beim Aufwachen so direkt vor sich sieht, dachte ich, dann wird sie vielleicht erschrecken und mir ins Gesicht schlagen.

Im selben Moment richtete sich Nadja vollständig auf. Man hörte ihr an, dass sie nicht besonders begeistert war, aufzuwachen.
„Was soll denn dieser Quatsch, Nils?" murmelte sie.
Es war mir ein bisschen unangenehm, sie geweckt zu haben. Aber jetzt war es zu spät, das Zimmer zu verlassen. Sie klappte ihre Augen auf und unsere Blicke trafen sich.
Ich hatte damit gerechnet, dass sie sich erschrecken würde. Ich hatte auch damit gerechnet, dass sie mir böse sein und mich zum Teufel jagen würde. Und beides hätte ich verstanden. Was ich dagegen jetzt in ihrem Gesicht las, war viel schlimmer...
Ihr Blick machte mir richtige Angst! In der letzten Zeit war es mir häufig passiert, dass mich Leute so angesehen hatten und niemals hatte es etwas Gutes für mich bedeutet.
Nadjas Gesicht war völlig erstarrt, nicht die kleinste Regung war auf ihrer Haut zu erkennen. Ihr Mund stand weit offen, aber sie sagte kein Wort mehr. (Dabei fiel mir auf, wie schön weiß ihre Zähne waren.) Es waren einzig und allein ihre Augen, die mir sagten, wie sie sich fühlte. Sie schienen zurzeit das einzige Lebendige an ihr zu sein. Ich hatte ihre Augen von Anfang an gemocht. Sie hatten mir gegenüber stets eine solche Wärme und Zuneigung ausgestrahlt, dass ich dachte, sie könnte mit ihrem Blick sogar das härteste und kälteste Eis tauen. Doch nach dieser Wärme suchte ich an diesem Morgen vergebens. Das pure Entsetzen, das war alles, was ich zwischen ihren Wimpern erkennen konnte!
Ich fand das reichlich übertrieben von ihr. Dass sie so schreckhaft war, hätte ich nicht gedacht. Ich hatte schließlich nichts Schlimmes getan.
„Äh, hallo, Nadja", sagte ich. „Tschuldigung, dass ich einfach so reingekommen bin. Das war nur, äh, äh..."
Ich hörte auf zu sprechen, weil mir einfach das Wort im Halse steckenblieb, als ich sah, wie sie sich veränderte...

Ja, sie veränderte sich. Aber es war nicht so, dass sie sich beruhigte und ihr die Wärme ins Gesicht zurückströmte. Nein, das genaue Gegenteil war der Fall!
Sie wich von mir zurück, als wäre sie von einem Monster oder einem wilden Tier erschreckt worden. Sie lehnte sich mit den Rücken fest an die Wand, dann griff sie nach ihrem Stoffhund und hielt ihn fest umschlungen vor ihren Oberkörper, als wollte sie sich damit vor mir schützen. Ich sah, wie ihr ganzer Körper vor Angst zitterte und wusste nicht, was ich davon halten sollte. Was hatte das nur zu bedeuten? Wollte sie mich nur zum Narren halten, oder, oder...
„Was hast du denn?" flüsterte ich, nur leise, um sie nicht weiter zu verunsichern. Ich wollte wieder auf sie zukommen, sie streicheln und beruhigen, aber sie zuckte so heftig zusammen, dass ich stehen blieb und mir vor Schreck fast das Herz in die Hose gerutscht wäre. Dann wurde es wieder still im Zimmer, völlig still.
Was war das nur für eine blöde Situation? Ich überlegte, ob ich nicht vielleicht doch noch schlief und dabei in eine Art Albtraum geraten war.
Aber es war kein Traum, leider nicht. Denn nun brach Nadja das Schweigen. Und das, was sie zu mir sagte, war schlimmer als jeder andere Satz, den sie in diesem Moment hätte sagen können. Sie schrie mich nicht an. Sie jagte mich nicht aus dem Zimmer. Alles, was sie sagte, war:
„Wer bist du?"
Sie sprach so leise, dass ich es kaum verstehen konnte. Und dennoch hatte ich hinterher das Gefühl, als wäre ein wilder und tosender Schneesturm über mich hereingebrochen. So tief und kalt hatte ihre Stimme geklungen.
„W-was soll das h-heißen?" fragte ich nach einer kurzen Pause des Entsetzens. Ich spürte, wie mein Herz schneller schlug und

wie mir nach dem Schneesturm die Wärme in die Glieder zurückkroch. „Ich bin dein Bruder!"
„Mein *Bruder?*"
Man sah und hörte ihr an, dass sie das genauso wenig glaubte, als hätte ich gesagt, dass ich ihr verstorbener Ururgroßvater wäre, der 37 Jahre nach seinem Tod in der Gestalt eines zehnjährigen Jungen wieder auf die Erde zurückgekehrt war.
„Aber natürlich", sagte ich. „Wir haben doch gestern noch zusammen gespielt." Ich setzte mich auf ihre Bettkante nieder, wollte sie wieder streicheln, damit sie erkannte, wer ich war... Doch in diesem Moment explodierte die Bombe, die schon die ganze Zeit über heimlich und leise getickt hatte!
Ein Schlag ins Gesicht ließ mich zurücktaumeln. Und dann konnte ich mir nur noch die Ohren zuhalten, damit ich dieses Geschrei nicht mehr mit anhören musste.
Oh, wie sie schrie!
Es war einfach nur fürchterlich! Es ging durch Mark und Bein, dröhnte durch das ganze Haus. Und sie wollte einfach nicht mehr damit aufhören! Im Gegenteil, sie tat überhaupt nichts anderes mehr. Sie saß nur noch auf ihrem Bett, hielt sich die Ohren zu, kniff die Augen zusammen und schrie und schrie und schrie!
Schließlich aber musste sie aufhören, weil ihr die Puste ausging. Und dann sah sie mich an, mit weit aufgerissenen Augen. Wahrscheinlich war sie erschrocken darüber, dass ich immer noch da war und nicht etwa die Flucht ergriffen hatte.
Aber warum? Ich war doch immer noch ihr Bruder. Oder etwa nicht? Wieder tat ich einen Schritt auf sie zu. Sie warf mir ihr Kissen ins Gesicht, aber davon ließ ich mich nicht aufhalten. Ich wollte herausfinden, was los war. Ich versuchte zu lächeln.
„Was ist denn los?" fragte ich. „Was schreist du denn so? Man könnte ja meinen..."

„Wer bist du?" fragte sie noch einmal. Ihre Stimme, wie panisch sie klang! Als wäre sie die halbe Nacht von einer Meute wildgewordener Löwen gejagt worden und hätte daraufhin völlig den Verstand verloren. „Was willst du von mir? Verschwinde!"
„Ich will dir doch nichts Schlimmes!" antwortete ich. „Ich will..." Wieder versuchte ich, sie zu streicheln und wieder schlug sie so wild um sich, dass ich zurücktaumelte. Dann ging wieder das Geschrei los, bis plötzlich hinter mir die Zimmertür aufging.
„Was ist hier los?" rief eine Jungenstimme.
Blitzschnell drehte ich mich um und erkannte Nils im Türrahmen stehen. Erleichtert atmete ich auf. Vielleicht konnte er mir erklären, was in unsere Schwester gefahren war. Denn sofort, nachdem er eingetreten war, hörte sie auf zu schreien und atmete tief durch. Nils hingegen blieb wie angewurzelt im Türrahmen stehen und starrte mich an, als hätte er ein Gespenst gesehen. Was war denn nur los, an diesem Morgen? Warum erkannten sie mich nicht wieder?
„Hallo, Nils", sagte ich leise. „Kannst du vielleicht mal nach Nadja gucken? Ich glaube, der geht es heute nicht so gut."
„W-woher w-weißt du, w-wie ich heiße?" antwortete Nils ungläubig.
Ich bin dein Bruder, wollte ich antworten, aber ich kam nicht mehr dazu. Denn nun kam plötzlich Nadja von hinten angerannt. Sie schluchzte und ihr Gesicht war von Tränen ganz feucht. Voller Verzweiflung warf sie sich um den Hals ihres kleinen Bruders, wodurch der arme Kerl beinahe umgerissen wurde.
„Oh, Nils!" jammerte sie. „Der böse Junge ist heute Morgen in mein Zimmer eingebrochen! Er will uns bestimmt berauben und verprügeln. Wir müssen Mama und Papa Bescheid sagen!"
Das war doch nicht zu fassen! Was zur Hölle redete sie da?

Ich wollte ihnen doch nichts tun! Ich hatte sie doch bloß ein bisschen gestreichelt. Wie kam sie nur auf diesen Blödsinn? Und warum um alles in der Welt erkannten sie mich nicht wieder?
Meine Knie zitterten so heftig und mein Herz schlug immer schneller. Ich hätte mich nicht gewundert, wenn ich jede Sekunde in Ohnmacht gefallen wäre. Aber ich riss mich zusammen und tippte ihr an die Schulter. Ich wollte mit ihnen reden, damit ich erfuhr, was los war, aber sie gaben mir überhaupt keine Chance! Mit einem lauten Schrei fuhr Nadja herum. Sie ließ ihren Bruder los und dann schlugen sie beide mit vereinter Kraft auf mich ein. Sie waren völlig in Rage, brüllten und schnauften wie wilde Tiere! Ich hatte wirklich das Gefühl, dass sie mich umbringen wollten. Aber offenbar war ihre Angst stärker als ihr Hass. Nadja schnappte Nils an der Schulter, riss ihn mit sich und dann flüchteten sie beide aus dem Zimmer.
„Wir müssen Papa holen!" hörte ich sie dabei immer wieder sagen. Dann knallte die Tür ins Schloss, der Schlüssel wurde umgedreht und eine Sekunde später hörte ich, wie sie die Treppe ins Erdgeschoss herunterdonnerten. Ich sprang ihnen hinterher und trommelte mit all meiner Kraft gegen die Zimmertür.
„Lasst mich hier raus!" brüllte ich. „Was habt ihr denn auf einmal gegen mich? Ich bin doch euer Bruder! Erkennt ihr mich denn gar nicht wieder?"
Dann konnte ich nicht mehr. Das war alles zu viel für mich am frühen Morgen. Ich sackte zusammen, rutschte die Tür hinunter und konnte nur noch eins: Die Hände vors Gesicht schlagen und heulen.
Warum taten sie mir das an? Ich konnte es nicht verstehen.
Was aber sollte aus mir werden, wenn sie sich nicht wieder beruhigten? Und vor allem, was würden Jochen und Iris mit mir machen? Würden sie mich auch nicht wiedererkennen?

Und wenn ja, würden sie mich einfach nur aus dem Haus werfen oder würden sie gar die Polizei rufen? Allein der Gedanke daran, wieder auf die Polizeistation zu müssen, jagte mir solch eine Heidenangst ein, dass ich gar nicht darüber nachdenken wollte. Am liebsten wollte ich sowieso nicht mehr denken. Ach, wie schön wäre es doch, wenn man einfach einschlafen, in einen Traum verschwinden könnte und nie wieder auf die Erde zurückzukehren bräuchte.

Ein oder zwei Minuten später polterte es wieder auf der Treppe. Dazwischen hörte ich Nadjas und Nils' aufgeregtes Geschnatter.

„Was ist denn nur los, so früh am Morgen?" brüllte Jochen.

„Da ist ein fremder Junge bei uns eingebrochen!" antwortete Nadja. „Er sieht ziemlich gefährlich aus!"

Ich, gefährlich? Das war mir bisher noch nie aufgefallen.

„Na, der kann was erleben!" sagte Jochen voller Entschlossenheit. „Wenn der daran schuld ist, dass ihr mich geweckt habt... Ich hatte immerhin noch zwanzig Minuten zum Schlafen."

Jetzt kommt er also, um mich zu holen und wer weiß was mit mir anzustellen, dachte ich. Dabei war ich doch noch am Tag zuvor sein Sohn gewesen. Ich konnte es noch immer nicht fassen. Was war nur los? Warum wirkte der Zauber nicht mehr?

Ich hörte, wie sie das Ende der Treppe erreichten und wie der Flur unter ihren Füßen knarrte. Nicht mehr lange und sie würden im Zimmer sein! Voller Verzweiflung sprang ich auf und war mit ein paar Sätzen am Fenster. Was blieb mir auch anderes übrig? Dies war der einzige Weg, der sonst noch aus dem Zimmer führte. Aber ich brauchte nur einen Blick nach unten zu werfen, um zu erahnen, dass dies ein ziemlich gefährliches Unternehmen werden könnte, bei dem ich mir im schlimmsten Fall beide Beine brach. Und dennoch wollte ich es wagen. Konnte ich wissen, was mir sonst geblüht hätte?

Mit einem Ruck riss ich das Fenster auf und kümmerte mich nicht darum, dass dabei die Blumentöpfe zu Boden fielen.
Aber weiter kam ich nicht.
„Warte bloß, Freundchen! So einfach kommst du mir nicht davon!" Das war Jochens Stimme. Aber oh, wie hatte sie sich verändert! Es hörte sich beinahe so an, als würde mich ein Werwolf ankläffen. Ich drehte mich um.
„Papa!" flehte ich ihn an. Ich hoffte wohl, damit seine Gnade zu erringen, aber da irrte ich mich. Ungerührt sprang er auf mich zu, riss mich vom Fenster weg, hob mich in die Höhe und nahm mich mit seinen starken Armen in die Mangel.
Es war so grausam, von einem Menschen, den man gerade erst liebgewonnen hatte, so behandelt zu werden!
Und das Schlimmste war, dass ich nichts dagegen tun konnte. Egal wie sehr ich auch schrie und ihn anflehte, er und niemand sonst wollte sich um mich erbarmen. Und um mich zu wehren, dazu war ich zu schwach.
„Was soll das?" brüllte mich Jochen an. „Was hast du in meinem Haus zu suchen?"
„Aber ich bin doch schon seit Samstag da!" erwiderte ich.
„Seit Samstag spionierst du in meinem Haus herum?" Jochens Stimme wurde immer entsetzlicher.
„Ich spioniere doch nicht rum!" antwortete ich. „Ihr habt mich doch selbst reingelassen. Erinnert ihr euch denn nicht mehr? Ihr wart so nett zu mir und…"
„Lüg mich nicht an!"
Ich sah, wie Nadja und Nils uns beobachteten. Jetzt, wo ich von Jochen festgehalten wurde und ich ihnen nichts tun konnte, hatten sie keine Angst mehr vor mir. Im Gegenteil. Voller Schadenfreude hüpften sie im Zimmer auf und ab, klatschten in die Hände und riefen: „Gib's ihm, gib's ihm, Papa!"
Und bei solch einer Anfeuerung verlor Jochen endgültig die Beherrschung und es hagelte die erste Ohrfeige auf mich herab.

Oh, nicht schon wieder! Es gab nichts auf der Welt, was ich so sehr hasste wie Ohrfeigen. Von denen, die mir der Polizist auf dem Präsidium verpasst hatte, hatte ich am Tag danach noch manchmal Ohrensausen gehabt. Und ich war mir sicher, dass mir Jochen noch eins übergezogen hätte, wäre in diesem Moment nicht Iris ins Zimmer gekommen.
„Was ist los?" fragte sie.
Jochen stellte mich zu Boden, hielt mich aber weiterhin fest.
„Der Junge ist bei uns eingebrochen! Wahrscheinlich wollte er uns bestehlen!" Er drehte meinen Kopf zu sich herum und schaute mir streng in die Augen. „Na los, sag mir lieber gleich, was du eingesteckt hast, bevor ich es selber finde und dann verdammt wütend werde!"
Für mich war er schon jetzt wütend genug. Ich wusste nicht, was ich auf die Frage antworten sollte und drehte mich hilfesuchend zu Iris um. Und da wurde auch mein letztes bisschen Hoffnung enttäuscht. Auch sie wollte anscheinend nichts mehr mit mir zu tun haben, so kaltschnäuzig, wie sie an mir vorbeiblickte.
Es war also gewiss. So schnell und herzlich, wie sie mich am Samstag in ihren Familienkreis aufgenommen hatten, so schnell und herzlos stießen sie mich zwei Tage später wieder hinaus. Aber warum nur?
Ich schaffte es, eine Hand frei zu bekommen und griff damit in meine Hosentaschen. Sie waren leer.
„Seht ihr?" sagte ich. „Ich habe nichts gestohlen!"
Jochen grinste mich eine kurze Weile an. Sogleich verfinsterte sich sein Gesicht wieder. „Deine ganzen Klamotten sind doch gestohlen! Die haben wir für unseren Sohn Anton gekauft! Der ist nämlich zu einer Kur gefahren und kommt in ein paar Tagen zurück."
Ich erstarrte. *Anton.* Diesen Namen hatte ich vor ein paar Tagen schon einmal gehört. Ich grübelte kurz nach, dann fiel mir

ein, dass es die Nachbarin gewesen war, die gesagt hatte, dass Nadjas großer Bruder nicht Peter, sondern Anton hieße.

War es etwa so, dass die Familie bereits einen Sohn hatte, an dessen Stelle ich getreten war? Und jetzt, wo er wiederkam, musste da auch ich wieder gehen?

„Aber ihr habt mir die Kleidung doch selbst gekauft!" schrie ich. „Vorgestern Nachmittag. Da sind wir in die Stadt gefahren, weil ich sonst nichts anzuziehen hatte! Erinnert ihr euch nicht mehr?"

„Für dich gekauft, für dich gekauft!" zischte Jochen. „Warum sollten wir für dich etwas kaufen?"

„Weil ich euer Sohn bin!" rief ich und stampfte so wütend auf, dass sogar Jochen Respekt bekam und mich glatt losließ. Ich drängelte mich an Iris vorbei, in den Flur hinaus. Aber ich hatte nicht vor, wegzulaufen. Nein, noch wollte ich nicht aufgeben.

„Das kann ich euch nämlich auch beweisen! Kommt nur mit, ich zeig es euch!"

Ich war davon ausgegangen, Jochen würde vor Wut aufbrausen und mir hinterherrennen. Aber ich hatte mich geirrt. Er ging zwar auf mich zu, aber er kam nicht, um mich zu fangen. Er grinste nur ein hässliches, überlegenes Grinsen und sagte: „Na gut. Dann zeig es uns doch! Zeig uns, dass du unser... *Sohn* bist!"

Er hielt mich locker am Pullover fest, und dann watschelten sie mir alle hinterdrein, die Treppe hinunter. Unten im Flur steuerte ich sofort auf die Küche zu und knipste das Licht an, damit es auch ja jeder zu sehen bekam.

„Da!" sagte ich und zeigte mit dem Finger auf das Familienfoto, welches noch immer an der Wand hing. Und als ich meinen ersten Blick darüber streifen ließ, lachte ich vor Triumph auf. Es waren immer noch genau fünf Personen darauf zu sehen. Keine mehr und keine weniger.

„Na, was sagt ihr nun?" fragte ich. „Wenn ihr mir jetzt nicht glaubt, dass ich euer Sohn bin, dann schaut euch doch einfach dieses Foto an!"
Jochen schubste mich grob zur Seite und marschierte auf das Foto zu, um einen längeren, nachdenklichen Blick darauf zu werfen. Er grübelte nach und plötzlich, ganz plötzlich fing er so laut an zu lachen, dass die ganze Familie vor Überraschung die Stirn runzelte. Und als er zu mir herübersah, da lachte er immer noch. Es wirkte tatsächlich echt, wie eine versöhnliche Geste. Als wollte er damit sagen: Ja klar, bist du mein Sohn! Wie konnte ich daran nur zweifeln? Nun lasst uns über meinen kleinen Fehler lachen und ihn dann vergessen.
Wie wir uns so ansahen, musste auch ich grinsen. Ich konnte gar nicht anders.
Und da erstarb sein Lachen, schneller als es gekommen war! Mit voller Wucht riss er den Bilderrahmen von der Wand, dass der Nagel gleich hinterherfiel und hielt mir das Foto direkt unter die Nase.
Vor Schreck wich ich einen Schritt zurück.
„Du willst mein Sohn sein?" schnaufte er. „Dann zeig's mir doch! Zeig mir, wo du auf diesem Foto bist! Ich kann dich hier nämlich nicht sehen und ich habe ziemlich gute Augen, musst du wissen!"
Verwirrt sah ich ihn an, aber sein Blick war so bohrend, dass ich nicht lange standhielt und meinen Blick auf das Foto herabwandern ließ.
Und da traf mich der Schlag!
Oh, wie dumm war ich nur gewesen. Warum hatte ich mir das Bild nicht gleich genauer angeschaut?
Ja, da waren tatsächlich fünf Personen auf dem Foto zu erkennen. Und die fünfte war auch genauso fett, wie sie zu sein hatte. Aber ihr Gesicht! Darauf hatte ich zuvor nicht geachtet. Jetzt aber sah ich es in aller Deutlichkeit vor mir. Nein, das war

unmöglich mein Gesicht! Damit hätte ich mich ja selbst beleidigt. Dieser Kerl war einer der absolut abscheulichsten und hässlichsten Menschen, die ich je in meinem Leben gesehen hatte. So ein fettes Schweinegesicht! Und dazu noch dieser hässliche Pottschnitt und dieses dämliche Grinsen! Nein, das war nicht ich, niemals!

Was für eine Qual war es, wieder den Kopf zu heben und in Jochens Gesicht zu schauen. Jetzt hatte ich also endgültig verloren. Was sollte ich noch tun? Es schien, als blieb mir nichts anderes übrig, als die donnernde Strafe abzuwarten.

Auch Iris schien zu ahnen, was sich anbahnte. Und obwohl auch sie mich nicht mehr kannte und mich nicht mehr bei sich haben wollte, war in ihren Augen doch ein kleiner Funke von Mitleid zu spüren. Als Jochen gerade seinen Arm zum ersten Schlag ausholen wollte, war sie plötzlich hinter ihm und hielt ihn im letzten Moment zurück. Jochen fuhr herum.

„Was soll das?!" brüllte er sie an. „Willst du etwa diesen kleinen Schurken verteidigen?"

„Das hat doch keinen Sinn", antwortete Iris mit zittriger Stimme. „Ihn zu schlagen, meine ich. Wieso kannst du ihn nicht einfach aus dem Haus jagen und es gut sein lassen?"

Eine Weile sah es so aus, als wollte Jochen statt meiner nun sie schlagen, weil sie sich die Unverschämtheit erlaubt hatte, ihm zu widersprechen. Aber am Ende gab er nach.

„Also gut", sagte er. „Aber deine Anziehsachen bekomme ich zurück! Wäre ja noch schöner, wenn du mit deinen Gaunereien durchkommen würdest!"

Und schon hatte er mir den Pullover vom Leib gerissen und wollte mir nun auch noch mein Unterhemd wegschnappen.

„Nein, nein!" schrie ich. „Ihr könnt mich doch nicht nackt auf die Straße jagen!"

„Dann nimm dir doch deine eigenen Sachen zurück!" erwiderte Jochen ungerührt. „Irgendwas wirst du doch angehabt haben, als du bei uns eingebrochen bist!"
„Die habt ihr verbrannt!" rief ich. „Vorgestern Abend im Kamin! Weil sie so kaputt gewesen sind!"
„Jetzt sollen wir also auch noch daran schuld sein, dass du uns bestohlen hast!" Jochen spuckte mir voller Verachtung ins Gesicht. „Aber selbst wenn es so wäre, wäre es mir egal. Es ist schließlich nicht unser Problem!"
Und eine Sekunde stand ich mit nacktem Oberkörper in der Küche. Sofort hielt ich mir schützend die Hände vor die Brust. Das durfte doch nicht wahr sein! Wie konnten Menschen nur so herzlos sein, mich nackt auf die Straße schicken zu wollen?! Und nun griff mir Jochen auch noch an die Hose. Doch da mischte sich Iris ein.
„Nein, das geht wirklich nicht!" sagte sie. „Wir können ihn nicht nackt auf die Straße schicken! Das geht einfach nicht!"
„Wieso musst du diesen elenden Dieb eigentlich immer verteidigen?" zischte Jochen wütend. „Auf wessen Seite stehst du eigentlich?"
„Glaub mir, dieser elende Dieb ist mir ziemlich egal!" erwiderte Iris. „Aber denk doch mal daran, wenn die Nachbarn das sehen! Vor allem Magarete und Wolfgang. Für die wäre das doch ein gefundenes Fressen. Die warten doch nur darauf, dass sie uns wieder irgendwas ankreiden können!"
Und tatsächlich, sie hatte es geschafft! Jochen zögerte. Dankbar sah ich zu Iris herüber, aber sie erwiderte meinen Blick nur mit Eiseskälte.
„Darf ich jetzt bitte meinen Pullover wiederhaben?" fragte ich Jochen vorsichtig. Aber ich hatte noch nicht durchschaut, was er wirklich vorhatte. Nun riss er eine Schranktür so wuchtig auf, dass es mich nicht gewundert hätte, wenn er sie vollends

aus dem Rahmen gerissen hätte. Anschließend klappte er einen Mülleimer, der dahinter stand, auf und zog die Mülltüte heraus.
„Was hast du denn nun vor?" fragte Iris, beinahe ein bisschen beängstigt.
„Wart's nur ab!" erwiderte Jochen kalt. Er hob die Tüte hoch in die Luft, fasste sie am Boden an... und stülpte sie dann einfach um. Unter einem lauten Geschepper purzelten die Blechdosen herunter und sprangen und rollten danach überall in der Küche herum. Iris und Nadja sprangen vor Entsetzen einen Schritt zurück. Nur Nils schien das Ganze ziemlich lustig zu finden und schoss mit dem Fuß sofort eine Dose in mein Gesicht.
Ich selber glaubte in diesem Moment wohl nur, nun endgültig den Verstand zu verlieren. Dieses laute Geschepper, nach all der Aufregung, machte mich halb wahnsinnig! Und als ich dann noch in Jochens Gesicht sah... Er sah aus wie ein Besessener, vollkommen durchgeknallt!
Und dann, was tat er dann?
Er riss eine Schublade auf, griff hinein... und als ich sah, was er dann hinausholte, da wäre ich am liebsten sofort tot im Boden versunken! Zitternd wich ich zurück, als ob mir das irgendetwas genützt hätte. Iris und Nadja und sogar Nils stießen gellende Schreie aus. Ich dagegen konnte nichts mehr sagen. Dazu war ich längst zu schwach. Jetzt konnte ich nur noch darauf hoffen, dass mich vielleicht Nadja oder Iris retten würde. Ansonsten stand mir das bittere Ende bevor!
Aber diesmal hatte ich Jochen falsch eingeschätzt. Er hatte das große Messer mit der blitzenden, scharfen Klinge nicht gezückt, um mich damit abzustechen. Er fuchtelte damit zwar ein bisschen vor meinem Gesicht herum und es schien ihm sichtlich Spaß zu machen, mich zu quälen, dann aber zog er es wieder zurück und stieß es mit voller Wucht in die Mülltüte.
Einmal schnitt er ganz oben und dann jeweils einmal auf beiden Seiten. Dann legte er das Messer zur Seite, ging auf mich

zu, zog mich an sich heran, und ehe ich so richtig begriff, was er vorhatte, hatte er mir auch schon die Mülltüte über den Leib gezogen, dass mein Kopf oben aus dem Loch wieder herausguckte.

Mein Blick fiel zu Nadja und Nils herüber und ich sah, wie ihnen der Schreck wieder aus den Gesichtern wich.

Die ganze Zeit über hatten sie, insbesondere Nadja, still und ehrfurchtsvoll in der Ecke gestanden, weil Jochen so laut getobt hatte, dass selbst sie davon vollkommen eingeschüchtert waren. Als sie mich dann aber in dieser alten Tüte sahen, da konnten sie nicht mehr anders, als in die Hände zu klatschen, zu lachen und vor lauter Schadenfreude in der Küche auf und ab zu hüpfen.

„Müllschlucker! Müllschlucker!" rief Nils und kickte mir noch ein paar Dosen an den Kopf. Auch Iris schien sich wieder beruhigt zu haben. Von ihr konnte ich keine weitere Hilfe mehr erwarten, denn sie schien mit dieser Lösung höchst zufrieden zu sein.

Aber Jochen war noch nicht fertig. Nun riss er mir als nächstes auch noch die Hose herunter (Die Strümpfe und die Unterhose ließ er mir großzügigerweise an.) und schnitt für mich die zweite Mülltüte zurecht.

Hatte er für meinen Oberleib eine gelbe, fast durchsichtige genommen, so wählte er für die Beine eine undurchsichtige, blaue. Natürlich wollte dieser selbstgemachte Plastikrock nicht so recht sitzen und rutschte mir immer wieder hinunter. Aber selbst dafür fand er eine Lösung. Mit ein paar Striemen Klebeband heftete er beide Tüten fest aneinander.

Als er mit allem fertig war, rieb er sich zufrieden die Hände, packte mich sogleich an den Armen und führte mich in den Flur hinaus. Die anderen folgten ihm wortlos. Er öffnete den Kleiderschrank, an dessen Innenseite ein Spiegel angebracht war und stellte mich triumphierend davor.

„Na, wie gefällt er dir, dein neuer Anzug?"
Für dieses elende Grinsen, welches sich über meinem Kopf in der Scheibe spiegelte, hätte ich am liebsten den Spiegel aus der Tür gerissen, ihn auf dem Boden des Flurs zertrümmert und obendrein am besten noch gleich den ganzen Schrank zu Kleinholz gehackt, der doch gar nichts dafür konnte!
Mich selbst schaute ich dagegen nicht an. Das brachte ich nicht übers Herz. Ich kam mir ohnehin schon wie der letzte Straßenköter, wie der Abschaum der Menschheit vor!
Ich hatte kein Zuhause, keine Familie und keine Freunde mehr. Und nun wollte man mir nicht einmal mehr eine schmutzige, abgetragene Hose und einen warmen Pullover gönnen!
„Haha, was sieht der lustig aus!" lachten Nils und Nadja hinter mir. „Vielleicht sollten wir den mal mit in die Schule nehmen, dort kann er vielleicht als lebendiger Müllschlucker dienen!"
„Jetzt werft dieses blöde Kind doch endlich aus dem Haus, dass wir ihn los sind!" rief Iris voller Ungeduld dazwischen. „So langsam geht er mir wirklich auf die Nerven. Wegen dem kommt ihr noch zu spät zur Schule und ich zu spät zu meiner Arbeit!"
„Also gut", sagte Jochen. Er packte mich grob am Nacken und schob mich voran, während Nadja vorwegsprang und uns großzügig die Haustür öffnete. Erbarmungslos schubste er mich die Treppe herunter, als wäre ich ein Stück Müll, das man einfach so wegwerfen konnte.
Beinahe wäre ich dabei auf die Knie gefallen, aber ich konnte geradeso das Gleichgewicht halten. Danach war mein erster Gedanke, dass ich so schnell wie möglich fortlaufen sollte. Aber das brachte ich nicht fertig. Diese Familie, ich verstand nicht, was auf einmal in sie gefahren war, aber egal, was sie mir in den letzten Minuten auch angetan hatte, ich erinnerte mich dennoch an die guten Stunden, die wir in unserer kurzen, gemeinsamen Zeit gehabt hatten, zurück. Und da konnte ich sie

nicht einfach so verlassen. Ich musste mich noch einmal umdrehen und ihnen ein letztes Mal ins Gesicht schauen.
Und da standen sie, alle vier, versammelt in der Haustür.
Voller Häme und ohne eine Spur des Bedauerns schauten sie mir nach, warteten darauf, dass ich endlich das Weite suchte. Wie eine richtige Monsterfamilie kamen sie mir in diesem Augenblick vor!
Aber ich hatte sie anders in Erinnerung. Und so versuchte ich, obwohl es mir in diesem schrecklichen Augenblick unendlich schwerfiel, nur das Schöne in ihnen zu sehen. Denn dies war die einzige Möglichkeit, mich in Gedanken von ihnen zu verabschieden und ihnen für alles zu danken, was sie für mich getan hatten. Das musste ich nämlich. Hätte ich es nicht getan, so wäre mir vor Trauer und Schmerz das Herz gebrochen, sodass ich nicht mehr hätte weiterkämpfen können. Ich hätte mich wohl irgendwo im Wald verkrümelt und wäre verkümmert, hätte ich mir nicht die Illusion bewahrt, dass irgendwo, tief in den Menschen, doch das Gute existierte.
Wenige Sekunden sahen wir uns stillschweigend an. In mir keimte die Hoffnung auf, dass sie sich doch noch besinnen und mich wieder bei sich aufnehmen würden. Vergeblich...
„Nun sieh zu, dass du verschwindest und von unserem Grundstück wegkommst!" rief mir Jochen zu. „Denn sonst komme ich persönlich vorbei und prügle dich von hier weg, dass dir noch nach einer Woche der Arsch davon blutet!"
Mit einem lauten Rumms fiel die Tür ins Schloss und ich blieb allein in der morgendlichen Kälte zurück.
Das war es also. Langsam und mit hängenden Schultern trottete ich die Einfahrt entlang, auf die Straße hinaus. Ein letztes Mal blickte ich auf das Haus zurück, von dem ich geglaubt hatte, es würde für den Rest meines Lebens meine Heimat werden.
Schluss! Aus! Vorbei! So schnell können Träume zerplatzen, so schnell kann ein Zauber vergehen...

Voller Hass sah ich die Rosen an, die an der Hauswand wucherten. Es waren zwar gelbe Rosen und keine weißen, aber trotzdem glaubte ich, darin das alte, hässliche Gesicht der Zauberin zu erkennen, die mich so hinters Licht geführt hatte. Zumindest glaubte ich das in diesem Moment. Anschließend wanderten meine Augen nach oben, hinauf zu den bunten Fenstern von Nadjas und Nils' Kinderzimmern. Auch ich hatte in diesem Haus ein eigenes Zimmer bekommen sollen, aber nun würde es dieser Anton kriegen, wenn er in ein paar Tagen zurückkehrte.
Als ich daran dachte, liefen mir die Tränen das Gesicht herunter. Das gönnte ich diesem hässlichen Fettsack nicht. Er sollte weder mein Zimmer, noch meine Familie haben!
Da fiel ich auf die Knie, mitten auf der Straße.
„Warum nur?" brüllte ich und reckte meine Hände flehend zum Haus hinauf. „Warum? Warum habt ihr mich nicht mehr lieb? Was habe ich euch denn getan?"
Ich hörte, wie eine Tür aufging. Aber es war die Tür des Nachbarhauses und die rothaarige Magarete trat hinaus. Ihr Lachen hörte sich fast so an wie das einer Hexe. Und gewissermaßen sah sie ja auch so aus.
„Na, wie war das noch gleich mit dem Zuhause und der Familie?" fragte sie mich, ohne die Schadenfreude in ihrer Stimme auch nur ein bisschen zu verbergen.
„Halten Sie bloß Ihre Klappe!" antwortete ich, aber es hörte sich nur traurig, nicht bedrohlich an.
„Das hättest du wohl gern!" erwiderte sie und lachte dabei noch fieser. „Gestern Abend hast du mit deinem Gebrüll noch das halbe Dorf verrückt gemacht. Und jetzt sitzt du da auf der Straße und bettelst darum, dass sie dich wieder reinlassen. Tja, so kann's halt kommen. Und dabei hab ich dich von Anfang an vor ihnen gewarnt!"

Am liebsten wäre ich ihr an die Gurgel gegangen, aber dann sah ich, wie sich ein Fenster öffnete und Nadjas Gesicht auftauchte.
„Nadja!" rief ich. „Ich..."
„Nimm gefälligst deine hässlichen Stiefel mit, wenn du gehst!" brüllte sie, genauso hasserfüllt wie zuvor. Und noch bevor ich rechtzeitig ausweichen konnte, kam auch schon einer der braunen Wanderstiefel auf mich herabgeflogen. Er prallte mir direkt an die Stirn.
„Nadja!" rief ich, nachdem ich mich wieder aufgerappelt hatte. „Das kannst du mir nicht antun!"
„Und jetzt kommt die Nummer zwei!" rief sie. Der zweite Stiefel kam herangeflogen und segelte in die Büsche des Gartens vom Haus gegenüber. Dann knallte das Fenster wieder zu und Nadjas Kopf verschwand. Eine Weile blieb ich erstarrt stehen. Die Welt um mich herum verschwand, sodass ich nicht einmal mehr das höhnische Gelächter meiner ehemaligen Nachbarin hörte.
Als ich wieder erwacht war, stand sie genau neben mir.
„Schöne Stiefel hast du da, mein Kleiner", sagte sie. „Wirklich gute Wanderschuhe. Mich wundert's ja, dass sie die nicht auch einbehalten haben, wo sie dir doch sonst alle Klamotten abgenommen und dich in einen Müllsack gesteckt haben. Du musst nämlich wissen, die sind so geizig, dass dir die..."
„Halten Sie endlich Ihre Klappe!" brüllte ich. „Ich kann Sie nicht mehr hören, Sie und ihr selten dämliches Geschwafel! Ich hasse Sie! Ich hasse Sie, ich hasse Sie alle, hört ihr... euch alle... ihr widerlichen Arschlöcher, ich hasse euch alle!"
Vor lauter Wut wusste ich nicht mehr, was ich tat und prügelte wie ein Irrer mit dem Stiefel auf sie ein.
Und endlich war ich sie los! Hastig wich sie vor mir zurück und sah zu, dass sie wieder in ihrem Haus verschwand.

Als kurz darauf auch sie aus meinem Umfeld verschwunden war, spürte ich nur noch eine grenzenlose Leere in mir. Dieser Tag war bereits nach einer Stunde schrecklicher gewesen als jeder andere zuvor. Erst diese Hoffnung, endlich angekommen zu sein und dann...

Ich wagte es nicht, daran zu denken und beeilte mich, meinen zweiten Stiefel in den Büschen des Nachbargartens zu suchen.

Na ja, jetzt brauche ich wenigstens nicht auf Socken durch die Welt zu laufen, dachte ich, als ich ihn in der Hand hielt. Eilig zog ich sie mir über, dann verließ ich die Straße, so schnell, wie mich meine Stiefel nur trugen. Ich wollte weg sein, bevor Nadja und Nils aus dem Haus kamen, um zur Schule zu gehen. Ich wollte ihnen nicht noch einmal über den Weg laufen, bloß nicht!

Als ich das Ende der kleinen Sackgasse erreicht hatte, drehte ich mich nicht einmal mehr um. Ich hatte nicht die geringste Ahnung, wohin mich meine Stiefel in der nächsten Zeit führen würden, welche schrecklichen Dinge ich dort erleben würde, aber nie, nein, niemals wieder in meinem ganzen Leben wollte ich an diesen Ort zurückkehren!

Teil 4 – Enttäuschung und Hoffnung

25.

So schrecklich, wie der Tag angefangen hatte, setzte er sich auch fort. Das gemütliche Heim und die fürsorgliche Familie, sie gehörten der Vergangenheit an. Ich hatte mein altes Leben zurück – nein, schlimmer noch! – damals hatte ich wenigstens etwas anzuziehen gehabt, jetzt steckte ich in zwei alten Müllsäcken. Oh, wie ich darin fror! Ich konnte von Glück sprechen, dass wir Frühling, fast Sommer, hatten und nicht Winter.
Und die Menschen, wie sie mich anschauten! Mir wurde ganz anders, wenn ich das sah. Früher hatten sie mich wenigstens nur gehasst, weil ich verflucht war. Die meisten hatten mich dabei aber stets auch gefürchtet und einen gewissen Respekt vor mir gehabt. Nun aber hatten sie nur noch Verachtung für mich übrig. Ich war kein Dämon, kein böser Geist mehr für sie, sondern nur noch ein Stück Müll, welches in einem Müllsack steckte.
Wenn Autos an mir vorbeifuhren, so hupten sie mich häufig an. Manchmal blieben sogar welche stehen oder fuhren im Schneckentempo an mir vorbei, nur um mich auszulachen oder mich zu verhöhnen. Einmal schmiss mir ein Mann ein paar leere Zigarettenschachteln an den Kopf. „Du hast doch sicher noch 'n bisschen Platz in deiner Mülltüte!" rief er, bevor er unter Motorgeheul und schallendem Gelächter weiterfuhr.
Schließlich kam ich an der Schule des Orts vorbei. Sie war nicht besonders groß, nur eine kleine Dorfschule, aber sie hatte einen schönen Schulhof mit vielen Bäumen, Blumen, einem Sportplatz und einer großen Holzburg zum Spielen.

Hier hätte ich heute also hingehen müssen, wenn man mich nicht vorher aus dem Haus gejagt hätte, dachte ich, während ich mich an den Zaun lehnte und mir das Gebäude ansah.
Ich wusste in dem Moment nicht, ob ich es gut oder schlecht finden sollte, dass es nicht so weit gekommen war. Noch vor ungefähr einer Stunde hatte es mir vor keinem Augenblick so gegraut wie vor dem, in dem die Schulglocke läutete und die erste Unterrichtsstunde für mich begann. Jetzt aber wünschte ich mir nichts so sehr, wie ein ganz normaler – oder sagen wir besser, ein *fast* ganz normaler – Junge zu sein und, wie jedes andere Kind in meinem Alter, in die Schule gehen zu können. Sicher, da wären einige Schwierigkeiten auf mich zugekommen, aber es wäre immer noch besser gewesen als ein ewiges Leben auf der Straße...
Ich wurde aus meinen Gedanken hochgeschreckt, als ich merkte, dass die ersten Schulkinder angelaufen kamen. Eine ganze Gruppe gleich, vier Jungen und zwei Mädchen.
„Haha, seht euch den mal an!" rief einer von ihnen sogleich und alle anderen stimmten in sein höhnisches Gelächter mit ein. „Was ist denn das für einer? Geht der etwa auf unsere Schule? Was muss der bloß für arme Eltern haben, dass sie ihn in einem Müllsack rumrennen lassen?"
Weil ich es nicht mehr schaffte, rechtzeitig wegzulaufen, wurde ich von ihnen umringt. Auch das noch! Als ob ich nicht schon mehr als genug Sorgen am Hals hatte. Ich fragte mich, wie tief ich mich in diesem Leben noch erniedrigen lassen musste.
Die Kinder stießen mich abwechselnd in die Seite, spuckten mich an und rissen mir an den Tüten herum. Sie schienen nicht das kleinste bisschen Angst vor mir zu haben.
„Haha", lachten sie nur. „Gleich stehst du ganz nackt da! Und was machst du dann?"

Ein Junge, welcher der größte und stärkste von allen war, stellte sogleich seine Schultasche auf den Bürgersteig, um eine Schere herauszuholen. Er musste bereits in die vierte Klasse gehen, während die anderen höchstens Drittklässler waren.
Sofort ergriff ich die Gelegenheit. Ich versetzte den kleineren Kindern ein paar ordentliche Hiebe, damit sie mich losließen und erschrocken zurücktaumelten. Dann sprang ich mit einem großen Satz auf den Viertklässler zu und gab seiner Schultasche einen solchen Tritt, dass sie quer über die Straße schlitterte und sämtliche Hefte und Bücher sich auf der Fahrbahn verteilten.
„Hey, bist du bescheuert?" rief der Junge, der in der Hocke saß und vor Überraschung zitterte, als ich direkt vor ihm stand und rachelustig auf ihn herabsah.
Ja, Junge, dachte ich triumphierend. So hast du dir das gedacht! Dass ich ein wehrloses Geschöpf bin und du mit mir machen kannst, was du willst. Aber da spiele ich nicht mit, mein Freund. Glaub das bloß nicht!
Dann trat ich ein weiteres Mal aus, diesmal in seinen Hintern, sodass auch er bald mit den Knien auf der Straße lag. Im Anschluss daran hob ich seine Federmappe auf, nahm die Stifte heraus und verstreute sie kreuz und quer in die Gärten der benachbarten Häuser. Zuletzt schnappte ich mir ein paar Hefte und Bücher und rannte mit ihnen davon.
„Gib sie wieder her!" brüllte mir der Junge hinterher. „Sie gehören mir!"
Und er bekam sie tatsächlich zurück. Allerdings riss ich ein paar Seiten heraus, die ich in lauter kleine Stücke zerfetzte und dann achtlos nach hinten fallen ließ. Der Junge heulte und brüllte vor Wut. Aber es half nichts, weil ich trotz meiner unpraktischen Kleidung schneller war als er.
Seine Freunde hingegen hatten einen solchen Respekt vor mir bekommen, dass sie nicht einmal versuchten, mir zu folgen.

Gutmütig, wie ich war, verzichtete ich darauf, auch das letzte Heft zu zerreißen und stecke es in einen gelben Briefkasten, der zufällig am Wegesrand stand. Sollte er doch selber sehen, wie er es wieder heraus bekam!
Dann aber wollte ich nur noch eins: Raus aus diesem Ort!
Ich wusste, dass die Straßen schon bald von Kindern, die auf dem Weg zur Schule waren, wimmeln würden. Und da wollte ich lieber schnell weg sein, bevor es zur nächsten Prügelei kam.

Als ich ein paar hundert Meter aus dem Ort heraus war, blieb ich stehen, verschnaufte eine Weile und sah mich um. Ich stand auf einer schmalen Straße und links und rechts von mir lag nichts anderes als Feld und Wiese. Ging ich aber geradeaus weiter, führte die Straße nach einigen hundert Metern schnurstracks in den Wald hinein.
Endlich! Im Wald fühlte ich mich sicher. Der Wald war mein Zuhause, …mein… Ich erschrak selbst, als ich dieses magische Wort dachte: *Zuhause.*
Und sofort waren meine Gedanken wieder bei Iris und Jochen. Ich sah, wie ich mit ihnen in der Küche saß, wo wir alle zusammen frühstückten. Sah, wie mir Iris liebevoll über das Haar strich und mir nach der zweiwöchigen Auszeit einen guten ersten Schultag wünschte. Es war ein so wunderbares Bild, und gleichzeitig tat es so weh, dass es mich auf die Knie presste und die Tränen in die Augen drückte. Viel hätte nicht gefehlt und ich wäre vor Trauer zusammengebrochen, wäre nicht mehr in der Lage gewesen, auch nur einen einzigen Schritt zu gehen.
Nein, Schluss jetzt! Keine Macht dieser Welt sollte aus mir eine jammernde Heulsuse machen, die einfach so aufgab! Nicht, nach allem, was ich bereits überstanden hatte.

Und deshalb wollte ich nie wieder das Wort „Zuhause" aussprechen, nicht einmal daran denken wollte ich! Für mich gab es kein Zuhause mehr. Ich war heimatlos für alle Zeiten.

Während ich durch den Wald ging, beschäftigte mich ständig die Frage, wo ich neue Kleidung auftreiben sollte. Ich überlegte mir, einfach einen Jungen in meinem Alter zu überfallen und ihm Hose und Pullover abzunehmen. Aber ich wusste, dass das sehr schwierig werden könnte. Schließlich dauert es seine Zeit, eine Hose aus- und wieder anzuziehen. Und wenn ich Kinder treffen wollte, musste ich außerdem in eine Ortschaft gehen. Aber so, wie ich aussah, traute ich mich nirgendwo mehr hin, wo ich Menschen begegnen konnte. Ich überlegte, dass ich, sobald die Schulzeit vorbei war, übers Land streifen und auf vereinzelten Höfen nach spielenden Kindern Ausschau halten könnte. Vielleicht ergab sich dort ja eine gute Gelegenheit. Ansonsten musste ich bis zum Abend warten und dann eventuell in ein Kleidergeschäft einbrechen, falls es hier irgendwo eins für Kinder gab.
Allein bei der Vorstellung grauste es mir, denn etwas derartig Kriminelles hatte ich bisher nicht gewagt. Es war überhaupt das erste Mal, dass ich mir Kleidung stehlen musste. Ich hätte es sicherlich schon früher nötig gehabt, weil meine alten Klamotten gestunken hatten, dass ich es manchmal selbst kaum mehr aushalten konnte. Und dennoch hatte ich sie für nichts auf der Welt eintauschen wollen, weil sie das einzige waren, was mir von meinem alten Leben geblieben war. Iris hatte von alldem natürlich nichts gewusst und die Sachen am ersten Abend, ohne mich zu fragen, verbrannt, weil sie meinte, es würde nichts bringen, diese zerlumpten Sachen noch zu waschen. Sie erzählte es mir nebenbei am nächsten Tag beim Mittagessen. Ich war darüber ziemlich empört, ließ es mir aber nicht

anmerken, weil sie mich nicht verstanden hätte. Außerdem wollte ich in meiner neuen Familie keinen Ärger machen.
Nun war mir also gar nichts mehr aus meinem alten Leben geblieben. Ich seufzte laut, denn ich erinnerte mich daran, auch in dieser Nacht nicht von meinen Eltern geträumt zu haben. Nach einem kurzen Wochenende des Glücks und der Geborgenheit hatten mich nun auch die einzigen, die mich trösteten, verlassen und ich war einsamer als je zuvor...
Schließlich lichtete sich der Wald, an dessen Rand ein kleiner Fluss vorbeibrauste. Der Weg führte über eine kleine Brücke in die Wiesen und schließlich zu einem Landhaus. Am Waldrand entdeckte ich auch einen Hochsitz für Jäger und ich beschloss, dort hinaufzuklettern, um mich ein wenig auszuruhen.
Mein Magen knurrte. Nachdem ich die letzten Tage so gut und herzhaft gegessen hatte, war es ein schreckliches Gefühl, wieder hungern zu müssen und dabei nicht zu wissen, wie lange es so gehen würde. Aber wenigstens war in der Zwischenzeit die Sonne am Himmel aufgestiegen, dass einige Strahlen durch die kleinen Fenster zu mir hereinfielen und mir etwas wärmer zumute wurde. Ich machte es mir auf der Bank, auf der sonst in der Nacht die Jäger wachten, so bequem wie möglich. Es gab eine Decke, die etwas feucht und voller Erde und Holzspänen war. Zitternd wickelte ich mich in sie ein, setzte mich danach ständig auf und nieder, damit mein Körper weiter aufwärmte, während ich nachdachte. Ich hatte ja genug Zeit dazu. Am meisten beschäftigte mich die Frage, warum der Zauber, den mir die Zauberin der weißen Rose geschenkt hatte, nicht mehr wirkte.
War das also der Fehler, von dem sie mich gewarnt hatte? Dass der Zauber nur eine begrenzte Zeit Macht hatte und man danach wieder aus der Familie ausgestoßen und zu einem Fremden wurde?

Und dann stellte ich mir noch die Frage, ob der Zauber wohl ein zweites Mal wirken würde. Was würde geschehen, wenn ich einfach losging und an einer anderen Haustür klingelte? Würden die Menschen mich dort genauso freundlich empfangen, wie es Nadja, Iris und ihre Familie getan hatten?
Versuchen kann ich es ja mal, dachte ich. Aber allein beim Gedanken daran, ein zweites Mal eine solche Enttäuschung zu erleben, sträubten sich mir die Nackenhaare. Nie, nie wieder wollte ich eine Familie verlieren, die mir gerade erst ans Herz gewachsen war!
Ich versuchte, ein kleines Nickerchen zu halten, aber dafür war der Hochsitz zu unbequem. So ließ ich die Plastiktüten zurück und streunte mit der alten Decke über den Schultern im Wald und auf den Wiesen umher. Woanders traute ich mich nicht hin. Weil ich einen solchen Hunger verspürte, aß ich ein paar Löwenzahnblätter, was aber nicht wirklich half. Im Gegenteil. Bei dem bitteren Geschmack auf der Zunge kamen mir die Tränen, weil ich an die wunderbaren Steaks vom Tag davor denken musste. Oh, wie sehr ich mein Heim, meine Familie vermisste! Der furchtbare Geschmack und zugleich die bittersüßen Erinnerungen, das war einfach nur unerträglich. Ich spuckte aus, spülte mir am Fluss den Mund aus, in der Hoffnung, damit auch die Erinnerung an diese zwei seligen Tage inmitten einer teuflischen Zeit zu verdrängen. Ich biss die Zähne zusammen, denn wieder spürte ich in mir eine Wehmut aufsteigen, die mich ersticken und erdrücken würde.
Vergessen muss ich! redete ich mir ein. Nur wenn ich das Schöne vergesse, kann ich diese hässliche Welt ertragen und weiterkämpfen.
Wenigstens strahlte die Sonne gegen Nachmittag so warm auf mich herab, dass ich mich nicht mehr durch Bewegung warmhalten bauchte. Ich kehrte zum Hochsitz zurück und wartete ab. Worauf, wusste ich selbst nicht genau. Ich döste ein bisschen

ein und schreckte erst wieder hoch, als ich von lärmenden Kinderstimmen geweckt wurde. Ich schaute auf die Erde herab und erzitterte vor Glück. Genau das, was ich mir erhofft hatte, war eingetroffen!

Am Flussufer waren zwei Kinder, ungefähr in meinem Alter. Ein Junge und ein Mädchen, die unter lautem Gekreische und Gelächter im Wasser herumtobten und sich gegenseitig bespritzten. Ihre Anziehsachen hatten sie auf einen Stein am Ufer gelegt. Da hatte ich sie also, meine Gelegenheit. Voller Aufregung kletterte ich die Leiter hinunter, überquerte den Fluss auf der kleinen Brücke und schlich mich dann von hinten an sie heran.

Als ich bei ihnen ankam, hatten die Kinder das Wasser wieder verlassen. Sie lagen an einer wunderschönen, von Bäumen umgebenen Uferstelle auf Handtüchern und sonnten sich. Zuerst wollte ich sofort auf sie zulaufen und mir die Kleider schnappen, aber ich befürchtete, dass sie mich bemerken und sogleich hinter mir herlaufen würden. Also versteckte ich mich zuerst hinter einem Gebüsch, von wo aus ich sie aufmerksam beobachten konnte. Die Kinder flüsterten manchmal leise miteinander, ansonsten war es vollkommen still. Ich musste aufpassen, dass ich keinen Krach machte und mich damit verriet. Im Gebüsch fand ich einen alten Ball, der weich war und bereits eine Menge Luft verloren hatte. Ich hob ihn auf und trat hinter den Büschen hervor. Wenn die Kinder in jenem Augenblick den Kopf gehoben hätten, hätten sie mich sehen können, aber sie dösten seelenruhig weiter. Der Junge ärgerte das Mädchen manchmal, indem er ihr in die Seite kniff, aber sie kniff einfach zurück.

Ich atmete tief durch, damit ich möglichst genau zielen konnte. Dann flog der Ball durch die Luft und als er auf dem Rücken des Mädchens landete, war ich schon wieder hinterm Gebüsch verschwunden, ohne dabei viel Lärm zu machen.

Das Mädchen schreckte auf und sah, wie der Ball hinter ihr ins Wasser kullerte.
„Hey!" schrie das Mädchen. „Was sollte das denn?"
Der Junge hob den Kopf in die Höhe. „Was?"
„Also langsam wirst du mir zu frech!" sagte das Mädchen. „Aber warte, das bekommst du zurück!"
Und schon stand sie auf, griff nach dem Ball und schleuderte ihn dem Jungen mitten ins Gesicht.
„Du spinnst jawohl total!" rief dieser wütend. Er sprang ihr hinterher und es dauerte nicht lange, bis sie beide wieder im Wasser waren und die spritzige Rangelei von vorn anfing.
Mir konnte das nur recht sein. Ich beobachtete sie nur eine kurze Weile, bis ich mir sicher war, dass sie vollkommen mit sich selbst beschäftigt waren. Dann sprang ich blitzschnell aus meinem Versteck hervor, warf mir die Kleider über die Schultern und wenige Augenblicke später war ich schon wieder auf der kleinen Brücke, die mich in den Wald zurückführte.
„Hey, du Zicke!" hörte ich in diesem Moment den Jungen brüllen. „Wo hast du meine Sachen versteckt?"
„Ich?" rief das Mädchen voller Empörung. „Ich hab doch gar... Hey, guck mal, da hinten! Da rennt ein Junge davon!"
Als ich mich umdrehte, sah ich noch, wie der Junge mir mit erhobener Faust hinterherdrohte und schrie: „Bleib stehen! Gib mir meine Sachen zurück oder wir rufen die Polizei!"
„Hinterher!" schrie das Mädchen, riss ihm am Arm und schon stürmten sie gemeinsam los.
Aber mich konnten sie damit nicht beeindrucken. Ich musste zwar aufpassen, die Sachen nicht zu verlieren, aber mein Vorsprung war so groß, dass sie ihn nicht mehr aufholen konnten. Und dann war ich ja auch im Wald, wo ich kreuz und quer zwischen den Bäumen umhersprang, dass es für sie kaum möglich war, zu erkennen, wo ich hinlief. Manchmal hörte ich, wie sie

sich in der Ferne etwas zuriefen. Offenbar hatten sie sich getrennt, damit sie eine größere Chance hatten, mich zu finden.
„Hast du ihn irgendwo gesehen?" fragte der Junge.
„Nein!" antwortete das Mädchen. „Ich glaube auch nicht, dass es noch einen Sinn hat, weiterzusuchen. Wir sollten zu Mama gehen, damit sie die Polizei ruft!"
„Also gut."
Erleichtert atmete ich auf. Doch ich wusste, dass es noch nicht ausgestanden war. Es konnte ja sein, dass die Kinder dies nur gesagt hatten, um mir eine Falle zu stellen. Und wenn sie tatsächlich nach Hause gingen und ihren Eltern Bescheid sagten, war das für mich auch nicht besser. Denn dann musste ich so schnell wie möglich aus der Gegend verschwinden, bevor Erwachsene kamen und nach mir suchten.
Ich ging ein paar Schritte weiter, bis ich in einem dichten Tannenwald ein Versteck fand, wo ich mir, so leise es nur ging, das T-Shirt und den Pullover überzog und schließlich in die Hose schlüpfte. Die Kleidung war ein bisschen zu eng, denn der Junge, dem ich sie gestohlen hatte, war kleiner als ich. Aber ich hatte in diesem Moment andere Sorgen, als mich um drückende Hosen zu kümmern. Als ich mir abschließend auch die Schuhe wieder angezogen hatte, sah ich mich noch einmal um. Als ich mir sicher war, dass kein Feind in der Nähe war, konnte die Flucht weitergehen.

26.

Nun hatte ich also wieder etwas anzuziehen. Aber was nützte mir das, wenn oben am Himmel dunkle Wolken aufzogen und ein großes Unwetter bevorstand? Da wären mir die Mülltüten nützlicher gewesen, denn da perlte wenigstens das Wasser ab.

Bisher hatte ich mit dem Wetter ziemliches Glück gehabt. Die längste Zeit über hatte die Sonne geschienen und nur sehr selten hatte es Regenschauer gegeben, welche meistens schnell vorübergezogen waren. Aber irgendwann geht jede Glückssträhne einmal vorbei und so ging es auch mir an jenem Nachmittag. Als wäre das grausame Erlebnis des Morgens noch nicht schlimm genug gewesen.
Ich hatte gerade ein kleines Dorf durchquert, wo ich einem jungen Paar den halben Kühlschrank ausgeräumt hatte. Das hatte ich folgendermaßen angestellt: Als ich an ihrem Haus vorbeikam, sah ich sofort, dass die beiden im Garten saßen und Kaffee tranken, wobei die Tür, welche ins Haus führte, speerangelweit offen stand. In meinem Magen rumorte es, als ich beobachtete, wie gierig sie sich den Kuchen reinstopften. Ich hatte bereits mehrere Stunden nach etwas Essbarem gesucht, hier, auf dem flachen Land jedoch niemals eine passende Gelegenheit gefunden, mir etwas zu stehlen. Aber manchmal hat man doch Glück und ein rettender Engel, der einem weiterhilft, kommt herbeigeflogen, ohne auch nur von seiner Mission zu ahnen.
Am gegenüberliegenden Ende des Gartens führte eine andere Straße entlang und auf jener Straße kam plötzlich eine ältere Frau angelaufen, die den beiden laut und aufgeregt etwas zurief.
„Was ist los?" fragte der Mann.
„Unsere Mandy hat ihre Jungen bekommen", antwortete die Frau ganz außer Atem. „Vier Stück! Ihr ward doch immer an einem kleinen Hund interessiert. Wenn ihr wollt, könnt ihr kurz bei mir vorbeischauen und sie euch schon mal angucken."
„Nein, ist das schön!" jubelte die Frau und klatschte vor Begeisterung in die Hände. „Da müssen wir aber gleich mal gucken gehen, Andreas!"

Und schon waren beide aufgestanden und aus dem Garten verschwunden, ohne auch nur an die offene Tür zu denken.
Im Normalfall wäre das wahrscheinlich auch kaum nötig gewesen, weil die Siedlung sehr abgelegen zwischen zwei kleinen Hügeln lag und hier am helllichten Tage wahrscheinlich nur höchst selten einmal eingebrochen wurde. Aber dies war kein Normalfall. Denn diesmal war ich in der Nähe und ich hatte Hunger! Ich dachte nicht darüber nach, dass vielleicht noch andere Menschen im Haus wohnten, die mich erwischen könnten. Mit pochendem Herzen rannte ich hinein, suchte die Küche auf, schaute mich dort kurz um und schnappte mir sogleich eine leichte, an der Wand hängende Einkaufstasche. Die stopfte ich in Windeseile mit Brot, Obst, Käse, Schokolade, kaltem Fleisch und Joghurtbechern voll, lief zur Gartentür zurück, sah mich dort noch einmal um, und als ich Gewissheit hatte, dass die Luft rein war, machte ich mich schnell wieder davon. Raus auf die Landstraße, bevor mich im Ort jemand bemerkte!
Nachdem ich ein paar hundert Meter gelaufen war, knurrte mir ganz plötzlich der Magen.
Jetzt ist es genug! dachte ich. Jetzt bleibe ich stehen und esse etwas. Denn es wäre jawohl gelacht, wenn ich verhungern würde, obwohl ich eine große Tasche mit Essen mit mir rumschleppe.
Doch als ich die Tasche vom Rücken nahm, wurde mein Magenknurren von einem viel lauteren Geräusch aus der Ferne übertönt. Ein Echo, dachte ich im ersten Moment etwas belustigt. Aber als ich aufsah, fiel mir plötzlich auf, dass sich die Umgebung gänzlich verändert hatte. Obwohl noch kein später Abend war, war es um mich herum deutlich kühler und dunkler geworden. Die Sonne war hinter düsteren Wolken verschwunden und die Baumwipfel, welche vor kurzer Zeit noch still und regungslos in den Himmel gezeigt hatten, bogen sich zur Seite

und rauschten so laut, dass man meinen konnte, ein unsichtbarer Geist würde auf ihnen Musik spielen.
Oh nein! dachte ich nur, schnappte mir schnell einen Apfel aus der Tasche und rannte los. Ich hatte jetzt keine Zeit mit einem ausgiebigen Abendbrot zu verlieren. Ich musste so schnell wie möglich einen Unterschlupf finden, bevor die ersten Regentropfen auf mich niedergingen. Wie dumm von mir, dass ich die letzte Stunde kaum auf den Horizont geachtet hatte. Sonst hätte ich das Unwetter erahnen können und hätte mich in dem fremden Haus nach einer Regenjacke umgesehen.
Nun aber war ich völlig schutzlos. Der Asphalt klackte laut unter meinen schnellen Schritten, dann verließ ich die schmale Straße, um auf einem noch schmaleren Seitenweg dem Wald entgegenzulaufen. Fünf Meter vorm Waldrand spürte ich, wie der erste feuchte Tropfen mein Gesicht berührte. Mit einem letzten Satz sprang ich unter die schützenden Tannenzweige und war kurze Zeit später im grünen Dickicht verschwunden.
Aber der Wald konnte mich nicht lange vorm Regen schützen. Aus dem einen Tropfen wurden schnell zehn, dann hundert, dann tausend. Wenn ich mich direkt unter einen bestimmten Baum stellte und mich ganz nah an den Stamm lehnte, konnte ich mich zwar einigermaßen davor schützen, aber mir wurde bald klar, dass es ein Fehler gewesen war, in den Wald zu flüchten. Ich fand keine Hütte und zwischen all den dicken und den weniger dicken Stämmen hindurch, sah ich, wie am fernen Horizont die hellen Blitze aufleuchteten. Ich zählte die Sekunden, die bis zum nächsten Donnerschlag vergingen: Achtzehn. Ja, noch war das Gewitter fern. Aber bald schon konnte sich das ändern. Und wenn ich dann im Wald stehen blieb und ein Blitz direkt im Baum über mir einschlug, wäre es endgültig aus und vorbei mit mir gewesen.
Das aber wollte ich auf keinen Fall! Nicht jetzt, wo ich endlich was zu essen hatte. Noch immer klammerte ich mich an mein

erbärmliches Leben fest und an jede kleine Hoffnung, die mir geblieben war. Aber zurück in Richtung des Dorfes wollte ich auch nicht.

Also lief ich los! Lief weiter geradeaus, in der Hoffnung, schnellstmöglich aus dem Wald hinaus und auf eine weite Wiese zu kommen, wo es in meiner Nähe keine Bäume, Strommasten oder andere Dinge gab, in die der Blitz leicht einschlagen konnte. Noch lieber wäre mir natürlich eine kleine, offenstehende Hütte gewesen, wo ich mich unterstellen konnte. Es war eine so himmelschreiende Ungerechtigkeit, mich nassregnen zu lassen, wo es mir gerade erst gelungen war, anständige, trockene Klamotten zu ergaunern.

Im Sturmschritt lief ich zwischen den Bäumen hindurch, aber bald wurde mir klar, dass es bei diesem Wolkenbruch unmöglich war, sich trocken zu halten. Die Äste und Zweige über mir fingen die Regentropfen zwar ab, was aber nur dazu führte, dass sich das Wasser sammelte und danach in noch größeren Tropfen auf mich herabfiel. Pfui, war das ekelig, wenn sie mir direkt in den Nacken fielen und dann kalt und feucht den Rücken herunterrannen! Bald war das jedoch einerlei, denn Pullover und T-Shirt waren dermaßen vom Regen getränkt, dass sie mir direkt auf der Haut klebten. Meine Hose wurde schwerer und das Laufen zu einer einzigen Qual. Und dennoch rannte ich, rannte, weil es das einzige Mittel war, mich gegen diese Kälte aufzulehnen, die unaufhörlich in mich eindringen wollte und meinen Körper und meine Seele erschaudern ließ.

Bald schon war es mir völlig gleichgültig, wohin ich lief. Ich achtete nur noch auf den Weg, um nicht auszurutschen, denn das letzte, was mir in diesem Moment gefehlt hätte, wären Schürfwunden und Schlammbäder gewesen. Die Welt um mich herum war bedrohlich und düster geworden. Einsam und allein kämpfte ich mich durch eine Ansammlung von starren Holzsäulen hindurch, umgeben von einem grauen Zwielicht, welches nur kurz aufhellte, wenn wieder einmal ein Blitz zu Boden ging. Auf dem Waldboden unter mir hatten sich zahlreiche Bäche gebildet, sodass das Wasser und bald auch der Matsch nur so spritzten, wenn ich darüber hinweg lief. Am unheimlichsten von allem aber war der Wind. Denn die Bäume wirkten nur starr und leblos, wenn man sie von unten ansah. Schaute ich kurz hinauf, wurde mir Angst und Bange, wenn sich ihre Spitzen mit dem Ruck eines großen Windstoßes bedrohlich zur Seite neigten, einige Sekunden später ächzend zurückruderten, nur um sich beim darauffolgenden Windstoß noch ein wenig weiter zu biegen. Sie kämpften einen Kampf gegen einen Geist der Natur, der von Sekunde zu Sekunde wilder und zorniger wurde, mit immer kräftigeren, unsichtbaren Schlägen hinterhältig auf sie eindrosch. Entgegenzusetzten hatten sie ihm genauso wenig wie ich. Was war also, wenn irgendeinem Baum bald die Kraft fehlte, sich mit seinen Wurzeln weiter im Boden festzukrallen? Was war, wenn er vor meinen Augen stürzte und ich keine Gelegenheit mehr fand, zur Seite zu springen?

Beim Gedanken daran, mit gebrochenen Beinen oder einem halb zertrümmerten Schädel einen langen, qualvollen Todeskampf führen zu müssen, weil es ja keinen Arzt gab, der mir helfen würde, legte ich noch einen Zahn zu. Und doch kauerte ich mich immer öfter kurz zusammen, nicht aus Erschöpfung, sondern presste mir, zu Gott flehend, die Daumen in die Ohren, weil ich diesen teuflischen Höhlenlärm überall um mich herum nicht mehr ertragen konnte. Der prasselnde Regen, der tosende Sturm, das rauschende Laub und dann immer wieder der grollende Donner, der für ein oder zwei Sekunden alles andere übertönte! So etwas hatte ich bisher noch nie erlebt. Normalerweise bedeutete Lärm für mich, dass Menschen in der Nähe waren, während ich die Stille mit der Einsamkeit verband. Und während Menschen für mich in der Regel Gefahr bedeuteten,

war die Einsamkeit für mich ein Hort der Ruhe und der Sicherheit.
Aber in diesem Moment hatte sich alles ins Gegenteil verkehrt. Vielleicht lag es auch daran, dass ich noch immer nicht über den Verlust meiner gerade erst gewonnen Familie hinweg war. Zu keiner Zeit in den letzten Wochen, nicht einmal auf dieser verdammten Polizeistation, hatte ich mich so verlassen, schwach und hilflos gefühlt. Und plötzlich wünschte ich mir nichts sehnlicher, als dass irgendwo zwischen den Bäumen ein paar andere Menschen auftauchten und mir Gesellschaft leisteten. Ich wollte in diesem Moment mit der Gefahr einfach nicht allein sein. Und selbst wenn dieses Gewitter ihre Abscheulichkeit nicht bezähmen konnte, so wollte ich wenigstens sehen, dass es jemand anderem genauso erging wie mir.
Ich zählte weiterhin die Sekunden zwischen Blitz und Donner. So lange, bis ich es irgendwann nicht mehr brauchte, weil das die Blitze meine allernächsten Nachbarn waren. Oh, nein! dachte ich und hielt mir vor Schreck die Hände vor die Augen. Bitte nicht! Lass es nicht hier einschlagen, bitte nicht hier!
Als ich die Hände von den Augen nahm, war die Welt um mich herum noch ganz. Aber wieder zuckte der Himmel direkt über mir so hell auf, dass mir vom grellen Licht ganz schummrig wurde. Plötzlich befand ich mich vor einer Steigung, die auf eine kleine Hügelkuppe führte. Eigentlich wollte ich wegen der Einschlagsgefahr hohe Plätze meiden, aber ich interessierte mich brennend dafür, was hinter diesem Hügel lag.
Der nächste Blitz explodierte direkt über mir – zumindest kam es mir so vor – gefolgt von einem Donner, der so laut in mein Ohr dröhnte, dass ich vor Schreck völlig gelähmt war.
Aber nur für kurze Zeit, dann rannte ich los! Über den Hügel hinweg, bevor der nächste Blitz niederging, und auf der anderen Seite wieder hinunter. Der folgende Abhang war so steil und das Laub auf dem Boden so glitschig, dass ich kaum noch

die Kontrolle über meine Beine halten konnte. Erneut krachte es über mir, als hätte sich ein ganzer Götterhimmel gegen mich verschworen. Ich rutschte aus, verlor das Gleichgewicht und viel hätte nicht gefehlt und ich hätte mein Ziel auf dem Rücken, Hintern oder Bauch erreichen müssen. Glücklicherweise schaffte ich es noch, mich im rechtzeitigen Moment an einer hervorstehenden Wurzel festzukrallen, mich wieder aufzurichten und dann mit ein paar letzten, nervösen Schritten am unteren Ende des Hügels anzukommen.
Aber es hatte sich gelohnt! Nur etwa einhundert Meter vor mir lichtete sich der Wald und es ging aufs freie Feld hinaus. Während ich auf den Waldrand zu lief, schlugen die Gewitterwolken noch zwei weitere Male zu. Jedes Mal schaute ich mich alarmiert um, konnte aber niemals erkennen, dass es irgendwo einschlug. Außerdem wurden die Abstände zwischen Blitz und Donner langsam auch wieder kürzer. Das Gewitter näherte sich seinem Ende zu.
Viel besser wurde es für mich damit aber noch lange nicht. Außerhalb des Waldes hatte ich die Blitze zwar hinter mir gelassen und kein einziger im Wind schwankender Baum konnte mein Leben bedrohen, dafür aber stand ich mitten im strömenden Regen. Ich blickte zum Himmel herauf, aber es war keine Aussicht auf eine baldige Aufheiterung zu erkennen. Die schmale, verwitterte Straße vor meinen Augen verlief streng geradeaus, zwischen Wiesen und Feldern hindurch. Wie lang sie war, konnte ich nicht feststellen. Das Wetter war so trübe, dass ich nur wenige hundert Meter weit gucken konnte, wo die Straße im grauen Nichts endete. Ein Haus war nirgendwo zu sehen.
Langsam und ohne jegliche Hoffnung trottete ich die Straße entlang. Warum sollte ich mich auch beeilen? Ich wusste keinen Ort, an den ich fliehen konnte und überall um mich herum herrschte dasselbe Mistwetter.

Stattdessen blickte ich zurück und genoss das beeindruckende Naturschauspiel, das mir dort geboten wurde. Es sah wirklich irre spannend aus, als genau über dem Wald ein Blitz aufzuckte und der Himmel über tausenden von Baumkronen in ein rotes Licht getaucht wurde, als wäre ein Feuer ausgebrochen, welches den ganzen Wald, ja, vielleicht gar die ganze Welt verzehren wollte. Stand vielleicht gar der Weltuntergang bevor?
Ich spann ein bisschen herum, gab mir Mühe, aus meiner Situation das Bestmögliche zu machen.
Und doch verging mir bald der Humor, weil ich dieses ätzende, widerliche Wasser über alle Maßen verabscheute und hasste. Dieses ekelhafte Wasser, das mir die ganze Zeit über an Gesicht und Hals herunterlief, ich hatte es sowas von satt! Am liebsten hätte ich laut aufgeschrien, damit dieser Idiot, der dort oben über den Wolken schwebte und für all den Mist verantwortlich war, endlich damit aufhörte.
Aber was hatte es für einen Sinn, sich aufzuregen? Ich änderte ja doch nichts daran, wenn ich mir die Lunge aus dem Leib schrie. Dem Schicksal ergeben ging ich weiter, dorthin, wohin mich diese erbärmliche, kleine Straße führte.
Nach etwa zweihundert Metern wurde die Straße von einem Bach gekreuzt, über den eine winzige Brücke führte. Obenauf blieb ich stehen und sah hinunter. Kurz zuvor mochte dies ein kleines, nettes Bächlein gewesen sein, das sich gemütlich durch die Wiesen murmelte. Die Hitze der letzten Tage hatte es vielleicht zur Hälfte ausgetrocknet, doch das Unwetter ließ es wieder anschwellen. Vielleicht würde es nach ein paar weiteren Regentagen sogar über die Ufer treten und die Felder ringsum überfluten.
Ich warf eine Blechdose, die ich am Straßenrand fand, hinein, rannte schnell ans andere Ufer und wartete gespannt darauf, wie sie wieder hervorgespült kam. Ein sinnloses Spiel, aber ich hatte ja sonst nichts zu tun…

Plötzlich fiel mir etwas Besseres ein, denn ich erinnerte mich an die Einkaufstasche, die ich, um den Hals gehängt, über den Rücken mit mir trug. Gierig wickelte ich das Brot aus dem Papier, das natürlich schon ziemlich durchgeweicht war. Aber was macht das schon aus? dachte ich gleichgültig. Trockenes Graubrot schmeckt sowieso nicht.
Dann aber griff ich mir doch lieber ein Stück von dem kalten Braten, auf dem ich herumkaute, während ich langsam und gemächlich weiterspazierte. Ich hatte ja Zeit...
Als ich aufgegessen hatte, wurde es mir allmählich wirklich ungemütlich zumute. Ich fror in meinen durchgeweichten Klamotten, dass mir die Zähne klapperten. Und dann auch noch der Wind! Ich wollte wieder einen Zahn zulegen, damit mir wieder etwas wärmer wurde, aber so sehr ich mich mit meinen schmerzenden Füßen auch bemühte, die Wärme war für immer aus meinem dürren Körper gewichen. Trotzdem lief ich weiter und weiter. Ich hatte die Hoffnung, dass irgendwo ein Haus auftauchen würde oder irgendein alter Schuppen, wo ich mich unterstellen konnte. Doch es wollte und wollte nicht passieren. Die Gegend um mich herum war so leer, als wäre sie der Nabel der Welt.
Doch dann sah ich auf einmal etwas, was mich so schockierte, dass ich keinen einzigen Schritt mehr gehen konnte!
Ich blieb so abrupt stehen, dass ich auf der glitschigen Straße ausrutschte, auf den Straßenrand zu schlitterte, das Gleichgewicht verlor und schließlich in einer großen Pfütze, voll mit braunem Wasser, landete. Nun waren meine Klamotten also nicht mehr nur nass, sondern auch noch ziemlich dreckig. Aber daran vergeudete ich in diesem Moment nicht einen Gedanken. Ich richtete meinen Oberkörper auf und starrte den Zaun an, der mir von der anderen Straßenseite entgegenblickte.
Eigentlich, wenn ich es mir recht überlegte, war an diesem Zaun überhaupt nichts Besonderes. Ein normaler Mensch, der

ohne Regenkleidung in ein Unwetter geraten war und nun händeringend nach einem trockenen Platz suchte, hätte ihn keines Blickes gewürdigt. Und ich auch nicht, wäre da nicht zwei Tage zuvor diese merkwürdigste all meiner merkwürdigen Begegnungen gewesen. So viel Verwirrung hatte sie gestiftet, so viel hatte sie bei mir verändert, auch mein Verhältnis zu Rosen, zumindest wenn sie weiß waren.
Und da standen sie also! Wucherten zwischen den Zaunlatten hindurch. Weiße Rosen…
Mit Po und Beinen immer noch im Matsch liegend, starrte ich sie an. Eine ganze Weile lang.
Aber warum eigentlich? Kopfschüttelnd fragte ich mich, worauf ich überhaupt wartete. Etwa darauf, dass mir die Zauberin der weißen Rose erscheinen würde? Nein, das war unmöglich! Die Zauberin war tot, würde niemals wiederkehren und dies hier waren nichts weiter als gewöhnliche Rosen, die man in jeder Gärtnerei kaufen konnte und mit der Zauberin absolut nichts zu tun hatten.
Ich stand auf, versuchte, mir den Dreck abzureiben, sah aber ein, dass es sinnlos war. Als ich wieder nach vorn blickte, war die Aussicht kein bisschen besser geworden, sondern eher noch schlimmer. Jetzt brach auch noch der Abend an und die ohnehin schon trostlose, dunkle Landschaft wurde immer düsterer.
Und ich war noch immer allein, mutterseelenallein im strömenden Regen.
Oh, Iris, oh, Jochen! Warum habt ihr mich bloß fortgetrieben? Sonst könnten wir jetzt gemütlich zusammen im Haus sein, wo es warm und trocken ist. Ihr könntet Kaffee trinken und wir Kinder heißen Kakao. Wir würden alle gemeinsam um den Küchentisch sitzen, ab und zu nach draußen schielen und uns von Herzen darüber freuen, ein so schönes Haus zu haben und nicht bei diesem Sauwetter draußen sein zu müssen.

Als ich daran dachte, kamen mir die Tränen. Ich wischte sie schnell ab, obwohl mein Gesicht ohnehin völlig nass war.
„Iris!" rief ich in die weite finstere Landschaft hinaus. „Jochen! Mama, Papa!" Ich stampfte vor Wut und Verzweiflung auf den Boden. „Warum habt ihr mir das angetan? Sagt's mir doch! Warum, warum, waruuuuuuum?"
Es kam keine Antwort. Und ich schrie noch einmal, denn das war das einzige, was ich jetzt noch tun wollte: Schreien, schreien, schreien!
Es änderte zwar nichts an meiner Situation, aber es war so ein befreiendes Gefühl, meine ganze Wut aus mir...
Plötzlich stockte ich! Und dachte nach. Moment mal. Warum gab ich eigentlich Jochen und Iris die Schuld? Sie waren doch so nett zu mir gewesen, die ersten Menschen, die sich um mich gekümmert hatten. Sie konnten mit Sicherheit nichts dafür, dass sie mich an diesem Morgen nicht wiedererkannt hatten. Schuld war wer ganz anders, Schuld war diese Hexe, dieses elende Miststück, das behauptet hatte, mir etwas Gutes tun zu wollen, und dann, und dann...
Abrupt drehte ich mich um. Und sofort fiel mein Blick wieder auf die Rosen. Wie stolz sie ihre prächtigen Blüten in die Luft streckten! Also würde ihnen Wind und Wetter nichts ausmachen.
Als ich das sah, packte mich die Wut! Und ich brauchte etwas, an dem ich sie auslassen konnte, irgendwen, an dem ich mich für mein furchtbares Schicksal rächen konnte.
„Ihr verdammten Rosen!" brüllte ich. „Ihr seid an all meinem Unglück schuld! Ihr und eure blöde Zauberin, das weiß ich genau. Na warte, das bekommt ihr zurück!"
Die Rosen antworteten nicht. Wie auch? Ich aber ging mit großen Schritten auf sie zu und gab dem Zaun, in dem sie steckten, einen ordentlichen Tritt.

Und dann legte ich richtig los! Mein Hass kannte keine Grenzen. Mit zornigen Fingern riss ich an ihren Stängeln herum. An den Dornen ritzte ich mir die Hand auf, rotes Blut strömte hervor, tropfte zu Boden und mischte sich mit dem angesammelten Regenwasser. Aber der Schmerz war mir in diesem Moment egal. Überhaupt kein Vergleich zu all den schrecklichen Dingen, die ich in der letzten Zeit durchlebt hatte! Wie ein Wahnsinniger knickte ich die Ranken kaputt, riss ihnen die Blüten ab und rupfte ihnen jedes Blütenblättchen einzeln heraus. Nichts, aber auch wirklich rein gar nichts sollte von diesen elenden Gewächsen, diesem *Unkraut* übrigbleiben!

Das tat ich so lange, bis ich plötzlich eine geheimnisvolle Stimme vernahm: „Warum tust du das?"

Verwirrt drehte ich mich um. Wer hatte zu mir gesprochen? Aber da war niemand. Ich war so allein wie eh und je.

„So beruhige dich doch, mein Junge", sprach die Stimme weiter. Sie klang sehr sanft, kein bisschen verärgert. Vor Erstaunen hörte ich auf, die Rosen zu misshandeln und trat einen Schritt zurück. War ich nun endgültig verrückt geworden, dass ich Stimmen hörte, die überhaupt nicht da waren?

Nein, das konnte nicht sein! Denn die Stimme war da. Ich hörte sie ganz deutlich. So unheimlich es auch klang, es mussten die Rosen selbst gewesen sein, die zu mir sprachen.

„Wer spricht da?" fragte ich. Meine Stimme bibberte vor Kälte und Angst.

„Habe keine Angst vor mir, du kennst mich", antwortete die Stimme.

Ja, da hatte sie ein wahres Wort gesprochen. Es war die Stimme der Zauberin... der *Zauberin der weißen Rose.*

Anfangs war ich nur entsetzt, weil ich es nicht gewohnt war, dass jemand durch eine Blume zu mir sprach. Dann bekam ich ein schlechtes Gewissen. Ich hatte ihre Blumen ausgerupft. Würde sie sich dafür rächen wollen?

„Ich verstehe deine Wut", beruhigte mich die Zauberin, die tatsächlich tief aus einer fernen Welt zu mir zu sprechen schien. „Du denkst sicherlich, dass es allein meine Schuld ist, dass ich dich betrogen habe. Aber so einfach ist es nicht, mein kleiner Freund. Oh, wie sehr wünsche ich mir, ich hätte bei unserer ersten Begegnung mehr Zeit gehabt, dir alles genau zu erklären. Damit hätte ich dir eine große Enttäuschung und viel, viel Schmerz ersparen können."
Ich horchte auf. Wusste sie etwa von dem, was mir zugestoßen war? Aber wie konnte das sein? Sie war doch tot!
„Nun aber ist die Gelegenheit gekommen, dir von der dunklen Seite des Zaubers zu erzählen", fuhr sie fort. „Denn ich bin zwar aus eurer Welt geschieden, aber auf eine gewisse Art und Weise bin ich immer noch unter euch. Die weißen Rosen, durch sie stehe ich mit den Menschen in Verbindung, denen ich zu Lebzeiten geholfen habe. Bis zu dem Moment, an dem auch ihre Seelen in das Reich der Toten eingehen müssen."
„Schön geholfen haben Sie mir!" Ich wollte brüllen, aber ich brachte es nicht fertig. Mein Herz pochte. „Nur sich selbst haben Sie geholfen, schweben jetzt da, ohne Qualen, in Ihrem Reich der Geister herum und lassen es sich gutgehen! Aber ich... aber ich..." Nach einem tiefen Schluchzen konnte ich fortfahren: „Die Familie, die Sie mir versprochen haben, hat mich nach zwei Tagen einfach so vor die Tür gesetzt!"
„Ich weiß es", seufzte die Zauberin.
„Sie wissen es? Haben Sie mich etwa beobachtet?"
„Nein", antwortete sie. „Ich weiß nicht einmal etwas von der Familie, die dich aufgenommen hat. Aber ich kenne den Zauberspruch, den ich dir vorgetragen habe. Damals war ich im Angesicht des Todes so schwach gewesen, dass ich es nicht mehr fertigbrachte, ihn verständlich aufzusagen. Und deswegen wiederhole ich ihn für dich ein einziges Mal. Also höre gut zu:

Wartest du vor einer fremden Tür
Und man öffnet dir
So wird man dich erkennen
Man wird dich bei deinem Namen nennen
Man wird dich als einen der ihren sehen
Doch noch drei Tagen musst du wieder gehen!

Jetzt war es also heraus! Und obwohl ich genau das schon die ganze Zeit über geahnt hatte, brach es mir fast das Herz, die schmerzliche Wahrheit direkt ins Gesicht gesagt zu bekommen. Der Zauber hatte somit seine Wirkung getan. Er hatte mir eine Familie gegeben. Allerdings nur für drei – ja, genau genommen sogar nur für zwei – Tage.
Eine Weile war es still. Sogar der Donner, der die ganze Zeit über in der Ferne gegrummelt hatte, gönnte sich in diesem Moment eine Pause. Nur der Regen, er patschte genauso zu Boden wie zuvor. Ich machte den Mund auf, wollte etwas sagen, aber meine Zunge weigerte sich. Ich war wie gelähmt.
„Es tut mir leid", sagte die Zauberin. „Es tut mir so unheimlich leid für dich."
Wieder herrschte Stille. Ich hatte nichts zu sagen.
„Oh, wenn du es doch vorher gewusst hättest, dann…"
„Was dann?" fragte ich. Das Leben kehrte in mich zurück. „Das hätte mir auch nichts genützt! Meine Familie hätte ich trotzdem verloren!"
„Ich weiß", sagte die Zauberin. „Aber das Gute an dem Zauber ist, dass er ewig andauert. Und keine Menschenseele, der ich je auf Erden begegnet bin, hat ihn so bitter nötig gehabt wie du. Du bist ein Ausgestoßener, ein ewig Heimatloser, aber dieser Zauber gibt dir die Macht, dir immer wieder, in jeder Stadt, in jedem Dorf, dir Gesellschaft und ein Obdach zu verschaffen. Du kannst an einer beliebigen Tür klingeln und du wirst…"

„Sie wissen überhaupt nichts!" brüllte ich dazwischen. „Es war eine so wunderbare Familie, die ich bekommen habe. Ich habe sie so liebgehabt! Mein ganzes Leben lang wollte ich bei ihnen bleiben. Aber jetzt wollen sie nichts mehr von mir wissen. Und ich werde sie nie wiedersehen! Ich kann ja nicht mal ein zweites Mal bei ihnen klingeln, denn der Zauber wirkt ja nur, wenn man die Familie, die im Haus wohnt, vorher nicht kennt!"
Wieder kamen mir die Tränen und ich hörte die Zauberin mitleidig seufzen. Sie suchte nach Worten, die mich trösten könnten, aber man hörte ihr an, dass sie mich für untröstlich hielt.
„Der Fluch, der so schwer auf dir lastet, bekommt durch meinen Zauber eine besondere Wirkung", fuhr sie schließlich fort. „Du kannst dich nicht einmal im Frieden von ihnen verabschieden, sondern wirst im Hass von ihnen getrennt. Aber es ist vermeidbar, wenn du bereits am Abend des dritten Tages das Haus verlässt. Dann…"
„Am Abend des dritten Tages?" Ich schnaufte vor Verachtung. „Am *Morgen* des dritten Tages haben sie mich rausgeschmissen! Was faseln Sie da ständig von drei Tagen, wenn ihr Zauber nicht einmal zwei Tage lang dauert?"
„Es dauert eine Weile, bis der Zauber all seine magische Wirkungskraft entfaltet hat", antwortet sie. „Wenn du ihn erst einige Male angewandt hast, werden es am Ende drei Tage sein."
„Bis der Zauber all seine magische Wirkungskraft entfaltet hat", äffte ich sie verbittert nach. „Was sind Sie nur für eine unfähige Zauberin? Sie wussten doch von Anfang an, dass ich verflucht bin. Wenn Sie mir wirklich helfen wollen, dann sagen Sie mir doch endlich, wer mich verflucht hat und wie ich diesen Fluch endlich brechen kann!"
„Es ist der Geist der Welt, dessen Willen ich ausführe. Ich kann nichts von mir selbst aus tun. Ein Zauberer, der seine Gesetze bricht, muss vergehen und…"

Ich hörte ihr und ihrem sinnlosen Geschwafel, das sie offenbar für geistreich hielt, gar nicht mehr zu.
„Na klar!" rief ich hasserfüllt. „Weil es Ihnen niemals darum ging, mir zu helfen. Ich war doch nur ein Mittel zum Zweck, damit Sie sich in Ihre idiotische geistige Welt hinüberretten konnten und keine Höllenqualen durchleiden müssen! Hätten Sie Ihren verfluchten Zauber doch einfach mitgenommen und sich Ihnen sonst wo hingesteckt!"
Mehr hatte ich ihr nicht zu sagen. Nachdem ich dem Rosenzaun einen letzten Tritt verpasst hatte, lief ich, ohne ein weiteres Wort, davon. Ich wollte nichts mehr mit ihr zu tun haben und beschloss, von nun an jeden weißen Rosenbusch, der mir unterwegs begegnete, in Brand zu setzen.
„Wo willst du hin?" hörte ich die Zauberin noch fragen.
Ich tat so, als ob ich nichts gehört hätte.
„In ungefähr einem Kilometer liegt ein altes Haus!" rief sie mir mit allerletzter Kraft hinterher, denn ihre Stimme war sehr leise und ich bereits einige Meter weit weg. „Gehe dorthin! Der Mann, der dort wohnt, ist nicht sonderlich freundlich, aber wenn du eine einzige Nacht bei ihm bleibst, wirst du dich wenigstens nicht erkälten."
Das konnte sie sich abschminken! Nie wieder wollte ich diesen Zauber verwenden. Nie wieder wollte ich eine solche Enttäuschung erleben. Das Erlebnis dieses Morgens reichte mir bis in alle Ewigkeit.

Als das Haus aber vor meinen Augen auftauchte, hatte ich meinen Vorsatz längst vergessen. Meinen ganzen Stolz – und noch viel mehr – war ich bereit einzutauschen, um nur endlich unter ein trockenes Dach zu kommen. Ich blieb an der Gartenpforte stehen und sah mir das Gemäuer genauer an. Es war wirklich sehr alt und baufällig. An der Wand wucherte Efeu hinauf und dort, wo kein Efeu war, bröckelte der Putz ab. Außerdem fehl-

ten auf dem Dach einige Ziegeln. Möglicherweise regnete es auch hinein.
Aber egal, solange es nur kein strömender Regen war!
Ich schleuderte die alte, verrostete Pforte so heftig auf, dass es mich nicht gewundert hätte, wenn sie daran zerbrochen wäre.
Dann raste ich auf die Haustür hinzu und hämmerte wie ein Besessener dagegen.
Nicht sehr anständig von mir, dachte ich, als mir niemand öffnete. Also suchte ich den Klingelknopf und klingelte Sturm.
Aber auch das half nichts. Es war niemand zu Hause.
Voller Enttäuschung sackte ich auf der Treppe zur Tür, unter einem kleinen Vorbau, zusammen. Ich war mit den Nerven am Ende und hatte keine Kraft mehr, mir ein anderes Haus zu suchen.
Na, dann bleibe ich eben hier, dachte ich und blickte nach oben. Hier ist es doch auch schön. Ich habe sogar ein Dach über dem Kopf. Es ist zwar alt und morsch, aber wenigstens schützt es mich vor dem gröbsten Regen.
Dann fiel mein Kopf zur Seite und ich verlor endgültig das Bewusstsein.

27.

Das Erste, was ich beim Aufwachen spürte, war, dass mein Körper und die Kleidung, in der er steckte, vollkommen trocken waren.
Ich öffnete die Augen, konnte aber nicht erkennen, wo ich war. Um mich herum war es vollkommen dunkel. Dafür hörte ich noch immer den Regen. Nicht mehr so heftig wie zuvor, außerdem klangen Regen und Wind gedämpfter, aber sie waren immer noch da, da gab es keinen Zweifel. Wenigstens war ich

selbst aus dem Unwetter heraus. Irgendjemand musste mich, als ich bewusstlos gewesen war, gefunden und in ein Haus geschleppt haben. Wer auch immer es war, ich dankte ihm sehr dafür. Denn er hatte mich nicht nur aus dem Regen ins Trockene gebracht, er hatte mich obendrein auch noch in ein warmes, molliges Federbett gesteckt.

Ich tastete mit der Hand an meinem Körper entlang. Ja, sogar die alten, frisch gestohlenen Anziehsachen hatte er mir ausgezogen und mich dafür in einen Schlafanzug gesteckt.

Wer aber war dieser unbekannte Wohltäter? Und in was für einem Haus befand ich mich eigentlich? War es dasselbe, vor dessen Tür ich zusammengebrochen war oder hatte man mich längst woanders hingebracht? Vielleicht ins Krankenhaus, oder, oder vielleicht... Ich wagte es kaum, es wirklich auszudenken... Aber hätte es nicht sein können, dass ich wieder zu Hause war?

Vielleicht hatte ich eine lange Zeit über im Koma gelegen und dabei einen furchtbaren Albtraum gehabt! Hatte geträumt, dass ich in einem Pappkarton aufgewacht war, alles aus meinem vorherigen Leben vergessen hatte, völlig vereinsamt durch die Welt gewandert und von allen Menschen verachtet worden war. Nun aber war der Traum vorbei. Ich war wieder bei meinen Eltern, die mich liebhatten und stolz auf mich waren und bald würden sie nach mir schauen und mir etwas zu essen bringen. Ich konnte mich zwar immer noch nicht daran erinnern, wer sie waren, aber das war vielleicht normal so, wenn man aus dem Koma erwacht.

Ich steigerte mich so in diese Vorstellung hinein, dass ich vor Aufregung anfing zu schwitzen. Ich warf das Federbett zur Seite und sprang aus dem Bett. Von links drang ein ganz klein wenig gedämpftes Licht in das Zimmer. Ich ging darauf zu und ertastete die Jalousien. Ich schaffte es, die Kette zu finden und sie nach oben zu ziehen, woraufhin sich vor mir die trübe Däm-

merung ausbreitete. Viele Regentropfen schlugen gegen das Fenster und rutschten an der Glasscheibe hinunter. Mir grauste und schüttelte es, wenn ich an den Regen nur dachte. Nein, dahin wollte ich auf keinen Fall zurück!
Also schlich ich mich vorsichtig mit nackten Füßen in die andere Richtung. Das Zimmer schien nicht besonders groß zu sein. An der Wand stand ein vollgerümpeltes Regal und zwischen dem Regal und dem Bett gab es nur einen schmalen Gang, den man entlanggehen konnte. Ich musste beim Gehen aufpassen. Einmal wäre ich fast über einen Karton, der auf dem Boden stand, gestolpert. Ich schaffte es zwar noch, mich rechtzeitig am Regal festzuhalten, doch schien dieses nicht sonderlich stabil zu sein. Es wackelte und knarrte. Wenn man zu doll dagegen stieß, fiel es vielleicht um. Was würde das für ein Gescheppder geben!
Schließlich war ich an der Tür angekommen. Von draußen fiel kein Licht zu mir hinein. Also tastete ich an der Wand nach einem Lichtschalter. Erst fand ich nur ein Bild, das ich zu Boden riss, dann aber hatte ich den Schalter gefunden. An der Zimmerdecke leuchtete eine Lampe auf und ich konnte mich endlich in meinem neuen Reich umschauen.
Der Anblick war eher ernüchternd. Es war bei weitem nicht so ein schönes Zimmer, wie ich es bei Jochen und Iris gehabt hatte. Nur eine kleine, ungemütliche Kammer. Ein altes Bett und ein altes Regal, das – wie gesagt – über und über mit allen möglichen Sachen zugestellt war. In einer Reihe standen alte Bücher, aber das meiste war wohl wertloser Plunder. Neben der Tür gab es außerdem noch einen Kleiderschrank, dessen Tür ziemlich schief im Rahmen hing. Der Teppich unter mir wellte sich, war schmutzig und voller Flecken. Und jetzt, wo ich das alles vor mir sah, fand ich auch, dass es ziemlich muffig roch.

Enttäuscht verzog ich das Gesicht. Alles in allem passte dieses Zimmer genau in das alte, baufällige Haus, an dem ich, bevor ich in Ohnmacht gefallen war, geklingelt hatte. Aber konnte ich es wissen? Vielleicht waren meine Eltern ja auch arm und lebten in solch einem Haus. Also öffnete ich die Zimmertür und ging auf den Flur hinaus. Ich wollte auf Entdeckungsreise gehen und zudem die anderen Bewohner dieses Hauses treffen. Das Haus war schlicht und nicht besonders ordentlich eingerichtet. Auf dem Flur gab es neben einer kleinen, alten Kommode nur Pappkartons, die sich in der Ecke gegenüber meines Zimmers bis an die Decke stapelten. Außerdem gab es noch zwei Türen. Aber ich öffnete keine von beiden, sondern ging sofort die Treppe hinunter, von wo aus ich Stimmen und Geräusche hörte. Die Treppe war mit einem hässlichen, grünroten Teppich überzogen und knarrte gewaltig, aber niemand schien mich zu hören.
Und als ich unten war, wusste ich auch, warum. Die Stimmen kamen nämlich nicht von Menschen – jedenfalls nicht von welchen, die wirklich da waren – sondern entstammten allen Anscheins nach einem Fernseher. Es schien kein besonders ruhiger Film zu sein, eher ein Actionfilm mit wilden Verfolgungsjagden und vielen Schießereien. Ich ging auf die Tür zu, von woher der Lärm kam, öffnete sie vorsichtig und spähte durch den schmalen Spalt hindurch.
Es war das Wohnzimmer. Ganz vorn, in der Mitte, an der Wand stand ein flimmernder Fernseher und ich konnte gerade mitverfolgen, wie auf einer schmalen, kurvigen Bergstraße zwei Laster mit enormer Geschwindigkeit aufeinander zupreschten. Das konnte natürlich nicht gutgehen. Einer der LKWs wich aus, zertrümmerte die Leitplanke und fiel den Abhang hinunter. Er überschlug sich mehrmals, bevor er am Ende gegen einen großen Felsen schlug und mit einem Mordskrach explodierte. Ich fand das schrecklich und hielt mir die Ohren

zu. Das Feuer, der Krach! Das erinnerte mich so sehr an das Gewitter und die Angst, die ich an diesem Tag bereits ausgestanden hatte. Aber der Mann, der auf einem braunen Sofa vor dem Bildschirm saß und dessen Hinterkopf das halbe Bild verdeckte, schien sich prächtig zu amüsieren. Er fieberte mit, klatschte in die Hände, grölte und lachte umso mehr, je lauter es im Fernsehen knallte und schepperte.
Ich fand, dass er eine ziemlich grobe Stimme hatte. Mein Vater konnte es also nicht sein. Der hatte in meinen Träumen immer anders zu mir gesprochen. Ich war mir auch nicht sicher, ob ich diesen Mann überhaupt kennenlernen wollte, denn ich erinnerte mich an die Warnung, die mir die Zauberin hinterhergerufen hatte. Während ich überlegte, ob ich den fremden Mann ansprechen sollte, griff dieser nach einer Flasche – vermutlich einer Bierflasche – und führte sie an den Mund, stellte sie nach einem kurzen Zug jedoch gleich wieder zurück.
„Mist, schon wieder leer!" brummte er. „Und jetzt muss ich auch noch selbst in'n Keller gehen, um mir 'n neues zu holen. Und alles nur, weil dieser verdammte Bengel faul im Bett rumgammelt!"
Der *verdammte* Bengel? Meinte er damit etwa mich? Jetzt war ich mir ziemlich sicher, dass ich ihn *nicht* kennenlernen wollte. Aber mir blieb keine andere Wahl mehr. Denn nun stand er auf und drehte sich um. Er trug nur ein weißes Unterhemd und eine graue, kurze Hose. Oder eine Unterhose... ?
„Manchmal wünscht man sich echt wieder 'n Weib im Haus. Dann kricht man das Bier immer direkt an'n Tisch!" sagte der Mann noch. Dann trafen sich unsere Blicke, gerade in dem Moment, als ich meinen Kopf aus dem Türschlitz zurückziehen wollte. Nun aber stockte ich, grinste den Mann verlegen an und wartete ab, was er mir zu sagen hatte. Er sah wirklich alles andere als vornehm aus. Sein dunkles Haar war kurzgeschoren, wobei das obere Haar bereits sehr dünn war und sich allmäh-

lich eine Glatze bildete. Dafür aber hatte er einen dichten Stoppelbart. Was mir auch sofort auffiel, war, dass er auf dem rechten Oberarm eine Tätowierung hatte.
Er schien sich nicht besonders darüber zu freuen, mich zu sehen, so finster, wie er mich anblickte. Eigentlich genauso finster, wie es jeder andere Mensch, dem ich auf der Straße begegnete, auch tat. War es tatsächlich er gewesen, der mich aus dem Regen in ein warmes Bett getragen hatte? Das konnte ich kaum glauben. Aber wer sonst, wenn er keine Frau hatte? Lebte vielleicht noch seine Mutter, sein Vater oder irgendein anderer Mensch mit ihm im Haus?
„Äh… äh, hallo", stammelte ich. „Ich wollte nicht stören."
„Du störst ja gar nich", antwortete der Mann. „Im Gegenteil! Du kannst gleich mal in'n Keller gehen und 'n paar Flaschen Bier für mich holen!"
„Ähm, ich glaub, ich weiß gar nicht so genau…"
„Jetzt red dich nich wieder raus, sondern mach einen hinne! Ich hab Duuurrrscht! Kriegst von mir aus auch 'n Schluck ab, wenn de willst."
„Alles klar", sagte ich und war ganz froh darüber, den Mann sofort wieder aus den Augen verlieren zu dürfen. Als ich gefügig nickte, wandte sich der Mann sogleich von mir ab und beachtete mich nicht weiter. Ich schloss die Tür und lugte aus der Haustür hinaus. Aber die Idee, sofort wieder abzuhauen, konnte ich mir aus dem Kopf schlagen. Ich hatte ja nichts als einen Schlafanzug an und wusste nicht, was er mit meinen durchnässten Anziehsachen angestellt hatte. So tat ich, was er von mir verlangte und suchte im Flur die Tür zur Kellertreppe.

„Hat das lange gedauert! Das nächste Mal geht's aber 'n bisschen schneller!" stöhnte der Mann ungeduldig, als ich mit einer Flasche Bier in der Hand erschien. Kein Wunder, dachte ich. Schließlich musste ich mich in dem neuen Haus erstmal zu-

rechtfinden. Ich hatte ja nicht wissen können, dass der Kasten Bier hinter einem alten Tisch in der Ecke stand. Aber wie üblich sagte ich nichts.
Es war also wieder die gleiche Leier wie zwei Tage zuvor. Ich war in ein neues Haus gekommen, in dem man mich genau zu kennen schien, das mir selbst aber völlig fremd war. Ich stellte die Flaschen mit einem verlegenen Lächeln auf dem Tisch ab. Aber statt einer dankbaren Anerkennung erntete ich nur neuen Unmut.
„Eine Flasche nur?" fragte der Mann. „Macht's dir Spaß, in'n Keller zu rennen und für deinen Alten Bier zu holen?"
„Äh, wieso denn das?"
„Na, der Abend iss lang!" rief der Mann, als er die Flasche an der Tischkante öffnete, weil der Flaschenöffner nicht in Griffweite, an der anderen Seite des Tisches, lag. Ich wunderte mich, dass er nicht mich dafür rief. „Da sind zwei Flaschen 'n bissl knapp."
Er grinste mich überheblich an und mir blieb nichts anderes übrig, als mich umzudrehen und die nächste Ladung zu holen. Schließlich wollte ich keinen Ärger machen und brachte deshalb gleich fünf Flaschen mit. So viele, wie ich tragen konnte. Aber wieder war es nicht richtig.
„Na, so lang iss der Abend nun auch wieder nich!" stöhnte der Mann und sah mich an, als ob er mich für den unnützesten, begriffsstutzigsten Stümper hielt, den man sich nur vorstellen konnte. Ich wollte gleich ein weiteres Mal gehen, aber er hielt mich zurück.
„Dann bleiben se halt bis zum nächsten Abend stehen!" entschied er. „Auch wenn se bis dahin warm geworden sind."
Ich blieb stehen, beobachtete, wie er trank und wie er sich danach eine Zigarette anzündete, die Füße entspannt auf den Tisch legte und rauchte. Es war eine unangenehme Situation für mich, weil ich nicht wusste, was ich tun sollte. Vorsichtig

rümpfte ich die Nase, als sich der Rauch mit dem Schweißgeruch des Mannes vermischte. Am liebsten wäre ich zurück auf mein Zimmer gegangen, aber vielleicht wollte er ja, dass ich blieb. Ich schielte auf den Sessel, der neben dem kleinen Wohnzimmertisch stand, aber ich traute mich nicht, mich zu setzen.
„Nu steh da nich so rum wie Falschgeld!" raunzte mich der Mann schließlich an. „Hol dir'n Glas aus'm Schrank und setz dich hin!"
Ich tat, was er mir sagte und wurde natürlich angefahren, weil ich keine Ahnung hatte, wo ich nach dem Glas suchen sollte.
„Absicht, reine Absicht! Stellst dich blöder an wie de bist, weil de dir einbildest, dann von mir bedient zu werden."
Wenigstens war er so zuvorkommend, eine neue Flasche zu öffnen und mir ein halbes Glas einzuschenken. Es war ein gewöhnliches Wasserglas, denn ich hatte nicht begriffen, dass ich auch Bier trinken sollte.
„Mehr gibt's nich. Schließlich biste noch kein echter Kerl!"
Ich nippte vorsichtig an der gelben Flüssigkeit. Sie schmeckte bitter und irgendwie ekelhaft. Ich konnte überhaupt nicht verstehen, warum Erwachsene das so gerne trinken. Von mir aus hätte er mir weniger oder auch gar nichts einschenken können.
Eine Weile schwiegen wir. Der Mann verfolgte eine Actionszene und ich sah mich im Wohnzimmer um. Wie das gesamte Haus war es nachlässig eingerichtet. Trotzdem fand ich es ganz nett, weil es altmodisch wirkte.
So mussten die Wohnzimmer in der Zeit ausgesehen haben, als ich noch bei meinen echten Eltern gelebt habe und nicht auf der Straße unterwegs gewesen bin, dachte ich. Wenn man Staub wischt und ein wenig aufräumt, kann es hier vielleicht sogar einigermaßen gemütlich werden.
Als es im Fernsehen etwas ruhiger wurde, begann sich der Mann zu langweilen und fing an, sich mit mir zu unterhalten.

Aber viel Nettes hatte er mir nicht zu sagen. Er fragte, warum ich so dämlich gewesen war, am späten Nachmittag zum Geschäft ins Dorf zu laufen. Er hatte mir doch beim Mittagessen erzählt, dass es Gewitter geben sollte. Aber ein Trottel, wie ich es war, hörte ja niemals zu.

„Nich mal den Haustürschlüssel haste mitgenommen... wie idiotisch!" Er schlug sich mit einer leeren Bierflasche an die Stirn, um mir zu zeigen, wie idiotisch er mich fand.

Und was für eine Mühe er mit mir gehabt hatte! Mir die nassen Klamotten ausziehen und auf dem Dachboden auf die Wäscheleine hängen zu müssen. Sogar das Abendbrot hatte er sich selber machen müssen, weil ich ja im Bett lag und nicht wach zu kriegen war.

Was glaubte dieser fremde Kerl eigentlich, was ich für ihn war? Sein Sohn oder sein Arbeitssklave? Natürlich sprach ich das nicht laut aus. Ich lächelte nur demütig und versuchte, dem Mann alles ganz genau zu erklären: Ich hätte so dringend zum Geschäft gemusst, dass ich den Wetterbericht völlig vergessen hatte. Und den Schlüssel hatte ich wohl aus der Hosentasche genommen, als ich das Portemonnaie hineinsteckte.

„Pass bloß auf, dass de keinen Schnupfen kriegst!" sagte der Mann daraufhin. „Vor allem, wenn de hier mit nackten Füßen und im Schlafanzug rumsitzt."

Ich lächelte dankbar. Hatte dieser rohe Kerl, der mein Papa sein wollte, etwa doch ein Herz für mich?

Aber beim nächsten Satz erstarb mein Lächeln genauso schnell, wie es gekommen war. Er sorgte sich nämlich keinesfalls um mich.

„Es wartet Morgen nämlich 'ne Menge Arbeit auf dich! Flur und die Küche könnten mal wieder gescheuert werden! Und dann kannste auch gleich noch das Klo putzen und vielleicht noch die Werkstatt aufräumen! Bild dir bloß nich ein, hier ei-

nen auf krank machen zu können. Das kann ich zurzeit nämlich gar nich gebrauchen."
Er sah mich an und bemerkte, wie missmutig ich dreinschaute.
„Jetzt fang bloß nicht, wieder rumzuheulen!" sagte er streng. „Ich hab schließlich Arbeit genuch mit dir! Da kannste gefälligst auch mal was tun!"
Dann widmete er sich glücklicherweise wieder ganz seinem Film. Da gab es gerade eine wilde Schießerei zwischen ein paar Gangstern und der Polizei und er hatte genug damit zu tun, sie ordentlich anzufeuern. Die Gangster natürlich, nicht die Polizei!
„Mann, iss das geil!" rief er, als ein Polizist mit einem Loch in der Brust zu Boden fiel. Zufrieden schnippte er mit der Zigarette Asche auf die Tischplatte, weil er den Aschenbecher glatt verfehlte. „Sauber, sauber, so gehört sich das!"
Er schaute mich an, um zu sehen, ob ich mich darüber genauso sehr freute wie er, aber ich verzog nur das Gesicht. Vor Wut verschüttete er auch noch sein Bier und natürlich war ich es, der einen Lappen aus der Küche holen und alles wieder saubermachen musste.
Im Laufe des Abend versuchte er noch einige Male, sich mit mir zu unterhalten, aber mir wäre es am liebsten gewesen, er hätte einfach seine Klappe gehalten. Wie erleichtert war ich, als er auf die Uhr blickte und meinte, es sei Zeit für mich, ins Bett zu gehen. Ich sprang so hastig aus dem Sessel wie ein Gefangener, der endlich eine Möglichkeit gefunden hatte, aus dem Gefängnis zu flüchten. Danach hatte ich ein schlechtes Gewissen und sah den Mann verzagt an. Aber er würdigte mich keines Blickes mehr. Auch nicht, als ich mich aus der Zimmertür schlich und mich mit einem geflüsterten „Gute Nacht" verabschiedete.
Was war es für eine Befreiung, als ich fünf Sekunden später die Treppe hinaufstapfte!

28.

Als ich am nächsten Morgen erwachte, wusste ich absolut nicht, ob ich fröhlich oder traurig sein sollte. Die letzten beiden Nächte bei Jochen und Iris hatte ich nichts geträumt. In dieser Nacht aber waren mir wieder der mysteriöse Nebel und die Stimmen meiner Eltern erschienen. Aber sie hatten so leise und fern geklungen, dass ich kein einziges Wort verstehen konnte. Und ihre Wärme hatte ich auch nicht gespürt. Ich rief nach ihnen, fragte sie, ob sie nicht zu mir kommen konnten oder wollten. Aber ich erhielt keine Antwort, bis sie völlig verschwanden.

Ich erwachte aus meinem Traum, rieb mir verwirrt die Augen und wusste nicht recht, was ich davon halten sollte. Es musste ein wirklich anstrengender Traum gewesen sein. Mein Schlafanzug war schweißnass und ich fühlte mich nach vielen Stunden Schlaf kein bisschen ausgeruht. Als ich schließlich die Augen öffnete und sich die schäbige Kammer vor mir ausbreitete, fiel meine Stimmung endgültig auf den Tiefpunkt. Ich lebte noch immer in derselben hässlichen Welt und nicht einmal meine Träume konnten mir noch Trost spenden. Ich stand auf und schaute aus dem Fenster. Es hatte aufgehört zu regnen, aber der Himmel war noch immer wolkenverhangen und überall in dem verwilderten Garten hatten sich große Wasserpfützen gebildet. Kein Anblick, der mir wirkliche Hoffnung geben konnte.

Na, hoffentlich gibt es in dieser Bude wenigstens ein gutes Frühstück, dachte ich und streckte gähnend meine Arme.

Bevor ich hinunterging, wollte ich mich aber umziehen. Ich schaute in den Kleiderschrank und fand dort tatsächlich Anziehsachen in meiner Größe. Erstaunt fragte ich mich, woher die wohl kamen. Waren sie durch den Zauber entstanden oder gehörten sie einem anderen Kind, welches, solange ich hier

wohnte, auf einer Kur, einer Reise, im Internat oder sonst wo war? Das erschien mir merkwürdig, denn alles sah danach aus, als ob der Mann ganz allein in dem Haus wohnte. Es war auch wirklich keinem Kind zu gönnen, mit diesem grässlichen Vater zusammenleben zu müssen. Aber was kümmerte mich das? Hauptsache, die Sachen passten.
Als ich das Zimmer verließ, um nach unten zu gehen, hoffte ich, dass mein Gastgeber längst auf der Arbeit war. Aber da hatte ich falsch gedacht. Im Treppenhaus hörte ich ganz deutlich sein lautes Schnarchen, welches nun von den knarrenden Treppenstufen gestört wurde. Es kam aus dem Wohnzimmer.
Ich lugte hinein und sah, wie er, im selben Unterhemd und in derselben Unterhose wie am Abend zuvor, auf dem Sofa lag und mit ausgestreckten Gliedern vor sich hin schnurchelte, wobei sein dicker Bauch wie eine Welle auf und ab ging. Auf dem Tisch standen acht geöffnete Bierflaschen, wobei in einigen jedoch noch Reste enthalten waren. Er hatte sie also weder stehen gelassen, noch in den Keller zurückgebracht. Davon war er wahrscheinlich so betrunken und müde geworden, dass er es nicht einmal mehr in sein Schlafzimmer geschafft hatte und direkt auf dem Sofa eingeschlafen war.
Ich schaute auf die Uhr an der Wand und bemerkte, dass es bereits nach zehn Uhr morgens war. Mein Gott, ich hätte niemals gedacht, dass ich so lange geschlafen hatte. In mir wuchs eine leichte Panik. Was war, wenn er zu spät zur Arbeit kam und deswegen Ärger mit seinem Chef bekam? Ich überlegte, ob ich ihn vielleicht aufwecken sollte. Was aber, wenn er doch nicht zur Arbeit musste und mich dann voller Wut anschrie?
Ich wusste nicht, was ich tun sollte... bis ich mir plötzlich an die Stirn fasste und vor Erleichterung ein breites Grinsen zog. Warum sorgte ich mich eigentlich um diesen Mann? Er war nicht mein wirklicher Vater und ich hätte ihn mir auch niemals als Vater gewünscht. Warum machte ich mir um ihn Sorgen,

anstatt einfach in die Küche zu gehen, mir ein paar Butterbrote zu schmieren und dann „Auf Nimmerwiedersehen" zu sagen. Gedacht, gemacht! Ich ließ den Mann weiterschlafen und ging in die Küche, die direkt nebenan lag. Die Vorräte im Kühlschrank waren nicht gerade üppig. Gäste konnten wir uns an diesem Tag keine einladen, aber verhungern brauchte ich auch nicht. Außerdem hatte der Mann noch die Sachen dazugestellt, die ich am Tag zuvor gestohlen hatte. Also holte ich mir Wurst, Butter und Käse aus dem Kühlschrank und suchte die Schränke nach Brot ab. Mein durchgeweichtes Brot konnte ich nirgends finden, dafür aber ein Paket Schwarzbrot und im Kühlschrank ein paar Scheiben Weißbrot.

So schmierte ich mir von beiden Sorten eine Scheibe und während ich aß, holte ich mir meine gestohlene Einkaufstasche zurück und steckte Obst, Joghurt, Brot, Käse, Schokolade und eine kalte Frikadelle als Proviant ein. Dann war ich fertig, bereit zum Abhauen. Aber ich zögerte, weil ich beim Zuschlagen des Kühlschranks noch ein verstecktes Glas Knackwürste gesehen hatte. Die würden mir auch gut schmecken, dachte ich und wollte sie auch einstecken, falls mir das alles nicht zu schwer wurde. Also riss ich den Kühlschrank wieder auf, griff nach dem Glas... und das Unglück geschah!

Das Glas rutschte mir aus der Hand, fiel zu Boden und zersplitterte unter einem lauten Klirren auf den schmutzigen, beigefarbenen Küchenfliesen! Das Wasser spritzte mir gegen die Hosen, die Würste kullerten über den Fußboden und die großen und kleinen Glasscherben verteilten sich in alle Himmelsrichtungen.

Wie angewurzelt blieb ich stehen und traute mich vor Schreck nicht mehr, auch nur meinen kleinen Finger zu bewegen. Denn das Schlimme war ja nicht, dass das Glas zerbrochen war. Viel schlimmer war es, dass der Schnarcher von nebenan aufgehört hatte, seine komischen Geräusche zu machen und stattdessen

einen erschrockenen Schrei ausstieß. Danach war es eine Weile völlig ruhig, aber das war nur die Ruhe vor dem Sturm.
Ein paar Sekunden blieben mir, um schleunigst wegzulaufen, aber ich nutzte sie nicht. Dann stand der Mann vor mir in der Küchentür. Er sah sehr mitgenommen aus, seine Augen wirkten gerötet und verschlafen, aber böse anschauen konnte er mich damit trotzdem noch.
„Was ist hier los? Was hast du angestellt?" fragte er mich, obwohl er bereits alles gesehen hatte. Seine Stimme wirkte fest und entschlossen. Kein Lallen und kein Stottern, trotz des vielen Biers vom vorigen Abend.
„Äh, ich habe ein Glas fallen gelassen", sagte ich und senkte schuldbewusst den Kopf. Meine übermütigen Fluchtpläne hatte ich abgehakt. Wäre ich noch bei Jochen und Iris gewesen, so hätten sie mir bestimmt gesagt, dass alles nicht so schlimm sei und dass so etwas jedem einmal passieren könne. Aber mein neuer Vater bevorzugte offenbar andere Erziehungsmethoden.
„Komm her!" sagte er und lockte mich mit dem Zeigefinger auf den Flur hinaus.
„Wohin denn?" fragte ich verunsichert.
„Nur auf den Flur. Damit du nicht in die Scherben trittst, wenn ich dir eins überziehe!"
Ach, was war er nur für ein freundlicher, rücksichtvoller Kerl! Man merkte ihm an, dass er sich voll und ganz als mein Vater fühlte. Ein gewöhnlicher Mensch von der Straße hätte mich bestimmt in die Scherben treten lassen und sich krumm und schief gelacht, wenn ich mir daran die Füße blutig getreten hätte.
Welch ein Glück, dass er noch ein bisschen müde und nicht bei vollen Kräften war, denn auch so konnte er wahrhaftig hart zuschlagen! Ich sackte in die Knie, jaulte auf wie ein geschundener Schoßhund, aber wenigstens ließ er es bei einem Mal gut sein. Dafür brachte er mir Handfeger, Kehrblech und einen

Lappen und befahl mir, all den Dreck, den ich angerichtet hatte, gefälligst wieder sauberzumachen.
„Sach mal, wie spät isses eigentlich, Kurzer?" fragte er mich, als er am Küchentisch saß und sich Weißbrotscheiben mit Wurst ins Maul stopfte.
„Es müsste gleich halb elf sein", antwortete ich mürrisch.
„Sach das noch mal!"
„Halb eeeeeelf!" rief ich, denn der Zorn platzte ganz plötzlich aus mir hinaus. Mein Gott, war der schwerhörig, oder was? Diesmal aber verstand er es. Leider! Ich merkte es, als er explodierte, als hätte er eine tickende Bombe verschluckt.
„Das kann doch nich wahr sein!" brüllte er. „Sach ma, was fällt dir eigentlich ein?"
„Hätt ich dich wecken sollen?" fragte ich eingeschüchtert.
„Kommst du jetzt zu spät zur Arbeit?"
„Nich ich, duuuu!" brüllte der Mann, dass die angesabberten Brotkrümel nur so über den Tisch flogen. „Was machst du eigentlich noch hier? Warum biste nicht inner Schule?"
Oh nein! Die Schule... Die gab es ja auch noch. Daran hatte ich überhaupt nicht mehr gedacht. Und auch jetzt bekam ich kaum Zeit, darüber nachzudenken, denn ich erhielt einen Schlag auf den Rücken, dass ich beinahe mit dem Gesicht in meine aufgesammelten Scherben geknallt wäre. Vor Schmerz wimmernd und vollkommen verängstigt sah ich zu dem jähzornigen Gesicht, welches über mir schwebte, hinauf.
„Soll ich jetzt meine Sachen packen und gehen?" fragte ich.
„Jetzt bleibste hieeeer!" brüllte er. „Es würd sich ja doch nich mehr lohnen. Ich schreib dir 'ne Entschuldigung, dass de 'n Schnupfen hast und dann isses gut."
Dieser blöde Mistkerl! Oh, wie ich ihn innerlich für diesen Satz verfluchte! Jedes andere Kind in meinem Alter hätte sich sicherlich gefreut, einen Vater zu haben, der es so freimütig von der Schule fernhielt. Ich hingegen wäre an diesem Tag viel lie-

ber zur Schule gegangen, denn nur weil man zur Schule hingeht, heißt das ja noch lange nicht, dass man auch hineingeht!
So aber musste ich daheim bleiben und einen ganzen Tag lang für diesen faulen Kerl den Arbeitssklaven spielen.
„Wenn de schon mal mit'm Fußboden dabei bist, kannste dir auch gleich 'n Eimer holen und die ganze Küche durchscheuern!" befahl er. „Ich bin nämlich gleich weg. Du weißt doch, wo das Putzzeug iss, ja?"
Das wusste ich genaugenommen nicht, was ich ihm aber nicht sagte. Denn wenn du weg bist, dann werde ich auch nicht mehr lange bleiben, dachte ich in hoffnungsvoller Erwartung.
Aber da hatte ich ihn völlig falsch verstanden. Er hatte lediglich vor, aus der Küche zu gehen, damit ich besser wischen konnte, nicht aber aus dem Haus.
Im Laufe des Tages erfuhr ich dafür auch den Grund. Aus der Schreinerwerkstatt, wo er früher gearbeitet hatte, war er entlassen worden. Seitdem arbeitete er gelegentlich bei einem guten Freund, der eine Autowerkstatt betrieb oder er ging mit anderen Männern in den Wald, um für ein Sägewerk Bäume zu fällen. Die meiste Zeit aber war er arbeitslos und lebte von dem Geld, welches der Staat ihm zahlte. Und heute war wieder einer dieser Tage, an dem er rein gar nichts zu tun hatte. Aber trotzdem dachte er nicht im Traum daran, sich im Haus nützlich zu machen. Wozu hatte er schließlich einen Haussklaven wie mich?
Ich ging in die Putzkammer und kramte einen Eimer heraus. Während ich ihn mit heißem Wasser volllaufen ließ, zerbrach ich mir den Kopf darüber, welches wohl das richtige Scheuermittel war. Ich traute mich nicht, nachzufragen und las mir stattdessen lieber die Etiketten der Plastikflaschen durch. Als ich glaubte, die richtige gefunden zu haben, schnappte ich mir den Wischmopp und los konnte es gehen! Ich wusste nicht, ob ich jemals zuvor eine Küche gescheuert hatte und war voller

Furcht, mal wieder etwas falsch zu machen. Auf keinen Fall wollte ich mich wieder als nichtsnutziger Dummkopf beschimpfen lassen, obwohl ich mich gleichzeitig so erbärmlich dabei fühlte, wie ein Hündchen alles zu tun, was dieser unausstehliche Kerl von mir verlangte. Es war schwierig für mich, den richtigen Weg zu finden, um den schlimmsten Ärger zu vermeiden.
Aber so schwer kann das ja nicht sein, beruhigte ich mich. Ich brauche doch bloß den Mopp ins Wasser einzutauchen und dann damit über den Boden zu fahren. Ich probierte es aus und fand, dass ich mich fürs erste Mal ziemlich gut anstellte.
Als ich gerade fertig war, kam der Mann mit schmutzigen Gartenstiefeln herein und legte einen Haufen Kartoffeln auf den Küchentisch. Getrocknete Erdklumpen blätterten von den Stiefeln ab und verteilten sich überall im Flur und in der Küche. Na großartig, er gab mir die Erlaubnis, gleich nochmal zu wischen!
„Bratkartoffeln mit Speck und Ei, das gibt's heut zum Mittach!" sagte er. „'Ne Speckschwarte iss im Kühlschrank."
Erschrocken starrte ich ihn an.
„Na, was iss'n jetzt schon wieder?"
„Also i-ich w-weiß nicht s-so recht...", stotterte ich. „Bratkartoffeln mit Speck, also..."
„Gefällt dir das nicht? Will der Herr vielleicht lieber Rumpsteak oder Kaviar?"
„D-doch, natürlich gefällt mir das!" beeilte ich mich zu sagen, um keinen neuen Ärger zu kriegen. „Aber ich bin mir nicht sicher, o-ob ich das auch g-gut hinbekomme."
„Das haste doch schon so oft gemacht!" antwortete er verständnislos. Weil die Verunsicherung aber nicht aus meinem Blick weichen wollte, war er bereit, es mir noch einmal zu erklären.

„Also noch mal der Schnellkurs für Idioten!" stöhnte er. „Zuerst kochste die Kartoffeln vor. Ob se gar sind, merkste, wenn de mit'm Spieß durchstechen kannst. Dann schnippelste sie und den Speck in kleine Teile, dann..." Er redete noch eine Weile weiter.
„Hass'es jetzt endlich ma kapiert oder brauchste's auch noch schriftlich?" fragte er, als er fertig war.
Ich nickte und fühlte mich sogleich ein bisschen erleichtert. Er hatte zwar so schnell gesprochen, dass ich kaum hatte folgen können, aber wenigstens stand ich nicht mehr völlig im Dunkeln.
Als ich dabei war, die Kartoffeln zu schälen, horchte ich immer wieder auf und lugte aus der Küchentür hinaus. Ich wollte zu gern wissen, was er tat, während ich mich in der Küche abschuftete. Außerdem lauerte ich noch immer auf eine Gelegenheit, meine Flucht anzutreten.
Eine Weile war es mucksmäuschenstill im Haus, dann hörte ich, wie er in der oberen Etage, direkt über der Küche, einen polternden Krach machte. Wenige Zeit später kam er die Treppe hinunter und dann – als ich es hörte, wäre mir vor Freude fast das Herz aus der Brust gesprungen – knallte hinter ihm die Haustür ins Schloss. Eifrig rieb ich mir die Hände. Die Sachen, die ich am Morgen in die Einkaufstasche gesteckt hatte, hatte er mit einem fragenden Stirnrunzeln wieder ausgepackt. So musste ich mir meinen Proviant erneut besorgen, bevor es losgehen konnte, denn eine Flucht ohne Essen ist Käse.
Ob ich irgendwo vielleicht auch Geld finde? dachte ich, doch ich kam nicht dazu, den Gedanken zu Ende zu denken, weil von draußen her ein lauter Knall ertönte, dass mir vor Schreck fast ein Glas Gurken runtergefallen wäre. Nicht schon wieder, dachte ich, fing es aber im rechten Moment auf und stellte es vorsichtshalber in den Kühlschrank zurück. Dann rannte ich

ans Küchenfenster und schaute in den verwilderten Garten hinaus, um zu sehen, was draußen los war.

Peng! machte es ein zweites Mal. Ein Schwarm verschiedener Vögel, die es sich auf den Bäumen des Gartens gemütlich gemacht hatten, flog piepend und krähend auf. Ich war also nicht der einzige, der sich erschrocken hatte. Mein..., mein, ja, bei Gott nochmal, mein Vater (bei ihm hatte ich deutlich mehr Hemmungen, ihn so zu nennen, als zuvor bei Jochen) war ebenfalls im Garten und fürchtete sich kein bisschen. Schließlich war er es selbst, der die Schüsse abgefeuert hatte.

Aber zwei waren offenbar nicht genug. Wieder hob er das Luftgewehr in die Höhe, zielte mit voller Absicht auf einen entfernteren Ast, auf den fünf Vögel, dicht aneinandergedrängt, zurückgekehrt waren. Er machte eine kleine Fingerbewegung und nach dem dritten Peng musste ich voller Abscheu mit ansehen, wie ein schwarzer Vogelkadaver zu Boden fiel. Die übrigen erhoben sich wieder in die Höhe und flüchteten endgültig aus unserem Garten. Dabei hatten sie diesen trüben Tag so wunderbar mit ihrem Gesang aufgeheitert! Ich liebte es doch so sehr, den Vögeln zuzuhören. Vor allem in schlechten Momenten waren sie oft der einzige Trost, der mir geblieben war

Meinen *Vater* liebte ich dagegen weniger als je zuvor. Er war wirklich schrecklich! Ein solcher Widerling!

Glühender Hass brodelte in mir auf, als ich sah, wie er in der grün-braunen Soldatenjacke und den Gummistiefeln dastand, mit dem Gewehr in die Luft ballerte, dabei kalt und verwegen lachte und wie ein wildes Tier grölte und brüllte, als er endlich getroffen hatte. Für wen hielt er sich eigentlich? Für einen Westernheld oder für einen Gangster aus dem Film vom Abend zuvor?

Als hätte er meine Gedanken gelesen, drehte er sich plötzlich direkt zu mir um. Dabei schwenkte er das Gewehr mit, sodass dessen Laufende genau auf meinen Kopf zielte. Die Bewegung

wirkte so perfekt und beabsichtigt auf mich, dass ich keine Sekunde an einen Zufall dachte. Mit einem hysterischen Schrei warf ich mich zu Boden, kauerte mich zitternd unter dem Fenster zusammen und wartete nur noch auf den nächsten Knall und auf eine Glasscheibe, die direkt über mir zersplittern würde.
„Er bringt mich um!" wimmerte ich. „Er will mich wirklich umbringen, dieser Irre, dieser Bekloppte, dieser Durchgeknallte!" Daran hatte ich in diesem Moment nicht den winzigsten Zweifel.
Doch statt eines Knalls bekam ich nichts anderes zu hören als sein penetrantes Lachen und ein paar Schläge gegen die Fensterscheibe. Zögerlich erhob ich mich wieder und blickte in ein wohlbekanntes, bärtiges Gesicht, welches sich zu einer höhnischen Grimasse verzogen hatte.
„Hahaha!" lachte er. „Ich fass es nich! Iss das zu glauben, dass sich dieser kleine Schisser da mein Sohn nennt?"
Erniedrigt und gedemütigt wandte ich mich ab, setzte mich zurück an den Tisch und schnippelte so eifrig die Kartoffeln, dass ich mir beinahe die Finger blutig geschnitten hätte. Ich versuchte, den Kerl da draußen nicht weiter zu beachten, so sehr schämte ich mich für meine Angst und meine Unterwürfigkeit.
Was ich gerade durchmachte, war für mich eine gänzlich neue Form von Scham. Ich war kein vogelfreier Vagabund mehr, der sich mit dem Stolz eines entrechteten Außenseiters immer wieder gegen sein erbarmungsloses Schicksal behauptet hatte. In diesem Haus hatte man mich zu einem angeketteten Hund gemacht, den man nach Belieben schlagen und auf den Schwanz treten durfte und zur Belohnung gelegentlich mal mit einem kleinen Leckerli fütterte.
Diese elende Zauberin! Mein Leben auf der Straße kam mir wie die Geschichte eines strahlenden Helden vor, im Gegensatz zu dem, was ihr vermaledeiter Zauber gerade aus mir machte.

Ich hatte Lust, laut zu heulen, zu fluchen und zu toben, ein paar Teller an die Wand zu werfen!
Aber jede rebellische Regung erstickte im Keim, als ich hörte, wie sich der Kerl im Flur räusperte. Dabei wäre es eigentlich so eine gute Möglichkeit gewesen, ihm die Teller, die ich gerade in diesem Moment in der Hand hielt, mit voller Wucht an den Kopf zu schmettern. Ein für alle Mal hätte ich ihm damit beweisen können, dass ich nicht der feige Schisser war, für den er mich hielt!
Aber meine Unverschämtheit auf der Polizeistation, als ich nichts zu verlieren hatte, als der Feind sich offen und ungehemmt als solcher zu erkennen gab, wäre mir in diesem Haus nicht in den Sinn gekommen. Ich fühlte mich so erbärmlich und würdelos, weil ich ganz genau mitbekam, was ein kleines bisschen Bequemlichkeit und Fürsorge für einen zahmen Schoßhund aus mir machten, und ich mich nicht dagegen wehrte.

29.

Die Bratkartoffeln wurden besser, als ich gedacht hätte. Sogar mein Vater war ausnahmsweise zufrieden mit mir, was aber nicht hieß, dass er mir deswegen den Rest des Tages freigab. Schließlich wartete nach dem Mittagessen der Abwasch auf mich. Und die Toilette war auch noch nicht geputzt. Er selbst wollte sich mit so einem Weiberkram nicht abgeben. Er setzte sich lieber vor die Glotze und schaute sich irgendeine Sportübertragung an. Beim Mittagessen hätte ich mir für meinen Stolz über seine Zufriedenheit noch gern eine Ohrfeige verpasst, doch jetzt führte ich wieder gefügig alle Arbeiten aus, die er mir aufgetragen hatte.

Als die Sendung vorbei war, ging er kurz aus dem Haus. Er wolle mit dem Auto zum Geschäft fahren und einkaufen, sagte er. Er hatte nicht vor, länger als eine halbe Stunde wegzubleiben und dann sollte gefälligst eine Kanne heißer Kaffee auf dem Tisch stehen. Ich wusste nicht, wie man so etwas macht, aber wenigstens lag direkt neben der Kaffeemaschine eine alte, vergilbte Bedienungsanleitung. Also gab ich eine halbe Kanne Wasser und einen Filter mit Kaffeepulver hinein, drückte auf den Knopf und wartete ab, was passieren würde. Den Gedanken an Flucht hatte ich abgehakt. Es war zwar die beste Gelegenheit, aber seitdem ich wusste, dass er ein Gewehr besaß, war meine Angst vor ihm so groß, dass ich mich nicht mehr traute. Außerdem hatte es wieder angefangen zu regnen. Die Aussicht auf ein Abendbrot und ein warmes Bett in der Nacht waren einfach verlockender als die Freiheit im Angesicht der unberechenbaren Natur.
Aber am Abend, falls er heute früher schlafen geht, kann ich's probieren, redete ich mir ein. Da kann er mir nichts mehr tun. Aber natürlich sollte ich vorher noch nach Regensachen suchen, damit ich die Katastrophe von gestern nicht noch einmal zu erleben brauche.
Die Jacke aber war das kleinste Problem. Im Flur, im Garderobenständer, hing eine Regenjacke, die mir ganz gut passte. Danach hatte ich nichts mehr zu tun, weil ich all meine Arbeiten erledigt hatte. Also ging ich die Treppe hinauf und rüttelte an der Schlafzimmertür meines Vaters, welche übrigens meiner genau gegenüberlag. Zu dumm, dass sie abgeschlossen war. Ich hätte zu gerne nach dem Luftgewehr gesucht.
Als Roland – in der Zwischenzeit hatte ich herausgefunden, dass er so hieß, Roland Altmann, um genauer zu sein – vom Einkauf zurückkehrte, stand eine Tasse frisch gekochter Kaffee auf dem Tisch. Er hatte im Geschäft eine Schachtel billiger Kekse gekauft, die wir uns schweigend einverleibten.

Nach dem Kaffee ging es jedoch sofort wieder an die Arbeit. Schließlich war die Werkstatt noch nicht aufgeräumt. Überall auf den Tischen und Bänken lagen Schrauben, Muttern und anderer Krimskrams verteilt. Meine Aufgabe war es, das ganze Durcheinander wieder in Ordnung zu bringen, die Schrauben und Muttern zu sortieren und in ihre richtigen Schachteln zurückzulegen. Und als ich zu guter Letzt auch noch den Raum durchgefegt und die Spinnenweben entfernt hatte, durfte ich endlich zurück auf mein Zimmer gehen. Ich solle meine Hausaufgaben machen und lernen, hatte Roland mir gesagt, aber ich war so geschafft, dass ich mich nur noch aufs Bett legen und ausruhen konnte.
Und zum ersten Mal begriff ich, dass es auch seine guten Seiten hatte, dass der Zauber nur auf zwei oder drei Tage beschränkt war. Wenn ich mir vorstellte, bei diesem Kerl viele Monate oder gar mein ganzes Leben verbringen zu müssen... Nein danke, was für ein Albtraum!
Erst als es Zeit fürs Abendbrot war, kam ich wieder nach unten in die Küche geschlichen. Unten angekommen traute ich meinen Augen nicht... Da stand doch tatsächlich Roland und deckte, ganz ohne meine Hilfe, den Tisch!
„Hast du Probleme?" fragte er mich, als er sah, wie ich ihn mit offenem Mund anstarrte. Am liebsten hätte ich geantwortet: Nein, ich nicht! Aber du vielleicht. Wenn du dich weiterhin so abrackerst, könntest du einen Herzinfarkt bekommen.
Aber natürlich sagte ich nichts, sondern beeilte mich, den Mund zuzumachen. Dafür bekam ich sogleich eine Bratpfanne in die Hand gedrückt. Ich solle Spiegeleier braten, war sein nächster Befehl.
„Hast du mir vielleicht etwas Wichtiges zu sagen?" fragte er, als wir beim Essen saßen, und sah mir streng ins Gesicht.
Ich schüttelte den Kopf, versuchte, jedes Gespräch zu vermeiden. Innerlich aber zitterte ich. Er sprach so klar und deutlich,

mit einem Ernst, der sonst nicht in seiner Stimme lag. Es war so gut wie sicher, dass etwas passieren würde.

„Dann sag ich dir jetzt mal was. Eben, beim Einkaufen, hab ich deine Lehrerin getroffen... Na, hast du mir *jetzt* vielleicht was zu sagen?"

Wieder einmal so eine blöde Situation. Ich kannte diese Person doch gar nicht. Was sollte ich schon groß über sie zu sagen haben? Dann aber fiel mir etwas ein.

„Sie hat sicherlich gefragt, warum ich nicht in der Schule gewesen bin", sagte ich.

„Das auch", antwortete Roland. „Aber sie hat mir noch viel mehr über dich erzählt. Sie hat gesagt, dass du dich in letzter Zeit kaum noch melden würdest. Sie hätte fast vergessen, dass es dich überhaupt noch gibt. Als ich sie nämlich auf dich angesprochen habe, hat sie im ersten Moment noch nicht mal deinen Namen gekannt. Und deine Arbeiten werden auch immer schlechter. In der letzten Mathearbeit hast du 'ne Fünf geschrieben. Stimmt das?"

Ich spürte, wie mein Herz schneller und lauter pochte. Was sollte ich dazu nur sagen? Wenn ich Ja sagte, hätte er mir eine geklatscht, weil ich eine Fünf geschrieben hatte. Wenn ich Nein sagte, hätte er das gleiche getan, weil ich ihn anlog.

„Ich rede mit dir!" brüllte er, als ich nicht antwortete.

Ich zuckte nur mit den Achseln.

„Und wenn schon", sagte ich. „Eine Fünf kann doch jeder mal schreiben, oder?"

Ich wollte ihm in die Augen schauen, aber ich wagte es nicht und starrte nur auf meinen Teller. Zu dumm von mir. Sonst wäre ich nicht so überrumpelt gewesen, als er aufstand, seine Hand nach mir ausstreckte und mich hart am Kragen packte.

„Jetzt hör mir mal gut zu, Kleiner!" zischte er mich an. „Ich hab dich vor ein paar Monaten an der Realschule angemeldet,

aber die Lehrerin meinte, dass du's wahrscheinlich nicht schaffen wirst!"
Er drückte seine große Faust so hart gegen meinen Hals, dass mir der Atem wegblieb. Ich musste würgern und husten, aber er dachte nicht daran, seinen Griff zu lockern. Er wollte eine Antwort von mir haben und die bekam er dann auch.
„Und wenn schon!" schrie ich ihm ins Gesicht. Bittere Tränen ließen nicht lange auf sich warten „Was interessiert es dich eigentlich, was aus mir wird? Ich bin dir doch sonst auch völlig egal! Du behandelst mich wie den letzten Dreck!"
Mit einem Ruck ließ er mich los. Aber nicht etwa, weil er einsichtig geworden war, nein, das brauchte ich nicht zu denken. Er war wütender als je zuvor und genau der Mann, der mir vor ein paar Stunden noch eine gelangt hatte, weil ich ein Wurstglas hatte fallen lassen, brauchte nun unbedingt zwei freie Hände, um seine eigene Untertasse auf dem Boden zu zertrümmern. Sofort wich ich mit dem Stuhl einen halben Meter zurück, damit er mich nicht gleich wieder packen und verdreschen konnte.
„Was soll das heißen?" brüllte er. Sein Kopf war feuerrot. „Was soll das heißen, du wärst mir egal? Los spuck aus!"
„Na, das, was es eben heißt!" fauchte ich zurück. „Du behandelst mich wie einen Sklaven. Und dann verprügelst du mich und schreist mich an. Ein guter Vater tut so etwas nicht!"
Dass ich mich das traute! Ich hätte doch wissen müssen, dass ich mich damit in Lebensgefahr brachte. Und doch war es fast eine Erleichterung, nicht mehr wie ein unterwürfiges Tier alles zu schlucken.
Anfangs sah es auch ganz danach aus, als wolle er mir wieder einen Schlag verpassen. Oder sogar ein paar mehr. Aber beim letzten Satz zog er seine Hand urplötzlich zurück. Danach wurde es eine Weile richtig still in der Küche und er sah mich so seltsam an, dass mir ein eiskalter Schauer über den Rücken lief.

Er war so unheimlich, noch viel unheimlicher, als wenn er tobte und schrie.

„Das ist er also, der Dank für alles", murmelte er leise und zog dabei eine beleidigte Grimasse, als könne er jeden Moment losheulen. Eine kleine Träne kam dann auch, aber er war Mann genug, sie schleunigst wieder abzuwischen.

„Da nimmt man einen fremden Jungen bei sich auf, zieht ihn groß, als wäre er sein eigener. Macht alles dafür, dass er im Leben klarkommt und kein nichtsnutziger Faulenzer wird und dann..."

„Moment mal!" fiel ich ihm vorsichtig ins Wort. „Was heißt das, ein... ein fremder Junge? Bin ich e-etwa nicht dein r-richtiger S-Sohn?"

Ich war schockiert. Was hatte die Zauberin noch gleich gesagt?

„Sie werden dich als einen der ihren sehen."

Nach meinem Erlebnis in der letzten Familie war ich davon ausgegangen, dass ich automatisch ein Teil der Familie wurde, wenn man mich ins Haus aufnahm. Als echter Sohn, nicht als Gast oder Pflegekind.

„Jetzt tu doch nicht so, als ob du das nicht weißt!" brummte Roland mich an. „Ich hab deine Mutter kennengelernt, als sie schon schwanger war. Aber mir war's egal. Wir haben beschlossen, das Kind, also *dich*, zusammen großzuziehen. Aber dann...", und als er das sagte, konnte er die Tränen tatsächlich nicht mehr zurückhalten. Wenn ich es nicht mit eigenen Augen gesehen hätte, ich hätte nie für möglich gehalten, dass dieser Mann tatsächlich weinen konnte. Vor meinen Augen!

„Dann isse von einem Tag auf'n andern verschwunden! Aber dich, dich hat sie einfach bei mir sitzen lassen!"

Er wandte sich von mir ab und wischte sich mit seinen dicken Fingern die zarten Tränen ab. Es war ihm sichtlich peinlich zu weinen. Ich wusste nicht, ob ihm all das, was er mir erzählte, mit einem anderen Kind tatsächlich passiert war. Der Schmerz

aber, den diese bittere Erinnerung bei ihm auslöste, schien mir nicht gespielt zu sein. Wenn hinter dieser Geschichte nicht der Zauber der weißen Rose steckte, musste er diese Frau sehr geliebt haben. Vielleicht war er sogar mal ein wirklich netter Kerl gewesen und nur diese schreckliche Enttäuschung hatte aus ihm einen abscheulichen, hartherzigen Ekel gemacht...
Jetzt, wo ich ihn von einer ganz anderen Seite her kennenlernte, tat er mir plötzlich leid. Hätte er mich vorher nicht so ungerecht behandelt, wäre ich vielleicht auf ihn zu gegangen und hätte ihn gestreichelt und getröstet.
Aber es war gut, dass ich es nicht tat, denn mit einem Mal kam er wieder herumgefahren und brüllte mich von neuem an: „Und ich hab mich entschlossen, dich zu behalten, dich durchzufüttern, dich großzuziehen wie meinen eigenen Sohn, obwohl ich dich genauso gut in ein Heim oder zu deinem Alkoholikervater geben könnte! Und ich kann dir sagen, das war bestimmt nich immer leicht für mich. Aber deine feine Mutter, die hat sich nie wieder blicken lassen. Die hat sich nich einen einzigen Tach um dich gekümmert. Und jetzt sitzt du da und schwafelst was davon, ich wär ein schlechter Vater! Wenn ich ein schlechter Vater bin, dann sach mir erstma, wie schlecht deine Mutter iss!"
Ich beschloss, darauf überhaupt nichts mehr zu sagen. Es war mir einfach zu laut hier unten!
Schleunigst verließ ich die Küche und rannte in einem Affenzahn die Treppe hoch. Oben angekommen musste ich voller Entsetzten feststellen, dass im Schloss meiner Zimmertür kein Schlüssel steckte. Ich konnte mich also nicht einschließen. Dabei zitterte ich so sehr vor Angst, weil ich mir ganz sicher war, er würde mir herauffolgen, um mich zur Rede zu stellen, oder gar, um mich zu verprügeln.

Aber er kam nicht. Erleichtert atmete ich auf und ließ mich aufs Bett fallen. Ein paar Stunden musste ich noch in diesem Irrenhaus ausharren. Danach würde ich auf und davon sein.

Nach ungefähr einer Stunde aber kam er doch noch. Jedoch nicht, um mich auszuschelten. Ganz leise und höflich pochte er an meine Tür und trat erst ein, als ich ein gequältes „Was ist?" von mir gab.

„Schön, dass de noch wach bist", flüsterte er, als er eintrat, so sanft und feinfühlig, dass ich beinahe aus dem Bett gefallen wäre. Würde sie nicht als Geist im Reich der Toten schweben, ich hätte darauf gewettet, die Zauberin der weißen Rose war ihm begegnet und hatte ihm eine neue Stimme verpasst.

„Es tut mir leid, dass wir uns eben so... so angefahren haben...", fuhr er verlegen fort.

„Schon in Ordnung", sagte ich achselzuckend. Es war nicht schwer, einem Menschen zu verzeihen, den man in seinem Leben niemals wiedersehen würde.

„Und... es tut mir auch leid, wenn ich dich in letzter Zeit ungerecht behandelt habe... Oder, oder wenn ich was gesagt hab, weshalb du denkst, äh... ich hätte dich ungerecht behandelt. Ich meine..., das iss doch bloß... ich mein... ich schla... äh, ich meine, ich tu dir doch nur weh, damit du weißt, was richtig und falsch iss, verstehste?"

Nein, das verstand ich nicht. Aber ich nickte trotzdem mit dem Kopf.

„Und dass du so viel im Haushalt machen musst, das iss doch nur, damit du aufs spätere Leben vorbereitet bist, dich selbst versorgen kannst und, und... und..."

Und nicht so ende wie du, setzte ich in Gedanken fort. Ich verzieh ihm auch das. Aber er wollte noch immer nicht gehen.

„Es iss wirklich schön, dass wir uns ausgesprochen haben", sagte er. „Sonst hätt ich nich gut schlafen können. Kann ich vielleicht noch was für dich tun?"
„Was willst du denn für mich tun?"
Langsam wurde er so fürsorglich, dass es nervte.
„Vielleicht... vielleicht kann ich dir ein Gute-Nacht-Lied vorsingen."
Er schaute mich fragend an. „Oder vielleicht doch lieber einen Gute-Nacht-Kuss?"
„Nein!" wehrte ich sofort ab. Die Vorstellung, mich von ihm küssen zu lassen, seinen Sabber, seinen kratzigen, ungepflegten Bart spüren zu müssen, obwohl er mich mehrfach geschlagen hatte, war einfach nur ekelhaft!
„Ein Gute-Nacht-Lied wäre schon ganz in Ordnung, reicht vollkommen aus."
„Also schön", sagte er, setzte sich auf einen Stuhl und fing an zu singen – falls man es überhaupt Gesang nennen konnte – dass man lieber taub werden wollte, als sich dieses Gejaule eine Sekunde länger anzuhören: „Mariechen saß weinend im Garten, im Grase lag schlummernd ihr Kind."
Ein wirklich schreckliches Lied. Genau so etwas braucht ein Kind, wenn es unbedingt *nicht* einschlafen will. Und das wollte ich ja auch gar nicht. Ich wollte doch von hier weg sein, bevor dieser Irre erwachte und mich aus dem Haus prügeln konnte. Trotzdem aber würgte ich ihn ab, noch ehe er die dritte Strophe beginnen konnte. Es war einfach zu unerträglich.
„Genug, genug", sagte ich. „Es ist wirklich nett von dir, mir etwas vorzusingen. Aber ich bin so müde, dass ich am liebsten jetzt gleich einschlafen möchte."
„In Ordnung", antwortete er. „Und du bist mir nicht mehr böse?"
„Nein."
„Also gut."

Er klopfte mir noch einmal kameradschaftlich auf die Bettdecke. „Schlaf gut, großer Indianerhäuptling."
Dann verließ er endlich das Zimmer.

30.

Als mich Roland endlich in Ruhe ließ, schlief ich bald ein, obwohl ich es eigentlich gar nicht wollte. In der Nacht träumte ich abermals von meinen Eltern. Und wieder waren sie so weit weg, dass ich sie einfach nicht erreichen konnte. Lief ich nach rechts, hörte ich sie plötzlich von links, lief ich nach links, waren sie auf einmal ganz weit rechts, aber nicht meter-, nein, meilenweit schienen sie mir entfernt. Sie wichen mir aus! Meine verzweifelten Schreie schienen sie nicht im Mindesten zu interessieren.
„Was soll das?" schrie ich aus vollem Halse. „Wollt ihr nichts mehr mit mir zu tun haben? Weil ich in eine andere Familie gezogen bin und euch womöglich vergessen hätte, hätten sie mich nicht wieder rausgeschmissen?"
Ich bekam keine Antwort darauf und das machte mich wahnsinnig. Und dann verstummten die Stimmen vollends.
„Oh, bitte nicht!" flehte ich sie an. „Geht nicht von mir weg! Ich liebe euch doch!"
Plötzlich aber merkte ich, wie sich eine warme Hand auf meine Schulter legte. Irgendjemand musste sich von hinten an mich herangeschlichen haben. Oder waren es die wallenden Nebelschwaden, die plötzlich zum Leben erwachten?
Ich hörte eine Stimme zu mir sprechen: „Eines Tages wirst du sie wiederfinden. Aber nicht jetzt, mein Freund. Es ist an der Zeit aufzustehen! Der Weg, der vor dir liegt, wird noch weit sein."

Natürlich waren es nicht die Stimmen meiner Eltern. Ich glaube, dass es die Zauberin der weißen Rose war, aber ich hatte keine Zeit mehr, danach zu fragen, denn in diesem Moment wurde ich aus meinen kühlen Träumen herausgerissen und befand mich wieder in meiner kleinen, aber warmen Schlafkammer.

Ich erwachte diesmal viel früher als am Tag zuvor. Das merkte ich, als ich die Jalousien aufzog und sah, dass draußen noch alles dunkel war.

Umso besser, dachte ich. Ich habe geschlafen, aber mir bleibt genug Zeit für meine Flucht, noch ehe der Verrückte aufwacht und mir wer weiß was antut.

Mit einem eisigen Schauer auf dem Rücken erinnerte ich mich daran, wie grausam mich Jochen zwei Tage zuvor behandelt hatte. Und dabei war er so ein feiner Kerl gewesen, der mich wie einen echten Sohn geliebt hatte. Allein der dunkle Fluch über mir hatte ihn in ein gefühlloses Monster verwandelt. Ich fürchtete mich davor, zu Eis zu erstarren, wenn ich mir nur ausmalte, was solch ein grober Kerl wie Roland mit mir anstellen würde, wenn er mich als einen fremden Jungen in seinem Haus entdeckte. Lieber nicht dran denken, ermahnte ich mich, um nicht den Kopf zu verlieren. Lieber beeilen, damit es niemals so weit kommt!

Als ich, angezogen und, mit Regenjacke unter dem Arm, das Zimmer verließ, dröhnte sofort wieder das laute Schnarchen in mein Ohr. Diesmal aber kam es nicht von unten, sondern aus dem Zimmer gegenüber. Offenbar hatte es Roland am Abend zuvor tatsächlich in sein Schlafzimmer geschafft und war nicht wieder im Wohnzimmer eingeschlafen.

Du lebst gefährlich, dachte ich. Das Haus ist alt und baufällig. Wenn du weiter so sägst, stürzt es gleich über deinem Kopf zusammen.

Aber was kümmerte ich mich darum? Der Kerl konnte tun und lassen, was er wollte, mein Problem sollte es nicht mehr sein. Als ich jedoch auf der ersten Treppenstufe stand, konnte ich nicht anders, ich musste ein letztes Mal umkehren. Ich stellte mich direkt an seine Tür, horchte und merkte sogleich, dass sie diesmal nicht abgeschlossen war. Sie war sogar nur angelehnt. Mit dem Zeigefinger fuhr ich zwischen Tür und Rahmen und öffnete sie gerade so weit, dass ich ins Zimmer spähen konnte. Natürlich war auch dort alles dunkel. Als ich aber mit einer Taschenlampe, die ich am Tag zuvor in der Werkstatt gefunden hatte, vorsichtig (mit der Hand vor dem Scheinwerfer) in das Zimmer leuchtete, konnte ich zumindest den Umriss seines Bettes erkennen, auf dem er – zusammengerollt wie eine Katze – lag und schlief. Wenn er schlief, sah er so harmlos, fast schon hilfsbedürftig aus, dass man kaum glauben konnte, was für ein brutaler Kerl er in Wirklichkeit war. Aber ich hatte schon einmal erfahren, dass man sich von so einem Anblick niemals täuschen lassen darf. Auf gar keinen Fall durfte ich ihn aufwecken. Ich wusste ja noch, wohin das zwei Tage zuvor bei Nadja geführt hatte.
„Ja, mein lieber Herr Altmann", murmelte ich so leise, dass ich es selbst kaum verstand. „Jetzt sehe ich dich zum letzten Mal. Auf Wiedersehen, Herr Altmann, ... nein, wiedersehen werden wir uns, Gott sei Dank, wohl nicht mehr."
Eine Weile schwieg ich, um zu überlegen, was ich ihm sonst noch zu sagen hatte.
„Es war wirklich schön, dich kennenzulernen", fuhr ich schließlich fort. „Aber noch viel schöner ist es, wieder zu gehen. Hättest du nicht wenigstens ein bisschen netter zu mir sein können, wo ich doch kaum länger als einen Tag geblieben bin?"
Von Roland kam keine Reaktion, jedenfalls keine, die meine Frage zufriedenstellend beantwortet hätte. Im Gegenteil, er

schnarchte noch lauter und rollte sich, als täte er es zum Vergnügen, auf der Matratze herum.
Ich weiß nicht, warum, aber irgendwie lief mir in diesem Augenblick eine klitzekleine Träne die Wange hinunter.
„Na ja. Ein ganz schlechter Kerl bist du wohl doch nicht", flüsterte ich weiter. „Das habe ich ja gestern Abend gesehen. Aber leider war es zu spät, viel zu spät... Na ja, trotzdem vielen Dank. Vielen Dank, dass du mich ins Haus geholt hast und mir die nassen Klamotten ausgezogen und mir etwas zu essen gegeben hast, obwohl ich gar nicht dein Sohn war... Na ja, und vielen Dank auch für die Schläge. Denn eigentlich war es wohl doch ganz gut, dass du nicht *zu* nett zu mir gewesen bist. Denn sonst könnte ich dich ja hinterher vermissen. Und das wäre nicht gut, wo ich doch sonst schon Kummer genug habe. Also, nochmals Danke und auf Nimmerwiedersehen, Herr Altmann."
Dann schaltete ich die Taschenlampe aus und ging hinunter. Oh weh, die Treppe, sie knarrte lauter als jemals zuvor. Zumindest kam mir das in dem Moment so vor. Ängstlich blieb ich auf einer mittleren Stufe stehen. Hatte er vielleicht etwas gehört? Sein Schnarchen klang plötzlich so aufgeregt.
Aber nein, da war nichts, absolut nichts. Schnell tippelte ich die letzten Stufen hinab, ging in die Küche und holte mir einen Apfel, in den ich gierig hineinbiss. Mehr wollte ich jetzt nicht essen. Das konnte ich später immer noch tun. Ich durfte kein Risiko eingehen, doch noch erwischt zu werden. Also stopfte ich mir schnell die Tasche voll und ohne dass mir etwas hinunterfiel oder irgendein anderer Zwischenfall passierte, fiel fünf Minuten später die Haustür ins Schloss. Ach, herrje, was war das laut! Da hätte ich ruhig ein bisschen vorsichtiger sein können. Solange aber nichts passierte, beeilte ich mich, wegzukommen, nicht, dass Roland davon doch aufgewacht war!
Als ich auf halbem Weg zur Gartenpforte war, zögerte ich ein weiteres Mal. Trotz allem fiel mir der Abschied irgendwie

schwer. Denn egal, was immer mir der Mann auch angetan haben mochte, ein bisschen waren mir er und auch das alte Gammel-Haus doch ans Herz gewachsen. Schließlich war dies – wenn auch nur für kurze Zeit – mein Zuhause und er mein, äh..., ja, genau, mein Stiefvater gewesen. Und wenn man es als Kind einmal erlebt hat, mehrere Wochen völlig heimatlos zu sein, dann ist für einen auch ein schlechtes Zuhause oftmals besser als gar kein Zuhause.

Ich drehte mich um und sah mir die Bruchbude, die in der Morgendämmerung beinahe wie ein Geisterhaus aussah, ein letztes Mal an, sah auch zu dem Fenster hinauf, hinter dem Roland noch immer schlafen musste und gar nicht merkte, dass er in diesem Moment seinen Jungen verlor.

Was mir am wenigsten an der Sache gefiel, war, dass ich mich niemals von meinen Gastgebern würdig verabschieden konnte. Entweder wurde ich von ihnen erbarmungslos vor die Tür gesetzt oder ich musste mich, wie ein Aussätziger, in aller Herrgottsfrühe davonschleichen. Niemals aber konnte ich direkt zu ihnen gehen, ihnen die Hand geben und sagen: „Lieber Herr *Sowieso*, es war wirklich nett, bei Ihnen zu wohnen (oder auch nicht). Vielen Dank, dass Sie mich zwei Tage bei sich aufgenommen und versorgt haben. Jetzt aber muss ich mich verabschieden. Wir werden uns niemals wiedersehen und in ein paar Stunden werde ich sogar vollkommen aus Ihren Gedanken gelöscht sein. Ich weiß, dass Sie mir das nicht glauben werden, aber was soll's. Seien Sie froh, lieber Herr *Sowieso*, dass Sie auch weiterhin ein so schönes Leben führen können und sich nicht mit dem befassen müssen, was mir die nächste Zeit bevorstehen wird. Deswegen sage ich nur Ade, ade, ade, mein Herr."

Ja, es war wirklich traurig. Aber was sollte ich machen? Vielleicht einen Abschiedsbrief schreiben? Nein, dafür war es zu spät.

Langsam trottete ich zur Gartenpforte und wollte sie gerade öffnen, als ich hinter mir, inmitten der morgendlichen Stille, ein lautes Geklapper vernahm.
Vielleicht ist von der Bruchbude wieder eine Ziegel abgefallen, dachte ich mir. Ich wollte mich noch umdrehen, um nachzusehen, aber bevor es dazu kam, ließ mich ein lauter Knall jäh zusammenzucken.
Nanu, was war passiert?
„Was willst du Streuner auf meinem Grundstück?" hörte ich eine Männerstimme hinter mir brüllen.
Vorsichtig drehte ich den Kopf um. Und dann sah ich, dass Roland oben im Haus am offenen Fenster stand. Sein Gesicht war grimmig und brutal wie nie zuvor. Und in den Händen hielt er das Luftgewehr, mit dem er genau auf mich zielte.
Ich kam mir so unendlich verloren vor, als ich der Wahrheit in die Augen sah. Jetzt schießt er mich tot, dachte ich. Jetzt ist alles verloren. Es gibt kein Entkommen mehr. Jetzt schießt er mich endgültig mausetot...
Und das hätte er gewiss auch getan, hätte er besser zielen können. Der Vogel am Tag davor war vielleicht nur ein Glückstreffer gewesen. Diese Kugel schlug mindestens einen Meter vor mir auf dem Weg ein. Ein kleiner Krater bildete sich, Sand wirbelte auf, mir aber passierte nichts.
Aber Grund zur Erleichterung hatte ich keine, war ich mir doch absolut sicher, dass er ein weiteres Mal schießen würde. Und deshalb kam Leben in mich! Mit einem Riesensprung war ich über das Gartentor hinweg. Auf der Straße wäre ich beinahe ausgerutscht und gestolpert, aber ich konnte im letzten Moment das Gleichgewicht zurückerlangen. Und dann konnte ich nur noch eins: Laufen, laufen, laufen!
„Ja, verschwinde nur, du Streuner!" hörte ich Roland brüllen. „Verschwinde von hier und lass dich nie wieder blicken! Ich will auf meinem Grundstück keine Streuner haben!"

Ein paar Schüsse dröhnten durch die Luft, aber sie konnten mir nichts mehr anhaben. Ich war, Gott sei Dank, bereits weit genug entfernt von dem Haus und seinem irren Bewohner. Trotzdem durfte ich nicht langsamer werden. Ich konnte ja nicht wissen, ob er mich vielleicht noch mit dem Auto verfolgen würde. Immer wieder sah ich angsterfüllt über meine Schulter zurück, aber es war weder ein Auto zu sehen, noch Motorgeheul zu hören.

Schließlich tauchte vor mir ein weiteres Haus auf und einhundert Meter dahinter noch eins. Am Gartenzaun lehnte eine alte Frau mit einem Fahrrad, die aufgeregt in ihrem Portemonnaie herumkramte. Ich zögerte keinen einzigen Augenblick, streckte nur den Arm aus und schon befand sich das Portemonnaie in meiner Hand. Ein paar Münzen klimperten dabei zwar zu Boden, aber solange mir die großen Scheine blieben, war das für mich kein großer Verlust.

„Hey, du!" schrie mir die Frau empört hinterher. „Bleib stehen, das ist meins!"

Als ich mich umsah, sah ich, wie sie sich geradewegs aufs Fahrrad schwang und hinter mir her radeln wollte.

„Wagen Sie es ja nicht!" rief ich ihr zu. In meiner Stimme klang ein nahezu dämonischer Übermut mit. „Sonst hau ich Ihnen mit der Tasche eins über den Kopf, dass Sie vom Fahrrad fallen!"

Da bremste die Frau so ruckartig, dass sie beinahe tatsächlich vom Fahrrad gefallen wäre. Sie schaffte es zwar noch, wieder mit beiden Beinen auf dem Boden zu landen, aber sie wagte es nicht mehr, mich weiter zu verfolgen.

Als ich in das nächste Dorf kam, hatte ich wieder großes Glück. An der ersten Bushaltestelle, die ich erreichte, stand ein Linienbus. Er wollte zwar gerade abfahren, aber als der Fahrer mich in aller Eile angerannt kommen sah, öffnete er die Tür noch einmal und ließ mich herein. Als ich mit meinem Gesicht direkt vor ihm stand, sah er zwar so aus, als bereute er es, aber als ich aus dem Portemonnaie schnell einen Schein fischte, den ich ihm direkt vor die Augen hielt und „Einmal bis zur Endstation!" verlangte, verkaufte er mir glatt einen Fahrschein und gab mir sogar noch Wechselgeld heraus. Zum Glück waren bisher nur drei Leute im Bus. Im hinteren Teil hatte ich genügend Platz, sodass es für keinen von uns sonderlich schwer war, unseren Waffenstillstand einzuhalten. In Ruhe konnte ich mir darüber Gedanken machen, wie es für mich weitergehen sollte.

Nach diesem Ereignis lebte ich drei Tage lang mein altes Leben weiter, jenes Leben, welches ich vor der Begegnung mit der Zauberin der weißen Rose gelebt hatte. Ich zog im Land herum, lebte von kleineren Diebstählen und Dingen, die ich auf der Straße fand, fürchtete mich vor fremden Menschen und übernachtete im Schatten der dunklen Wälder.
Ich erinnerte mich gut daran, wie sehr ich mich zuvor nach einem Heim, nach ein wenig menschlicher Gesellschaft gesehnt hatte. Nach all den menschlichen Enttäuschungen der letzten Tage aber kamen mir die Stille und Einsamkeit der Wälder nahezu paradiesisch vor. Endlich hatte ich Zeit, ausgiebig über meine Erlebnisse nachzudenken. Und selbst, als das Essen langsam zu Neige ging, empfand ich kaum die Lust, diese Freiheit gegen einen üppigen Grillabend auf der Dachterrasse einer reichen Familie einzutauschen.
Nein, nein, denn endlich waren wieder die Menschen bei mir, die mich niemals aufgeben und verstoßen würden, egal, was ich auch anstellte, egal, gegen wie viele Ersatzfamilien ich sie auch eintauschen würde. Sie hatten mich immer noch lieb und waren noch immer stolz auf mich. Nicht ein Wort des Vorwurfes musste ich mir von ihnen anhören. Ach, was schämte ich mich tief in meinem Herzen dafür, dass ich sie vollkommen falsch eingeschätzt hatte.

Dennoch hatte sich etwas in meinen Träumen verändert. Früher hatten sie stets nur zu mir gesprochen, um mich zu trösten. All ihre Wärme und Zuneigung hatten sie mir geschenkt, um mir in meinem grausamen Schicksal zur Seite zu stehen. Niemals hatten sie mir etwas über sich erzählt, geschweige denn, eine Bitte an mich auszusprechen. Von diesem Zeitpunkt an hörte ich meine Mutter am Ende jeden Traumes aber jedes Mal sprechen: „Mein Junge, mein lieber, guter Junge, wie nah du uns doch schon gekommen bist. Was für eine Freude ist es, deinen starken, lebendigen Herzschlag zu spüren. Oh, wie ich dich liebhabe, mein Sohn."
„Niemals, nicht eine Sekunde haben wir daran gezweifelt, dass du es schaffen würdest. Gesund und stark bist du. Niemand hat dich runtergekriegt. Und bald wirst du kommen und uns befreien, daran haben wir keinen Zweifel", sprach danach mein Vater.
„Euch befreien?" rief ich verwundert. „Von wo soll ich euch denn befreien? Wo seid ihr? Im Gefängnis? Ich kann euch doch nicht finden, wenn ihr mir nicht sagt, wo ihr seid. So sagt es doch!"
Doch immer in dem Moment, als ich das sagte, verstummten ihre Stimmen, ich erwachte aus meinem Traum und ein neuer schwieriger Tag stand mir bevor.
Bereits am vierten Tag nach meiner Flucht rüttelten mich diese Schwierigkeiten aus meiner Traumwelt hinaus und ich klingelte wieder an einer fremden Tür. Am Himmel hatten sich dunkle, bedrohliche Wolken aufgebaut und weil ich das letzte Unwetter noch allzu gut in Erinnerung hatte, beschloss ich, dass es in Ausnahmefällen vielleicht doch besser war, den Zauber zu verwenden. Meine Liebe zur Freiheit, mein ganzer Außenseiter-Stolz, sie galten halt nur bei schönem Wetter. Als ich hingegen einige Minuten nach meiner Aufnahme am Fenster stand und die dicken Tropfen zu Boden platschen sah, war ich heil-

froh, ein festes Dach über dem Kopf zu haben und im Trockenen zu sitzen.

Meine Gastgeber waren ein junges Ehepaar, welches keine anderen Kinder hatte und im ersten Stock eines Mehrfamilienhauses wohnte. Die Frau hielt mich diesmal weder für ihren Sohn, noch für ein Adoptivkind, sondern für ihren kleinen Bruder, der auf einen Besuch vorbeigekommen war. Sie war sehr freundlich zu mir, wollte mir die Stadt zeigen und allerlei lustige Sachen mit mir unternehmen, was ich aber dankend ablehnte. Ich erzählte ihr, dass ich nur gekommen war, weil ich mich mit meinen Eltern gestritten hätte und dass ich froh wäre, ein wenig Ruhe zu haben, um über alles gut nachzudenken. Die Frau, die übrigens Simone hieß, war sehr enttäuscht darüber, weil ich mich die meiste Zeit über in meinem Gästezimmer einschloss, niemanden an mich heranließ und nur zu den Mahlzeiten am Küchentisch erschien. Sie tat mir ein wenig leid, denn sie hatte sich wahrhaftig mehr von meinem Besuch erhofft, aber ich musste einfach hart bleiben. Dabei hatte auch ich, nach all den schrecklichen Erlebnissen bei Roland, eine wahnsinnige Sehnsucht nach einem netten Menschen. Mein leidendes, einsames Herz schrie geradezu nach einer innigen Umarmung, einem anerkennenden Schulterklopfen, einem lieben Kuss, aber hätte ich sie erst einmal kennengelernt und liebgewonnen, hätte es mir nur wieder das Herz gebrochen, wenn ich sie wieder verlassen musste. Ich aber hatte mir geschworen, niemals mehr eine solche Enttäuschung zu erleben.

Bei der Familie, bei der ich ein paar Tage später klingelte, war es dagegen ganz anders. Es war eine richtige Großfamilie: Vater, Mutter, sieben Kinder, Oma, Opa und zu guter Letzt auch noch eine unverheiratete Tante, die alle zusammen in zwei benachbarten Häusern wohnten. Es herrschte ein solcher Trubel, ein solches Leben, dass es nahezu unmöglich war, sich zurückzuhalten. Schön war es auch, dass das Haus mitten auf

dem Land lag und es weit und breit keine anderen Häuser in der Nähe gab, denn sonst hätten wir sicherlich so manchen Nachbarn mit unserem Lärm in den Wahnsinn getrieben.
So aber hatten wir unsere Freiheit, waren umgeben von Wiesen, auf denen man Fußball spielen, von Bächen, in denen man Schiffe fahren lassen und von Wäldern, wo man auf Bäume klettern konnte. Aber auch im Haus konnte man allerhand Lustiges und Abenteuerliches unternehmen. Das Haus der Großeltern war ein großes, altes Bauernhaus mit einem riesigen Dachboden, wo allerlei altes Gerümpel herumstand. In jedem Winkel gab es etwas zu entdecken, ein Superplatz zum Spielen und Verstecken.
Als ich bei dieser Familie wohnte, ging ich sogar für einen Tag in die Schule. Aber das war nicht weiter schlimm, denn ich ging ja mit meinem Bruder Kai in eine Klasse und all unsere Mitschüler merkten sofort, dass wir zusammengehörten. Außerdem war es die letzte Woche vor den Ferien, in der wir wenig lernten, dafür aber umso mehr Unsinn trieben. Doch nicht einmal die Lehrerin konnte uns jetzt noch darüber böse sein. Sie war nur traurig, dass sie uns nach den Sommerferien nicht mehr sehen würde, weil wir dann allesamt auf andere Schulen kommen würden.
Als ich von dieser Familie fortging, war es natürlich wieder eine große Enttäuschung für mich. Zwei Tage lang hatte ich sieben Geschwister gehabt, zwei Tage lang hatte ich gelacht, getobt, war fröhlich, ja, einfach nur ein ganz normales Kind gewesen. Und nun war wieder alles vorbei. Einsam, allein und in aller Stille musste ich mich davonschleichen.
Weil ich mich diesmal aber vor bösen Überraschungen in Acht nahm, blieb mir zwar ein grausamer Abschied erspart, und doch trotte ich nur langsam, mit hängenden Schultern davon. Der Gedanke daran, dass das Leben auf dem Hof von da an wieder seinen normalen Gang gehen und keiner von denen, die

am Abendbrot noch meine Familie gewesen waren, mich beim Frühstück vermissen würde, wirkte auf mich plötzlich fast bedrückender, als gewaltsam aus dem Haus geprügelt zu werden. Das tat zwar weh, aber wenigstens wurde ich überhaupt noch einmal wahrgenommen. Zudem rief die Verachtung der Menschen, die mich anfangs fast in den Wahnsinn getrieben hätte, in mir auch immer wieder Kräfte ab, von denen ich sonst niemals erfahren hätte, dass sie überhaupt existierten. Jedenfalls nicht als Kind in meinem Alter.

War das vielleicht nicht doch die bessere Art zu leben? Sich dem übermächtigen Schicksal kämpfend entgegenzustellen – egal, in welche Abgründe es einen auch führen mochte – anstatt wie ein Schmarotzer von einer Familie zur nächsten zu schleichen, sich ein klein wenig lieben zu lassen, um sich in ihrem Schatten als ein Schatten vor der Welt und dem Rest der Menschheit zu verstecken? War es wirklich eine Erleichterung, sich für immer und ewig als ein feiges Phantom zu tarnen, anstatt einfach nur ich selbst zu sein, immer nur meinen eigenen Weg – zur Not auch mit dem Kopf durch die Mauer – zu gehen und einfach darauf zu pfeifen, was all die anderen davon hielten?

Doch als ich eine Weile auf der Landstraße gewandert war, fiel mir plötzlich etwas ein. Wieso sah ich die Sache nicht einfach von ihrer guten Seite?

Sicher, es ist nicht einfach, immer wieder in neue Familien zu kommen, sich dabei immer wieder auf neue Rollen einstellen zu müssen. Einmal den unterwürfigen Prügelknaben zu spielen, dann wieder Menschen, mit denen man so viel Spaß gehabt hat, nach ein paar Tagen verlassen zu müssen. Eine regelrechte Grausamkeit ist es, bricht einem deswegen das Herz, obwohl man die ganze Zeit über gewusst hat, dass es nichts als das gemeine Spiel, das höhere Mächte mit mir spielen, gewesen ist.

Aber ich werde mich schon daran gewöhnen, schließlich habe ich mich auch an das Leben auf der Flucht einigermaßen gewöhnt, dachte ich. Und wenn ich in ein paar Wochen in eine Familie komme, die viel lustiger ist, werde ich über diese hinwegkommen, genau, wie ich auch über Jochen und Iris, Nadja und Nils hinweggekommen bin. Viele Tage habe ich ihnen nachgetrauert und mir gewünscht, zu ihnen zurückkehren, sie wieder in meine Arme schließen zu können. Die letzten beiden Tage aber habe ich kein einziges Mal mehr an sie gedacht, weil mir die neue Familie fast noch besser gefallen hat.
Ja, genauso muss ich es sehen, dachte ich und spürte, wie eine tonnenschwere Last mit einem Mal von meiner Seele fiel. Na ja, zumindest um einige hundert Kilos leichter wurde sie. Ich zwang meinem Gesicht ein Lächeln auf und schritt mit zügigem Schritt voran, bis ich auf einmal nur noch hüpfen und tanzen konnte.
Was ich in der nächsten Zeit wohl alles erleben würde? fragte ich mich. Gerade noch so betrübt, fühlte ich eine Vorfreude in mir heranwachsen, wie man sie sonst wohl nur am Heiligabend vor der Bescherung spürt – oder vielleicht, wenn ich meine wahren Eltern wiederfinden würde.
Ich muss das Ganze als Chance, als riesengroßes Glück ansehen!
Ja, ich will mich jetzt ins Leben stürzen, beschloss ich. Durch jede Tür gehen, die mir offensteht und alles mitmachen, was ich mitmachen kann, auch wenn es manchmal sehr wehtun wird. Aber welcher andere Mensch dieser Welt hat schon die Möglichkeit, in so viele verschiedene Familien einzutauchen, komplett unterschiedliche Menschen aus allernächster Nähe kennenzulernen und dabei vielleicht die spannendsten Geheimnisse zu erfahren?
Die Wahl, mich in die Einsamkeit des Waldes zurückzuziehen, habe ich ja immer noch. Aber wer weiß schon, was mir all die

Erlebnisse und Erfahrungen, die ich bei den Menschen sammele, später einmal nützen können? Wenn ich so viele hundert, ja, vielleicht sogar tausende Menschen kennenlerne, wer weiß, ob ich nicht irgendwann auch herausfinde, was an mir so anders ist? Und vielleicht halte ich eines Tages sogar den Schlüssel in der Hand, der mir die Tür zu einem ganz normalen Leben öffnet.

Ja, diese Gedanken im Kopf waren es, die mich an diesem Morgen mit meinem Schicksal versöhnten. Und als ich das nächste Mal an einem weißen Rosenstrauch vorbeikam, konnte ich nicht einmal mehr wütend auf die Zauberin sein. Keiner einzigen Blüte rupfte ich auch nur das winzigste Blättchen aus. Im Gegenteil, ich streichelte sie mit aller Zärtlichkeit, die ich aufbringen konnte. Und dann bedankte ich mich, bedankte mich bei der Zauberin der weißen Rose für alles, was sie für mich getan hatte.

Ende des ersten Buches

Liebe Leserinnen und Leser,

Ich möchte mich sehr herzlich bei euch dafür bedanken, dass ihr euch für mein Buch entschieden habt und hoffe natürlich, dass ihr diese Wahl nicht bereut. Gerade weil ich ein junger, unabhängiger Autor bin, mit nur eingeschränkten Möglichkeiten, meine Texte zu verbreiten, ist es auch ausdrücklich erwünscht, das Buch an viele Freunde oder Verwandte zu verleihen.
Zumindest Teile dieses Buches und eventueller Fortsetzungen werden als Hörbücher auf meinem Youtube-Kanal veröffentlicht:

www.youtube.com/user/SD4785

Dort werde ich ebenfalls bekanntgeben, wann die Reihe fortgesetzt wird. Weil mir diese Geschichte ganz besonders am Herzen liegt, bin ich natürlich auch wahnsinnig neugierig auf eure Meinungen.

Es grüßt euch ganz herzlich,

Steffen Döpke